BASTEI
LÜBBE

G.F.UNGER

BIG-RIVER-JIM

KULT-AUSGABE BAND 2

ALLEIN GEGEN DIE MÄCHTIGEN

BASTEI
LÜBBE

BASTEI LÜBBE TASCHENBUCH
Band 26 131

1. Auflage: August 2003

Vollständige Taschenbuchausgabe

Bastei Lübbe Taschenbücher
ist ein Imprint der
Verlagsgruppe Lübbe

Umschlaggestaltung: Tanja Østlyngen
Satz: Heinrich Fanslau, Communication / EDV, Düsseldorf
Druck und Verarbeitung:
AIT, Trondheim AS, Norwegen
Printed in Norway
ISBN 3-404-26131-3

Sie finden uns im Internet unter
http: // www.bastei.de
oder
http: // www.luebbe.de

Der Preis dieses Bandes versteht sich einschließlich
der gesetzlichen Mehrwertsteuer

Vorwort

… und ewig lebt der Western!

Warum wohl? Was ist sein Geheimnis? Es muss eine Erklärung geben für sein ewiges Leben, seine Überzeitlichkeit. Also versuchen wir das zu ergründen. Es kann nicht allein damit erklärt werden, dass der Westen von Amerika Schritt für Schritt erobert wurde.

Menschliche Wesen, Männer aus mehr oder weniger rohem Material, unterstützt von tapferen Frauen, schufen aus eigenem Rechtsbewusstsein, überall jenseits der gesetzlosen Grenze, eine Zivilisation und verwaltende Ordnung. Es war eine lebendige Zeit voller Wagnisse, Abenteuer, Lebenswillen und Gottvertrauen.

Es kann auch nicht damit erklärt werden, dass der Western immer wieder Kämpfe, Überfälle, Feindschaften, Cowboys, Revolvermänner, Pelz- und Büffeljäger, Flussschiffer, Holzfäller, Frachtfahrer, Siedler, US-Kavallerie und den Überlebenskampf der Ureinwohner dieses Kontinents, der Indianer, gegen die unaufhaltsame Welle der weißen Einwanderer – und das alles inmitten einer wilden Landschaft – zu einem Geschehen mixt, welches voller Aktivitäten ist.

Diese Erklärung ist zu wenig. Die reicht nicht aus.

Denn der Western – und damit ist nicht Wildwest gemeint – lebt von einem Mythos.

Und die Kernfigur dieses Mythos ist der Cowboy – jawohl, der Cowboy.

Was hat es nicht alles schon in der gesamten Weltliteratur für Helden gegeben, angefangen von Homers Geschichten bis zu den Römern, Germanen, Hunnen, Rittern, Seeräubern und all den Soldaten verschiedenster Zeiten.

Sie alle konnten sich letztlich gegen den Cowboy nicht behaupten. Und das erkennt man nicht nur daran, dass es bei jedem Karneval oder Maskenball viele Maskierte in Cowboy-Kostümen gibt und auch die Werbebranche – siehe Marlboro – in diesem Genre besondere Einfälle sucht.

Wer heute einen Abenteuerroman liest – ganz gleich, wo er spielt, mag es in Afrika, Australien, China oder sonst wo sein –, der erwartet vom Helden irgendwie die Eigenschaften des Cowboys. Denn dieser gilt als der letzte Ritter unserer Welt. Er verkörpert auch heute noch die Idee der Ehre in ihrer einfachsten Form. Und diese Ehre wäre ohne christliche Liebe unmöglich.

Ein Western – nun, dies ist oft auch der einsame Kampf eines einzelnen Mannes gegen ein Schicksal. So ein Mann muss sich entscheiden zwischen Gut und Böse und bewährt sich letztlich.

Dies macht dem Leser Mut. Und so wird der Western zu einer Botschaft, welche ganz einfach lautet: *an sich glauben, niemals aufgeben*!

Und so suchen die Leser in einem Western nach Wahrheiten, die einfach und gut sind. Sie suchen das Vorbild des tapferen Mannes und der sauberen Frau, die vor dem Missgeschick des Lebens, vor der

Feigheit der Menge, vor der Rücksichtslosigkeit der Macht nicht zurückweichen.

Dies alles bringt der Western in einer Art Botschaft zum Ausdruck.

Aber es war ein weiter Weg zum wirklichen Western-Roman – und auch zum Film.

Ned Buntline schrieb damals die vielen *Dime Novels* über Buffalo Bill, Wild Bill Hickok und andere. Diese Western-Heftchen fanden später im Film mit den Helden Tom Mix und Hoppalong Cassidy ihre seichte Fortsetzung.

Irgendwann dann aber kamen die wirklichen Western, wie zum Beispiel »Along the Great Divide« oder »High Noon«.

»High Noon« wurde zum typischen Klassiker dieses Genres. Hier bewährt sich ein Mann – im Stich gelassen von der menschlichen Gemeinschaft – vor seinem eigenen Stolz. Und dann – als alles ausgekämpft ist und die feige Menge ihm auf die Schulter klopfen will –, da wirft er ihnen den Stern vor die Füße.

Wer von uns Menschen möchte sich nicht auch seinen Stolz und die Selbstachtung erhalten, wird enttäuscht von Mitmenschen, von Freunden, und möchte ihnen nicht auch manchmal den Stern vor die Füße werfen.

Im Western kann der Leser noch mit dem Helden siegen.

Bret Harte – ein Zeitgenosse von Mark Twain – führte als erster Autor den wirklichen Western in die Literatur ein und zeigte die Unterschiede zwischen Wildwest von Buntline und dem wirklichen Western auf.

Dann kamen die Autoren Zane Grey, Clay Fisher, Ernest Haycox und Louis L'Amour, deren Romane von Regisseuren wie John Huston und John Ford verfilmt wurden, und verhalfen endlich auch dem Western zu seinem Platz in der neueren Literatur.

Es gibt auch heute noch Autoren, die dieses Erbe ihrer Vorgänger fortsetzen, auch Regisseure, die sich wieder auf den klassischen Western besinnen. Und so gilt wohl noch sehr lange: Die Welt wird sich verändern. Auch die Menschen. Doch der Mythos des Western wird ewig bestehen bleiben, weil Ritterlichkeit und Ehre immer mehr verkümmern und die Menschen wenigstens in ihren Wünschen und Träumen noch etwas davon verspüren möchten.

G.F. Unger, im März 2003

Big-River-Jim

Big Muddy, so wird der Missouri oft genannt, und das Wort bedeutet etwa, dass es sich um einen großen, trüben und schlammigen Fluss handelt. Doch die meiste Zeit des Jahres ist der Missouri sauber und klar, und dann macht er seinem zweiten Namen, Big River, alle Ehre.

Dies ist die Geschichte von Big River Jim Hannaran. Sein Leben war wie der Fluss, nämlich gewaltig brausend und lebendig, mal sauber und klar, dann wieder trüb. Ja, er glich diesem ungebändigten, nutzlos und sinnlos seine Kraft verschwendenden Fluss, und alle Dinge auf dieser Welt waren für ihn ein wunderbarer Spaß. Es gab auch nichts, woran Big River Jim Hannaran sich nicht versucht und seine Kräfte gemessen hätte.

Und dennoch bekam sein Leben irgendwann endlich einen Sinn.

Dies ist der Grund, der mich dazu veranlasst hat, diese Geschichte zu erzählen. Denn ein Mann kann nicht wie ein wilder Fluss nutzlos und ohne jeden Sinn seine Kraft verschwenden.

Jeder Mann wurde zu irgendeinem Zweck in diese Welt gestellt.

Dies erkannte auch Big River Jim eines Tages ...

1

Es ist gegen drei Uhr morgens, als Jim Hannarans großes Holzfloß bei Omaha – also am Westufer des Flusses – festmacht und Jims siebzehnköpfige Mannschaft sich Mann für Mann niedersetzt oder gar der Länge nach auf den riesigen Stämmen des Floßes ausstreckt.

Nur Luke Jacks hält sich noch auf den stämmigen Beinen. Er starrt zu Jim Hannaran hin, den er im bleichen Mondlicht gut sehen kann, und sagt heiser und schwerfällig:

»Das war es, Jim! Das war es! Wir haben Kelso Brown und dessen Jungs geschlagen. Bist du nun zufrieden?«

Die Frage klingt bitter und grimmig. So fragt ein Mann, der bis ins Mark erschöpft ist und der schon glaubte, in der Hölle zu sein.

Nach zwei weiteren schnaufenden Atemzügen fügt er hinzu: »Jim, das wirst du nie wieder mit uns machen – nie wieder! Ich schwöre es dir! Manchmal glaube ich, dass du verrückt bist – richtig wild und verrückt wie ein brausender Fluss, ein Mann, der keinen Verstand hat. Du hast das Floß aufs Spiel gesetzt, nur um diese Wette zu gewinnen. Du hast das Leben deiner Männer riskiert – nur um Kelso Brown zu schlagen. Und wir sind in der vergangenen Nacht, als es dunkel war wie im Bauch eines Fisches, durch den Chelly Canyon gesaust, in dem schon bei hellem Tag so manches Floß gegen die

Klippen geworfen wurde und verloren ging. Jim, ich bin dein Freund, doch ich sage dir, dass du ein verrückter Narr bist!«

Nach diesen Worten will er sich abwenden und zu einer der Hütten gehen, die mitten auf dem wohl zweihundert Yard langen Floß stehen, welches aus fünf oder sechs Gliedern besteht, so dass es sich wie eine Schlange bewegen kann.

Und die müden und völlig erschöpften Männer brummen oder krächzen zu den Worten des Vormannes Zustimmung.

Doch Big River Jim Hannaran lacht leise. Es ist ein wohlklingendes Lachen, männlich und jungenhaft zugleich.

»Ah, ihr müsst es so sehen wie ich«, sagt er. »Solche Späße machen das Leben süß, und man freut sich, auf dieser Welt zu sein, zu atmen, zu leben; ja, das erst ist richtiges Leben! Ihr ...«

Er verstummt und macht eine wegwerfende Handbewegung, die deutlich genug ausdrückt, dass er es längst aufgegeben hat, bei anderen Verständnis zu finden.

»Kommt mit an Land«, spricht er. »Kelso Brown hat versprochen, dass wir auf seine Kosten für vierundzwanzig Stunden alles frei haben in Omaha, wenn wir früher anlegen als er. Also kommt, Jungens! Jetzt beginnt der Spaß noch einmal von vorn auf eine andere Art. Und diese Art wird euch besser gefallen! Kommt, ihr haarigen Affen! Alle Sünden von Omaha warten auf euch! Die Nacht ist noch nicht um! Kommt!«

Er wendet sich, um an Land zu springen.

Doch er hält inne, als unter seinen Männern keinerlei Bewegung entsteht.

Niemand rührt sich, und einige der Männer stoßen schon laute Schnarchtöne aus, denn sie sind vor Erschöpfung eingeschlafen. Dies ist kein Wunder, bekamen sie doch während der letzten sieben Tage und Nächte kaum mehr als sieben Stunden Schlaf.

Der Fluss führt Hochwasser. Das Riesenfloß aber fuhr Tag und Nacht. Jeder Mann musste ständig an den langen Rudern sein, um es genau in der Strommitte zu halten, um es um all die Sandbänke, Untiefen, Klippen und Biegungen zu bringen, durch die brüllenden Canyons.

Es war ein sieben Tage und sieben Nächte dauernder Kampf mit dem brüllenden Fluss.

Denn vor sieben Tagen trafen sie Kelso Brown, der mit seinem Riesenfloß gerade ablegte.

Und Big River Jim rief zu Kelso hinüber, dass dieser ihn bestimmt nicht einholen könne.

Diese Herausforderung nahm Kelso Brown an wie immer.

Er verlor. So war es also.

Jim Hannaran aber starrt nun im bleichen Mondlicht auf seine erschöpfte Mannschaft.

»Jungens, ihr seid doch wohl nicht zu müde für einen Schluck Feuerwasser?«, fragt er staunend.

»Du lieber Vater im Himmel«, krächzt eine bittere Stimme. »Dieser Sklaventreiber, der sich Jim Hannaran nennt, wurde gewiss vom Leibhaftigen aus der Hölle auf die Erde geschickt, damit harte und haarige Burschen wie wir sich wie zarte Milchknaben vorkommen, weil sie einfach nicht mithalten können. Aber wir verzweifeln nicht! Nein! Wir wissen genau, dass wir hart und haarig sind, zäh und hart gesotten. Uns bringt sonst kein Mann auf dieser Erde zum Aufgeben – es sei denn, er wäre ein Sohn des Teufels und besäße übermenschliche Eigenschaften. He, Jim Hannaran, trink das Feuerwasser ohne uns! Wir sind fertig! Wir sind am Ende, erledigt – aus!«

Nachdem der Mann dies mit immer heiserer werdender Stimme krächzte, lässt er sich zurück auf die Stämme des Floßes sinken und beginn schon beim nächsten Atemzug zu schnarchen.

»So ist es«, sagt Luke Jacks schwerfällig. »Diese Mannschaft ist hart und zäh wie keine andere, doch du hast sie zerbrochen, Jim! Auch mich hast du zerbrochen. Trink dein Feuerwasser allein!«

Nach diesen Worten fällt er auf die Knie und legt sich dann der Länge nach auf den Bauch.

Jim Hannaran betrachtet die schlafende Gesellschaft.

»Tut mir Leid, Jungs«, murmelt er. »Aber ich werde für euch mittrinken! Ich werde für euch allen Spaß stellvertretend genießen! Ruht euch nur aus, damit ihr bald wieder bei Kräften seid.«

Nach diesen Worten lacht er leise – halb bedauernd, halb mitleidig. Dann springt er an Land, und es ist ein ziemlich weiter Sprung, den er wagen muss. Er schafft diesen Sprung, als wäre er frisch und ausgeruht, als hätte er nicht selbst sieben Tage und Nächte eins der großen Ruder bedient, um das Floß stets in der richtigen Strömung zu halten.

Er hat körperlich die härteste Arbeit geleistet.

Doch jetzt macht er sich auf den Weg in die Stadt, um vor Tagesanbruch noch etwas Spaß zu bekommen.

Er scheint eine ganz besondere Substanz zu besitzen, aus einem Material gemacht zu sein, welches von einzigartiger Güte ist.

Als er zur Stadt hinübergeht, ist sein Schritt weich und federnd wie der eines Mannes aus dem Wald.

In seinen Gedanken aber ist die wilde Fahrt schon vergessen.

Es war nur ein verwegenes Abenteuer, ein verrücktes Spiel, ein Kräftemessen.

Und er gewann diesen Kampf gegen den Fluss und gegen Kelso Brown.

Doch nun ist es vorbei.

Vor ihm leuchten die Lichter der Stadt. Die Stadt ist zur Zeit hektisch und wild, voller Laster, Leidenschaften und Sünden.

Denn zur Zeit wird hier die Union Pacific gebaut. Der Schienenstrang hat Fremont noch nicht erreicht, und so ist Omaha von vielen Camps und Baulagern umgeben und voller Menschen.

Obwohl es nun schon drei Uhr morgens ist, sind noch alle Lokale und Amüsierhallen geöffnet. Der Lärm setzt sich aus tausend verschiedenen Geräuschen zusammen, und aus der Ferne klingt alles wie das brausende Summen eines besonderen Bienenhauses.

Es ist nur wenig mehr als zehn Minuten später, als Big River Jim sich durch die Schwingtür des Riverbee Saloons schiebt und erst einmal innehält, um zu sehen, ob genügend Spaß im Gange ist, so dass sich ein Nähertreten lohnt. Denn es ist sehr still im Saloon.

Nun sieht Jim, dass die Gäste deshalb so still sind, weil sie sich in gebannte Zuschauer verwandelt haben, für die es nichts anderes auf dieser Welt mehr gibt als das Kräftemessen zweier Männer, die mitten auf der Tanzfläche stehen und einander an den Hüften gefasst haben.

Sie stehen ziemlich breitbeinig da, und dort, wo ihre Stiefelsohlen den Boden bedecken, da hat man mit Kreide die Sohlen umrandet. Sie stehen also in ihrer mit Kreide auf den Boden gezeichneten Fußspur. Sobald sie ihre Füße auch nur um Zentimeter bewegen, würden sie die Kreideumrandung zum Teil bedecken. Damit hätte der betreffende Mann verloren. Sie dürfen ihre Fußstellung also nicht verändern. Ihre Aufgabe ist es jedoch, zu versuchen, den Gegner auszuheben. Deshalb haben sie einander an den Hüften gefasst.

Es sind zwei starke, bullige und mit Muskeln bepackte Burschen, richtige Holzfäller und Flößer, die über außergewöhnliche Kräfte und eine Ausdauer verfügen, wie man sie nur durch harte Arbeit in der Wildnis bekommen kann.

Und sie belauern sich.

Plötzlich geschieht es dann. Einer der Männer stößt ein scharfes Ächzen aus. Seine Schulter- und Rückenmuskeln spannen sich, dass ihm das rote

Flanellhemd am Rücken platzt wie ein morsches Segel im Wind. Und dann lüftet er den Gegner, den er mit der Festigkeit eines Schraubstockes um die Hüften gefasst hält, einige Handbreit über den Boden.

Und als dies dann geschehen ist, jubeln die Zuschauer laut auf, bricht der Beifall los. Der nicht sehr große Riverbee Saloon, in dem es immer besonderen Spaß gibt, tobt und lärmt. Die Musikkapelle auf dem kleinen Podium bläst immerzu einen neuen Tusch. Und der Verlierer grinst breit, wischt sich den Schweiß aus dem Gesicht und wirft dann beide Hände empor.

»Eine Runde für euch alle! Ich bezahle eine Runde für alle! Denn Joe hat mich geschlagen! Ihr habt es gesehen! Joe war besser als ich! Kommt zum Schanktisch und lasst es euch geben!« Als er dies durch den Lärm gerufen hat, fällt sein Blick auf den Mann an der Tür.

Er verhält nun starr und steif und starrt staunend auf Big River Jim. Seinem Blick folgen andere Blicke. Und auch diese Blicke werden starr und staunend.

Im Saloon wird es wieder still. In diese Stille sagt eine staunende Stimme langsam: »Es sollte mich nicht wundern, wenn das Big River Jim ist! Solche roten Haare hat nur er. Aber der Bart! Dieser Vollbart irritiert mich. Leute, habt ihr Big River Jim schon einmal mit einem Vollbart gesehen?«

Sie starren ihn immer noch an, und sie sehen einen rothaarigen und rotbärtigen Burschen, nur wenig mehr als mittelgroß, der Mokassins und eine alte Lederhose trägt, dazu ein grünes Flanellhemd, welches keine Knöpfe mehr besitzt und nur noch einen halben Ärmel.

Er steht auf eine Art da, die ruhig und sprungbereit zugleich wirkt. Und dann teilt sich sein roter Bart. Man sieht zwei kräftige Zahnreihen blitzen. In seinen rauchgrauen Augen, die beim Lampenlicht etwas grünlich funkeln, blitzt und funkelt es.

»Diese Runde zahle ich«, sagt er. »Denn ich gewann die Wettfahrt gegen Kelso Brown. Vor sieben Tagen und Nächten traf ich ihn mit seinem Floß oben bei Squaw Bend. Und jetzt beginnen die Stunden zu zählen, die er später kommen wird!«

Als er endet, brüllt wieder alles los. Dieser Saloon ist voller Holzfäller und Flößer, die Bescheid wissen.

Und nun drängt er sich zum Schanktisch durch, bekommt das erste Glas Whisky und leert es mit einem Zug. Es ist Whisky, der einen Toten wieder in den Sattel oder einen normalen Mann zum Ersticken bringen würde.

Big River Jim aber trank seit mehr als drei Monaten keinen Tropfen Feuerwasser. Und dennoch tränten ihm nicht einmal die Augen. Er erwidert nun viele Grüße und beantwortet Fragen. Sie alle drängen sich um ihn, und auch die Tanzmädels sind dabei. Er ist der Mittelpunkt eines großen Kreises, und es ist zu spüren, wie gerne jeder mit ihm einige Worte wechselt und erfreut ist, wenn er ihn beim Namen anredet.

Und der Mann, der beim Zweikampf verloren hat, ruft plötzlich laut in den Saal: »Ich setze hundert Dollar auf Big River Jim, dass er Joe binnen einer einzigen Minute von den Füßen lüftet!«

Als dieser Ruf verklungen ist, wird es still, denn trotz des großen Lärms wurde jedes Wort verstanden.

Alle Augen richten sich auf jenen Joe, der neu hier am Missouri ist und der vom Mississippi herkam.

»Ich bin Joe Skinner«, sagt er kehlig und betrachtet Big River Jim abschätzend. »Und ich setze hundert Dollar dagegen, wenn Sie sich trauen, Rotbart.«

»Es war nicht meine Idee«, grinst Jim Hannaran. »Doch es gibt keinen Spaß auf dieser Welt, dem ich aus dem Wege gehen könnte.«

Er zeigt seine Handflächen. »Ich bin nicht richtig in Form, Freund, doch ich glaube, ich kann Sie schlagen. Deshalb möchte ich Sie warnen. Hundert Dollar können eine Menge Geld sein – oder nichts. Wenn hundert Dollar für Sie eine Menge Geld sind, dann ...«

In Joe Skinners dunklen Augen funkelt es vergnügt und grimmig zugleich. »Ich kann für mich sorgen«, spricht er. »Ich bin zwar fremd hier am Big Muddy, doch drunten am Mississippi kennt man mich gut. Und ich konnte immer für mich sorgen. Also fangen wir an! Hundert Dollar kann man nicht jeden Tag binnen einer einzigen Minute verdienen. Selbst ich kann das nicht!«

Er grinst und geht wieder zur Mitte der Tanzfläche, auf der sich sonst die Paare drehen. Denn jeder Mann kann hier für einen Dollar eine Tanzkarte erwerben, die ihm gestattet, mit einem der Mädels zwei kurze Tänze zu machen, zwischen denen eine Minute Pause ist.

Big River Jim folgt ihm nicht sogleich. Er nimmt erst wieder ein volles Whiskyglas und leert es. In seinen graugrünen Augen verstärkt sich das Funkeln, und zwischen seinem roten Vollbart, der das Gesicht bis zur Nase bedeckt, blitzen die starken, schneeweißen Zähne. Man kann von seinem Gesicht nicht sehr viel sehen. Er hat eine ziemlich gerade und nicht sehr große Nase. Seine Augen stehen weit auseinander und liegen ziemlich tief, so dass sie gut geschützt sind. Seine Stirn ist recht eindrucksvoll. Doch sonst kann man nichts von diesem Gesicht ablesen. Der Mund und das Kinn sind nicht zu erkennen, und gerade diese beiden Dinge prägen das Gesicht eines Mannes, geben ihm einen bestimmten Ausdruck. Jim Hannarans Haar ist rostrot, und es ist stark und gekräuselt, so dass es auch im starken Wind kaum flattern könnte.

Als er nun das Glas geleert hat, stößt er ein zufriedenes Brummen aus und nickt Mike Harris, dem Wirt, zu. »Deine Pumaspucke ist immer noch gut, Mike«, sagt er. »Und ich werde auf Kelso Browns Rechnung eine Menge davon vertilgen.«

»Das ist in Ordnung, Jim«, nickt der dicke Mike Harris, der einmal ein bekannter Preiskämpfer war.

»Ich muss für meine Mannschaft mittrinken«, grinst Jim. »Diese Rechnung wird hoch. So billig kommt Kelso Brown nicht davon. Schenke nur wieder ein, Mike! Mit diesem Joe Skinner bin ich in zwanzig Sekunden fertig. Und jetzt will ich Gin, richtigen, guten Gin!«

Er wendet sich nun ebenfalls zur Tanzfläche und tritt dicht genug an den wartenden Joe Skinner heran.

Einer der Männer hockt sich bei ihnen nieder und umrahmt mit Kreide ihre Schuhsohlen.

Indes dies geschieht, blicken sie sich beide aus nächster Nähe an. Joe Skinner ist kaum größer als Jim Hannaran, doch wirkt er breiter und viel bulliger. Man braucht kein Kenner zu sein, um sofort schätzen zu können, dass Joe Skinner bestimmt dreißig Pfund schwerer ist als Jim Hannaran, der knapp hundertachtzig Pfund wiegen mag. Bei einem Mann wie Joe Skinner besteht dieses Mehrgewicht aus Muskeln und Knochen.

Und nicht wenige der Zuschauer fragen sich nun, ob Big River Jims explosive Kraft ausreichen wird, um Joe Skinner zu schlagen.

Aber dann vertrauen sie wieder auf Jim Hannaran, erinnern sich daran, dass er noch nie von einem anderen Mann geschlagen werden konnte. Jemand gibt nun das Kommando: »Fertig!«

Sie legen einander die Hände an die Hüften und lehnen sich etwas zurück, stemmen ihre Füße so fest gegen den Boden, als wollten sie den Anprall eines Büffelbullen anhalten.

Dann kommt das Kommando: »Los!«

Von nun an läuft die Minute.

Aber Jim Hannaran sprach von zwanzig Sekunden.

Wird er es schaffen?

Jemand im Hintergrund beginnt leise zu zählen – doch so leise es auch ist, man hört es überall im Raum. Denn niemand bewegt sich. Man hält den Atem an. Es ist still. Und von draußen klingt summend der Lärm der Stadt herein. Aber dies ist nun

Außenwelt. Hier drinnen ist jetzt eine Welt für sich. Sogar die Tanzmädchen sind gebannt.

Gewiss, es ist nur ein primitiver Zweikampf. Doch solche Zweikämpfe haben schon immer Zuschauer in ihren Bann geschlagen und tun es auch jetzt noch in unserer modernen Zeit, wo man um hundert oder noch mehr verschiedene Meisterwürden streitet. Heute nennt man es Sport.

Big River Jim steht ganz ruhig da.

Aber Joe Skinner kann ihn nicht bewegen, es sei denn, er würde sich selbst mit in die Höhe heben können, denn Jims Hände liegen wie Schraubstockbacken um seine Hüften.

Als zehn Sekunden vergangen sind, ist Joe Skinners Gesicht dunkelrot und es bricht ihm vor Anstrengung der Schweiß aus.

Er verstärkt noch einmal seinen Krafteinsatz, hofft, dass der Widerstand, den Jim Hannaran ihm entgegen setzt, für einen winzigen Sekundenbruchteil aussetzen würde.

Aber er schafft es nicht.

Nach fünfzehn Sekunden kann er nicht mehr. Seine gewaltige Anspannung lässt etwas nach.

Und da hebt ihn Big River Jim fast mühelos aus und dreht sich um hundertachtzig Grad, bevor er ihn wieder zu Boden setzt. Er klopft ihm anerkennend auf die Schultern und sagt: »Sie sind recht kräftig, Joe! Doch es ist noch ein kleiner Trick dabei. Sie müssen warten, bis der Gegner nicht mehr länger die Luft anhalten kann und ausatmet. Das ist der Moment!«

»Ich werde es eines Tages wieder mal mit Ihnen

versuchen«, spricht Joe Skinner schnaufend, »und um tausend Dollar wetten. Dann werde ich gewinnen!«

»Sicher, Freund, sicher.« Jim Hannaran lacht und wendet sich zum Schanktisch.

»Her mit dem Gin! Und ihr sollt nun lustig sein und auf Kelso Brown trinken, der für vierundzwanzig Stunden meine Rechnungen bezahlt. Denn ich bin ein Gewinner – immer wieder gewinne ich!«

Seine Stimme klingt nun etwas schwerfällig und trunken. Hinter ihm liegen furchtbare Anstrengungen, die jeden einzelnen Mann seiner Mannschaft erledigten.

Er aber trank inzwischen einige Gläser und brachte einen Zweikampf hinter sich, bei dem er explosiv all seine Kräfte einsetzen musste. Dies alles – und zuvor die lange Enthaltsamkeit – setzte seine Widerstandskraft gegen den Alkohol sehr herab.

Doch er wendet sich zum Schanktisch und ergreift das große Glas mit Gin.

Er hält es sich unter die Nase, wittert mit geblähten Nasenflügeln und grinst.

»Das ist die richtige Medizin«, spricht er. Und nun trinkt er das Glas leer, als wäre es Wasser.

Rings um ihn ist Jubel und Beifall, Ausgelassenheit und Lachen.

Ja, so kennt man Big River Jim Hannaran. So ist er nun einmal.

Doch mit einem Mal ist es still.

Jim Hannaran, der in den Spiegel hinter der Bar blickt, erkennt sofort den Grund für diese jäh einsetzende Stille.

Denn durch die Schwingtür trat ein Mann.

Es ist Kelso Brown, jener Holzfäller und Floßkapitän, gegen den er die Talfahrt gewann wie in jedem Jahr.

2

Jim wendet sich langsam um und hebt das frisch mit Gin gefüllte Glas gegen Kelso Brown.

»Willkommen in Omaha, Kelso! Das war ein prächtiger Spaß, nicht wahr? Wo sind deine lustigen Jungens?«

Er trinkt einen großen Schluck und grinst Kelso entgegen, der sich nun langsam der Bar nähert. Alle machen ihm Platz. Kelso Brown ist ein löwenhafter Mann, und er ist ebenso vollbärtig und langhaarig wie Jim. Auch er lebte mit seiner Mannschaft Monate lang in den Wäldern und schlug Holz, transportierte die Riesenstämme zum Fluss, verband sie zu einem Riesenfloß und fuhr damit den brüllenden Fluss hinunter.

Seine Kleidung ist noch nass. Als er neben Jim Hannaran am Schanktisch steht, da sieht man, dass er etwa einen halben Kopf größer ist. Big River Jim muss etwas zu ihm aufblicken. Und er prostet ihm zu und leert das Glas mit einem Zug.

Kelso Brown nimmt nun selbst ein Glas Whisky, welches ihm Mike Harris zuschiebt. Er trinkt nur einen Schluck. Dann sagt er mit seltsamer Gelassenheit: »Jim, diesmal hast du mich besonders deutlich schlagen können. Ich verlor schon vor zwei Nächten bei Pine Bend mein Floß. Ein Teil davon sitzt auf den Bänken bei Golden Bow fest. Aber das meiste Holz treibt den Fluss hinunter und ist verloren. Jim, diesmal hast du mich richtig geschlagen.«

Nachdem er dies gesprochen hat, leert er das Glas.

Im Saloon aber ist es still. Es ist ein Saloon, der von Holzfällern, Flößern und Flussschiffern bevorzugt wird, und all diese Leute kennen sich gut aus und begreifen sofort die Tragweite dieser Niederlage.

Kelso Brown ist ruiniert. Denn er wird seinen zwanzig Männern, die viele Wochen und Monate für ihn gearbeitet haben, den vollen Lohn zahlen müssen, obwohl er das Floß verloren hat.

Gewiss kam er mit einem Kanu den Fluss herunter und verteilte dort, wo der Strom alle Dinge bei den Biegungen an Land wirft, seine Leute, um von dem Holz zu retten, was noch gerettet werden kann. Auch wird er einen Teil seiner Mannschaft bei Golden Bow gelassen haben, um dort die Reste seines Floßes zu bergen.

Solch ein Riesenfloß, welches aus ausgesuchten Stämmen besteht, besitzt einen Wert zwischen dreißigtausend und vierzigtausend Dollar.

Kelso Brown setzte es aufs Spiel und verlor es, weil er Jim Hannaran bei der Talfahrt schlagen wollte.

Dies also begreifen die Gäste des Saloons gut.

Und nun fragen sie sich, was für ein Verlierer Kelso Brown ist – ein guter oder ein schlechter?

Nun, man kennt Kelso Brown hier am Fluss genau

so wie Jim Hannaran. Kelso ist nicht kleiner als Jim. Er kann kämpfen wie dieser, und man erzählt sich nicht weniger Geschichten von ihm als von Jim. Sie sind beide sicherlich die beachtlichsten Burschen hier am Fluss.

Bis jetzt wurden sie noch keine ernstlichen Rivalen und Gegner. Bis jetzt trugen sie ihre Wettkämpfe wie große, wilde und verrückt-verwegene Jungens aus.

Doch jetzt?

Jim Hannaran betrachtet Kelso nachdenklich, und es ist eine Mischung von Staunen und Bedauern in seinem Blick.

Aber dann hebt er seine Schultern und sagt: »Du hattest eben Pech, Kelso. Wir spielen nun schon einige Jahre immer wieder ein Männerspiel, und es ist ein großartiges Spiel, weil der Einsatz so hoch ist. Du bist schon ein toller Bursche, Kelso. Komm, trinken wir ein Glas! Das Leben ist voller Dinge, die gut oder schlecht, schön oder hässlich, bunt oder eintönig sind. Man muss alles nehmen, wie es kommt. Und was mich betrifft, Kelso, so gebe ich dir immer wieder und überall Revanche. Du hast verloren! Nun gut! Fordere mich nur zu irgendwas heraus, und du wirst die Chance bekommen, einmal gewinnen zu können. Gut so?«

Er nimmt zwei Gläser, die Mike Harris inzwischen füllte. Und er hält eines Kelso hin.

Der nimmt es, starrt ihn seltsam an, nickt dann – und nun trinken sie. Es ist für Jim Hannaran das sechste Glas voll starkem Feuerwasser. Und sechs solcher Gläser machen eine ganze Flasche aus.

Er muss schon ziemlich betrunken sein. Wäre er ausgeruht und hätte während der letzten Tage nicht so wenig geschlafen und gutes Essen bekommen, so würde ihm diese Flasche Schnaps nichts ausgemacht haben. Mit seiner Energie hätte er sich einigermaßen nüchtern gehalten.

Aber er erreichte inzwischen jenen Punkt, wo auch ein Mann wie er aufhören muss.

Vielleicht erkennt Kelso Brown dies in Jim; vielleicht aber funkeln seine Augen auch nur von den beiden Gläsern, die er leerte.

Er starrt Jim also seltsam an, und man kann erkennen, wie es hinter seiner Stirn arbeitet und wie er offensichtlich mit einigen Gefühlen zurechtkommen muss, die in ihm einen Widerstreit führen.

Aber als er dann das leere Glas ziemlich hart auf den Schanktisch setzt und sich mit dem Handrücken über den Mund wischt, da sagt er langsam und bedächtig: »Wir haben noch nie ausprobiert, Jim, wer von uns den anderen an den Hüften ausheben könnte. Bevor ich vorhin in den Saloon kam, sah ich von draußen über die Schwingtür hinweg, wie du diesen Mann dort besiegtest, Jim. Du warst wie immer großartig. Doch mich könntest du nicht schaffen. Ich bin stärker als du.«

Als er es gesagt hat, ist jedem Zuhörer klar, dass dies eine neue Herausforderung ist und Kelso Brown Revanche haben will. Kelso Brown hat sich eine Chance ausgerechnet – jetzt hier und binnen weniger Sekunden.

Big River Jim lacht lautlos und wirft beide Hände hoch.

»Wahrhaftig!« So ruft er dann. »Wir haben dieses Spiel noch nie versucht, Kelso! Und du kannst es bekommen! Du kannst es bekommen! Da du ein Mann bist, der Revanche für eine Niederlage fordern kann, darfst du auch den Einsatz bestimmen.«

Oh, da werden all die Zuhörer nun noch aufmerksamer. Dies ist wieder einmal typisch Big River Jim. Solch ein nobles Angebot macht nur er, und nun wird es sich erweisen, wie anständig Kelso Brown ist.

Denn er ist nüchterner.

Jim Hannaran ist betrunkener. Dies hört man an seiner etwas kehliger und schwerfälliger gewordenen Sprache. Man sieht es in seinen Augen.

Alle Augen richten sich auf Kelso Brown. Dieser nickt langsam. »Du bist nobel, Jim. Und du glaubst, mich schlagen zu können?«

»Jeden Mann – wenn er nicht schwerer ist als ein Pferd«, sagt Jim Hannaran und grinst.

»Na schön, dann setz dein Floß auf deinen Sieg, Jim! Wenn ich gewinne, trete ich an deine Stelle. Dann werden deine Männer von mir entlohnt, so wie du sie unter Vertrag hast. Und dann gehört der Gewinn, der übrig ist, mir als Preis für meinen Sieg.«

Jim Hannaran denkt mit gesenktem Kopf über diesen Vorschlag nach. Einmal hebt er seine Hand und wischt sich über das Gesicht, so als mühte er sich, klaren Kopf zu bekommen.

Als er dann Kelso Brown ansieht, sagt er: »Ich schlage niemals eine Wette aus. Aber was setzt du dagegen? Das Floß ist vierzigtausend Dollar wert. Was setzt du dagegen, Kelso?«

Dieser schließt einen Moment seine Augen.

»Ich besitze nicht mehr viel«, murmelt er. »Ich verlor mein Floß, und meine Ersparnisse werden gerade ausreichen, um meine Mannschaft zu entlöhnen. Aber ich will fünf Jahre ohne Lohn für dich arbeiten und jeden deiner Befehle ausführen, wenn du mich schlagen kannst, Jim! Dies wäre mein Einsatz: fünf Jahre meines Lebens!«

Als seine Stimme verklingt, seufzt einer der Zuschauer im Hintergrund, und eine Stimme aus einer anderen Ecke sagt heiser: »Du lieber Vater im Himmel!«

Jim Hannaran wischt sich wieder über das Gesicht.

Und Mike Harris sagt hinter dem Schanktisch: »Kelso, Jim ist nicht mehr nüchtern. Er hat ...«

Aber da wendet Jim Hannaran den Kopf. »Ich bin nüchtern genug, Mike! Dein Feuerwasser konnte mich noch nie umwerfen, nicht wahr?«

Er wendet sich wieder Kelso zu. »Es gilt«, sagt er. »Ich nehme an, Mister. Und wir können sofort anfangen!«

Nun ist er es, der in die Mitte der Tanzfläche geht. Er stellt sich genau in die Fußspuren, die schon vorher, als er gegen Joe Skinner den Wettkampf austrug, gezeichnet wurden. Er bewegt sich etwas schwerfälliger als sonst. Nun ist es klar, dass er erschöpft und betrunken ist.

Kelso Brown ist ihm gegenüber im Vorteil. Er fuhr seit gestern im einem Kanu den Fluss hinunter, brauchte also keine schwere körperliche Arbeit leisten, und er trank erst zwei Gläser.

Er stellt sich Jim gegenüber. Jemand umzeichnet mit der Kreide, mit der sonst im Saloon angeschrieben wird, Kelso Browns Fußsohlen. Dann sagt eine andere Stimme: »Fertig! Ich werde das Kommando geben!«

Es ist Joe Skinners Stimme, und es klirrt irgendwie eine starke Spannung in ihr.

»Los!« Nun klingt Joe Skinners Stimme sogar schrill.

Es vergeht eine Minute, und die beiden Gegner halten sich an den Hüften gefasst. Sie setzen ihre ganze Kraft ein, so dass ihre Gesichter sich dunkel röten.

Die zweite Minute vergeht, und ihre Schultern und Arme beginnen zu zittern. Denn sie halten einander an den Hüften fest, pressen mit ihrer ganzen Kraft und lauern auf einen winzigen Sekundenbruchteil der Schwäche beim Gegner. In diesem winzigen Sekundenbruchteil muss sich ihr Festhalten in ein Heben verwandeln, so schnell, dass sie nicht vorher den festen Stand verlieren und aus der Kreidespur treten müssen.

Es ist ein Wettkampf, der einem Mann zuerst die Arme, dann die Schulterpartien und endlich auch das Rückgrat und die Brust- und Bauchmuskeln grausam beansprucht und sie danach noch Tage schmerzen lässt.

Es ist das Kraftspiel der Holzfäller und Flößer, die fast alle mit ausgestreckten Armen ihr eigenes Körpergewicht über einen Abgrund halten könnten.

Und dann vergeht die dritte Minute. Die beiden Männer setzen immer noch unablässig ihre Kraft ein. Ihre Gesichter sind dunkel, und an ihren Hälsen treten alle Adern und Muskeln und Stränge hervor. Sie stöhnen vor Anstrengung.

Die Zuschauer aber seufzen, keuchen und stöhnen mit, und was man hier am Fluss schon immer wusste, dies wird nun deutlich: Big River Jim und Kelso Brown sind gleichwertige und ebenbürtige Burschen.

Der Schweiß rinnt nun von ihren Gesichtern.

Und die vierte Minute bricht an.

Dann geschieht es!

Über Big River Jims Gesicht läuft der Schweiß. Der Alkohol in ihm kam nun schnell zur Wirkung. Er ist ein Mann, der, wenn er nüchtern ist, durch Anstrengung kaum zu besonderen Schweißausbrüchen getrieben wird. Doch jetzt setzt eine zunehmende Schwäche bei ihm ein. Die Anstrengung der letzten Tage, der fehlende Schlaf, der Alkohol, dies alles wirkt nun infolge der gewaltigen Anstrengung.

Kelso Brown setzt seine Kraft genau im selben Moment ein, als Big River Jim gegen seine jähe Schwäche nichts tun kann und tief Luft holt, um Sauerstoff zu pumpen.

Er hebt ihn fast spielerisch aus und stellt ihn zur Seite.

Und das ist es nun!

Big River Jim Hannaran hat verloren.

Er verlor sein Holzfloß, und in diesem Floß stecken nicht nur acht Monate Arbeit, sondern auch beträchtliche Investitionen.

Dies alles setzte er aus einer wilden Freude leichtsinnig aufs Spiel und verlor.

Niemand jubelt oder spendet Kelso Brown Beifall.

Es bleibt still. Alle Blicke sind auf Kelso Brown gerichtet, der sich mit vor Anstrengung zitternden Händen über das Gesicht wischt und schnaufend atmet.

Dann sagt aus dem Hintergrund eine verächtliche Stimme: »Das war nicht fair von Kelso Brown! Das war nicht fair! Big River Jim ist betrunken, wie man sehen kann. Kelso hat ihn ...«

»Ich bin nicht betrunken, und ich wusste genau, was auf dem Spiel für mich stand. Dennoch rechnete ich mir eine Chance aus und verlor meinen Einsatz. Kelso Brown hat fair gewonnen. Ihm gehört mein Floß! Doch er muss meine Leute auszahlen und ihnen eine noble Prämie geben. So soll es sein!« Big River Jim sagt es mit kehliger Stimme.

Er wendet sich an Kelso Brown. »Eines Tages werde ich von dir Revanche verlangen, Kelso.«

»Du bekommst sie überall und zu jeder Zeit«, erwidert Kelso Brown heiser, und in seinen braungelben Augen glitzert es seltsam. Es sind unruhige Lichter in diesem Blick. Von seinem Gesichtsausdruck ist nicht viel zu erkennen, denn sein Vollbart verbirgt so viel.

Big River Jim bekommt nun wieder genügend Luft, und da beginnt er mit einem Male schallend zu lachen.

»Das war ein Spaß – ein höllischer Spaß! Oho, dies war ein richtiger Männerspaß! Hohes Spiel! Hoher Einsatz! Und man muss wie ein Mann verlieren können!«

Er wendet sich zum Schanktisch und ergreift das gefüllte Glas, welches Mike Harris ihm zuschiebt.

»Es lebe das Leben mit all seinem Spaß!« So ruft er es. Dann leert er das Glas, welches bis zum Rand mit Gin gefüllt ist, mit drei langen Zügen.

Als dann das Feuerwasser in seinem Magen brennt, da blickt er sich noch einmal langsam um.

»Das war ein prächtiger …«, beginnt er. Doch seine Stimme wird nun undeutlich.

Er sinkt auf die Knie, als hätte ihn eine Keule getroffen.

Und dann legt er sich auf die Seite und fällt in einen Schlaf, der fast eine Bewusstlosigkeit ist. Er ist nun endlich erledigt wie seine Leute, die gar nicht erst das Floß verließen, sondern dort, wo sie standen, niedersanken und zu schlafen begannen.

Nun erst ist Wild Big River Jim erledigt. Und man wird sich am Fluss von ihm und von Kelso Brown eine neue Geschichte erzählen, eine Geschichte, die Legende werden wird.

Und Kelso Brown wird in dieser Geschichte nicht sehr gut wegkommen.

Nein! Er wird nicht mehr als fair und ehrenwert gelten.

3

Als er erwacht, da spürt er eine Hand, die ihn an der Schulter rüttelt, und er hört eine heisere und bittere Stimme sagen: »Zum Teufel, wach endlich auf, du

Narr! Ich will mit dir reden! Jim, du sollst endlich aufwachen, weil ich dich etwas fragen muss!«

Er öffnet die Augen und erkennt mit einiger Mühe Luke Jacks, seinen vierschrötigen Vormann.

»Ho, Luke, du alte Eule«, ächzt er, »warum lässt du einen alten Mann nicht sein Nickerchen machen?«

»Ich will wissen, ob Kelso Brown ein Recht auf dein Floß hat«, sagt Luke Jacks bitter und knirscht dann mit den Zähnen.

Nun setzt Jim Hannaran sich langsam auf. Erst jetzt fällt ihm Stück für Stück alles wieder ein, und nun erinnert er sich an jenen Moment, da er von der Schwäche übermannt wurde und Kelso Brown ihn ausheben und damit sein Floß gewinnen konnte.

Jim Hannaran möchte nun laut sagen, dass er wahrhaftig ein verrückter Narr war, aber er presst noch rechtzeitig die Zähne zusammen und knirscht damit, als bisse er auf Steinen herum.

»Sicher«, sagt Luke Jacks noch grimmiger, »jetzt knirschst du mit den Beißerchen wie ein Kamel, das Steine frisst. Doch es nützt dir nicht viel, wenn es wahr ist, was Kelso Brown behauptet. Hat er dich besiegen und das Floß gewinnen können?«

»Ja«, sagt Jim Hannaran. »Es war ein fairer Kampf. Ich konnte ihn einfach nicht ausheben. Er war stärker als ich. Ihm gehört das Floß. Doch er muss euch auszahlen und auch eine gute Prämie geben. Leb wohl, Luke! Bringt mit Kelso das Floß gut nach Saint Louis und macht euch dort ein paar lustige Tage. Und jetzt lass mich endlich wieder schlafen.« Er legt sich zurück.

Luke Jacks aber tritt ans Bettende. Von dort starrt er auf ihn nieder und sagt dann grimmig: »Jeder Mann ist sein eigener Hüter, nicht wahr? Dies sagst du immer. Doch ein Mann ist nicht nur dazu auf der Welt, um im wilden Spiel seine Kraft und seine Fähigkeiten zu verschenken. Oha, Jim, du könntest ein wirklich großer Bursche sein, ein Mann, der Großes vollbringen, der etwas aufbauen, etwas schaffen könnte, was ihn überlebt. Dich werden nur einige Legenden überleben, die von verrückten Wetten und verwegenen Abenteuern zu erzählen wissen. Jim, ich bin dir einige Jahre lang überallhin gefolgt. Ich habe immer zu dir gehalten und war dir treu. Doch jetzt bin ich fertig mit dir. Du bist ein Narr! Kelso Brown hat sein Floß verloren. Denn er war genauso verrückt wie du. Und dann sah er, dass du betrunken warst und zog dir das Fell über die Ohren, denn du kannst niemals kneifen. Dies ist deine große Schwäche. Man braucht dir nur eine unsinnige Wette anzubieten, und du wirst sie annehmen. Jim, du bist ein verrückter Junge, noch kein Mann. Ich bin fertig mit dir. Ich kann nicht länger bei dir bleiben und zusehen, wie du dich für jeden Unsinn verschwendest. Ich werde mit Kelso Brown das Floß nach Saint Louis hinunterbringen und dafür sorgen, dass er deine Mannschaft nobel auszahlt, so wie du es getan hättest. Leb wohl!«

Er geht zur Tür, und er ist ein untersetzter, massiger und außergewöhnlich kräftig und hart wirkender Mann, ein Vormann von Flößern und Holzfällern, von denen jeder so hart ist wie … Nun, es gibt hier in diesem Land kaum andere Männer, die ihnen an Härte vergleichbar wären.

Jim Hannaran blickt ihm nach. Es trifft ihn hart, dass Luke Jacks ihn verlässt. Aber er bittet nicht. Auch sucht er nicht nach irgendwelchen Entschuldigungen.

»Viel Glück, Luke«, murmelt er nur.

Aber sein alter Freund und Vormann, mit dem er schon während des Bürgerkrieges zusammen war, blickt sich nicht einmal mehr um.

Die Tür schließt sich hinter ihm.

Jim ist allein.

Sein Hirn ist nun richtig in Tätigkeit gekommen, und so denkt er über sich nach – über sein Leben, das eigentlich nichts anderes als eine Kette verwegener Abenteuer und wilder Späße ist.

Ich bin jetzt fast dreißig Jahre alt, denkt er. Und das Leben war bunt, wild und herrlich. Gewiss, ich habe ein Floß verloren, aber was ist das schon? Das Leben ist immer noch schön! Und ich werde mir im kommenden Jahr ein neues Floß holen, noch größer und von noch besserem Holz. Ich werde mir …

Es ist schon Nacht, als Big River Jim das Hotelzimmer verlässt und hinunter in die Halle geht. Der Portier hinter dem Anmeldepult blickt ihn vorsichtig an und sagt dann: »Mister Hannaran, ich möchte Ihnen mitteilen, dass Mister Kelso Brown für drei Tage Unterkunft und Essen für Sie bezahlt hat. Er sagte, dass Sie vielleicht zwei Tage und Nächte schlafen müssten.«

»Er ist nobel, immer kulant und nobel, dieser Kelso Brown«, erwidert Jim und geht hinaus auf die Hafenstraße von Omaha. In seiner Stimme war ein bitterer und grimmiger Klang.

Es ist noch nicht Mitternacht, und so herrscht überall wilder Betrieb. An den Landebrücken liegen einige Schiffe. Die Stadt ist hell erleuchtet, und sie lärmt und tobt.

Über die mächtige Brücke, die hier den Fluss überspannt und auf zwei Felseninseln einen natürlichen Halt findet, wie ihn mächtige Brückenpfeiler nicht besser bieten könnten, rollt einer der Materialzüge der Union Pacific in Richtung Fremont. Und von dort soll die Linie nach Cheyenne und nach Fort Laramie gehen.

Was werde ich jetzt tun?

Diese Frage stellt sich Jim Hannaran, indes er die Hafenstraße entlang schlendert. Unter seinem alten Hemd trägt er den Geldgürtel, in dem sich noch etwa dreihundertsiebenundfünfzig Dollar befinden müssen.

Das ist nicht viel Betriebskapital für einen Mann, der sein Floß verlor, das an die vierzigtausend Dollar wert ist.

Jim kratzt sich unter dem Hemd und fährt sich dann durch den Bart und durch das dichte, rote und viel zu lange Haar.

»Na gut«, murmelt er.

Man kann hier in Omaha auch bei Nacht jeden Wunsch erfüllt bekommen, denn die Stadt ist Tag und Nacht in Betrieb. Alle Geschäfte und Betriebe sind geöffnet, auch die Badeanstalt, in der man sich auch die Haare schneiden und den Bart abrasieren lassen kann.

Bevor Jim Hannaran kurz nach Mitternacht in die Badeanstalt geht, begibt er sich in einen Store und kauft sich frisches Zeug.

Etwa zwei Stunden später betritt er wieder das Hotel, und wenn er dem Portier nicht schon von früher bekannt gewesen wäre, so würde dieser ihn bestimmt nicht erkannt haben.

Denn nun ist Jim Hannaran ohne Bart, und er ist auf eine männlich-verwegene und etwas wilde Art sogar fast hübsch zu nennen. Sein Mund ist etwas breit, und an seinem markanten Kinn gibt es eine Kerbe. Er wirkt etwas hohlwangig, doch es ist die Hohlwangigkeit eines bis auf das letzte Gramm durchtrainierten Athleten. Er trägt nun eine braune Cordhose, ein grünes Hemd und weiche Stiefel. Sein Haar ist sehr kurz gestutzt und betont so nur den guten Schnitt seines Kopfes.

Er sieht prächtig aus, dieser Jim Hannaran.

Der Portier ist nicht zu sehen. Jim geht nach oben. Sein Zimmerschlüssel steckt innen. Und durch die Ritze schimmert Licht. Er öffnet die Tür und fragt sich, wer wohl in seinem Zimmer auf ihn warten mag.

Es ist jener Joe Skinner. Er sitzt ruhig hinter dem Tisch und kaut an einer kalten Zigarre. Als Jim die Tür geschlossen hat und sich von innen dagegen lehnt, nickt Joe Skinner und verzieht sein breites Gesicht zu einem Grinsen. Er ist dunkelhaarig, und auf seinem Handrücken und Armen sind die Haare dicht wie bei einem schwarzen Pelz.

»Ich hätte Sie auf der Straße nicht mehr erkannt, Jim – höchsten von hinten am Gang«, sagt Joe Skinner. »Wie geht es Ihnen, Jim?«

In seinen Augen ist ein festes Forschen, und Jim Hannaran beginnt irgendwie zu spüren, dass er diesen Mann gestern nicht richtig eingeschätzt hat. Dieser Joe Skinner benahm sich zwar wie einer der primitiven und hartbeinigen Burschen vom Fluss. Und er wirkt auch äußerlich ziemlich grob und auf eine bullige Art primitiv wie all die Burschen, die auf dem Missouri leben und sich immer wieder da und dort in den Saloons treffen, um Spaß jeder Art zu bekommen. Aber in seinem Blick ist nun mehr zu erkennen. Auch seine Sprache ist nicht mehr so rau und primitiv wie gestern im Saloon. Er drückt sich besser aus, meidet alle Kraftausdrücke und spricht wie ein gebildeter Mann.

»Sind Sie gekommen, um mich zu fragen, wie es mir geht?«, fragt Jim Hannaran gedehnt.

Joe Skinner schüttelt seinen massigen Kopf. Er wirft den kalten Zigarrenstummel in den Spucknapf, holt eine Zigarrentasche hervor und hält sie Jim hin.

»Ich bin gekommen«, sagt er, »um Ihnen eine interessante Geschichte zu erzählen. Nehmen Sie Platz, Mister Hannaran. Schließen Sie aber zuvor die Tür ab, und dann rauchen wir eine gute Zigarre aus Havanna. Jim, ich verspreche Ihnen, dass Sie Ihre Zeit nicht verschwenden. Diese Geschichte wird zumindest interessant sein.«

Big River Jim Hannaran überlegt kurz, und er zögert dann unmerklich. Denn sein Instinkt warnt ihn. Er hat das Gefühl eines erfahrenen Wolfes, der den Stahl einer Falle wittert, solch eine Falle jedoch noch nicht kennt und nicht weiß, was da auf ihn lauert.

Aber dann bewegt er sich doch durch das Zimmer. Er nimmt eine Zigarre aus Joe Skinners Etui und geht damit zu seinem Bett. Er lässt sich auf dem Bettrand nieder und setzt die Zigarre umständlich in Brand. Auch Joe Skinner tut dies. Dabei betrachten sie sich immer wieder, beobachten sich und schätzen sich ab.

»Nun gut, dann erzählen Sie Ihre Geschichte mal«, murmelt Jim. »Ich habe zur Zeit nicht viel vor. Warum sollte ich mir nicht eine Geschichte anhören?«

»Eben! Warum nicht?«

Joe Skinners Stimme klingt leise und präzise. Es ist eine Stimme, die gewohnt ist, Befehle zu erteilen. Jim findet diesen bulligen Mann nun sehr erstaunlich. Und er hört ihn sagen:

»Damals vor wenig mehr als vier Jahren wurde Vicksburg von der Nordarmee belagert, nicht wahr? General Ulysses Grant ließ die Festung siebenundvierzig Tage und Nächte lang beschießen, und am vierten Juli achtzehnhundertdreiundsechzig fand die Kapitulation statt, nicht war?«

Jim nickt. »Dies ist mir bekannt«, murmelt er, und er stellt keine Fragen. Er hockt nur ruhig wartend und rauchend da und betrachtet den so überaus erstaunlichen Joe Skinner.

»Es waren eine Menge Menschen in Vicksburg«, fährt Joe Skinner wieder fort, »die sich mit ihrem kostbarsten Besitz dorthin gerettet hatten. Eine Menge Schätze gab es damals dort – Juwelen von kostbarster Art. Doch es herrschte Hungersnot in der Stadt, Krankheit und … Nun, man konnte sich ausrechnen, dass bald die Kapitulation erfolgen musste. Und man wollte all die kostbaren Dinge natürlich retten.«

Er macht eine Pause und betrachtet Jim fest.

»Oho«, sagt dieser, »ich glaube schon, dass dort ein großer Schatz zusammengekommen ist. Konnte das Zeug denn gerettet werden, bevor die Truppen des Nordens in die Stadt kamen?«

Joe Skinner grinst breit.

»Es wurde fast alles herausgeschafft. Irgendwo wartete ein kleines und schnelles Dampfboot, welches nach Cuba sollte. All die kostbaren Dinge kamen auf Schleichwegen an Bord. Ich weiß es. Denn ich war der Kapitän dieses kleinen Dampfbootes.«

»Aha«, macht Jim nur und betrachtet sein Gegenüber noch aufmerksamer.

Joe Skinner wischt sich über sein breites Gesicht. »Unser Durchbruch gelang nicht«, murmelt er. »Die Blockade des Nordens war zu dicht. Man schnappte uns draußen auf See, und es gab einen schlimmen Kampf, der für uns in der Gefangenschaft endete. Der Norden nahm fast die ganzen Kostbarkeiten in Beschlag. Aber nicht alle! Denn einige besonders wertvolle Dinge befanden sich in einem überaus sicheren Versteck. Und dort befinden sie sich mit großer Sicherheit heute noch. Es handelt sich um sehr kostbare Perlen, Diamanten und ähnliche Dinge, die nur wenig Platz benötigen und einen Wert von mehr als einer halben Million Dollar besitzen. Ich weiß, wie man sie binnen weniger Minuten aus dem Versteck nehmen kann – ein Vermögen, welches niemandem mehr gehört.«

Wieder verstummt er.

»Na gut«, erwidert Jim. »Herzlichen Glückwunsch! Dann gibt es dieses Dampfboot also noch. Und sie brauchen nur an Bord zu gehen und ...«

»So einfach ist das nicht«, murmelt Joe Skinner. »Ich wurde damals schlimm verwundet und brauchte ein Jahr, um wieder ein gesunder Mann zu sein. Dann brauchte ich fast zwei Jahre, um herauszufinden, wo das Dampfboot hingekommen war. Oh, es hatte eine ganze Reihe von Besitzern. Doch jetzt gehört es ...«

Er verstummt. Nochmals betrachtet er Jim fest.

»Ich biete Ihnen eine Partnerschaft, Jim Hannaran. Ich biete Ihnen den halben Anteil, wenn Sie mir helfen. Ich bin ein Mann vom Mississippi. Ich würde Jahre nötig haben, bis ich mich am oberen Missouri und seinen Nebenflüssen so auskenne wie Sie, Big River Jim. Und ich sah gestern, wie fair Sie kämpfen und auch verlieren können. Sie würden niemals einen Partner betrügen. Sie sind wild und leichtsinnig, verwegen und unbändig. Doch hier drinnen sind Sie ehrlich und gut. Sie stehen zu Ihrem Wort. Kurzum, ich habe erkannt, dass Sie der richtige Partner für mich wären. Mit Ihrer Hilfe könnten wir zum Ziel kommen. Eine halbe Million Dollar gehörte dann uns. Und dazu gäbe es noch einen verwegenen Spaß. Wie wäre es damit, Jim Hannaran?«

Dieser betrachtet ihn vorsichtig wie einen Versucher. Doch dann kommt er genau auf den Kern der Sache und fragt ruhig:

»Wer besitzt das Flussboot jetzt? Denn das ist wohl der Haken an dieser Sache, nicht wahr?«

Joe Skinner zögert lange. Dann zuckt er mit den Schultern.

»Es handelt sich um die Orleans Queen. Aber sie bekam dann verschiedene Namen. Jeder Besitzer nannte sie anders. Sie wurde zuletzt Silverbell genannt und vor drei Monaten im Siouxland von Flusspiraten gekapert, als sie mit hundertfünfzig Passagieren aus dem Goldland von Montana kam. Ich habe in Erfahrung bringen können, dass sie immer noch irgendwo im Land des oberen Missouri sein muss. Und dort kennen Sie sich doch aus, Jim, nicht wahr?«

Jim Hannaran nickt langsam. »Ja«, murmelt er, »dort kenne ich mich aus. Denn dort gibt es die besten Bäume der Welt – alles edle Riesen von stolzem Wuchs. Und jeder von ihnen ist in Saint Louis ein kleines Vermögen wert. Man muss ins Siouxland gehen, wenn man besonderes Holz zu Tale fördern möchte. Und ich habe auch die Silverbell gesehen. Sie gehört einer Renegaten-Bande. Sie gehört einem Mann, der Captain John Buncharan genannt wird.«

»Und wir brauchen nur hinzugehen und den Schatz aus dem Versteck zu holen«, sagt Joe Skinner hart. Er sieht Jim fest an, und dieser erwidert seinen Blick. Sie forschen in den Augen des Gegenübers, versuchen in ihn einzudringen. Dann spricht Joe Skinner schwer:

»Wollen wir es versuchen? Wollen wir Partner sein? Ich kenne das Versteck des Schatzes. Und du kennst den Weg zur Silverbell, Jim.«

»Mit John Buncharan ist nicht zu spaßen«, murmelt Jim. »Er ist der einzige Mann auf dieser Erde, mit dem ich keinen Streit bekommen möchte und vor dem ich so etwas wie Furcht verspüre.«

Er schüttelt leicht den Kopf. »Dieser John Buncharan ist mit menschlichen Maßstäben nicht zu messen. Er ist völlig unberechenbar und gefährlich wie ein verrückter Despot. Sicherlich ist er auch irgendwie verrückt. Er hat im Indianerland eine große Menge Anhänger. Er sammelt alle Renegaten und will eine Art Staat errichten. Er hat sich mit allen Indianerstämmen verbündet und bekommt immerzu Zuzug. Geächtete, Deserteure der Armee, einstige Guerillas von Quantrills Bande – und überhaupt der ganze Abschaum der Grenze zieht zu ihm. Er wird mehr und mehr zu einer Macht im Land, die mit Hilfe der Indianerstämme den Vereinigten Staaten von Amerika eine Menge Verdruss bereiten kann. Man müsste schon heute eine Armee aufbieten, um seiner habhaft zu werden.«

Als er dies gesagt hat, betrachtet er Joe Skinner aufmerksam.

Dieser nickt entschlossen. »Dies alles ist mir bekannt«, sagt er. »Und ich dachte mir, dass du ihn gut kennst und auch weißt, wie man zu ihm kommen kann. Wir brauchen nur zehn Minuten ungestört an Bord seines Schiffes zu sein. Dann haben wir alles, was wir wollen, und können uns aus dem Staub machen. Eine halbe Million Dollar ist das

Zeug wert. Es ist leicht zu transportieren. Wollen wir Partner sein? Ich habe während der letzten Wochen eingesehen, dass ich es allein nicht schaffen könnte. Es ist ein Spiel des Zufalls, dass ich nun den einzig richtigen Partner finden konnte.«

»Und der bin ich?«, fragt Jim und grinst schief.

Joe Skinner nickt ruhig. »Genau! Ein Mann, der so zu seinem Wort steht und so eine Wette verlieren kann wie du, Jim Hannaran, der wird niemals einen Partner betrügen. Dessen bin ich sicher. Dieser Kelso Brown hat dich reingelegt. Du warst betrunken, und er war noch nüchtern. Niemand hätte es verurteilt, wenn du eine Wiederholung dieses Wettkampfes verlangt haben würdest. Doch dein Stolz ließ es nicht zu. Und so wird dein Stolz immer deine Handlungen bestimmen. Ich würde dir immer vertrauen. Und ich gebe dir mein Wort, dass auch du ...«

»Ich werde über die Sache nachdenken«, unterbricht ihn Jim. »Ich will es einmal überschlafen. Bis morgen also, Joe Skinner!«

Dieser erhebt sich ruhig und ohne Hast.

»Das ist in Ordnung«, sagt er und geht hinaus. Er schließt die Tür sehr leise und sorgfältig.

Und Big River Jim Hannaran legt sich indes der Länge nach aufs Bett. Er raucht immer noch an der Zigarre. Es ist eine gute Zigarre.

Ich werde wohl mitmachen, denkt Jim. Es geht um eine Viertelmillion Dollar, und ich müsste mehr als zehn Jahre lang mit einer Mannschaft edle Hölzer schlagen und den Strom abwärts schaffen, bis ich diese Summe verdienen könnte. Und selbst dann hätte ich sie ja nicht mit einem Mal zur Verfügung. Oho, es juckt mich mächtig, dieses Geschäft! Doch dieser John Buncharan ...

Er beginnt über den Mann nachzudenken, und er verspürt wieder die unbestimmten Warnsignale seines Instinktes.

Aber dann schläft er plötzlich ein. Er hat noch viel nachzuholen.

Am nächsten Morgen kommt Joe Skinner zu ihm an den Frühstückstisch des Hotel-Restaurants.

»Ich mache mit«, sagt Jim knapp und richtet seine Aufmerksamkeit nur noch auf die sechs Spiegeleier und den Speck, den heißen Kaffee und das würzige Brot.

Auch Skinner bestellt sich solch ein Frühstück. Erst nach einer Weile fragt er: »Wann und wie reisen wir?«

»Ich habe mich schon erkundigt. Gegen Mittag geht ein Schiff nach Fort Lincoln den Fluss hinauf. Es wird voller Soldaten und Material für die Armee sein. Sehen Sie nur zu, Joe, dass wir zwei Plätze bekommen.«

»Wir sind Partner, und wir sollten du zueinander sagen«, murmelt Joe Skinner. Er stopft die letzten Bissen in den Mund und verlässt eilig das Restaurant. An der Tür rennt er fast eine junge Frau um, die hell und strahlend herein will, als wäre sie der Sonnenschein.

Sie lacht leise, als er sich entschuldigt, sie anstarrt und einen Moment ein Staunen erkennen lässt.

Aber dann geht er schnell hinaus.

Auch Jim Hannaran betrachtet das blonde Mädchen, und er hält es auf den ersten Blick für jünger, als es ist. Dann, als sie am Nebentisch Platz nimmt und er sie lange genug betrachten und studieren konnte, glaubt er, dass sie kein junges Mädel mehr ist. Sie wirkt sehr sicher, selbstständig und ganz so, als könnte sie überall auf dieser Welt für sich sorgen.

Er beobachtet sie immerzu, denn sie interessiert ihn immer mehr. Als sie die Bestellung aufgibt, hört er an ihrer Sprechweise, dass sie aus Texas sein muss.

Eine blondhaarige und blauäugige Texanerin, denkt er.

Plötzlich wendet sie leicht den Kopf und erwidert seinen Blick. Da lächelt er ihr zu und sagt: »Nicht böse sein. Ich kam gestern erst mit einem Floß den Fluss herunter und lebte einige Monate in der Wildnis. Es geht mir wie einem Burschen, der lange keine Rose sah. Und nun erblickt er eine und muss sie anstaunen.«

In ihren dunkelblauen Augen funkelt es.

»Ich weiß, wie das ist«, sagt sie und lächelt. »Und Sie sind Big River Jim, nicht wahr? Ich hörte von Ihnen. Man spricht in der ganzen Stadt über ihren verlorenen Wettkampf gegen Kelso Brown. Sind Sie immer so leichtsinnig, Mister?«

»Fast immer«, seufzt er. »Haben Sie schon einen Mann oder sind Sie noch zu haben?«

Sie ist nur einen winzigen Moment ärgerlich. Das kann er in ihren Augen erkennen. Dann lächelt sie wieder, und er weiß nun, dass sie eine Frau ist, die viel unter Männern lebte.

»Man merkt, dass Sie mitten aus der Wildnis kommen, Mister Hannaran.« Wieder lächelt sie.

»Ja, mein Benehmen ist schlecht«, pflichtet er ihr bei. »Ich brauche eine Weile ihre Gesellschaft, Madam. Dann würde ich mich sehr schnell wieder zurückverwandeln können in einen einigermaßen zivilisierten Gentleman. Aber da fällt mir wieder ein, dass ich ein armer Schlucker geworden bin, der einer Lady nichts bieten könnte. Es tut mir Leid, wenn ich schon wieder aussteige, bevor ich richtig eingestiegen bin. Könnte ich vielleicht ihren Namen wissen und auch in Erfahrung bringen, wo ich Sie in drei bis vier Monaten finden könnte?«

Sie schüttelt nun doch ärgerlich den Kopf.

»Mister, Sie sind verrückt«, sagt sie.

Doch er nickt und erhebt sich. Er wirft ein Geldstück auf den Tisch und sagt: »Manchmal glaube ich auch, dass ich irgendwie anders bin. Aber ich habe erkannt, dass Sie mit Männern eine Menge Erfahrung haben. Und ich glaubte, dass ich Sie klipp und klar etwas fragen könnte. Sie gefallen mir. Seit Jahren bin ich mir nicht mehr so sicher gewesen, was mein Urteil über eine Frau betrifft. Ich wusste sofort, dass wir uns gut verstehen würden, lernten wir uns erst besser kennen und blieben wir eine Weile zusammen.«

»Du lieber Gott«, spricht sie bitter und betrachtet ihn auf eine mitleidige Art. »Was sind Sie doch für ein primitiver Bursche, Big River Jim Hannaran. Sie sind nicht mehr im Indianerland und haben keine Squaw vor sich. Und ...«

Er kam an ihren Tisch zurück, beugte sich nieder und sieht sie aus nächster Nähe an.

Sie verstummt unwillkürlich.

»Wenn ein richtiger Mann und eine richtige Frau sich begegnen«, sagt er ruhig zu ihr nieder, und sie spürt seinen Atem, »dann gelten die uralten Regeln. Aber verzeihen Sie, dass ich Sie belästigt habe.«

Er verbeugt sich, wendet sich und geht hinaus.

In sich verspürt er ein starkes Bedauern, und er schimpft sich aus. Er war wirklich grob und primitiv. Selbst hier in diesem Land, wo doch alle Dinge grober und primitiver sind, fiel er soeben ziemlich aus der Rolle. Es gibt eigentlich keine Entschuldigung dafür.

Aber er glaubte, dass sie eine erfahrene Frau wäre – eine richtige Vollblutfrau, so wie er ein Vollblutmann ist. Und er glaubte, dass er einfach nur zu sagen brauchte, wie sehr sie ihm gefiele.

Dies war ehrlich. Ja, sie gefiel ihm im selben Moment, da er sie anblickte und irgendwie von ihr etwas ausging, was ihn berührte. Er wusste genau, dass auch sie den Anprall einer Strömung spürte, die von ihm ausging. Er konnte es erkennen.

Aber dann wurde er zu primitiv. Er hat sie beleidigt, und sie sagte ihm, dass sie keine Indianersquaw sei. Das traf ihn wie eine kalte Dusche.

Ich bin vollkommen verwildert, denkt er. Ich lebe ständig in den Wäldern oder auf dem Fluss, komme nur dann und wann einmal in eine zivilisierte Stadt und werde mehr und mehr zu einer Art Steinzeitmensch. Zum Teufel mit mir! Es passt zu meiner verrückten und wilden Art, einfach ein wertvolles Holzfloß zu verwetten.

Er spürt nun zu seinem starken Bedauern auch noch eine heftige Unzufriedenheit mit sich.

Ich sollte ein anderes Leben anfangen, denkt er, indes er einen Store betritt, um noch einige wichtige Dinge zu kaufen. Indes er dann wartet, bis der Verkäufer ihm das Gewünschte zusammenpackt, stellt er sich die Frage, wie er überhaupt ein anderes Leben anfangen könnte.

Denn er ist doch schon wieder im Begriff, sich in das wildeste Leben zu begeben, welches ein Mann nur leben kann.

Er will zu Captain John Buncharan ins Indianerland.

4

Das Dampfschiff heißt ›Herkules‹, und es ist voll gepfropft mit Soldaten, Zivilisten, Ausrüstung und tausenderlei anderer Dinge.

Jim Hannaran und Joe Skinner bekamen noch zwei Decksplätze. Sie stehen unter all den anderen Passagieren an der Reling und beobachten das Ablegemanöver des Schiffes, als sie noch im allerletzten Moment, als man schon die letzte Planke einziehen will, zwei Passagiere an Bord kommen sehen.

Jim Hannaran staunt sehr. Denn er erkennt jene blonde Texanerin, die er zuerst gewiss irgendwie beeindruckt und dann beleidigt hat durch seine Art, die keine Umschweife machen wollte.

Er betrachtet aufmerksam den Mann, der mit ihr an Bord kommt und zwei Reisetaschen trägt. Es ist ein nicht sehr großer und auch nicht mehr junger Mann. Er trägt die beiden Reisetaschen auf eine sehr bemerkenswerte Art. Eine Tasche hat er unter seinen rechten Arm geklemmt und trägt die zweite darunter mit der dadurch noch freien Rechten am Griff gepackt.

Die Linke ist frei. Und er ist ein Mann, der tief unter der linken Hüfte einen dunklen Revolver trägt.

Jim spitzt die Lippen zu einem lautlosen Pfiff. Oho, denkt er, da seh ich einen Revolvermann, der seine Linke stets für den Revolver frei und in Bereitschaft hält, zumal er jetzt an Bord eines Schiffes kommt, welches mit Menschen gefüllt ist, unter denen sich vielleicht ein Feind aus früheren Tagen befinden könnte.

Jim Hannaran betrachtet ihn genau, und er sieht nun in ein faltiges Gesicht, ruhig und still wirkend, doch mit einer scharfen Falkennase und einem Mund, der wie die feine Narbe eines Messerschnitts wirkt. Der Mann hat hellblondes Haar, welches man zuerst für weiß hält. Aber so alt kann er noch nicht sein. Dies erkennt man an seinen Bewegungen.

Er trägt einen schiefergrauen Cordanzug, weiche Stiefel und einen flachkronigen Hut mit nicht sehr breiter Krempe. Auf seiner Weste ist eine dicke goldene Uhrkette zu erkennen.

Jim wird sich darüber klar, dass auch Joe Skinner diesen Mann scharf betrachtet.

»Kennst du ihn, Joe?«, fragt er. Dieser nickt nachdenklich. »Ich begegnete ihm während der vergangenen Woche einige Male«, murmelt er. »Und ich hielt es für Zufall. Ich wusste auch nicht, dass er und dieses Mädel offensichtlich zusammengehören. Sie haben es gerade noch mit Mühe und Not geschafft, an Bord zu kommen. Na gut, Jim, es mag etwas zu bedeuten haben, oder auch nicht. Dies ist Mister Vance Chance, einer von den ...«

»Ich weiß – ich habe genug Geschichten von seinen Revolverkämpfen gehört«, unterbricht ihn Jim. »Das soll der legendäre Vance Chance sein? Den hab ich mir aber anders vorgestellt.«

»Er ist es, Jim! Ich kenne ihn. Sieh, er muss es verstanden haben, für seine Begleiterin eine Kabine zu bekommen. Sicherlich hat er jemanden dazu überredet, ihm für das Mädel die Kabine zur Verfügung zu stellen. Sie gehen nach oben. Ich aber frage mich, ob es Zufall ist, dass er den gleichen Weg reist wie ich – immer wieder.«

»Das wird sich eines Tages bestimmt herausstellen«, murmelt Jim. »Das Leben ist voller Wunder und Überraschungen. Warum gehst du nicht mal zu ihm hin und fragst ihn, warum er immerzu in deiner Nähe auftaucht?«

Joe Skinner hält seinen Mund fest geschlossen, schnauft leicht durch die Nase und starrt Jim an.

Plötzlich nickt er. »Das werde ich tun«, murmelt er. »Bei der nächsten Gelegenheit werde ich das tun.«

Stunden vergehen. Die ›Herkules‹ kämpft sich mithilfe ihres riesigen Schaufelrades am Heck gegen die wilde Strömung den Missouri hinauf. Big River

Jim kennt viele Männer der Mannschaft und auch die Eigner und Kapitäne des Schiffes. Es wird ihm deshalb auch gern gestattet, das Hauptdeck zu verlassen. Er klettert zum Texasdeck empor und von dort aus zum Sturmdeck empor. Vor dem Ruderhaus hockt er sich auf die Planken des Decks nieder, lehnt seinen Rücken gegen das Ruderhaus und starrt voraus, folgt mit seinem spähenden Blick den Windungen des Stromes.

Im Westen das Ufer gehört zu Nebraska. Im Osten das Ufer ist Iowa.

Und die Fahrt geht nach Norden.

Bald schon werden sie rechts und links des Flusses das Dakota-Territorium haben, das Indianerland.

Jim liebt dieses Land, und er liebt diesen Fluss. Er mag ihn immer wieder neu. Denn dieser wilde und gewaltige Fluss ändert sich immerzu.

Auch ich bin so, denkt er in ehrlicher Selbsterkenntnis.

Doch dann denkt er wieder an das Mädchen. Ja, sie ist doch keine Frau. Es gab noch keinen Mann, der ihr seinen Namen gab. Sie heißt Anne Shayne, dies weiß er inzwischen von dem Steward, der die Kabinen betreut. »Es ist Miss Anne Shayne«, hatte der Steward zu ihm gesagt. »Und sie hat mit ihrem Begleiter, den sie Onkel nennt, Plätze bis zum Ende der Schiffslinie gekauft.«

Jim weiß, wo das Ende der Linie ist, nämlich oben in Montana bei Great Falls. Von dort aus gibt es einige gefährliche Wege nach Süden zu den Goldfeldern bei Bozeman, im Gallatin Valley und zur Last Chance Gulch.

Sollte Anne Shayne ins Goldland wollen? Sollte sie eine jener Abenteuerinnen und Glücksritterinnen sein, die im Goldland auf ihre Weise das Goldene Vlies zu finden hoffen?

Diese Frage stellt sich Jim immer wieder.

Es wird dann Abend, und die Nacht kommt blau von Osten über Iowa herbei und löscht die feurige Glut der Sonne am Himmel aus. Die Sterne beginnen zuerst blass zu leuchten, werden klarer und funkelnder.

Und dann kommt Joe Skinner herauf und stößt einen schnaufenden und zugleich auch knirschenden Laut aus, als er Jim findet. Er hockt sich zu ihm und sagt knapp:

»Ich habe ihn gefragt, ob es Zufall ist, dass er nun schon seit Wochen immer dort auftaucht, wo ich bin. Ich habe diesen Revolvermann Vance Chance wahrhaftig klar und sachlich gefragt.«

»Oho«, murmelt Jim nur. Aber er stellt keine Fragen. Darüber ist Joe Skinner offensichtlich ärgerlich, denn er stößt einen grollenden Ton aus und fragt: »Interessiert dich, was dann geschah?«

»Erzähle nur, Freund Joe.«

»Vance Chance bat mich zu dem Mädel in die Kajüte. Sie nennt ihn Onkel Vance. Er ist schon seit Monaten hinter mir her und ließ mich von Helfern beobachten. In Saint Louis stieß dann das Mädel zu ihm. Und seitdem sind die beiden hinter mir her. Sie wollen den Schatz bergen so wie wir.«

»He«, macht Jim nur. Dann aber fragt er doch: »Und mit welchem Recht sind sie hinter dem Schatz her?«

Joe Skinner knirscht wieder mit den Zähnen. »Dieser Vance Chance«, sagt er, »gehörte damals zu den Leuten, die mir all die Kostbarkeiten auf Schleichwegen an Bord brachten. Es war bei Nacht und Nebel, und ich habe ihn nicht erkannt. Er aber wusste genau, was an Bord gekommen war. Irgendwie bekam er auf ähnliche Art wie ich heraus, dass die kostbarsten und wertvollsten Dinge noch in ihrem Versteck sein müssen. Er suchte zuerst nach mir, und als er mich gefunden hatte, fand er sehr schnell heraus, dass ich nach dem Schiff suchte. Er konnte sich leicht ausrechnen, warum ich die Fährte des Schiffes verfolgte. Nun, wir hatten eine sehr lange und ernste Unterredung. Es hätte wenig Sinn, jedes einzelne Wort zu wiederholen. Auf das Ergebnis kommt es an.«

»Und wie steht es damit?« Jim fragt es fast lässig. Aber wer ihn genau kennt, der weiß, dass er nun sehr interessiert ist.

»Sie wollen den halben Anteil«, erwidert Skinner. »Sie glauben, dass wir unterwegs sind, um den Schatz zu bergen. Sie sind davon überzeugt, dass ich nun weiß, wo das Schiff zu finden ist. Sie wollen den halben Anteil. Dieser Vance Chance sagte, dass wir ihn nicht mehr abschütteln könnten. Er würde uns überallhin folgen und den Anteil auch mit Gewalt kassieren. Er sagte dies ganz offen und sachlich, und ich sah dabei in seine Augen und erkannte erst in dem Moment richtig, wie gefährlich er ist und wie selbstverständlich die Sache für ihn wäre.«

»Und das Mädel – diese Anne Shayne?« Jim fragt es etwas gepresst.

Joe Skinner lacht bitter. »Die behauptet, dass einige dieser Kostbarkeiten aus dem Besitz ihrer Familie stammen. Sie und ihre Familie waren damals in Vicksburg. Und Vance Chance arbeitete damals für ihren Vater und war von diesem beauftragt worden, den Familienschatz an Bord meines Schiffes zu bringen. Sie ist die einzige Überlebende dieser Familie, so behauptet sie. Und sie konnte mir sogar die Perlenkette und einige andere Schmuckstücke beschreiben. Aber ich halte sie dennoch für eine Abenteurerin, die auf diese Art einen Schatz heben will.«

»Na gut«, sagt Jim ruhig, »jetzt nehme ich die Sache in die Hand. Irre ich mich in der Annahme, dass der Revolvermann Vance Chance vor der Kabine des Mädels sein Lager aufgeschlagen hat?«

»Nein – er hält sich dort auf wie ein gezähmter Tiger, der etwas bewachen will.«

»Na gut«, sagt Jim Hannaran nochmals. »Wir werden zusehen, dass wir ein Abendbrot bekommen. Und dann will ich mich einige Stunden aufs Ohr legen. Mach dir nur keine Sorgen mehr, Joe. Dieses Mädel ist ohne den Revolvermann nicht in der Lage, uns zu folgen, wenn wir erst von Bord gehen und uns auf den Weg zu Mister John Buncharan machen. Diesen Revolvermann werde ich vor Tagesanbruch in den Fluss werfen.«

»He«, staunt Joe Skinner, »du machst da keine Scherze? Du willst einen Burschen wie diesen Vance Chance einfach in den Fluss werfen?«

»Er wird sicherlich schwimmen können«, erwidert Jim gelassen. »Ich konnte Burschen, die so eiskalt mit dem Revolver umgehen, die damit auf größere Entfernung töten können und jeden ehrlichen Männerkampf meiden, nie leiden. Sie halten sich für eine Art Halbgötter, weil sie Herr über Leben und Tod sind. Und dabei sind sie oft genug nur Wichte, die nichts anderes können als schnell und sicher schießen. Ich verachte diese Sorte. Und ich lasse mich von ihr nicht erpressen oder teile gar mit ihnen. Ich nicht! Dieser Bursche wird sich wundern.«

Joe Skinner sagt nichts mehr. Er staunt immer noch. Und vielleicht denkt er nun daran, wie Jim ihn besiegte. Wäre Jim danach nicht immer betrunkener geworden, so hätte er gewiss auch Kelso Brown besiegt. Daran denkt Joe Skinner wohl nun.

Und wahrscheinlich hat er deshalb Hoffnung, dass Jim Hannaran sogar mit einem Mann wie Vance Chance zurechtkommen kann.

Etwa eine Stunde vor Morgengrauen macht Jim Hannaran sich auf den Weg. Er ist nach dem Abendessen wieder hinauf zum Sturmdeck geklettert, hat das Ruderhaus betreten und sich eine Weile mit dem Steuermann unterhalten.

Es ist völlig klar, dass bei dieser klaren und hellen Vollmondnacht das Schiff durchfahren wird.

Jim hat sich dann eine Weile zur Ruhe gelegt. Und nun geht er den Niedergang zum Texasdeck hinunter. Er pfeift leise dabei und benimmt sich wie ein Mann der Besatzung. Als er die Treppe verlässt, wendet er sich nach vorn. Er klettert über einige

Schläfer hinweg, die hier vor den Kabinen auf dem Deck liegen. Es handelt sich zumeist um Männer, deren Familien drinnen Platz fanden. Aber es sind nicht viele.

Vor Anne Shaynes Kabine hockt Vance Chance. Er hat die Knie hoch gezogen und den Kopf vorgeneigt. Sein Hut berührt mit der Krempe die hoch gezogenen Knie. Die Arme hat er über die Brust verschränkt. Die Linke ist unter der Jacke verborgen. Es ist sicher, dass er seinen Revolver in der Hand hält, denn ein Mann wie er hat sich auf dieser Welt viele Feinde geschaffen und kann es sich nicht leisten, in aller Öffentlichkeit schutzlos zu schlafen.

Als Jim an ihm vorbeigeht, rührt sich nichts an diesem Revolvermann. Wie er dort so an der Kabinenwand kauert, wirkt er sehr klein und unscheinbar, ganz und gar wie einer der vielen müden Passagiere, die keinen Innenplatz mehr bekommen haben und überall auf Deck schlafen.

Jim merkt sich genau die Haltung des Revolvermannes. Er weiß, dass er blitzschnell sein muss, will er ihn ausschalten. Er glaubt auch ganz bestimmt, dass Vance Chance bei seiner Annäherung aufgewacht ist wie ein feinnerviger Kater. Aber er bewegt sich mit keiner Faser seiner Muskeln. Jim hofft, dass der gefährliche Mann sich nun, da er an ihm vorbeigeht, entspannt.

Er geht bis zur vorderen Reling des Texasdecks und späht voraus über den Fluss. Die Sterne und der Mond lassen den bei Tag so schmutzig und schlammig wirkenden Strom wie silbern glänzen. Weit voraus tauchen nun die ›Sieben Schwestern‹

auf, sieben Inseln, von denen es eine Indianersage gibt. Die Fahrrinne durch dieses Inselsystem ist nicht ungefährlich. Die Männer im Ruderhaus und vorn auf dem Vorschiff werden ihre Aufmerksamkeit voll nach vorn richten müssen.

Jim Hannaran entschließt sich nun, die Sache zu wagen. Er kehrt um und geht den gleichen Weg zurück, den er gekommen ist. Und wieder bewegt er sich sorglos wie ein Mann der Besatzung und pfeift leise zwischen den Zähnen.

Als er bei Vance Chance ist, erkennt er sofort, dass dieser sich nicht bewegt hat und nicht einen Millimeter seine Haltung veränderte.

Und das hat er gehofft. Denn so fällt es ihm leicht, sich binnen eines Sekundenbruchteils zu entscheiden.

Sein Fuß stößt blitzschnell zu, und die Stiefelspitze seiner neuen Stiefel trifft schnell und hart genau den richtigen Punkt.

Es ist der Ellbogenknochen von Vance Chances Linker, und dass Jim diesen Punkt genau richtig trifft, davon hängt alles ab. Nur so und auf diese Art kann er den gefährlichen Revolvermann daran hindern, seine Waffe zu benutzen.

Solch ein Schlag oder Stoß gegen den Ellbogenknochen macht für einen Moment den ganzen Arm gefühllos und hat die Wirkung eines elektrischen Schlages.

Dass Jim Hannaran so sicher und blitzschnell genau diesen Punkt trifft, beweist jedoch auch, wie wundervoll schnell und sicher er sich bewegen kann. Seine Körperbeherrschung ist außergewöhnlich.

Vance Chance stößt einen zischenden Laut aus. Er wirft sich auf die Seite, will fortrollen und hat sicherlich die Absicht, dann aufzuschnellen. Er will zuerst einmal aus Jim Hannarans Reichweite kommen. Und vielleicht hat er noch eine zweite Waffe bei sich, die er mit der Rechten hervorholen kann.

Jim Hannaran lässt ihm keine Zeit. Er wirft sich auf den kleineren Mann wie ein Berglöwe auf einen Wildkater. Und er schlägt ihm die Handkante gegen den Nacken. Auch dies geschieht schnell und sicher. So gefährlich Vance Chance auch als Revolvermann sein mag – und gewiss auch ist –, ohne Waffe hat er gegen einen Mann wie Jim Hannaran, der in den Wäldern lebt, Baumriesen fällt und sie den Strom abwärts bringt, keine Chance, mag er auch selbst »Chance« heißen.

Dieser Kampf dauert nur wenig mehr als zwei Sekunden, und er ging vollkommen lautlos vonstatten. Die Geräusche des Schiffes, welches sich machtvoll gegen die starke Strömung stromaufwärts kämpft, sind stark genug, um selbst das Füßescharren und das Keuchen der Männer zu übertönen.

Jim richtet sich zu kauernder Haltung auf. Er späht den Gang zwischen Reling und Kabinen entlang. Nur wenige Schritte weiter hocken die anderen Schläfer an Deck. Doch sie bewegen sich nicht. Sie schlafen.

Jim findet den Revolver des Mannes. Er musste ihn unter der Jacke wahrhaftig in der Hand gehalten haben. Doch er ist ihm entfallen, als sein Revolverarm gefühllos wurde. Jim schiebt die Waffe hinter seinen Hosenbund und durchsucht den Mann dann nach weiteren Waffen. Er findet in der Hosentasche einen kleinen Colt-Derringer, und er weiß, dass Vance Chance sich deshalb herumwälzen und von ihm freikommen wollte.

Er nimmt auch diese Waffe an sich. Dann wartet er. Er hockt dicht bei Vance Chance, und es dauert nur wenig mehr als zwei Minuten, bis dieser erwacht. Jim legt ihm die Hand auf die Schulter.

»Nur langsam und vorsichtig, mein Freund«, murmelt er.

Sie richten sich beide sehr langsam auf. Vance Chance betrachtet ihn schweigend. Die Nacht ist hell genug, selbst hier unter dem überragenden Sturmdeck, von dem der Gang überdacht wird. Jim kann des Revolvermannes helle Augen funkeln sehen. Aber Vance Chance schimpft oder droht nicht. Er sagt kein Wort, steht nur wartend da. Und gerade dieses Verhalten beweist, dass er ein sehr beherrschter Mann ist – und ein gefährlicher. Oh, er weiß genau, dass er ohne seinen Revolver gegen einen Mann wie Jim Hannaran nur ein Wicht ist. Jim Hannaran könnte ihn am Genick und am Hosenboden greifen und über Bord werfen, so sehr ist das Kräfteverhältnis verschieden.

»Wir werden es kurz machen«, sagt Jim. »Ich mache Ihnen das freundliche Angebot, freiwillig über Bord zu springen. Sie können doch schwimmen?«

»Und wenn ich es nicht könnte?«, fragt Vance Chance trocken.

»Oh, es gibt Schwimmwesten hier an Bord«, murmelt Jim. »Ich würde Ihnen eine umbinden, Mister Chance.«

»Ich kann schwimmen«, sagt dieser. »Und Sie sind Big River Jim, den Joe Skinner im Hotel besuchte. Sie sind der Mann, der ihn gewiss zu der ehemaligen ›Orleans Queen‹ führen soll, jenem Dampfboot, welches nach dem Kriege ein halbes Dutzend Besitzer hatte und oft genug den Namen wechselte. Sie wurden Joe Skinners Partner.«

»So ist es«, erwidert Jim. »Und ich möchte meinen Anteil möglichst groß haben. Ich will nicht mit jedem Glücksritter teilen, der sich an unsere Fersen heftet wie die Coyoten, wenn die Wölfe einen Elch jagen. Die Sache ist recht einfach zu lösen. Sie werden hier freiwillig oder unfreiwillig über Bord gehen. Dort vor uns tauchen die sieben Inseln auf. Sie liegen so im Strom, dass ein Mann sich immer wieder auf ihnen ausruhen kann auf seinem Weg zu einem der Ufer. Also springen Sie, Freund, bevor ich Sie ins Wasser werfe wie ein Katze.«

Vance Chance schnauft nun leise, und es klingt auch so, als knirschte er mit den Zähnen.

»Und was wird aus Miss Anne Shayne?«, fragt er dann.

»Nun, die nächste Anlegestation ist in Bruce Rock«, sagt Jim. »Dort sind wir in etwa zehn Stunden. Sie kann von Bord gehen und auf Sie warten, Mister Chance. Ich denke, dass Sie zu Fuß in etwa drei Tagen Bruce Rock erreichen werden. Dann sind Sie mit Ihrem Schützling wieder vereint und ...«

»Wenn Sie mich in den Fluss springen lassen, Big River Jim, so werde ich Sie eines Tages bestimmt finden und töten«, sagt Vance Chance. Er sagt es nicht wild und auch gar nicht besonders drohend. Es klingt wie eine sachliche Feststellung. So spricht ein Mann, der davon überzeugt ist, dass er auf Wolfsjagd gehen und einen bestimmten Wolf erlegen wird.

»Ich bin kein Revolvermann wie Sie, Chance«, erwidert Jim Hannaran genauso schlicht und sachlich. »Doch ich kann gut für mich sorgen. Ich würde Ihnen nicht raten, eines Tages auf mich mit einem Revolver loszugehen.«

»Wir werden sehen«, murmelt Vance Chance. »Das Mädel hat ein gutes Recht auf einen Teil der Kostbarkeiten, die Joe Skinner damals wahrscheinlich unterschlagen wollte. Ich ...«

»Ich will nichts mehr davon hören«, unterbricht ihn Jim. »Ich halte Sie und Miss Shayne für Glücksritter. Und ganz bestimmt nicht gehörte Miss Shayne zu einer unheimlich reichen und vornehmen Sippe. Ich halte sie für eine Frau, die schon als kleines Mädel für sich sorgen und unter Männern leben musste – vielleicht auf einer einsamen Rinderranch oder in einem Fort der Armee. Wollen Sie jetzt von Bord gehen, Mister?«

Vance Chance zögerte noch. Er sucht gewiss mit seinem ganzen Verstand nach einem Ausweg. Gewiss hat er auch schon längst in Erwägung gezogen, einfach laut um Hilfe zu brüllen.

Doch er verwarf diese Möglichkeit aus zwei Gründen. Sein Stolz lässt es nicht zu, dass er hier wie ein kleiner Junge nach Hilfe ruft. Jim Hannaran kennt die Revolvermänner von Vance Chances Klasse und Art gut genug. Sie besitzen nur ihre Revolvergeschicklichkeit und ihren Stolz, der ein

Bestandteil ihrer Furchtlosigkeit ist. Und sie kommen sich oft genug wie Halbgötter vor, weil sie die Macht besitzen, über Leben und Tod zu entscheiden.

Und deshalb können sie nicht um Hilfe rufen – nicht in einer Situation wie dieser hier, wo sie von einem Mann überrumpelt wurden.

Überdies aber weiß Vance Chance mit Sicherheit, dass ihn Big River Jim schon beim ersten Luftholen zu einem Gebrüll niederschlagen und in den Fluss werfen würde.

Deshalb versucht er es gar nicht erst, all die Schläfer, von denen der nächste kaum zehn Schritt entfernt ist, mit Gebrüll zu wecken.

Aber er zittert nun am ganzen Körper. Was Jim Hannaran ihm antut, ist eine furchtbare Schmach, die durch nichts zu überbieten ist.

»Ich pfeife auf alle Schätze der Welt«, sagt er heiser und knirschend. »Doch ich werde Sie irgendwann einmal finden, Big River Jim. Und dann werde ich Sie töten. Ich schwöre, dass ich Sie töten werde.«

»Ich zähle bis drei«, sagt Jim kalt. »Dann…«

Er braucht nicht einmal mehr weiter zu sprechen, geschweige denn zu zählen. Der kleine, drahtige Mann schwingt sich über die Reling und lässt sich in den Fluss fallen.

Es klatscht kaum. Und niemand bemerkt, dass ein Mann über Bord ging. Jim sieht den Kopf des Revolvermannes auftauchen – und dann stromab im Wellenwirbel des Schaufelrades verschwinden.

Er steht noch eine Weile nachdenklich da und verspürt kein gutes Gefühl. Er weiß, dass er sich einen unversöhnlichen Feind machte, dessen Stolz er schlimm verletzte und der nicht ruhen wird, bis er ihn vor dem Revolver hat.

Ach, er wird mich gar nicht finden, denkt Jim. Wenn wir den Schatz erst aus dem Versteck geholt haben und mit ihm vor John Buncharan in Sicherheit sind, dann werde ich weit genug gehen, wo mich selbst ein Schießer wie Vance Chance nicht finden kann. Mit zweihundertfünfzigtausend Dollar in der Tasche sieht alles ganz anders aus.

Er schlendert davon, und er denkt einen Moment an das Mädchen. Wieder spürt er ein starkes Bedauern in sich.

Wenig später streckt er sich neben Joe Skinner auf der Decke aus. Joe Skinner ist wach. Er wendet den Kopf und murmelt: »Ich war hier unten an der Reling und sah ihn vom Texasdeck in den Fluss fallen. Heiliger Rauch, wie hast du das nur gemacht, Jim? Einen Burschen wie Vance Chance hast du einfach überrumpelt und in den Fluss springen lassen. Das ...«

»Nachdem er keinen Revolver mehr hatte«, unterbricht ihn Jim bitter, »war Mister Vance Chance nur noch ein mittelmäßiger Wicht. Er war wie ein General, der in seiner Uniform imposant wirkt und die Macht hat, eine ganze Armee in den Tod zu schicken – und der nackend nur ein mageres Männlein ist, über welches man lächelt und auf dessen Befehl hin niemand in den Tod gehen würde. Ohne Revolver war Vance Chance plötzlich wieder ein Nichts. Es war nicht schwer. Und jetzt will ich noch etwas schlafen, Mister.«

5

Bis in den späten Vormittag hinein sucht das Mädchen Anne Shayne allein auf dem Schiff nach ihrem Begleiter Vance Chance. Jim sieht sie da und dort auf der Suche. Sie fragt auch einige Männer der Besatzung.

Jim Hannaran steht oben auf der Treppe zum Sturmdeck, als sie heraufkommt. Ihr Gesicht ist ziemlich gerötet, und sie atmet heftig. In ihren Augen ist eine Verwirrung zu erkennen. Und als sie nun Jim betrachtet, erkennt er ihr scharfes Misstrauen.

Er verspürt wieder jenes starke Bedauern und ein Gefühl des Mitleids in sich. Und vielleicht sagt er deshalb: »Ich würde nicht länger nach Vance Chance suchen, Miss Shayne. Er ging etwa eine Stunde vor Sonnenaufgang von Bord. Er war gesund und munter. Ich soll Sie von ihm grüßen. Er wird in etwa drei Tagen bei der Schiffslandesstelle in Bruce Rock sein, die wir am frühen Nachmittag erreichen. Wahrscheinlich wäre es keine schlechte Idee, wenn Sie dort auf ihn warteten.«

Indes er spricht, kann er in ihren Augen die vielen Gefühle erkennen, die sie nun spürt, nämlich Bestürzung, Furcht, Sorge – und dann einen heißen Zorn. Ihr Gesicht wechselt ständig im Ausdruck, und selbst im Zorne gefällt es ihm. Es erscheint ihm besonders lebendig und sagt ihm, dass diese Anne Shayne auch sehr impulsiv sein kann. Ihre Gefühle werden immer stark sein, mag es sich um Hass, Verachtung oder Liebe und Achtung handeln.

»Sie – Sie haben ihn ...«

»Ich habe ihn freundlich gebeten, an Land zu gehen«, unterbricht er sie sanft. »Da ich ihm zuvor den Revolver abnahm, konnte er meiner Bitte nicht widerstehen; denn ich will nicht, dass er und Sie uns in das Indianerland folgen. Dorthin, wohin Joe Skinner und ich gehen, kann eine Frau wie Sie uns nicht folgen. Sie werden aussteigen, wenn Sie klug sind.«

Er deutet auf das Ruderhaus. »Wenn Sie zum Kapitän gehen sollten, so werde ich abstreiten, etwas über Vance Chance zu wissen. Er wird einfach von Bord verschwunden sein. Und wir sind fast zweihundert Menschen an Bord.«

Sie starrt ihn mit geweiteten Augen an und nagt heftig an ihrer Unterlippe.

»Sie sind ein gemeiner Schuft«, sagt sie dann. »Sie wollen einen Schatz erbeuten und vermeiden, diesen Schatz teilen zu müssen. Sie glauben, dass ich Ihnen ohne Vance Chance nicht folgen kann. Doch ich sage Ihnen, dass Sie mich nicht abschütteln können. Bis in die Hölle und zurück werde ich Ihnen folgen, verlassen Sie sich darauf! Ich habe mehr Rechte auf ...«

Sie spricht nicht weiter. Nun, da sie endlich weiß, warum Vance Chance nicht mehr an Bord ist, wirkt sie sehr ruhig und beherrscht. Sie muss in ihrem Leben schon oft in ausweglos erscheinenden Situationen gewesen sein und dabei gelernt haben, durchzuhalten, klaren Kopf zu behalten und die Dinge an sich herankommen zu lassen.

Auch ist es Jim nun klar, dass sie von jener Art ist,

die kämpfen kann. Ganz gewiss ist sie eine Abenteurerin, die für einen Preis wie den Schatz alles auf eine Karte setzen wird.

Jim seufzt. »Dorthin, wo ich mit Joe Skinner gehe«, sagt er, »ist es für eine Frau wie Sie, Anne Shayne, schlimmer als in der Hölle. Selbst ein Bursche wie Vance Chance hätte Sie dort nicht beschützen können. Denn es ...«

Er bricht ab und geht davon.

Mit nur wenig Verspätung erreicht das Schiff die Landestelle beim Bruce Rock. Es wird einige Fracht ausgeladen. Auch einige Passagiere gehen von Bord. Doch es wird dadurch nicht mehr Platz geschaffen, da man nun zusätzlich Feuerholz übernimmt für die lange Strecke bis zur nächsten Anlegestelle.

Jim Hannaran stellt sich bei der Landebrücke auf und wartet darauf, dass Anne Shayne von Bord gehen würde.

Doch das Mädchen verlässt das Schiff nicht. Er sieht sie oben über sich, wie sie über die Reling des Texasdecks nieder und auf die Siedlung bei der Landestelle blickt.

Joe Skinner kommt zu ihm. Auch er späht zu dem Mädchen empor. Dann brummt er bitter zu Jim: »Die ist verrückt. Sie hat ihren Partner und Beschützer verloren, den sie Onkel nannte. Und sie steigt nicht aus, sondern fährt weiter. Die ist verrückt!«

»Hart und entschlossen ist sie«, erwidert Jim. »Und kämpfen kann sie. Es hätte wenig Sinn und würde ihren Widerstand und Kampfgeist nur noch anfeuern, wenn wir zu ihr gingen und sie zu überzeugen versuchten, dass es besser wäre, sie würde nun aufgeben. Nein, es gibt Frauenzimmer, die können so störrisch wie Maulesel sein. Diese Anne Shayne gehört zu dieser Sorte.«

Er blickt nach diesen Worten zu ihr empor. Und diesmal blickt sie zu ihm nieder. Nun lächelt sie spröde. Es ist ein kampflustiges Lächeln, ganz und gar nicht freundlich, eher herausfordernd.

»Ich habe für Vance Chance eine Nachricht mit an Land gegeben«, spricht sie ruhig auf die beiden Männer nieder. »Und ich bleibe an Bord.«

Jim sagt nichts. Er senkt den Kopf und geht davon.

Doch Joe Skinner flucht bitter lautlos vor sich hin, als er ihm folgt. »Es hat also nichts genützt, dass du dir einen Burschen wie ihn zum Todfeind machtest, Jim«, spricht er danach grimmig.

»Ach, wir werden sie schon abschütteln«, erwidert Jim. »Wir gehen hinter Fort Lincoln von Bord. Sie ist gewiss eine erstaunliche Frau. Es sollte mich nicht wundern, wenn sie reiten und schießen kann wie ein Cowboy. Gewiss wird es schwer sein, sie abzuschütteln. Aber sie ist letzten Endes doch nur eine Frau.«

Das Schiff legt pro Stunde zwischen fünf und zehn Meilen zurück. Es kommt darauf an, wie die Strömung ist. Manchmal ist der Fluss breit und manchmal wieder eng. Oft genug windet er sich wie eine Riesenschlange durch das Land, und es gibt auch viele Untiefen, Klippen, Sandbänke und allerlei gefährliche Hindernisse, die umfahren werden müssen.

Man kann jedoch von der Berechnung ausgehen, dass man während vierundzwanzig Stunden mehr als hundertfünfzig Meilen hinter sich bringt. Da der Fluss immer noch Hochwasser führt und die Strömung deshalb besonders stark ist, ist diese Tagesleistung recht gut.

Es vergehen also einige Tage und Nächte. Dann und wann legt das Schiff an, lädt Lasten und Menschen aus, übernimmt Feuerholz und dampft wieder weiter den Strom hinauf.

Das Mädchen Anne Shayne aber ist stets auf dem Posten. Sie hat sich auch eine für einen raschen Aufbruch zweckmäßige Kleidung angezogen. Sie trägt Hosen, Stiefel, eine Hemdbluse und eine Lederjacke. Dazu gehört ein Stetsonhut, ein Waffengurt mit einem Revolver und ein nicht sehr großes Bündel mit irgendwelchen notwendigen Dingen. Immer dann, wenn das Schiff anlegt, ist sie mit diesem Bündel in Bereitschaft und könnte binnen weniger Sekunden von Bord gehen.

Es muss ziemlich zermürbend für sie sein, ständig auf der Lauer zu liegen wie eine Katze.

»Aber sie muss doch auch schlafen«, sagt Joe Skinner einmal zu Jim.

»Sie hat bestimmt den schwarzen Steward angeworben«, erwidert Jim. »Ich habe ihn oft genug dabei erwischt, wie er uns beobachtet. Sie ist ein kluges Mädchen, welches sich zu helfen weiß. Wenn sie wirklich einmal schläft, dann werden wir von anderen Augen beobachtet.«

Er grinst nach diesen Worten. »Aber es wird leicht sein«, fügt er nun hinzu, »sie abzuhängen, wenn wir uns erst mit einem Kanu auf den Weg machen müssen.«

Das glaubt Joe Skinner auch.

Und so vergeht Tag für Tag und vergehen auch die Nächte. Manchmal kann das Schiff während der Nacht nicht fahren, weil der Fluss zu gefährlich ist und auch das Mondlicht fehlt.

Irgendwann dann endlich erreichen sie das alte Fort Mandana, in dem einmal ›Sacagawea‹, das Vogelweib, lebte und aus dem die Armee nun ein neues Fort errichtet, Fort Lincoln genannt.*

Als Jim und Joe an Land gehen, haben sie ihre wenigen Habseligkeiten bei sich. Und Anne Shayne ist ihnen dicht auf den Fersen. Als sie dann am Ufer noch einmal anhalten und zum Schiff zurückblicken, da tritt sie zu den beiden Männern und fragt: »Muss ich hinter Ihnen herschleichen wie ein Indianer – oder nehmen Sie mich als dritten Partner mit?«

---

* In Bismark, unweit des Kapitols, steht noch heute die Statue von Sacagawea, die eine junge und sehr schöne Indianerin war und dem Stamme der Shoshones angehörte. Sie wurde im Alter von zehn Jahren entführt, befreit und wuchs im alten Fort Mandana auf. Später heiratete sie den kanadischen Trapper Charbonneau, der die Expedition von Lewis und Clark führte, die damals die bis dahin noch unbekannten Gebiete des amerikanischen Westens erforschte. Als die Indianer dieser Expedition den Weg verlegten, wurde Sacagawea ausgeschickt, um mit dem Häuptling zu verhandeln. Sie erkannte in ihm den eigenen Bruder. Dadurch konnte die für ganz Amerika später so wichtig gewordene Expedition weiter nach Westen vordringen, die ersten Landkarten anfertigen und überhaupt viel Material beschaffen, welches Aufschluss gab über das unbekannte Land.

Die beiden Männer staunen. Dann murmelt Joe Skinner: »Sie muss irgendwie verrückt sein. Sie ist so nett anzuschauen, und ein Mann, der ihr einmal begegnet ist, kann sie so leicht nicht vergessen. Doch sie muss irgendwie verrückt sein, sonst könnte sie nicht verlangen, dass wir sie als Partner mit uns nehmen.«

Nach diesen Worten geht er weiter.

Sie aber stampft mit dem Fuß auf und sieht Jim an.

»Denken Sie auch so, Big River Jim?«

Er hebt seine Schulter und senkt sie sanft. »Ich bin mir über Sie immer noch nicht klar«, murmelt er dann. »Sie sind verrückt nach dem Schatz. Doch es wird über Ihre Kräfte gehen, ihn zu bekommen. Sie können einfach nicht mit uns gehen. Geben Sie es auf, Mädel! Sie sind für andere Dinge bestimmt. Eine Frau wie Sie, die ...«

»Was wissen Sie schon von mir?«, fragt sie herb. »Und warum soll eine Frau nicht hinter einem Schatz her sein? Er würde sie unabhängig machen. Ich bin nicht die erste Frau, die auf Schatzsuche geht.«

Er schüttelt den Kopf und verzichtet darauf, weitere Worte zu sprechen. Er wendet sich ab und folgt Joe. Als er diesen eingeholt hat, blickt er über die Schulter.

Und er sieht, dass Anne Shayne ganz gut Schritt halten konnte. Sie hat recht lange Beine und läuft leicht und sicher.

Sie gehen am Fort vorbei, erreichen die kleine Stadt, welche erst noch im Entstehen begriffen ist, und verschwinden in einem Saloon. Es ist schon fast Abend.

»Sie wird bestimmt nicht in diesen Saloon kommen«, brummt Joe Skinner und sieht sich um. Sie stehen nun beide zwischen anderen Männern an der primitiven Theke, die nur aus über Fässern gelegten Brettern besteht. Auch Jim blickt sich um. Er sieht Trapper, Büffeljäger, Soldaten, Fuhrleute, Flussschiffer und all die vielen Gestalten der Grenze. So mancher Bandit wird darunter sein, der von irgendwoher geflüchtet ist.

Es wird viel gelacht, geflucht und getrunken hier, und gespielt wird fast an allen Tischen. Irgendwo in einer Ecke klimpert jemand auf einer Gitarre und singt halblaut ein mexikanisches Lied. Es ist ein primitiver Männersaloon, und es riecht hier nach Whisky, Rauch, Schweiß, Leder, nach Fluss und nach Pferden. Einige der Gäste sind recht schlimm betrunken. An einem der Tische, an denen gepokert wird, entsteht ein Streit.

Aber dieser Streit kommt nicht zur Austragung. Denn nun kommt Anne Shayne in den Saloon. Die beiden Streithähne, die gewiss in den nächsten zehn Sekunden zu den Revolvern gegriffen hätten, vergessen ihre Meinungsverschiedenheit über das Mischen eines Kartenspieles. Auch sie blicken auf Anne Shayne.

Frauen sind in diesem Land eine Seltenheit, und selbst die Saloonflittchen sind hier nicht vorhanden, weil es nur wenig zu verdienen gibt. Oben im Goldland sind sie schon zahlreicher.

Man muss also über den Frauenmangel in diesem

Land Bescheid wissen, um verstehen zu können, dass Anne Shaynes Eintritt wirklich eine Sensation ist.

Es gibt vielleicht ein Dutzend weiße Frauen im Fort und ein weiteres Dutzend im Umkreis von fünfhundert Meilen. Doch keine dieser Frauen würde diesen Saloon betreten, es sei denn, sie würde von wilden Indianern hineingejagt.

Und diese Frau kommt wie selbstverständlich herein.

Auch trägt sie Hosen, und sie ist bei aller Schlankheit gut proportioniert. Sie ist mehr als hübsch.

Mehr als ein Dutzend Stimmen stoßen nun wie auf ein Kommando ein lautes und staunendes »Aaah!« aus. Es ertönen einige schrille Pfiffe.

Anne Shayne hält an, und sie wirkt plötzlich irgendwie unschlüssig, zögernd und fast angstvoll. Sie nimmt ihren Stetson ab, und darunter wird ihr helles Haar sichtbar.

Die Männer, von denen einige schon Monate kein solches Mädel sahen, staunen.

Sie können nicht glauben, dass ein Mädel zu ihnen in diesen Saloon kam.

Anne Shayne blickt auf Jim und Joe, und sie hat ein katzenartiges Funkeln in ihren Augen. Sie setzt sich an einen Tisch, der gleich neben der Tür steht. Und sie blickt auf Jim und sagt quer durch den Raum in die fast andächtige Stille hinein:

»Du kannst mich nicht einfach da draußen stehen lassen, Jim, bis du mit deinem Freund genügend Whisky getrunken hast. Ich habe Hunger und Durst. Ich bin doch keine Squaw, die vor dem Saloon wartet, wenn ihr Herr und Gebieter seinen Whiskydurst stillen will.«

Nun halten alle Zuhörer den Atem an.

Und Jim und Joe, die soeben trinken, verschlucken sich und bekommen einen Hustenanfall. Sie keuchen ziemlich schlimm in ihrer Not.

»Die-die-dieses – Biebiebiest«, keucht Joe Skinner zwischen seinem Hustengebell.

Auch Jim Hannaran begreift sofort, dass es nun Kummer geben wird. Zugleich begreift er aber auch, dass diese Anne Shayne wirklich ein Biest ist und es gefährlich ist, sie zu reizen und unfair zu behandeln.

Nun rächt sie nicht nur das, was er Vance Chance antat, als Jim ihn zwang, über Bord zu springen. Nein, sie will ihm auch noch einen Denkzettel verabreichen dafür, dass er es ablehnte, sie mitzunehmen. Und auch Joe Skinner, der zu ihr sagte, dass sie verrückt wäre, bekommt seinen Teil.

Denn die Sache kommt nun mächtig schnell ins Rollen. Es sind genug raue Burschen im Saloon, die sich sofort als Beschützer eines so hilflosen und schwachen Mädels fühlen, welches von dem Mann, zu dem sie offensichtlich gehört, nicht gut behandelt wird.

Es dauert also nur so lange, wie ein Mann braucht, um ein Staunen zu überwinden und Luft zu schnappen.

Dann fragt auch schon eine tiefe Stimme grollend: »Schwester, meinen Sie diesen Rotkopf dort? Ist es Ihr Mann? Lässt er Sie hungrig vor einem Saloon warten, wenn er Whisky trinkt?«

Der Sprecher ist ein braunhaariger Riese, der mit einem Bären einen Ringkampf machen könnte und gewiss keine schlechten Aussichten hätte.

Alle Augen blicken wieder auf Anne Shayne. Sie nickt heftig und hat die Lippen zusammengepresst, so als müsste sie beim ersten Wort, das sie sprechen würde, laut zu weinen beginnen. Frauen verstehen sich gut auf eine solche Mimik.

Und in diesem Moment macht Joe Skinner einen Fehler. Denn er ruft in voller Entrüstung, die jedoch mehr wie ein Wutanfall klingt: »Sie lügt, Leute! Lasst euch nicht von ihr ...«

Weiter kommt er nicht, denn der ihm zunächst stehende Bursche, ein nicht sehr großer, doch kräftiger Irländer, schlägt ihm die Faust mitten ins Gesicht.

»Sie lügt nicht!«, brüllt dieser Irländer dabei.

Und das ist der Anfang in diesem Augenblick. Es sind mehr als zwei Dutzend Burschen, die sich zu Rittern der Gerechtigkeit ernennen und an die Arbeit machen.

Ihr Ziel ist es, jenem rothaarigen Burschen dort am Schanktisch, der seine Frau so übel behandelt, und dessen Freund, der diese Frau eine Lügnerin nannte, eine Abreibung zu geben.

Dies ist nun einmal so in diesem Land. Die Männer hier lieben die primitivere und rauere Art. Und sie halten eine Keilerei mitunter für einen prächtigen Spaß.

Jetzt aber haben sie alle das Gefühl, dass sie wie echte Ritter für eine wirklich gute Sache eintreten. Man muss bedenken, dass sie fast alle recht primitive Burschen sind, die zumeist gerade noch ihren Namen schreiben können.

Big River Jim ist so zornig, wie ein Mann an seiner Stelle es nur sein kann. Er ist bald eingekeilt von brüllenden Burschen, die auf ihn losschlagen und ihm beibringen wollen, wie man eine solch prächtige weiße Frau behandelt.

Big River Jim keilt immer wilder zurück. Er steht mit Joe Skinner Rücken an Rücken, und es erweist sich nun, dass sie auf diesem Gebiet ein prächtiges Paar sind, welches sich gut behaupten kann. Sie gingen ja gewiss beide durch viele wilde Kämpfe, sind erfahren und wissen genau, wie man einen Mann treffen muss, will man ihn von den Beinen bringen.

Mit einem raschen Blick sieht Jim Hannaran, wie Anne Shayne wieder aus dem Saloon schlüpft, nachdem sie nun ihr Ziel erreicht hat. Jim nimmt dies aber nur sozusagen am Rande wahr. Denn die Schläge, Stöße und auch Tritte kommen hageldicht. Er kämpft mit aller Wildheit und vergisst den Anlass dieses Kampfes. Er wird zu einem wilden Panther und versucht nach bestem Können, zurückzugeben, was er empfängt. Und das ist eine Menge. Er weiß, dass man ihn und Joe bald am Boden haben wird. Die Übermacht ist viel zu groß, und so bereitet es ihm eine zwar primitive, doch verständliche Freude, wenn er spürt, wie seine Fäuste trocken und hart treffen.

Sie bringen es wahrhaftig fertig, eine Weile gegen zwei Dutzend Gegner standzuhalten, die von allen Seiten über sie herfallen wie Wölfe über einen Elch.

Doch dann werden sie auseinander gerissen. Sie stehen nun nicht mehr Rücken an Rücken. Zuerst geht Joe mitten zwischen einem Männerhaufen auf die Knie. Wenig später haben sie auch Jim am Boden, doch selbst da noch tritt und schlägt er um sich.

Irgendwie fehlt es ihm plötzlich an Luft, und er hat das Gefühl, am ganzen Körper taub und gelähmt zu sein. Sein Kopf scheint immer wieder mit einem Knall zu platzen. Doch die vollkommene Bewusstlosigkeit erlöst ihn leider nicht. Er begreift, dass er nun durch den Saloon geschleift wird und man ihn hinaus auf die staubige Straße wirft, die von vielen Rädern während einer längeren Regenperiode zerfurcht wurde.

Er liegt dann still da, und es geht ihm wie einem Mann, der unter eine durchgehende Pferdeherde geriet und von vielen Hufen getreten wurde. Die Schmerzen sind überall am ganzen Körper, und sie werden mit jedem Atemzug schlimmer, je mehr er wieder zur Besinnung kommt.

Heiliger Rauch, denkt er bitter, die haben es uns aber besorgt! Die haben uns eine Abreibung gegeben, als wären wir schlimme Schufte und …

Er setzt sich langsam auf und schnauft bitter. Neben ihm setzt sich auch Joe Skinner auf.

Es ist nun dunkel geworden. Vor dem Saloon stehen noch einige Zuschauer: Einer dieser Männer ruft ihnen nun zu: »Macht euch aus dem Staub und lasst euch nicht wieder hier blicken, ihr zwei Schufte!«

»Wo – wo ist – mei-meine Frau, die euch so prächtig dazu bringen konnte, uns zu verprügeln?«, fragt Jim ächzend.

Er bekommt nicht sogleich eine Antwort. Die Männer vor dem Saloon müssen wohl erst noch überlegen. Erst nach einer Weile sagt eine Stimme unsicher und zögernd: »Nun, sie lief halt fort. Sie konnte wohl doch nicht mit ansehen, wie wir euch straften. Hoffentlich ist sie weit genug fortgelaufen, so dass du sie nie wieder findest. Sie ist auf einen Burschen wie dich bestimmt nicht angewiesen. Sie kann in diesem Land mit einem einzigen Fingerwinken zehn prächtige Burschen bekommen, die ihr jeden Wunsch erfüllen. Haut nur ab, ihr zwei Wilden, die ihr eine solche Frau hungrig vor einem Saloon warten lasst, indes ihr …«

Jim hört nicht länger zu. Er hat das Gefühl, als könnten die Burschen vor dem Saloon erneut in Zorn geraten, sich nochmals zu einem Haufen sammeln, um abermals auf ihn und Joe loszugehen.

Er hat sich auf die Beine gekämpft. Nun zerrt er den ächzenden und noch wie betrunken schwankenden Joe Skinner empor. Er stolpert mit ihm davon.

Und ihr Ziel ist der Fluss. Dort können sie ihre Beulen kühlen, ihre Risse und Platzwunden waschen und sich überhaupt einmal ausruhen auf einer der Uferwiesen und allein unter den Sternen.

Sie bewegen sich wie zwei betrunkene Invaliden durch die Nacht, ächzen, stöhnen, fluchen und knurren.

Als sie einmal innehalten, um auszuruhen und

wieder Luft zu holen, da sagt Joe Skinner mit vor Schmerz und Grimm zitternder Stimme:

»Dieses Mädel – oha, wie kann ein Mädel, das so aussieht, dass ein Mann sich wünscht, sie zu erobern … oha, wie kann ein solches Mädel nur so gemein sein! Jim, ich sage dir, dass eine Frau härter und gemeiner sein kann als ein Mann. Solch ein Mädel kann so unfair sein wie eine Schlange, die dich in den Fuß beißt, wenn du ahnungslos über eine grüne Wiese gehst.«

»So ist es«, pflichtet Jim Hannaran ihm in vollster Überzeugung bei. »Sie hat sich dafür gerächt, dass ich Vance Chance in den Fluss hüpfen ließ, und auch dafür, dass du sie verrückt nanntest, weil sie sich uns anschließen wollte. Ja, sie ist wie eine Schlange, jawohl!«

Sie wanken weiter. Als sie den Fluss erreichen, dort, wo das Gras bis zum Ufer reicht und ein Mann sich nur auf den Bauch zu legen braucht, um seinen Kopf ins Wasser zu stecken, da werden sie erwartet.

Anne Shayne sitzt auf einem Baumstumpf.

»Ich hätte nicht gedacht«, sagt sie, »dass man euch so schlimm verprügeln würde. Das habe ich wirklich nicht gewollt.«

In ihrer Stimme ist irgendwie ein scheinheiliger Beiklang. Die beiden Männer, die staunend anhielten, sind jedenfalls misstrauisch genug, um zu glauben, dass sie sich von Herzen freut.

Joe Skinner steckt seinen Kleinfinger ins Ohr und rüttelt kräftig. Dann fährt er sich mit der flachen Hand vor dem Gesicht auf und nieder.

»Ich bin doch bei Verstand und träume nicht?«

So fragt er, zu Jim gewandt. »Jim, siehst du und hörst du genau das, was auch ich sehe und höre?«

»Ich sehe eine falsche Schlange, die sich in ein reizvoll anzusehendes Frauenzimmer verwandeln kann, und ich hörte sie sagen, dass sie wirklich nicht gewollt hat, dass man uns in Stücke schlägt.«

»Dann bin ich wach und bei Verstand«, sagt Joe Skinner dankbar und erleichtert. Er fragt dann nach zwei schnaufenden Atemzügen: »Was machen wir mit dieser Schlange? Wollen wir sie in den Fluss werfen? Oder in einem Feuer braten? Oder sollen wir ihr nur abwechselnd den Popo versohlen, so dass sie einige Wochen lang nicht sitzen kann? Das will eine Frau sein! Früher glaubte ich immer, dass Frauen dazu da wären, Zärtlichkeit und Liebe zu verschenken. Ich glaubte, die wären auf der Welt, um Güte zu geben, um stets ...«

Seine Stimme versagt ihm vor Grimm. Aber das Mädchen hätte ihn wohl ohnehin unterbrochen, denn es sagt nun fest: »Ich habe hier gewartet, um euch zu helfen. Ich habe frische Handtücher vom Schiff geholt und auch Seife und Salbe, Pflaster und ... Oh, ich will eure Wunden versorgen und euch eine gute Samariterin sein.«

»Ich werd noch verrückt«, stöhnt Joe Skinner, und seine Stimme klingt ganz so, als wäre er verzweifelt und müsste weinen.

»Ich habe in der Stadt auch zwei Hemden für euch gekauft«, sagt sie schnell. »Und ihr hättet das alles vermeiden können, wenn ihr mich als Partnerin aufgenommen und mitgenommen hättet. Das müsst ihr doch einsehen?«

Joe Skinner will sicherlich etwas sagen. Doch er kann es einfach nicht. Er stößt zwar einige Töne aus, doch sonst scheint er einfach die Sprache verloren zu haben. Nur einmal winselt er wie ein Hund.

Es ist ganz klar, dass der hartgesottene Exmississippikapitän Joseph Skinner einfach sprachlos und erledigt ist.

Doch Jim Hannaran sagt nach einer Weile langsam und wie einstudiert:

»Wir sind Ihnen sehr dankbar, Miss Shayne. Wir nehmen auch ihr starkes Bedauern zur Kenntnis und begreifen, dass es ein Irrtum war. Und natürlich sind wir froh, dass Sie uns nun pflegen wollen. Sie können bei mir damit anfangen.«

Er legt sich dicht neben dem Wasser rücklings auf das grüne Ufergras.

Sie aber macht sich sofort an die Arbeit, als wäre es die natürlichste und selbstverständlichste Sache von der Welt, hier am Fluss zwei übel zerschlagene Männer zu pflegen, die gewaschen und verpflastert werden müssen wie zwei müde Krieger, die mit vielen Streifwunden aus einer richtigen Schlacht heimkehrten.

6

Irgendwann sind die beiden Männer eingeschlafen, und das Mädchen hat bei ihnen gewacht. Als dann der Morgen graut, richtet sich Jim Hannaran auf und starrt sie bitter an. Dann schüttelt er den Kopf und sagt:

»Nie hätte ich das von Ihnen gedacht, Anne Shayne.«

Sie nagt an ihrer Unterlippe. »Ich bin allein«, erwidert sie dann. »Und ich habe ein Recht auf einen Teil des Schatzes, den Sie sich holen möchten. Er muss sich noch an Bord jenes Schiffes befinden, welches wie spurlos verschwunden ist. Nur Sie scheinen zu wissen, wo es zu finden ist, und deshalb machte Joe Skinner Sie zu seinem Partner. Aber auch ich ...«

»Ich bestreite das«, sagt Jim grob. »Sie sind nur eine Glücksjägerin, wie Joe und ich Glücksjäger sind. Ihr Recht auf irgendwelche Teile des Schatzes ist bestimmt nicht größer als unseres. Ich kann Sie nicht mitnehmen.

Selbst wenn Joe und ich bereit wären, Ihnen einen Anteil zu überlassen, so könnten wir Sie nicht mitnehmen. Dort, wohin wir gehen, da gibt es keine Burschen wie in diesem Saloon dort in der Stadt. – Dort, wohin wir gehen, lebt der Abschaum der Grenze. Dort hausen Männer, die so schlimm wie Wilde sind. Und selbst ein Vance Chance mit seinem schnellen Revolver könnte Sie dort nicht beschützen. Sie können nicht mit!«

Er sagt es abschließend.

Dann weckt er Joe Skinner, wartet, bis dieser völlig wach ist, und sagt knapp: »Geh in die Stadt und sorge für eine Ausrüstung und Proviant. Ich gehe zum Indianerdorf hinüber und kaufe ein Kanu. Also los!«

Er erhebt sich und geht davon.

Joe Skinner zögert nur wenige Sekunden. Er blickt grimmig und wortlos auf das Mädchen.

Dann geht er ebenfalls davon.

Und Anne Shayne zögert. Sie weiß nicht, wem sie folgen soll. Dann entscheidet sie sich für Jim. Denn sie hat ihr Bündel bei sich, in dem sich auch Proviant befindet.

Als sie in das Indianerdorf kommt, stürmen die Hunde gegen sie an wie gegen jeden Fremden. Doch sie kennt sich aus und zeigt damit einmal mehr, dass sie eine Texanerin ist, die für sich sorgen kann. Sie hat einen Knüppel bei sich und schlägt auf die Hunde ein. Diese »Sprache« verstehen die kläffenden Burschen gut, und so lassen sie bald von ihr ab und folgen ihr in respektvollem Abstand.

Bald darauf wird Anne von einigen Indianern, deren Frauen und Kindern empfangen. Sie sieht, dass Jim Hannaran schon ein Kanu gekauft hat. Dies muss sehr schnell gegangen sein. Denn er stößt gerade ab und paddelt den Fluss hinunter.

»Nehmen Sie mich nicht mit, Jim?!« Sie ruft es scharf.

»Nein!«

Da entschließt sie sich. Für zwanzig Dollar ersteht sie nach kurzem Handel ein leichtes Ein-Mann-Kanu. Sie klettert mit ihrem Bündel hinein und rudert stromauf und dann hinter der ersten Biegung zu einer langen Insel hinüber.

Die Indianer blicken ihr eine Weile schweigend nach.

Dann sagt der Häuptling des Dorfes, ›Flussfisch‹ genannt: »Sie kann gut mit einem Kanu umgehen, diese weiße Squaw. Ich sah noch nie eine weiße Squaw so mit einem Kanu umgehen.«

Die Männer, Frauen und Kinder nicken zu diesen Worten, denn sie sahen und erkannten es selbst. Sie glauben, dass diese seltsame Weiße mit ihrem kleineren Ein-Mann-Kanu bestimmt nicht langsamer sein wird als zwei Männer in einem größeren Boot.

Und die Indianer kennen sich aus. Es sind Hidatsa-Indianer, die stets am Fluss und vom Fischfang leben.

Es ist früher Vormittag, als Jim Hannaran und Joe Skinner ablegen und stromauf paddeln. Sie nutzen geschickt die Windungen des Stromes aus, wo die Strömung des Flusses dreht und es sich leicht paddeln lässt. Manchmal müssen sie zu diesem Zweck auf die andere Seite des Flusses. Und sie spähen bis gegen Mittag erfolglos nach dem Mädchen aus.

Joe Skinner sagt dann laut: »Dem Himmel sei Dank, dass wir sie abgeschüttelt haben. Nun ist es wohl sicher, dass sie uns nicht mehr folgen kann, nicht wahr?«

Er hat es kaum gesagt, als drüben aus dem Gebüsch einer Insel ein Kanu zum Vorschein kommt. Es ist ein sehr kleines Kanu, leicht und schmal, nicht bestimmt für einen schweren Mann oder gar zwei solcher Männer. Es ist Zufall, dass sie beide das Kanu zu gleicher Zeit entdecken, und sie halten inne, vergessen, dass sie paddeln müssen und achten nicht darauf, dass sie aus dem Ruhigwasser wieder in die Strömung geraten, die sie flussabwärts trägt.

»Da-da-das kann doch nicht wahr sein«, stottert Joe Skinner und macht eine Handbewegung, als bekreuzigte er sich.

»Ja, sie ist es«, sagt Jim Hannaran knirschend. »Es ist die gleiche Schlange, die uns schon einmal so reinlegte. Sie hat sich ausgerechnet, dass wir stromauf müssen, und sie ist vorausgefahren und legte sich hier auf die Lauer. Sieh mal, wie sie mit dem kleinen Kanu umgehen kann!«

Nun, dies kann Joe Skinner sofort erkennen. Er sieht, dass es ein Kanu ist, welches ihn selbst kaum tragen könnte, weil er etwa zweihundert Pfund wiegt und viel zu breit ist. Er wäre in diesem Kanu ständig in Gefahr, umzukippen.

Doch für das Mädchen ist das Kanu noch groß genug. Und sie treibt es mit geschickten Schlägen des Stechpaddels über den Fluss und zu den Männern hin.

»Da wäre ich wieder!« So ruft sie ihnen zu. »Ihr werdet euch an meine Gesellschaft gewöhnen müssen. Wollen wir wetten, dass ihr mich nicht abhängen könnt?«

Jim und Joe schnauben seltsam. Dann beginnen sie ohne jede vorherige Verständigung kraftvoll zu paddeln. Sie sind zwei kräftige Männer, und sie verstehen etwas von dieser Arbeit. Sie bringen ihr Kanu auch mit einer ziemlich beachtlichen Schnelligkeit vorwärts, und es sieht so aus, als könnten sie dieses Tempo einige Stunden ohne jede Pause beibehalten.

Aber sie sind zwei große und schwere Männer, die mitsamt ihrem Gepäck und der Ausrüstung für ihr

Kanu eine Last von mehr als fünf Zentnern darstellen. Jim musste deshalb ein ziemlich breites und schweres Kanu kaufen.

Das Mädchen folgt ihnen leicht. Ihr schmales Kanu hat sehr wenig Tiefgang und lässt sich fast mühelos von der Stelle bringen. Überdies ist sie eine glänzende Paddlerin, die das Stechpaddel handhabt, als hätte sie ihr ganzes Leben nichts anderes getan.

Nach einer Stunde geben die Männer auf. Sie begreifen, dass sie das Mädchen auf diese Art nicht abschütteln können.

Sie rudern nun wieder langsamer. Joe Skinner schlägt dann leise vor:

»Wenn wir an sie herankommen und ihr Kanu beschädigen könnten . . .«

»Das geht nicht«, sagt Jim sofort. »Wir sind hier schon mitten in der Wildnis. Hier kann es wilde Indianer und auch Banditen geben. Das Mädel wäre ohne Kanu verloren wie ein Mann, der in der Apachenwüste sein Pferd verliert.«

»Das stimmt«, pflichtet Joe Skinner bei und fügt dann grimmig hinzu: »Aber vielleicht wird diese schlaue Schlange auch mit wilden Indianern und weißen Banditen fertig. Ich glaube immer mehr, dass dieses Mädel eine ganze Menge Tricks hinter den Ohren stecken hat. Wie können wir sie denn abschütteln?«

»Wir werden sehen«, brummt Jim Hannaran bitter. »Schließlich haben wir auch noch einige Tricks im Ärmel. Wir werden schon sehen!«

Als es Nacht wird, leuchten Mond und Sterne.

Es wäre eine herrliche Nacht auf einem silbern glänzenden Fluss, wenn die vielen Mücken nicht wären, die sich auf die Männer und das Mädchen stürzen, blutgierig und mitleidlos.

Die beiden Männer gehen auf einer schmalen Landzunge an Land und entzünden bald ein Feuer. Indes Joe Skinner sich daranmacht, ein Abendbrot zu bereiten, streift Jim Hannaran im Uferwald und zwischen den Büschen umher. Er muss ziemlich weit wandern, bis er endlich findet, was er sucht. Es sind irgendwelche Schlingpflanzen, welche einen milchigen und ziemlich scharf riechenden Saft von sich geben, wenn man sie zu einem Ball zusammenknäult und kräftig presst.

Jim Hannaran reibt sich mit diesem Saft überall da ein, wo die Mücken an seine Haut kommen können. Er nimmt genügend von diesen Ranken mit, und als er wieder auf die Landzunge kommt, sieht er zwei Feuer in der Nacht. Das Mädchen Anne Shayne ist also ebenfalls gelandet und hat etwa dreißig Schritte von dem Feuer der Männer entfernt ihr eigenes Feuer entzündet. Jim Hannaran hält an diesem Feuer an und betrachtet Anne Shayne auf eine grimmige Art.

»Haben Sie immer noch nicht genug, Anne Shayne?«, fragt er.

Sie hockt dicht beim Feuer und kaut an einem Stück Trockenfleisch. Da sie keine Kochgeräte bei sich hat, kann sie sich nicht einmal einen Kaffee kochen. Sie ist auf Trockenproviant angewiesen.

»Ich gebe nicht auf«, sagt sie und klatscht sich auf

die Wange, weil sie dort eine Mücke stach. Ihr so rassig und reizvoll wirkendes Gesicht ist schon ziemlich verschwollen von all den Mückenstichen. Selbst der Rauch des Feuers hält die Plagegeister nicht ab.

»Ich werde Ihr Kanu zerschlagen«, droht er.

Doch da blickt er in die Mündung eines Revolvers.

»Vorsicht«, sagt ihre Stimme, und sie schnurrt samten wie eine Katze. »Vorsicht, Mister Jim! Nur nicht drohen! Ich bin aus Texas. Und ich wuchs am Brazos River auf. Dort musste auch ein Mädchen reiten und schießen können wie ein Mann. Wenn es Sie interessiert, Mister, so nehmen Sie zur Kenntnis, dass ich schon im Alter von dreizehn Jahren auf Indianer und Banditen schoss, als diese uns daheim überfielen, und gewiss auch welche getroffen habe. Ich kann für mich sorgen. Wenn Sie mir das Kanu beschädigen, dann ist es genau so, als würden Sie mir das Pferd stehlen. Vorsicht, Mister!«

Er nickt langsam, und er verzichtet darauf, ihr einige von diesen Schlingpflanzen zu geben. In ihm ist solch ein Zorn auf sie, dass er eine bittere Befriedigung bei dem Gedanken verspürt, wie die Mücken sie peinigen.

Dieses Biest, denkt er, wird nun ebenfalls von anderen Biestern gepeinigt.

Er gibt Joe Skinner einige der Pflanzen und erklärt ihm, dass er sie auspressen und sich mit dem Saft einreiben soll. Joe tut es, und er schnauft dann zufrieden. Denn der milchige Saft hält nicht nur die

Mücken ab, sondern lindert zugleich auch das Jucken der Stichschwellungen.

»Hast du ihr auch davon gegeben?«, fragt Joe.

Jim schüttelt den Kopf. »Sie ist ein Biest«, sagt er. »Sie verdient es, dass sie von den Mücken zerstochen wird. Ich hätte nie gedacht, dass es solch ein Mädel auf dieser Welt geben könnte.«

Er schlürft gedankenvoll den Kaffee, den Joe inzwischen kochte. Joe Skinner aber wirkt nun mit einem Mal sehr nachdenklich.

»Sie ist eine Texanerin«, murmelt er. »Und für Texas galt früher das Sprichwort, dass es ein Paradies für Männer und Hunde wäre – und eine Hölle für Frauen und Ochsen. Dies sagte man von Texas. Und deshalb sind dort die Frauen sicherlich so hart und stolz. Ich habe über dieses Mädel nachgedacht. Und ich weiß jetzt, warum die Texaner zumeist besondere Kerle sind. Ich weiß es jetzt endlich! Ihre Mütter waren keine von diesen ›Heb-mich-auf-und-beschütze-mich-Weibern‹, sondern es waren Frauen, die sich behaupten konnten. Weißt du, es sind Frauen, die richtige Männer in die Welt setzen und in deren Muttermilch eine besondere Substanz vorhanden sein muss – eine Substanz, aus der man Männer macht. Ich habe wirklich über dieses Mädel nachgedacht, Jim. Und ich sage dir, dass sie genau aus dem Stoff gemacht ist, aus dem ich mir meine eigene Frau einmal wünsche.«

Als er es gesagt hat, schlürft er nochmals einen Schluck Kaffee aus dem heißen Becher.

Und Jim staunt über ihn.

»Ja, sie ist voller Mut, und sie kann kämpfen«,

murmelt er dann. »Doch es ist nicht die Bestimmung einer Frau, auf diese Art hinter einem Schatz herzujagen und wie ein Mann zu leben. Eine Frau ist dazu bestimmt, Mutter zu sein. Sie ...«

»Dieses Mädel wird eines Tages die beste Frau und die beste Mutter sein, die ein Mann bekommen kann«, behauptet Joe Skinner, und er wirkt eigensinnig und stur. »Dies wird die beste Kameradin sein, die ein Mann haben kann. Der Trick ist nur, dass ein Mann sie dazu bringen muss, ihn mehr zu lieben als alle anderen Schätze auf dieser Welt.«

Jim staunt wieder, überlegt sichtlich angestrengt und nickt dann langsam. »So habe ich das noch gar nicht gesehen, Joe«, murmelt er. »Du könntest wahrhaftig Recht haben. Ich glaube, ich sollte ihr zumindest etwas von diesem Saft bringen – obwohl sie ein Biest ist, welches uns eine Menge Prügel verabreichen ließ. Na ja, sie tut für sich, was sie kann. Das muss man wohl anerkennen.«

Er erhebt sich und nimmt einen Ball von zusammengekneteten Schlingpflanzen mit, aus dem selbst ein schwaches Kind mühelos Saft pressen könnte.

Und Joe Skinner folgt ihm und hält einen Becher heißen Kaffee in der mächtigen Hand.

»Ich habe ein gutes Mittel gegen die Mücken«, beginnt Jim, »und es ist nun höchste Zeit, dass Sie es anwenden. Denn sonst wird Ihr Gesicht bald einem fleckigen Vollmond gleichen.«

»Und ich habe Ihnen einen prächtigen Kaffee mitgebracht«, spricht Joe Skinner. In seiner Stimme ist ein Klang des Mitgefühls.

Doch das Mädchen blickt die beiden Männer fest an.

»Bedeutet das meine Aufnahme in die Partnerschaft? Nehmen Sie mich nun endlich als gleichberechtigten Partner auf?« Sie fragt es fest.

»Nein«, sagt Jim. »Sie tun uns nur Leid. Bald werden Sie uns nicht mehr folgen können. Sie sollten lieber schon morgen umkehren, bevor wir zu weit von Fort Lincoln entfernt sind.«

»Behalten Sie Ihren Mückensaft und auch den Kaffee«, sagt sie herb. »Ich will von Ihnen nichts haben, solange Sie mich nicht als dritten Partner anerkennen. Mir machen die Mücken nichts aus. Und im Kaffee befindet sich vielleicht ein Betäubungsmittel. Ich danke!«

»Sie bringt mich noch zum Platzen«, sagt Joe Skinner seufzend und wendet sich ab.

Jim betrachtet das Mädchen noch eine Weile, und sie erwidert über das Feuer hinweg seinen Blick.

»Ich wäre ein Schuft«, sagt er zu ihr, »würde ich Sie dorthin mitnehmen, wohin Joe und ich gehen. Kehren Sie um! Es ist meine letzte Warnung!«

Er wendet sich ab. Doch es war nur eine Finte. Denn er wirbelt weiter herum und springt mit einem langen, geschmeidigen Satz über das Feuer hinweg und ist bei ihr. Oh, er ist unwahrscheinlich schnell.

Sie will den Revolver auf ihn richten. Doch er entreißt ihr die Waffe.

Da greift sie ihn mit den Fäusten an, und er muss sie festhalten.

»Es tut mir Leid«, sagt er ernst. »Doch ich kann

nicht zulassen, dass Sie in Ihr Verderben rennen. Glauben Sie mir, es geht mir nicht mehr darum, dass ich nicht mit Ihnen teilen will und meinen Anteil möglichst groß halten möchte. Es geht mir darum, dass Sie nicht unter eine Horde von Mördern und Banditen geraten, denen nichts heilig ist auf dieser Erde. Ich tue ein gutes Werk, indem ich Sie, Anne Shayne, so behandle. Ich rette ihr Leben! Und ich bedaure sehr, dass Sie mich dazu zwingen, Gewalt gegen Sie anzuwenden. Aber Sie sind wie eine starrköpfige Eselin!«

Die letzten Worte ruft er bitter.

Dann wendet er sich an Joe, der wieder herbeigekommen war.

»Wir setzen sie ohne Paddel in ihr Kanu«, sagt er zu Joe. »Sie kann mühelos den Fluss hinuntertreiben und sich mit den Händen an Land rudern, sobald sie wieder bei Fort Lincoln angelangt ist.«

Er entlädt ihren Revolver und reicht ihr dann die Waffe wieder.

»Sie können die Waffe unterwegs wieder laden, damit Sie nicht so schutzlos sind«, murmelt er und geht zu ihrem Kanu.

Er nimmt das Paddel heraus, zerbricht es über dem Knie und wirft die Stücke ins Wasser.

Dann deutet er auf das Kanu, in welches Joe Skinner inzwischen ihre wenigen Habseligkeiten tat.

»Bitte, Anne Shayne«, sagt er. »Oder muss ich Ihnen nochmals zeigen, dass ich stärker bin?«

»Sie sind ein Wilder«, murmelt sie. »Sie sind gemein, unfair und gewalttätig. Ich hasse Sie. Und ich sage Ihnen nochmals, dass ich ein Recht auf einen Teil des Schatzes besitze und Sie mich berauben wollen, wenn Sie die Absicht haben ...«

»Schluss jetzt«, sagt er heiser. »Steigen Sie ein, Anne Shayne!«

Sie gehorcht, denn sie spürt deutlich, dass er am Ende seiner Geduld angelangt ist.

Sie klettert an ihm vorbei in das kleine Kanu. Er gibt dem leichten Ding einen Stoß, und es gleitet in die Strömung des Flusses hinein, wird fortgetragen. Anne Shayne ruft heftig und wild:

»Sie sind ein Wilder, Big River Jim! Sie sind ein gewalttätiger Steinzeitmensch, ein Muskelprotz, der sich an schwachen Frauen vergreift, ein Bandit, der ...«

Nun versagt ihr die Stimme.

»Du lieber Vater im Himmel«, sagt Joe Skinner seufzend, »was ist das doch für ein prächtiges Mädel. Oh, ich war schon fast bereit dazu, sie mitzunehmen und mit ihr zu teilen. Ich ...«

»Warte nur, bis wir bei Captain John Buncharan sind«, sagt Jim mit scharfer und spröder Stimme. »Dann wirst du froh sein, dass dieses prächtige Mädel, welches so starrsinnig ist wie ein altes Maultier, nicht bei uns ist.«

Er blickt über den Fluss. »Fahren wir weiter! Die Nacht ist hell und klar. Fahren wir noch einige Stunden!«

Sie fahren bis lange nach Mitternacht, legen dann für drei Stunden an einer Sandbank an, schlafen etwas und fahren bei Sonnenaufgang weiter. Die Sonne taucht mehr und mehr über dem Coteau-Plateau im Osten auf und wirft ihre Wärme in das mächtige Flusstal nieder. Es gibt nun viele Inseln im Strom, und viele Nebenarme zweigen ab, führen irgendwohin durch Schluchten.

Es ist ein gewaltig großes und wildes Land. Manchmal sind die toten Nebenarme des Stromes breiter als der Hauptarm. Man erkennt sie zumeist nur, weil in ihnen die Strömung fehlt. Sie führen irgendwohin.

Am Nachmittag rasten die beiden Männer auf einer Insel, von der aus sie guten Ausblick nach allen Seiten haben und auch die mächtigen Uferhänge beobachten können. Sie haben ein fast rauchloses Feuer angemacht und kochen sich eine kräftige Mahlzeit. Denn sie sind nun einmal zwei körperlich schwergewichtige Männer, zu außergewöhnlichen Leistungen befähigt, ausdauernd und hart. Doch sie müssen ihren Körpern ständig Säfte und Kräfte zuführen.

»Es hätte wenig Sinn«, erklärt Jim Hannaran, »wenn wir versuchten, unbemerkt in Captain John Buncharans Gebiet zu schleichen. Wir würden bestimmt von seinen vielen Spähern entdeckt und gemeldet werden. Und wir hätten uns dann von Anfang an verdächtig gemacht. Wir wollen ganz offen in sein Gebiet eindringen. Ich werde vorgeben, einige besonders wertvolle Bäume zu suchen, um sie zu fällen. Er kennt mich, denn wir begegneten uns dann und wann am Fluss und in den Camps. Einmal habe ich mit ihm gepokert und siebenhundert Dollar von ihm gewonnen. Wir werden einige Meilen weiter stromauf in einen der Nebenarme einfahren. Irgendwo dort werden wir dann auf die Silverbell stoßen, es sei denn, sie ist wieder auf Kaperfahrt und lauert auf ein Schiff, welches aus dem Goldland von Montana kommt.«

Nachdem er dies gesagt hat, späht er den Fluss hinunter. Groß und breit liegt er vor ihm, mit seinen Inseln, seinen Abzweigungen und Nebenarmen. Und die Ufer steigen zu beiden Seiten empor, verlieren sich im Wald.

Nichts ist zu sehen.

»Das Mädel wird nun sicherlich schon fast wieder in Fort Lincoln sein, denke ich«, murmelt Jim. »Die Strömung des Flusses macht es ihr leicht. Ich bin nur neugierig, was sie und dieser Vance Chance, mit dem sie wohl morgen wieder zusammentreffen wird, unternehmen werden.«

7

Am nächsten Tag – es ist schon Vormittag – biegen sie in einen Nebenarm ein, der sich durch ein Gewirr von felsigen Inseln und durch Schluchten windet. Einige Male sieht es so aus, als endete dieser Nebenarm vor steilen Felswänden. Doch immer, wenn man mit dem Boot nahe heran ist, kann man erkennen, dass es scharf um die Ecke weitergeht.

Dann wird dieser Nebenarm des Missouri zu einem See, in dem ebenfalls viele Inseln sind. Von diesem See aus gehen weitere Flussarme in verschiedene Richtungen. Doch viele von ihnen sind irgendwelche Quellzuflüsse, die von der Hochprärie niederkommen.

Und überall, auch auf den vielen Inseln, ist Wald, alter, kostbarer und prächtiger Wald.

»Irgendwo hier in diesem Irrgarten muss die Silverbell stecken«, erklärt Jim Hannaran. »Wir werden zuerst Captain Buncharans großes Camp aufsuchen – vielleicht liegt sie dort. Und ich sage dir, Joe, dass du unter die schlimmste Bande geraten wirst, die es zurzeit hier im Westen gibt. Ich bin sicher, dass man uns bereits gesichtet hat und dass irgendwelche Späher genauestens darauf achten, ob wir auch alleine kommen. Nun ...«

Er bricht ab und richtet seinen Blick fest auf eine Insel am nördlichen Ende des Sees.

Dort ist über den Bäumen nun Rauch zu erkennen, Rauch, der von einem Feuer stammt, welches sich bewegt. Das Rätsel ist jedoch leicht zu lösen. Es ist ganz klar, dass dort hinter der Insel ein Schiff fährt, aus dessen Schornsteinen Rauch quillt.

Jim und Joe brauchen auch nicht lange zu warten. Hinter der Insel kommt ein kleines Dampfboot zum Vorschein.

»Dies ist sie«, sagt Joe Skinner schnell. »Dies ist mein altes Schiff, welches ich verlor, als uns die Yanks kaperten und mich dabei fast totschossen. Dies ist die Orleans Queen, die als Kriegsbeute mehrmals verkauft wurde. Ich erkenne sie sofort wieder wie eine lange nicht gesehene Braut. Das ist sie!«

Jim nickt. »Sie heißt nun Silverbell, und ich weiß,

dass sie vorzüglich in Ordnung gehalten wird. Sie hat zwei Kessel, und sie ist schnell, wendig und hat nur wenig Tiefgang – oh, ein prächtiges Schiff! An Bord sind zwei Haubitzen aus dem Krieg. Sie ist ein Flusspiratenschiff geworden, und sie fährt nun irgendwohin. Schade, dass wir zur unrechten Zeit kommen. Es mag vielleicht Wochen dauern, bis die Silverbell wieder auftaucht und wir die Möglichkeit bekommen, an Bord gehen zu können. Vielleicht fährt sie durch das Indianerland bis hinauf nach Montana. Vielleicht haben Captain John Buncharans Leute wieder einige Fässer Schnaps gebrannt, den sie nun längs des Flusses an die Indianer eintauschen gegen Felle und Gold.«

Er sitzt ganz still im Kanu, und Joe Skinner tut es ihm nach.

Sie wirken äußerlich ruhig und gelassen. Und dennoch ist eine bittere Resignation in ihnen.

Indes kommt das Dampfboot näher und näher. Es hat kein Schaufelrad am Heck, wie es bei den größeren Dampfschiffen üblich ist. Dieses Schiff hat je ein Schaufelrad auf Backbord und Steuerbord, und es kann damit fast auf der Stelle drehen und wenden, weil es die beiden Räder ja auch entgegengesetzt laufen lassen kann.

Es ist grün angestrichen, so dass es sich gegen die grünen Ufer des Flusses nur wenig abhebt.

Eine Menge Männer sind an Bord, eine sehr bunt zusammengewürfelte Mannschaft. Da sind Burschen in Leder gekleidet wie Prärieläufer und Trapper. Da sind Männer in der Weidetracht der Cowboys. Und Flussschiffer, Flößer und alle nur denkbaren Sorten sind an Bord. Man erkennt sie irgendwie an ihrer Kleidung. Doch alle sind geächtet.

Sie alle stehen auf der Steuerbordseite und blicken auf die beiden Männer im Kanu. Das Schiff stoppt die beiden Schaufelräder und treibt still.

Außer dem Hauptdeck besitzt die Silverbell noch ein Kabinendeck, auf dem das Ruderhaus steht. Auf diesem Kabinendeck (auch Texasdeck genannt) steht ein riesiger Mann, der eine Art Uniform trägt, ähnlich der des Südens. An seinem Fellhut weht ein Federbusch.

Dieser riesige Mann trägt einen schwarzen Vollbart und wirkt wie der Riese aus einem Kindermärchen. Solche Märchenriesen pflegen zuweilen Kinder zu verspeisen und andere üble Dinge zu tun.

»Dies ist John Buncharan«, sagt Jim zu Joe und winkt, als wäre er sehr erfreut und vergnügt. Er ruft nun zum Dampfboot hinüber: »Hoi, Captain John Buncharan! Wie geht es denn so? Komme ich zur unrechten Zeit?«

Schiff und Kanu sind nun sehr nahe, so nahe, dass John Buncharan mit einiger Anstrengung ins Kanu spucken könnte. Er starrt auf Jim Hannaran nieder.

Dann spuckt er dicht vor das Kanu ins Wasser nieder.

»Big River Jim, was willst du hier in meinem Land?«, fragt er, und seine Stimme ist sanft und ölig wie die eines schmalzigen Baritons. Diese Stimme passt gar nicht zu seinem Äußeren. Man hätte ihm eine raue, urige Stimme zugetraut, gewaltig und tief.

»Zwei Gründe sind es, die mich in dieses Land kommen ließen«, spricht Jim zu ihm empor. »Ich suche einige besonders edle Baumriesen für eine Spezialfabrik, die wertvolle Möbel herstellt. Ein Dutzend solcher Bäume bringen mir fast den gleichen Gewinn wie ein großes Floß. Und dann bin ich dir seit unserem letzten Pokerspiel noch Revanche schuldig. Du erinnerst dich doch, dass ich dir versprechen musste, dir Revanche zu geben, sobald ich wieder den Fluss heraufkommen würde?«

»Ja, daran erinnere ich mich.« John Buncharan nickt. »Doch ich bin soeben zu einer kleinen Geschäftsreise aufgebrochen«, spricht er weiter. »Du musst dich noch eine Weile gedulden, Big River Jim. Du kannst ja inzwischen nach den Bäumen Ausschau halten, die du in meinem Land zu finden hoffst. Wenn ich zurück bin, werden wir über meinen Anteil verhandeln und unser Pokerspiel fortsetzen. Wen hast du bei dir?«

»Joe Skinner – meinen neuen Partner. Ich habe in Omaha mein Floß beim Wettkampf gegen Kelso Brown verloren. Er war stärker als ich und konnte mich ausheben.«

»Oho, diesen Kampf hätte ich gern gesehen«, unterbricht ihn Captain John Buncharan, und unter seinen Männern, die jedes Wort hörten, entsteht ein Gemurmel. Denn fast alle kennen Big River Jim und auch Kelso Brown. Sie wissen von der Rivalität dieser beiden Holzfäller und Floßkapitäne. Und nicht wenige Burschen dieser Banditenmannschaft hätten ihr Geld auf Jim gesetzt. Nun staunen sie, dass Kelso Brown gewonnen haben soll.

John Buncharan betrachtet nun Joe Skinner. »Ich hätte nie gedacht, dass Big River Jim sich mal einen Partner nehmen würde«, spricht er dann und spuckt wieder ins Wasser. »Jim, ich hielt dich bisher immer für einen Großen, der nie einen Partner brauchen würde. Doch ich habe mich wohl in dir getäuscht. Ein Mann, der von Kelso Brown geschlagen wird und sich dann einen Partner nimmt, der ist nur mittelmäßig. Na gut, Jim! Ich werde dir gestatten, in meinem Land einige Bäume zu fällen. Warst du in Fort Lincoln? Ist die Armee dort nun stark genug, um mir und meinen roten Freunden gefährlich werden zu können?«

Die Frage zuletzt kommt scharf und bissig.

»Sie bauen das Fort aus – ich sah nur Pioniere und Infanterie dort. Nur wenig Kavallerie und keine Schiffe«, erwidert Jim wahrheitsgemäß, denn er weiß, dass John Buncharan seine Spione im Fort sitzen hat und sicherlich ständig Nachrichten bekommt.

Der Banditenführer wendet sich wortlos ab und verschwindet im Ruderhaus. Die beiden Schaufelräder der Silverbell beginnen wieder zu drehen. Die Mannschaft ruft nun allerlei zu den beiden Männern im Kanu – es sind mehr oder weniger üble Ausbrüche der Schadenfreude darüber, dass Big River Jim an Kelso Brown sein Floß verlor.

Das Kanu schaukelt dann in den Wellen, die das Dampfboot hinter sich lässt. Joe Skinner aber stößt pfeifend die Luft aus und sagt dann gepresst und heiser: »Da fährt mein gutes Schiff – und mit ihm der große Schatz an Bord. Und dieser John Buncharan wirkt ja gar nicht so übel. Er scheint doch ein Mann zu sein, mit dem man reden kann und der …«

»Er ist irgendwie verrückt«, unterbricht ihn Jim ruhig. »Sein Denken ist vollkommen verzerrt. Und sein Instinkt ist so fein wie der eines Wüstenwolfes. Man kann ihn kaum täuschen. Und ich bin nicht sicher, ob er mir glaubt, dass wir in sein Land gekommen sind, um einige besonders wertvolle Bäume zu fällen. Es ist möglich, dass er schon hinter der nächsten Landzunge einen Mann an Land setzt, der seinem Stellvertreter eindeutige Befehle bringt.«

»Und wer ist sein Stellvertreter im Camp?«, will Joe Skinner wissen.

Big River Jim zuckt mit den Achseln. »Das kann ich nicht sagen. Seinem letzten Stellvertreter – es war Gordon Jenkins – brach er das Rückgrat, weil Jenkins versuchte, ihn beim Spiel zu betrügen. Denn John Buncharan spielt ehrlich. Er ist ein übler Bursche, der seinen eigenen Bruder bestehlen würde und dessen Wort nichts gilt. Er ist gemein, wie nur ein Verrückter gemein sein kann. Doch er spielt ehrlich. Das ist irgendwie ein Tick von ihm, denn seinem ganzen Wesen nach müsste er beim Spiel genauso betrügen und schlecht sein wie in allen anderen Dingen. Aber er ist beim Spiel ehrlich. Und da fast alle Leute beim Spiel betrügen, wenn sie nur können, hat er schon ein halbes Dutzend von ihnen getötet.«

Sie rudern nun langsam weiter. Joe Skinner ist sehr nachdenklich.

Nach einer Weile spricht Jim zu ihm: »Joe, du

musst mir jetzt sagen, wo der Schatz an Bord versteckt ist. Ich muss das jetzt wissen.«

Joe Skinner, der vorn im Kanu kniet, wendet sich halb zurück und hält mit dem Paddeln inne.

»He, warum?«, fragt er. »Es genügt doch wohl, wenn ich den Schatz aus dem Versteck hole?«

»Nein«, sagt Jim. »Wir kommen in ein wildes Camp. Es gibt dort immer wieder Streit. Auch wir werden dort Streit bekommen. Diese Geächteten leben wie Wölfe. John Buncharan hat nichts gegen Zweikämpfe. Er ist der Meinung, dass auf diese Art eine natürliche Auslese stattfindet und nur die besten Kämpfer sich behaupten. Dies ist auch ein Zeichen seiner Verrücktheit. Aber es könnte sein, dass du von einem dieser wilden Burschen getötet wirst. Dann weiß ich nicht, wo ich den gesuchten Schatz finde. Und du musst doch einsehen, dass ich sozusagen dein einziger Erbe bin, sollte dir etwas zustoßen?«

Joe Skinner schluckt. »Man könnte über deine Worte lachen, weil sie wie ein Witz klingen«, sagt er dann. »Doch es ist schon eine höllische Sache, um die es sich hier dreht. Ich begreife, dass wir in ein schlimmes Camp kommen, in dem es immer wieder Kämpfe gibt und jeder Bursche für sich sorgen muss. Und wenn ich dir sage, wo du den Schatz finden kannst, dann wäre es dir vielleicht gar nicht so unlieb, wenn ich in einen Streit gerate, den ich nicht überlebe. Aber ich werde dir das Versteck nicht verraten. Wenn du nicht willst, dass mir etwas zustößt, dann hilf mir nur immer und steh mir bei. Du bist doch der große und tüchtige Big River Jim

Hannaran, der sich auskennt und den selbst ein Kelso Brown nicht hätte schlagen können, wäre er nicht betrunken gewesen. Beschütze mich, großer Meister!«

Er spricht dies alles halb scherzend, aber auch halb im Ernst. Er ist ein vorsichtiger, misstrauischer Mann. Und wenn er in Omaha auch behauptet hat, dass Jim der einzige Partner für ihn sei, dem er vertrauen könne, so sichert er sich jetzt doch zusätzlich ab.

»Du willst mich dazu zwingen, dass ich auf dich achte wie eine Mutter auf ihr Kind?« Jim fragt es verächtlich.

Aber Joe Skinner nickt ohne Scham.

Da rudert Jim wortlos weiter.

Sie haben noch einen weiten Weg. Denn hinter der Insel, die das Dampfboot verbarg, so dass man zuerst nur den Rauch sehen konnte, befindet sich das Camp nicht.

Sie treffen jedoch auf einige Boote mit indianischen Fischern und erreichen dann einen Wasserarm, der scharf um eine mächtige Bergschulter biegt und ein langes Tal in zwei Hälften teilt.

Nun erblicken sie das Camp.

Es ist eine Stadt.

Und darüber staunt Joe Skinner. Zugleich aber begreift er, wie mächtig John Buncharan in diesem Land ist.

Es gibt dort drüben zwei Landebrücken, einen großen Holzplatz und eine richtige Uferstraße, von der aus zwei Straßen in den Ort führen. Es gibt mehr als zwei Dutzend solide Holzhäuser und eine

Menge Nebengebäude. Rings um diesen Ort sind viele Weidekoppeln und Gärten. Und in einiger Entfernung stehen auf der anderen Seite des Flusses die Zelte eines Indianerdorfes. Es sind mehr als fünf Dutzend Zelte. Wenn man nach der Faustregel rechnet, dass auf jedes Zelt etwa fünf Indianer kommen, wovon zwei kampffähige Krieger sind, so kommt man auf dreihundert Indianer und hundertzwanzig Krieger.

Im Fluss baden Kinder, waschen Frauen ihre Wäsche. Und auf der Seite der Stadt weiden im Tale viele Rinder. Es führen Wagenwege aus dem Tale irgendwohin.

»Siehst du jetzt, was hier entsteht?«, fragt Jim ruhig. »Dies hier ist der Sammelplatz aller Geächteten. Sie schließen sich hier zusammen, weil sie erkennen, dass sie gemeinsam eine Macht sind, die man nicht so leicht vernichten kann. Allein waren sie Flüchtlinge. Doch hier bilden sie eine Art Gemeinschaft und fühlen sich sicher vor dem Gesetz. Und sie werden mit jedem Monat zahlreicher und stärker. John Buncharan ist dabei, sich in diesem Territorium einen Staat zu errichten.«

»Ich habe davon gehört«, murmelt Joe Skinner. »Doch ich glaubte nicht, dass es schon so weit fortgeschritten wäre. Ich glaubte an ein großes Camp, doch ich sehe eine Stadt.«

»Es gibt einige Camps. Sie liegen weiter landeinwärts. Dort leben die scheuen und misstrauischen Burschen. Doch auch aus diesen Camps werden mehr und mehr Siedlungen und Städte. Wenn die Armee diesen Geächteten noch einige Jahre Zeit lässt, wird hier ein richtiger Staat entstanden sein, der einen Krieg führen kann und zu dessen Hilfstruppen mehr als fünftausend Indianer gehören könnten – fünftausend indianische Krieger, meine ich!«

Joe Skinner sagt nichts zu diesen Worten. Sie schweigen nun beide und legen bald darauf neben einer der beiden Landebrücken am sandigen Ufer des Seitenarmes an.

Einige Müßiggänger sitzen hier herum. Es ist eine bunt gemischte Gesellschaft. Einige haben Angeln ausgeworfen. Sie alle betrachten Jim und Joe.

»Hallo, Jim«, sagt ein rotnasiger Bursche, der mit einem Messer an einem Holz schnitzt. »Wieder hier? Wie doch die Zeit vergeht!«

»Ich traf John Buncharan«, sagt Jim lässig. »Wir bleiben im Land, bis er von seinem Ausflug wieder zurück ist.«

»Oh, wir wissen schon seit gestern, dass du mit einem Freund zu uns unterwegs bist.« Der rotnasige Bursche grinst. »Ihr müsst euch bei Hondo Henderson melden. Er vertritt John Buncharan und ist der Leutnant. Ihr findet ihn im Saloon.«

»Danke, Jamaika Pete«, sagt Jim ernst. Er zieht mit Joe das Kanu an Land, und dann machen sie sich auf den Weg.

Der Saloon ist recht groß, und er entstand aus einem Blockhaus, an welches immer wieder neue Räume angebaut wurden. Neben diesem Saloon gibt es ein Restaurant, hinter das eine Einfahrt führt. Als Jim und Joe die Veranda des Saloons betreten, treibt gerade ein Reiter einen sehr fleischigen Stier vorbei und durch die Einfahrt. Und dann kracht auch schon ein Schuss.

»Morgen wird es Rindersteaks geben«, murmelt Jim. Er nickt einigen Männern zu, die auf der Veranda in der Sonne sitzen. Manche blinzeln nur mit einem Auge und dösen dann weiter in der warmen Spätvormittagssonne. Auch diese Männer sind sämtlich recht abenteuerliche Gestalten.

Im Saloon tönt plötzlich der Klang eines Harmoniums. Schon nach den ersten Klängen wird klar, dass dort drinnen ein wirklicher Künstler zu spielen begonnen hat, der die Orgelmusik eines großen Meisters grandios beherrschte.

»Das ist Hondo Henderson, der da spielt«, sagt Jim zu Joe. »Wir müssen auf den Zehenspitzen hineingehen – oder er erschießt uns.«

Joe Skinner hält die letzten Worte für einen Scherz. Doch er bemüht sich sehr leise zu sein, als er Jim folgt.

Es sind nur wenige Gäste im Saloon. Sie stehen still und bewegungslos am Schanktisch oder sitzen ebenso ruhig an den Tischen. Einige Durchgänge führen zu den Nebenräumen. Es gibt sogar Billardtische und Rouletteräder, wie Joe Skinner erkennen kann, als er in diese Nebenräume einen Blick wirft.

Das Harmonium steht in der Ecke neben einer kleinen Bühne. Ein sehr hagerer, weißblonder und scharfgesichtiger Mann sitzt daran – ein Mann, der zwei Revolver trägt und an dessen Cowboystiefeln zwei mexikanische Sporen manchmal leise durch das Harmoniumspiel klingeln, wenn er besonders stark die Blasebälge treten muss. Es ist ein melodisches Klingeln.

Jim und Joe stehen nun am Schanktisch, und sie beobachten den Spieler, der ganz so wirkt, als hätte er die Umwelt vergessen. Sie können von der Seite her die Hände des Spielers betrachten, und sie sahen noch nie eine solche Beweglichkeit und Fingerfertigkeit.

Am Schanktisch bewegt sich jemand hinter Jim und Joe, die mit dem Rücken am Schanktisch lehnen und die Ellenbogen aufgestützt haben.

Als Joe den Kopf wendet und über die Schulter blickt, da glaubt er zuerst, dass der Barkeeper ein Mann ist.

Doch dann werden seine Augen groß. Denn dieser dicke Barkeeper ist eine Frau, massig, stämmig, mit einem dunklen Bärtchen, um das sie so mancher Jüngling beneiden würde. Sie wiegt sicherlich drei Zentner, und sie ist, soweit man es über dem Schanktisch erkennen kann, wie ein Mann gekleidet.

Aber es ist eine Frau.

Jim sieht, wie Joe staunt, und er grinst ihn an, nimmt das gefüllte Glas und nickt ihm zu. Und so trinkt auch Joe.

Er ist ein hartgebrannter Mann, der einen scharfen Schluck vertragen kann. Doch einen Tropfen, wie er ihn jetzt hinter die Binde kippt, wie man im Volksmund sagt, trank er noch nie. Er schnappt plötzlich nach Luft und hat das Gefühl, innerlich zu verbrennen. Dann muss er husten.

Und der Mann am Harmonium wendet den Kopf

und betrachtet ihn einen Moment. Joe Skinner sah noch nie in zwei kältere Augen. Sie sind so hell wie Glas, stehen weit auseinander und verraten nichts; sie sind wie Glas, hinter dem nichts ist.

Aber Joe spürt, dass dies ein gefährlicher Blick ist. Er fürchtet sich vor diesem Mann, der Orgel spielen kann wie ein begnadeter Künstler – und zwei Revolver und riesige mexikanische Sporen trägt.

Er bezwingt seinen Husten, bekommt wieder Luft, und das höllische Feuer in seinem Leibe wandelt sich in Wohligkeit.

Die dicke Wirtin grinst ihn an und hebt wortlos die Flasche, um ihm nochmals einzuschenken. Doch er schüttelt heftig den Kopf und deutet auf eine andere Flasche, in der ganz offensichtlich richtiger Whisky und nicht jener selbstgebrannte Handelswhisky ist, in dem sich sogar roter Pfeffer befindet.

Er bekommt nun aus der anderen Flasche, doch Jim verlangt mit eindeutiger Zeichensprache aus der ersten. Noch bevor sie trinken können, passiert eine schreckliche Sache, die Joe Skinner jäh die Augen öffnet über diesen Ort hier.

Denn die Schwingtür wird aufgestoßen. Zwei Männer kommen herein. Sie lachen laut, haben einander untergehakt und sind offensichtlich angetrunken. Einer von ihnen hat vielleicht einen Witz erzählt, und nun lachen sie laut und wild, wie nur zwei betrunkene Burschen lachen können, mit denen es während der letzten Jahre ständig bergab gegangen ist. Sie sind beide in Leder gekleidet wie Trapper. Doch sie sind Deserteure der Armee, die nun drüben bei den Indianern leben und indianische Frauen haben. Sie haben sich drüben schon angetrunken. Dann ging ihnen wohl der Handelswhisky aus, und sie kamen nun herüber, um sich neuen zu kaufen.

Indes sie nun auf dem Weg zum Schanktisch sind, versuchen sie die Orgelmusik, die der Mann am Harmonium spielt, mitzusingen. Da sie dies natürlich nicht können, wird ein schlimmes Gegröle daraus.

Und da passiert das Schreckliche.

Der Mann am Harmonium spielt mit einer Hand weiter. In der anderen aber liegt plötzlich einer seiner beiden Revolver.

Er schießt sofort – zwei Mal. Und da ist es geschehen! Die beiden betrunkenen Renegaten liegen am Boden, bevor der Pulverrauch sich richtig im Raum ausbreiten kann. Sie atmen zitternd aus – und sind tot.

Joe Skinner steht starr und wie gelähmt am Schanktisch. »Nur ruhig, Joe«, flüstert Jim neben ihm. »Das ist Hondo Henderson. Er liebt es nicht, wenn man sein Harmoniumspiel stört.«

Er flüstert es leise. Doch Hondo Henderson blickt scharf zu ihm herüber. »Ruhe hier, wenn ich spiele«, sagt er sanft.

Joe Skinner wischt sich über das Gesicht. Dann schüttelt er heftig den Kopf. Doch es wird ihm klar, dass er nicht träumt, dass alles Wirklichkeit ist.

Jetzt erst weiß er richtig, in was für ein Camp er geraten ist und was für Menschen hier leben.

Henderson bricht mit seinem Spiel plötzlich ab.

»Schafft die beiden Narren hinaus«, sagt er, und sofort bewegen sich willig einige der Gäste. Hondo Henderson aber kommt zu Jim und Joe an den Schanktisch.

»Man wirft hier Perlen vor die Säue«, sagt er. »Früher hatte ich stets ein großartiges Publikum, wenn ich die größten und gewaltigsten Orgeln der Welt zum Tönen brachte – in Kirchen und Palästen, vor Fürsten und Königen. Man wirft hier Perlen vor die Säue. Wie geht es, Jim?« Die Frage kommt sehr sachlich.

»Nicht sehr gut«, erwidert Jim, und er berichtet davon, wie er an Kelso Brown sein Floß verlor und dass er schon mit John Buncharan sprach und hier nach einigen besonders edlen Bäumen suchen will.

Hondo Henderson nickt nur, als Jim endet. Er betrachtet Joe Skinner eine ganze Weile. Dann nickt er nochmals und geht hinaus.

Als er verschwunden ist, trinkt Joe Skinner seinen Whisky, und er hat das Gefühl, dass er ihn nötig braucht.

Denn er sah noch nie einen kaltblütigeren Mord.

Oh, er hat schon viel über Hondo Henderson gehört, der in einigen Staaten steckbrieflich gesucht wird und auf dessen Kopf hohe Belohnungen ausgesetzt sind. Doch er hätte nie geglaubt, dass Hondo Henderson wegen eines solch unwichtigen Grundes zwei Männer töten könnte.

»Heiliger Rauch«, sagt er.

»Wenn du etwas lauter gehustet hättest, wärest du dran gewesen«, sagt eine wohlklingende Frauenstimme hinter ihm. Er wendet den Kopf und blickt die Wirtin an.

»Dies ist Mom Mayflower«, sagt Jim, »und sie übertreibt nicht. Sie konnte auch nicht wissen, dass du keinen scharfen Schluck verträgst. Nun gut, wir werden uns nach dem Mittagessen wieder auf den Weg machen und nicht länger in dieser Siedlung bleiben, die keinen Namen hat.«

8

Das Restaurant ist gut besetzt wie in einer richtigen Stadt.

All diese Burschen hier, die sonst stets in primitiven Camps leben müssen, wissen ein gutes Essen zu schätzen.

Auch das Restaurant gehört jener dicken und flaumbärtigen Mom Mayflower.

Sie hat einen guten Chinesenkoch, doch sie gibt dann die Portionen selbst aus.

Es gibt Hammelbraten, grüne Bohnen, Bratkartoffeln und Apfelmus. Jim und Joe werden von vielen Männer scharf betrachtet, besonders Joe. Denn man kennt ihn nicht, und es gibt nicht wenige Männer hier, die Verfolger auf der Fährte haben und irgendeine Rache fürchten müssen.

Aber man kennt Big River Jim Hannaran, und obwohl er kein Geächteter ist, kein Bandit oder Renegat, so duldet man ihn hier. Denn er ist nun einmal einer der ganz großen kühnen Burschen am Fluss. Man bewundert seinen Mut, seine Tatkraft.

Es herrscht hier im Restaurant beim Mittagessen eine fast friedlich wirkende Ruhe. Man kann so leicht gar nicht glauben, dass man sich in einer Banditenstadt befindet und es immer wieder Kämpfe gibt. Doch Joe Skinner muss ständig daran denken, wie dieser Revolverheld Hondo Henderson, während er Harmonium spielte, zwei Männer erschoss.

Und so lässt er sich jetzt nicht täuschen. Dies hier ist ein gefährlicher Ort.

Es ist später Mittag, als Jim und Joe zum Fluss hinuntergehen. Wieder sehen sie einige Frauen. Sie arbeiten in den Gärten oder waschen Wäsche am Fluss. Es sind Frauen jeder Hautfarbe, und auch Kinder gibt es.

»Dass Frauen hier leben ...«, wundert sich Joe Skinner.

»Warum nicht?«, fragt Jim zurück, und seine Stimme klingt bitter und hart. »Es sind nicht wenige Männer hier, die irgendwann einmal von Frauen zugrunde gerichtet wurden. Warum soll es hier also keine Frauen geben, für die dies die letzte Station vor der Hölle ist? Aber es gibt natürlich auch einige Frauen, die ihren Männern folgten und die immer noch hoffen, dass es mal anders werden könnte, obwohl sie wissen, dass ihre Männer nichts taugen und nie etwas taugen werden. Die Menschen sind recht seltsam. Es ist höllisch hier für diese Frauen. Wenn sie keinen Beschützer haben, den die anderen Burschen respektieren, müssen sie sich ständig vieler Nachstellungen erwehren. Aber wir haben auch viele Flittchen hier, die schon alle Saloons der Grenze hinter sich haben. Auch Belle Starr ist hier.

Du hast doch sicherlich schon von ihr gehört, Joe?«

Und das hat Joe Skinner.

Denn wer im Westen hörte noch nicht von Belle Starr?*

Er sagt nun heiser: »Nur gut, dass wir diese Anne Shayne wieder den Fluss hinuntergeschickt haben. Oha, wenn wir sie mit an diesen Ort genommen hätten – solch ein Mädel! – oha, dann hätten wir gewiss als ihre Beschützer auftreten und ...«

Er kann plötzlich nicht weitersprechen. Es ist, als hätte er plötzlich seine Stimme verloren. Er und Jim haben inzwischen den Fluss und ihr an Land gezogenes Kanu erreicht.

Jim Hannaran richtet seine Aufmerksamkeit auf das Gepäck in dem Kanu. Denn es wäre gar nicht so außergewöhnlich, wenn man ihnen etwas gestohlen hätte. Doch es ist offensichtlich noch alles vorhanden. Man hat es wohl doch nicht gewagt, Big River Jim zu bestehlen.

Und indes Jim das Gepäck betrachtet, spricht Joe Skinner, blickt über den Fluss – und plötzlich verschlägt es ihm die Sprache.

Erst nach einigen Versuchen krächzt er stotternd:

---

* Belle Starr gab es wirklich, und sie soll sogar recht hübsch gewesen sein. Sie war lange in Kansas eine berüchtigte Bandenführerin, konnte reiten und schießen wie nur wenige Männer und war mit einem Indianer, »Blaue Ente«, verheiratet, den sie oft genug in aller Öffentlichkeit verprügelte.
Als man dann in Kansas eine Belohnung von zehntausend Dollar auf ihren Kopf ausgesetzt hatte, flüchtete sie ins Indianerland zu den Renegaten.

»Aaah! Da-da-da! Jim ...«

Mehr bekommt er immer noch nicht heraus.

Aber Jim späht nun selbst über den Fluss.

Und da sieht er es!

Dort kommt Anne Shayne angepaddelt. Sie sitzt immer noch in ihrem leichten und schnellen Kanu. Doch sie kann damit nicht mehr so schnell paddeln, weil ihr nur das Paddel zur Verfügung steht, welches Jim auf der Landzunge am Strom zerbrach und ins Wasser warf.

Sie muss dann später, als sie in ihrem Kanu stromabwärts trieb, diese beiden Stücke mit viel Glück gefunden haben. Dann war sie geschickt genug, diese beiden Stücke mit Hilfe eines Riemens fest miteinander zu verbinden. Das Paddel ist zwar nun ein Stück kürzer, und sie hat somit keinen langen Hebel mehr zu Hilfe, doch sie paddelt immer noch recht gut damit.

Überdies befindet sie sich in Begleitung. Dies ist auch die Erklärung für ihr Auftauchen. Denn allein hätte sie eigentlich nur wie durch ein Wunder hergefunden. Zwei Indianer begleiten sie. Es sind sicherlich Indianer aus dem Dorf auf der anderen Seite. Gewiss sind es Späher, mit deren Hilfe Captain John Buncharan seinen wachsenden Banditenstaat absichert.

Als Jim dies alles erkennt, da verschlägt es auch ihm für einige Sekunden die Sprache. Es geht ihm wie Joe Skinner. Und als er dann spricht, stottert auch er: »Da – das ist doch ni-nicht möglich!«

Danach kommt er sich recht dumm vor. Er hielt sich bisher für einen Mann, den nichts so leicht aus der Ruhe bringen und überraschen konnte. Doch nun stottert er wahrhaftig.

Joe Skinner neben ihm beginnt fast lautlos zu fluchen. Sein stoppelbärtiges Gesicht bleibt dabei fast völlig bewegungslos. Nur seine Lippen bewegen sich und pressen sich immer wieder fest gegen die starken Zähne. Sein massiges Kinn schiebt sich immer wieder grimmig vor, so dass er irgendwie Ähnlichkeit hat mit einem jener grimmig wirkenden Nussknacker.

Doch Jim flucht nun lautlos mit.

So stehen sie am Rande des Wassers und wirken, als wären sie im Gebet erstarrt, weil sie so unbeweglich stehen und ihre Lippen sich lautlos bewegen.

Indes kommt Anne Shayne näher. Das andere Rindenkanu mit den beiden Indianern hält sich stets hinter ihr. Doch mit ihrem geflickten Paddel könnte sie bestimmt nicht entkommen. Überdies ist das Kanu der beiden Roten ebenfalls sehr leicht und schmal.

Es befinden sich wieder eine ganze Anzahl Müßiggänger am Fluss. Sie alle wurden längst aufmerksam, zumal der rotnasige Jamaika Pete, der immer noch bei seiner Angel sitzt, laut genug rief: »Hoi, seht euch das an, Jungens! Seht euch das an! Wenn das kein Mädel ist, welches Biber und Gelbvogel dort eskortieren, dann kann ich auch keinen Fisch mehr von einem Frosch unterscheiden! Seht euch das an! Da kommt ein Mädel! Und es kommt allein! Ob diese Schöne davon gehört hat, dass hier richtig haarige Burschen leben, wie man sie sonst nirgendwo mehr findet, weil sie sonst überall schon ausgestorben sind!«

Sein lautes Rufen bringt auch jene Burschen auf die Beine, die im Schatten der Bäume und Holzstapel einen Mittagsschlaf hielten. Und so kommt es, dass sich etwa zwei Dutzend grinsende und Witze reißende Männer am Ufer versammelt haben, als Anne Shayne anlegt.

Einige der Burschen springen vor, um das Kanu am Bug zu ergreifen und aus dem Wasser auf den Sand zu ziehen.

Doch sie blicken in Anne Shaynes Revolver. Sie hockt noch im Kanu und wirkt äußerlich sehr ruhig und beherrscht.

»Hände weg!«, ruft sie klar und präzise, und man hört deutlich die Sprechweise der Texanerin.

»Ich möchte keine Hilfe«, sagt sie. »Niemand braucht sich wegen mir zu bemühen. Denn es lohnt sich nicht für euch, weil ich schon in festen Händen bin. Fragt nur Big River Jim! Der wird es euch sagen!«

Als sie es gesagt hat, blicken sie alle staunend auf Jim. Sie aber benutzt die Ablenkung, um aus dem Kanu zu kommen. Dann aber stürmt sie zwischen den staunenden Männern hindurch auf Jim zu. Sie wirft sich gegen ihn, umfängt ihn und hängt sich an seinen Hals.

Sie küsst ihn wild und zornig – und zugleich Besitz ergreifend.

»Oh, du Schurke«, sagt sie zwischen den Küssen heftig. »Oh, du großer Schurke! Ich habe dir doch geschworen, dass ich dich auf allen Wegen begleiten und nie wieder allein lassen werde. Du kannst mich nicht wieder loswerden. Ich gehöre zu dir!

Und du gehörst mir! Ich lasse dich nicht wieder los! Nein!«

Und sie küsst ihn wieder.

Jim begreift schnell – sehr schnell. Oh, es ist ja so einfach zu begreifen! Anne Shayne weiß genau, in welch ein wildes Camp sie hier gekommen ist. Und sie braucht einen Beschützer, der respektiert wird. Sie hat aus mehr als einem Grund Big River Jim ausersehen. Und so spielt sie der staunenden Versammlung ein wildes Mädel vor, welches hinter seinem Geliebten hersaust, der sie verlassen hat.

Jim begreift also schnell, und er denkt, dass sie doch wahrhaftig ein schlaues und berechnendes Biest ist.

Na warte, denkt er, und nun umfasst er sie, und er küsst sie auf eine etwas harte, wilde und fast wütende Art.

Einen Moment sieht es so aus, als würde sie sich zur Wehr setzen wollen. Er spürt deutlich den Ansatz eines Widerstandes. Aber dann fällt ihr wohl ein, dass sie ja dieses Spiel selbst begann. Sie muss nun mitmachen, soll es echt wirken.

So hält sie still. Jim aber küsst sie immer noch. Oh, er findet plötzlich Freude daran. Er spürt ihren Herzschlag an seiner Brust. Er hält sie fest und wird sich darüber klar, wie weiblich sie doch ist, wie reizvoll.

Plötzlich spürt er für einen Moment, dass sie seinen Kuss erwidert.

Doch dann hören sie beide das Gejohle und Gelächter der Zuschauer.

Er gibt sie frei, blickt drohend in die Runde und

sagt laut genug: »Oh, verschwindet nur, ihr Affen! Ich habe einfach genug von euch! Verschwindet endlich, nachdem ihr nun wisst, dass sie mein Mädel ist und unter meinem Schutze steht! Habt ihr gehört? Sie ist mein Mädel! Und sie ist ein gutes und mutiges Mädel! Sie folgte mir.«

Dann nickt er Joe Skinner zu, der aufgeregt und nervös wirkt und sich immerzu über das Gesicht wischt, so als ob er hoffte, alles, was er während der drei letzten Minuten erlebte, wäre nur ein Traum.

»Los, Joe, wir fahren zu den Inseln zurück. Dort gibt es Bäume, wie wir sie suchen! Los, Joe, ins Boot! Wir nehmen Anne mit in unser Kanu und hängen ihres hinten an. Los, Joe, bevor ich mit diesen Pavianen hier Streit bekomme, weil ich ihre schäbigen Witze nicht anhören kann.«

Joe begreift nun, dass Jim mit Anne wegkommen möchte. Und so beeilt er sich. Sie setzen Anne in ihr großes Kanu, hängen das kleine Kanu hinten an und fahren ein Stück zurück.

Es werden ihnen nicht sehr viel Worte nachgerufen. Die Versammlung der Müßiggänger wirkt nun doch etwas nachdenklich. Und vielleicht verspürt so mancher Mann ein tiefes Bedauern in sich – und auch Neid.

Denn sie sahen ein äußerlich sehr verwegen und prächtig wirkendes Weib. Und sie glauben, dass dieses Vollblutmädel wahrhaftig in dieses wilde Land gekommen ist, um wieder bei Big River Jim Hannaran sein zu können. Sie glauben, dass sie ihn so sehr liebt, dass sie bereit ist, mit ihm in der Wildnis zu leben.

Sie wenden sich dann den beiden Indianern zu, die mit dem Mädel kamen. Jamaika Pete fragt nun: »He, wo habt ihr sie getroffen?«

Es ist Biber, der in einem recht guten Englisch antwortet: »Sie hatte sich in dem Gewirr der Nebenarme verirrt. Als sie uns entdeckte, hatten wir uns schon bis auf zwanzig Yard genähert. Doch sie zeigte uns ihren Revolver, und so blieben wir in einiger Entfernung. Zuerst wollte sie von uns ein Paddel kaufen. Doch wir gaben ihr keines. Dann fragte sie nach Big River Jim. Sie sagte, dass sie seine Squaw sei. Nun, wir hatten nur wenige Stunden zuvor Big River Jim mit seinem Partner vorbeirudern gesehen. Und so nahmen wir sie mit uns. Nun ist wohl alles in Ordnung, nicht wahr?«

Biber wendet sich ab und kehrt zu seinem Gefährten Gelbvogel in das Kanu zurück.

Jamaika Pete aber denkt nur wenige Sekunden nach. Dann entscheidet er sich und sagt zu den anderen Burschen: »Ich werde doch lieber zu Hondo Henderson gehen und ihm Meldung machen.«

»Pass auf, dass du ihn nicht störst und er dich erschießt«, ruft ihm eine bittere Stimme nach.

Das Mädchen hockt zwischen den Männern im Boot, und als sie weit genug entfernt sind, sagt sie etwas schrill: »Es tut mir Leid, doch als die Horde mein Kanu auf den Sand ziehen wollte, da konnte ich nicht lange überlegen. Ich musste mir diese Burschen vom Leibe halten. Und so griff ich zur Notwehr und erweckte den Eindruck, als wäre ich ...«

»Ich bin intelligent genug, um zu begreifen, warum Sie so handelten«, unterbricht Jim sie bitter. »Sie sind ein ganz gefährliches, berechnendes und leichtsinniges Biest. Ah, da fällt mir ein, dass du ja jetzt mein Mädel bist, Anne. Und meinen Kuss hast du erwidert. Du bist mir um den Hals gefallen, hast mich geküsst, und als ich dich wie ein Mann küsste, da gefiel es dir. Nun gut, wir fahren jetzt zu einer dieser Inseln, und dort werden wir noch etwas üben müssen. Denn wenn Hondo Henderson oder gar John Buncharan sich erst für das Mädel zu interessieren beginnen, welches einem Big River Jim in dieses Land folgte, werden wir ihnen diese Rolle möglichst echt vorspielen müssen. Wir werden viel üben müssen, Anne, nicht wahr? Joe Skinner wird es dann begutachten und …«

»Den Teufel werde ich tun!«, ruft Joe, der vorn im Kanu kniet, und wendet sich zurück. Seine Augen funkeln böse.

»Anne, warum haben Sie sich ausgerechnet diesen rotköpfigen Burschen als Beschützer ausgesucht? Warum sind Sie nicht mir um den Hals gefallen? Mädel, bei mir würden Sie mehr Verständnis gefunden haben. Und ich hätte Sie auch nicht so wild und gierig geküsst und Ihre Notlage ausgenutzt und würde Sie jetzt nicht auch noch erpressen. Ich bin vielleicht äußerlich nicht so prächtig wie dieser Jim dort hinten im Boot. Doch mein Herz ist wie Gold. Anne, Sie suchten sich nicht den richtigen Burschen aus. Und jetzt soll ich vielleicht noch zusehen und begutachten, wenn er mit Ihnen übt, wie sich ein verliebtes Paar benimmt! Das kann ich nicht! Nein, ich werde nicht zusehen, wenn er Sie dazu zwingt, ihn zu küssen! Ich werde ihm den Kopf von den Schultern schlagen, sobald Sie dies von mir verlangen, Anne. Mir hat ohnehin schon das Herz geblutet, als er Sie ohne Paddel fortschickte. Doch jetzt mache ich einfach nicht länger mit.«

Er hebt seine Faust und droht Jim. »Benimm dich nur wie ein Gentleman, sonst lernst du mich kennen, Mister Jim. Denn ich bin ein Gentleman aus dem Süden. Und da Miss Anne nun einmal bei uns ist und bei uns bleiben muss, bin ich dafür, sie in unsere Partnerschaft aufzunehmen.«

»He«, staunt Jim. »Es hat dich aber schwer erwischt, alter Junge. Dieses Wiedersehen hat dich wohl alles vergessen lassen, was sie uns angetan hat? Du willst sie als Partnerin aufnehmen? Vielleicht sogar mit einem richtigen Drittelanteil?«

Bevor Joe dazu etwas sagen kann, spricht Anne dazwischen: »Darüber wollen wir sprechen, wenn wir den Schatz erbeutet haben, und bis dahin kennen wir uns auch besser, nicht wahr? Was ist mit dem Schiff? Ich sah es. Es muss die Orleans Queen sein. Ich sah einmal ein Bild von ihr. Und ...«

»Sie ist es, und sie wird eines Tages wieder zurück sein. Dann werde ich an Bord gehen und den Schatz holen.«

Joe Skinner spricht es ruhig und fest.

»Wenn das nur so einfach wäre«, murmelt Jim.

Sie schlagen dann etwa eine Stunde später auf einer der großen Inseln ein Camp auf, dicht in der Nähe eines mächtigen Hickorybaumes, den Jim Hannaran so fällen will, dass er vollkommen fertig zum Transport ins Wasser fällt. Ihre Ausrüstung, die Joe Skinner kaufte, ist erstklassig. Sie besitzen Holzfäller- und Flößerwerkzeug, denn es war ja vorher besprochen worden, dass sie als Holzfäller und Flößer in John Buncharans Land gehen würden, um nach dem Schiff zu suchen.

Noch bevor es Abend wird, sind sie nicht mehr allein.

Die beiden Indianer Biber und Gelbvogel, die das Mädchen brachten, tauchen wieder auf. Sie beginnen in der Nähe zu fischen.

»Es ist ganz klar, dass die beiden roten Burschen uns beobachten und bewachen sollen«, sagt Jim Hannaran. »Dieser Hondo Henderson ist sehr klug und hat einen feinen Instinkt. Ich wette, dass er morgen oder übermorgen selbst hier auftauchen wird. Und dann wirst du ziemlich viel von deiner Schläue und Schauspielkunst gebrauchen müssen, Anne. Hondo Henderson bewohnt ein recht hübsches Blockhaus auf einer Landzunge des Flusses oberhalb der Stadt. Er ist nicht nur ein Künstler mit dem Revolver und auf dem Harmonium, er malt auch wunderschöne Ölbilder. Schon so manches Mädel aus der Stadt stand ihm dort in seinem Haus Modell. Anne, ich fürchte, dass er auch dich wird malen wollen. Und du wirst gewiss mit ihm gehen müssen. Ich werde es nicht verhindern können, denn sonst schießt er mich tot. Er hat erst heute vor dem Mittagessen zwei Männer getötet, nur weil sie sein Harmoniumspiel störten. Es war dumm und verrückt von dir, Mädel, hier an diesen Ort zu kommen. Du hättest dich den Fluss hinunter bis nach Fort Lincoln treiben lassen sollen. Ich kann jetzt nur noch wenig für dich tun. Die kleinen Burschen am Ufer des Flusses konnte ich dir vom Leibe halten, und die respektierten auch, dass du mein Mädel bist – oder es wenigstens so aussieht. Doch die großen Burschen hier ... ich kann und will nicht mit jedem dieser Tiger kämpfen, nur weil ...«

Er verstummt, denn sie sieht ihn stumm und ernst mit großen Augen an. Es liegt ein tiefes Staunen in diesem Blick.

»Ist das schon wieder ein neuer Trick?«, fragt er.

Sie schüttelt den Kopf. »Ich weiß nur, dass du mich niemals in der Not und in der Gefahr sitzen lassen würdest, Jim«, sagt sie heftig.

»Vergiss nur nicht, ich bin auch noch da«, murrt Joe Skinner. In seiner Stimme ist eine bittere Eifersucht.

9

Am nächsten Tag beginnen die Männer mit der Arbeit am Baum. Da der Stamm transportfertig ins Wasser fallen soll, müssen sie zuerst alle Äste und Zweige entfernen, bevor sie ihn zu fällen beginnen. Dies ist eine schwere Arbeit. Manche Äste sind so dick wie mittlere Bäume, also dicker als ein Mann.

Es ist ein gewaltiger und gewiss zwei- oder dreihundertjähriger Riese, den Jim da fällen will. Indes die Männer arbeiten, verbessert das Mädchen das

Camp. Es baut ihre Zweighütte, in der sie wohnt, besser aus, verbessert die Feuerstelle, sucht genügend trockenes Holz und fängt für das Mittagessen einige Flussforellen. Sie erweist sich als recht tüchtig und erfahren. Aber die beiden Männer wissen längst, dass sie schon als kleines Kind in Camps lebte und vor dem Krieg als Cowgirl arbeitete.

Sie bereitet die Forellen zum Mittagessen ausgezeichnet zu. Die beiden Männer gönnen sich noch eine Zigarettenpause. Dann will Jim wieder dreißig Yard den Baum hinauf, um den Hauptstamm glatt und kahl zu bekommen.

Aber zuvor wirft er noch einmal einen Blick über den See in Richtung des Zuflusses.

Und da sieht er ein Boot kommen, welches von sechs indianischen Ruderern vorwärts getrieben wird.

Hinten im Boot sitzt Hondo Henderson und steuert mit einem Paddel.

»Er kommt schnell«, murmelt Jim und betrachtet Anne ernst. »Ich kann dir nur einen einzigen Rat geben«, sagt er zu ihr. »Bring ihn zu der Überzeugung, dass du eine Lady bist – dann hast du die Chance, dass er dich als solche behandelt. Doch dies wird dir sehr schwer fallen, da du mir gestern am Strand wie verrückt um den Hals gefallen bist. Er wird dich zuerst für ein wildes Mädel halten, mit dem er eine Menge Spaß bekommen kann. Und vergiss nicht, dass er ein Mordbandit ist, dem es nichts ausmacht, einen Menschen zu töten. Etwas fehlt ihm – fehlt ihm so sehr, dass er sich dieses Mangels gar nicht bewusst ist.«

Nach diesen Worten lehnt Jim Hannaran sich an den Baum und beginnt seine Axt, die er vor dem Essen schon schärfte, mit dem Stein nochmals zu schärfen. Er tut es aber offensichtlich nur zum Schein. Denn die Axt ist so scharf, dass er sich damit rasieren könnte. Es ist eine mächtige Axt, wohl zwanzig Pfund schwer und mit einem Stiel, der einem stehenden Mann von der Erde bis zum Gürtel reicht.

Und Big River Jim kann mit dieser Axt eine Kaffeebohne in zwei Teile schlagen und auf zwanzig Schritte damit eine Konservendose spalten.

Er wirkt äußerlich ganz ruhig, doch Joe Skinner und Anne Shayne spüren seine Spannung. Joe Skinner spürt sie ja selbst, und er fühlt, dass er schwitzt. Er muss wieder daran denken, dass Henderson mit einer Hand zwei Betrunkene erschoss, während er mit der anderen Hand Harmonium spielte. Joe Skinner gesteht sich ein, dass er Angst spürt. Nun erst wird ihm richtig klar, wie wenig er und Jim doch tun können, um Anne zu beschützen.

Oh, dies ist ein schrecklicher Ort, denkt er bitter. Hier muss jeder Mensch sich aus eigener Kraft schützen, und ein Mann wie Hondo Henderson ist hier ein Halbgott. Denn er hat die Macht über Leben und Tod. Oha, dieser Ort ist so völlig anders, denn es gibt keine menschliche Gemeinschaft. Hier gelten nicht die Gesetze von Christenmenschen. Hier sind alle Maßstäbe verzerrt.

Nachdem er dies also gedacht hat, erscheint es ihm gar nicht mehr möglich, den Schatz zu erbeuten und damit zu entkommen. Denn er glaubt, dass es vorher schon schlimmen Verdruss geben wird, und zwar wegen Anne.

Und zum ersten Mal begreift er Jim Hannaran richtig.

Er blickt zu ihm hinüber, und er sieht, wie Big River Jim fast andächtig seine Holzfälleraxt schleift, und er weiß längst, dass Jim mit dieser Axt umgehen kann wie Tante Mabel mit ihren Stricknadeln. Für Jim Hannaran ist die Axt eine Waffe, wie es für Hondo Henderson der Revolver ist. Und er, Joe Skinner?

Oh, er hat einen Colt im Hosenbund stecken. Er kann auch ganz gut mit solch einem Revolver umgehen. Aber selbst wenn er noch zwei gleichwertige Brüder hätte, würden sie nicht einmal zu dritt gegen Hondo Henderson eine Chance haben.

Joe blickt nun auf das Mädchen. Er möchte ihr gern Mut machen, möchte ihr Ratschläge geben.

Doch er spürt, dass er es nicht kann. Alles, was zu sagen war, hat Jim schon gesagt.

Dieses Mädel ist jetzt ganz auf sich selbst angewiesen, auf ihre weibliche Klugheit, auf ihren Instinkt, die sie vielleicht das Richtige werden tun lassen.

Indes ist Hondo Henderson mit seinen sechs Ruderern schon ganz nahe. Er ist heute in fast weißes Leder gekleidet. Sein Anzug ist beste indianische Arbeit, reich verziert und bestickt. Er ist ohne Hut, und sein weißblondes Haar ist sehr kurz geschnitten. Er wirkt noch hagerer und sehniger als zuvor. Er ist nur mittelgroß.

Aber als er dann aus dem Kanu an Land springt,

erkennt man, wie leicht und schnell er sich bewegt. Diesmal trägt er nicht seine weichen Stiefel und die großen mexikanischen Sporen. Die indianischen Mokassins sind wahre Kunstwerke.

Er beachtet Jim Hannaran und Joe Skinner kaum, streift sie nur mit einem schnellen Blick.

Ein zweiter Blick gilt dem Baum, der gefällt werden soll.

Und ein dritter Blick gilt der Zweighütte, in der Anne Shayne wohnt. Doch dies alles geschieht binnen einer Sekunde.

Dann nimmt er sich Zeit, Anne zu betrachten. Sein hageres Gesicht bleibt dabei ausdruckslos. Doch in seinen glasklaren Augen ist ein zunehmendes Funkeln.

Plötzlich lächelt er und sagt: »Ich war neugierig auf das Mädel, das so verrückt nach Wild Big River Jim ist, dass es ihm in dieses Land folgte. Ja, ich gebe zu, dass ich neugierig war.«

Anne Shayne steht ruhig am Feuer. Sie trägt immer noch Hosen und eine Hemdbluse. Man sieht, wie schlank und weiblich sie gewachsen ist.

Ihre blauen Augen sind heute dunkler als sonst, und ihr gebräuntes Gesicht bildet einen schönen Kontrast zu dem weizengelben Haar. Ihr Mund ist zwar etwas geschlossen, doch man kann erkennen, dass sie volle Lippen hat.

»Und ist Ihre Neugierde jetzt befriedigt, Mister?« Sie fragt es auf eine kühle und beherrschte Art, und sie blickt Hondo Henderson fest und gerade an.

Er hebt zweifelnd seine hageren Schultern.

»Jetzt, wo ich Sie sehe, bin ich noch neugieriger.

Bitte, drehen Sie sich einmal! Bewegen Sie sich! Machen Sie einige Schritte. Die wirkliche Klasse einer Frau erkennt man erst, wenn man sie in Bewegung sieht. Heben Sie Ihre Hand, und ordnen Sie Ihr Haar. Ich will Sie in Bewegung sehen, Mädel!«

»Mein Name ist Shayne, Miss Anne Shayne. Und Sie können sich jetzt zum Teufel scheren! Denn ich mag Ihre Art nicht. Sie kommen großspurig daher und benehmen sich wie ein Pascha. Ich habe schon gehört, dass Sie Hondo Henderson sind, der große Revolverheld mit zwei Revolvern. Aber wenn Sie diese zwei Revolver nicht hätten, dann könnten Sie eine solche Schau nicht machen. Ich drehe und wende mich nicht für Sie, Mister. Ich habe zu tun.«

Sie kniet nun nieder und macht sich daran, Biskuitteig herzustellen. Hondo Henderson aber warf nur einen schnellen Blick auf die beiden Männer. Dann geht er halb um das Mädchen herum und betrachtet sie. Einmal legt er den Kopf schief, und dann hebt er die Hand, als wollte er aus der Entfernung ihre Konturen nachzeichnen.

Dann nickt er leicht und wendet sich ab. Er winkt das Kanu herbei, denn die sechs Ruderer haben wieder abgelegt und warten in einiger Entfernung.

Sie kommen nun wieder ans Ufer, und Hondo Henderson wendet sich an Jim. Lässig spricht er:

»Jim, ich nehme Ihr Mädel mit. Sagen Sie ihr, dass sie mit mir gehen soll. Oder haben Sie etwas dagegen, dass sie mit mir geht?«

Als er die Frage stellt, bekommt seine lässige Stimme eine lauernde Sanftheit. Und seine hellen Augen schließen sich halb.

Jim Hannaran steht still vor dem Baum und schweigt. Oh, er weiß, dass er jetzt in höchster Gefahr ist. Wenn er Hondo Henderson eine ablehnende Antwort gibt, wird dieser das als Beleidigung auffassen.

Sie sind hier alle verrückt, all die großen Tiger, von John Buncharan angefangen über Hondo Henderson bis zu den anderen Burschen. Sie sind alle irgendwie verrückt.

Dies denkt Jim bitter, und er verspürt zugleich auch einen heißen Zorn darüber, dass Anne Shayne nicht umgekehrt ist. Aber er muss Hondo Henderson eine Antwort geben. Er ist in Hondo Hendersons Hand. Bevor er die Axt schleudern und ihn treffen könnte, hätte er zwei oder drei Kugeln in der Brust. Und er konnte gestern erst sehen, aus welch nichtigen Anlässen dieser Revolverheld tötet.

Gewiss ist Hondo Henderson irgendwie verrückt. Es kann gar nicht anders sein. Doch hier befindet er sich sozusagen auf freier Wildbahn.

Jim schluckt hart und nickt dann. »Sicher, Hondo, kann Sie mit Ihnen gehen. Sie sind ein Gentleman. Und einem Gentleman vertraue ich sogar mein Mädel an. Doch es kommt weniger auf mich an, Hondo. Anne Shayne selbst muss entscheiden. Ich kann sie nicht dazu zwingen, mit Ihnen zu gehen. Vielleicht sollten Sie ihr etwas Zeit lassen.«

Hondo Henderson bekam während Jims Worten ein seltsames Glitzern in seinen Blick. Gewiss befriedigt es ihn, dass ein Mann wie Big River Jim, der doch am Fluss einen großen Namen als Kämpfer besitzt, soeben vor ihm kniff. Es ist wohl völlig klar, dass Hondo Henderson eitel ist.

Er nimmt seinen Blick von Jim und richtet ihn auf Anne.

»Kommen Sie, Mädel«, sagt er lässig. »Ich gebe Ihnen mein Wort, dass ich Sie in allen Ehren näher kennen lernen möchte und Ihnen Gelegenheit geben will, auch mich besser kennen zu lernen. Ich glaube, dass wir uns gegenseitig ein wenig Freude bereiten könnten. Kommen Sie!«

Seine letzten Worte sind ein Befehl, dies ist klar.

Und nun kann sich Joe Skinner nicht länger zurückhalten. Sein Zorn ist nun doch größer als seine Furcht.

»Henderson«, sagt er schwer, »so geht das nicht. Sie kommen her und bedrängen Miss Shayne auf eine selbstherrliche Art. Wenn sie nicht mit Ihnen gehen will, werden Sie gehen. Möchtest Du mit ihm, Anne?«

Sie hat sich wieder erhoben und steht jetzt starr da. Sie hat früher lange genug unter Männern in Texas leben müssen, um sich auszukennen. Und nun weiß sie, dass Joe Skinner in Gefahr ist. Joe handelte soeben dumm.

Und Hondo Henderson lächelt kalt. Er sagt ruhig: »Nehmen Sie Ihren Revolver, und werfen Sie ihn in den Fluss. Vorwärts, Skinner! Ich zähle bis drei! In den Fluss mit der Waffe!«

Und da hat Joe Skinner schon seinen Verdruss.

Anne Shayne sagt schnell: »Ich komme mit Ihnen, Mister Henderson. Es hat keinen Sinn, dass Sie mit Joe Skinner Streit beginnen. Er ist Ihnen nicht gewachsen und wird seine Waffe gewiss in den Fluss werfen. Doch wozu? Dies ist doch Unsinn!«

Doch Hondo Henderson beachtet sie nicht. Er blickt Joe Skinner an und beginnt dann präzise zu zählen.

»Eins!«

Joe Skinner weiß nun, dass er verrückt war, dass er sich von seinem Zorn zu einer gefährlichen Sache verleiten ließ. Er verspürt nun wieder jene scharfe Furcht, die ihm den Schweiß ausbrechen lässt. Und all seine Wünsche sind darauf gerichtet, sein Leben zu erhalten. Er war immer ein furchtloser und harter Mann, als Kapitän eines Schiffes gewöhnt, Befehle zu erteilen und auch eine raue Mannschaft unter Kontrolle zu halten.

Aber jetzt steht er dicht vor dem Tode. Dies erkennt er, als er in Hondo Hendersons glasharte Augen starrt.

Dann legt er langsam die Hand an die Waffe, deren Kolben aus dem Hosenbund ragt. Er zieht sie langsam heraus, und als er sie in der Hand hält, wird er sich bewusst, dass Hondo Henderson seine Waffe nicht gezogen hat. Hondo Henderson steht still vor ihm. Nur seine Linke hängt leicht geöffnet hinter dem Revolver. Die Rechte hat er mit dem Daumen hinter den Gürtel gehängt.

Joe Skinner spürt nun die Versuchung stark.

Denn er hat doch seine Waffe in der Hand. Er braucht nur den Lauf zu heben und die Mündung auf Hondo Henderson zu richten. Dann braucht er nur abzudrücken. Ob er es schaffen würde, bevor

Henderson seinen Revolver ziehen und auf ihn schießen kann?

Und würde er Hondo Henderson gleich richtig treffen?

Dies sind die beiden Fragen, die er sich stellt.

Indes aber zählt Hondo Hendersons präzise Stimme: »Zwei!«

Und Joe Skinners Zweifel sind nun stark genug. Er zerbricht und wirft den Revolver von sich. Er fliegt in das seichte Wasser.

»Ganz so dumm sind Sie also nicht.« Hondo Henderson lächelt. Joe Skinner starrt ihn schweigend an.

Und plötzlich macht Hondo Henderson eine fast unmerkliche Bewegung, die so schnell ist, dass man ihren Ablauf kaum verfolgen kann. Joe Skinner hält die Luft an. Denn er blickt plötzlich in Hendersons Revolvermündung. Er weiß nun, dass er nicht schnell genug gewesen wäre.

Er wäre jetzt tot, hätte er den Kampf gewagt und hätte er sich dadurch täuschen lassen, dass Henderson die Waffe noch im Halfter ließ.

Joe Skinner atmet langsam aus.

Henderson lässt die Waffe wie durch ein Zauberkunststück im Halfter verschwinden. Er wendet sich Anne Shayne zu, die ihre Augen noch vor Schrecken weit geöffnet hat.

»Wir können gehen«, sagt er. »Sie brauchen nichts mitzunehmen, Miss Shayne. Alles, was Sie brauchen, ist in meinem Hause reichlich vorhanden.«

Anne Shayne nickt heftig. Sie bewegt sich willig

und schnell, klettert ins Kanu und blickt sich nicht mehr nach Jim Hannaran und Joe Skinner um. Sie weiß jetzt, in welche Gefahr sie diese beiden Männer brachte.

Hondo Henderson folgt ihr.

Die sechs indianischen Ruderer treiben das Kanu kraftvoll vorwärts.

»Das ist es wohl«, sagt Jim Hannaran rau.

»Dieser selbstherrliche Schuft«, ächzt Joe Skinner.

»Er ist verrückt und versucht immer wieder ein geradezu sadistisches Spiel.«

»Gewiss ist er verrückt – irgendwie sind sie in diesem Land alle verrückt. Aber du bist hergekommen, um einen Schatz zu bergen, nicht wahr? Und auch Anne Shayne kam her, weil sie reich werden will. Es ist irgendwie alles ähnlich wie in einem jener Märchen, wo jemand auszieht, um einen Schatz oder irgendein Glück zu finden. Er muss mit vielen Ungeheuern kämpfen, muss Riesen erschlagen und ...« Jim Hannaran bricht müde ab. Er wendet sich dem Baum zu und beginnt ihn mit Hilfe der Steigeisen und des Steigeseiles zu erklettern. Joe Skinner aber holt seinen Revolver aus dem Wasser.

Es vergehen dann zwei Tage, und sie haben inzwischen den ersten Baum gefällt und im Wasser liegen. Da der nächste Baum noch keine hundert Schritte entfernt ist, verlegten sie ihr Camp nicht. Sie arbeiten schweigend und verdrossen.

Denn sie denken immerzu an Anne Shayne, die

bei Hondo Henderson ist. Manchmal verspüren sie ein Gefühl der Beschämung.

Sie spüren es als eine schlimme Schmach, dass sie gegen Hondo Henderson nichts ausrichten konnten. Sie waren gegen ihn hilflos.

Am Vormittag des dritten Tages wird Anne Shayne von den sechs indianischen Ruderern zurückgebracht.

Jim und Joe stehen stumm am Ufer und betrachten das Mädchen. Sie aber hebt leicht die Hand und lächelt ruhig.

»Ich bin allright«, sagt sie. »Hondo Henderson benahm sich wie ein Gentleman. Er hat eine grauhaarige Mulattin in seinem Haus, welche ihm die Wirtschaft führt. Und er besitzt ganze Truhen voll prächtiger Frauenkleider. Ich musste erst baden, bekam mein Haar gerichtet und musste kostbare Kleider anziehen. Dann aßen wir zu Abend. Und nachher malte er mich bei Kerzenschein. Ich begriff bald, dass ich ihn nur begleiten musste, damit ich mich in eine schöne Frau verwandelte, die er malen konnte. Er sagte mir, dass es unter den Frauen hier im Land keine gäbe, die er als wirkliche Lady malen könnte. Und er wolle eine Lady der ersten Gesellschaft malen. Ich wäre endlich die richtige Frau, die ihm zu dieser Illusion verhilft. Das war alles! Und ich bin sehr froh, dass alles so gut gegangen ist – für euch und für mich.«

Als sie verstummt, atmen Jim und Joe aus. Es ist ihnen, als würden gewaltige Lasten von ihnen genommen. Aber nach diesem ersten Augenblick verspüren sie wieder heiße Scham, dass sie Anne gehen lassen mussten, weil sie gegen Hondo Hendersons Revolverschnelligkeit machtlos waren.

Sie wenden sich wie auf Kommando ab und gehen zu ihrem Baum zurück. Sie arbeiten an diesem Tag hart und schonen sich nicht. Es ist, als wären sie wirklich hergekommen, um edle Bäume zu fällen, und als täten sie diese Arbeit nicht zum Schein.

Anne Shayne versteht diese beiden Männer gut.

Sie kümmert sich wieder um die Ordnung im Camp. Sie kocht, bäckt, wäscht, sucht Holz und angelt für das Abendbrot einige Fische.

Als sie sich dann bei Nacht am Feuer gegenüber sitzen und essen, da bleibt es lange still.

»Und wann sollst du wieder zu ihm kommen?«, fragt Jim schließlich.

Sie betrachtet ihn auf eine Art, die irgendwie mitfühlend und weise wirkt, so als wüsste sie genau, was in Jim Hannaran ist. »Er lässt mich holen«, sagt sie dann. »Und ich werde gehen.«

Joe Skinner erhebt sich plötzlich. Er stößt einen knirschenden Laut aus, sicherlich flucht er tonlos. Dann entfernt er sich dorthin, wo seine Deckenrolle unter einem Baum liegt.

Doch Jim bleibt am Feuer sitzen. Er betrachtet Anne. Plötzlich sagt er ruhig: »Anne, ich möchte mehr über dich wissen. Erzähl mir etwas. Ich möchte wissen, wie du gelebt hast, was du getan hast in all den Jahren, die zwischen der Kindheit und dem Heute liegen. Und warum bist du hinter dem Schatz her? Wie kamst du zu Vance Chance, den du Onkel nennst? Ich möchte mehr über dich wissen, Anne.«

»Oh, Jim, es ist eine lange Geschichte, und sie ist nicht erfreulich. Ich wuchs als Kind am Brazos River auf. Meinem Vater wäre ein Sohn lieber gewesen, denn dort am Brazos River galten nur Männer etwas. Ein Mann mit vielen Söhnen war stark und mächtig. Viele Söhne, das war so etwas wie eine Streitmacht. Mein Vater hatte keine Söhne. Deshalb wurde er wohl ein Revolvermann. Denn er musste die Übermacht der Nachbarn irgendwie ausgleichen, musste sich Respekt verschaffen. Er konnte fast so gut mit dem Revolver umgehen wie Vance Chance, der Bruder meiner Mutter. Doch sie waren stets verschieden, Vance und mein Vater. Mein Vater wollte nur seine Weide behaupten, seine Herde schützen. Er wurde dann aus dem Hinterhalt erschossen, als ich fünfzehn war. Und dann kam der Krieg. Ich ging meinem Vormund durch, denn er war gemein und stellte mir nach. Ich sah älter aus, als ich war. Ich ...«

Sie bricht ab und nagt an ihrer Unterlippe.

»Ach, ich war damals in vielen Stellungen«, spricht sie dann weiter. »Vielleicht wäre ich eins dieser verlorenen Mädels geworden, denn auch von einem Mann, von dem ich glaubte, dass er mich liebte und mich heiraten würde, wurde ich übel getäuscht. Ich war damals gerade achtzehn Jahre alt. Ich traf dann durch Zufall meinen Onkel Vance Chance. Er hatte eine Vertrauensstellung bei einem reichen Pflanzer, der an die tausend Sklaven besaß. Ich wurde in den Haushalt dieser Familie aufgenommen. Es gab dort einige große Kinder. Und ich nahm auch am Schulunterricht teil, den der Hauslehrer gab. Es war eine schöne Zeit. Die Kinder wurden meine Freunde. Ich war eine Art Haustochter. Jener reiche Baumwollpflanzer und dessen Familie mochten mich. Seine Frau aber war ein Engel. Wir mussten dann eines Tages Hals über Kopf nach Vicksburg flüchten. Die Truppen der Nordarmee nahten. Viele der Sklaven hatten sich bewaffnet und zogen plündernd durch das Land. Doch es gab genug treue Sklaven, die uns beschützten und nach Vicksburg brachten. Vor allen Dingen war Onkel Vance damals unser Beschützer. In Vicksburg ging es uns einige Zeit gut, denn wir hatten dort ein schönes Haus. Doch als die Belagerung begann, die Geschütze uns wochenlang Tag und Nacht beschossen, als die Hungersnot anbrach und der Typhus losbrach, da ...«

Wieder bricht sie ab. Diesmal hebt sie die Hand und wischt sich über das Gesicht.

»Es wurde schlimm«, murmelt sie. »Sie starben alle – zuerst die Frau, dann die Kinder – nacheinander. Zuletzt starb der Mann. Er sagte mir, dass ich seine Erbin wäre, weil seine Familie nicht mehr existiere. Und Vance, mein Onkel, auch. Er hatte auf Wunsch seines Bosses einen Teil des kostbaren Familienschmuckes an Bord jenes Schiffes gebracht, welches Orleans Queen hieß. Joe Skinner, der Kapitän, war auf diesem Schiff, hatte ihn nicht erkannt oder jedenfalls nicht genau betrachtet. Doch Vance Chance merkte ihn sich genau. Joe Skinner versprach jenen Männern, die den wertvollsten Besitz der Familien an Bord brachten oder durch zuverlässige Getreue an Bord bringen ließen, dass er diese besonderen Kostbarkeiten gesondert verstecken würde. Die Orleans Queen erreichte nie ihr Ziel. Onkel Vance fand das nach dem Krieg schnell heraus. Und so begann er nachzuforschen. Bei diesen Nachforschungen stieß er auf Joe Skinner. Von diesem Moment an ließ er den einstigen Kapitän der Orleans Queen nicht mehr aus den Augen.«

Sie macht eine lange Pause und betrachtet Jim ernst.

»Onkel Vance wird dich töten wollen«, sagt sie dann. »Du hast ihm eine schlimme Schmach zugefügt. Er ist sehr stolz, und er ist ein Revolvermann. Wenn er die Fährte eines Feindes verfolgt, so gibt er nie auf. Er würde einen Feind, der ihm Schlimmes zugefügt hat, bis ans Ende der Welt verfolgen und auch zehn oder zwanzig Jahre nach ihm suchen. Ich denke, dass Onkel Chance bald den Weg in dieses Land und zu dieser Banditenstadt gefunden haben wird. Dann wird es nicht lange dauern, und er wird hier auftauchen und dich töten wollen.« Sie endet mit einer bitter und zuletzt tonlos wirkenden Stimme.

»Möglich«, sagt Jim bitter. »Doch er war ein Narr. Er wollte uns mit dir in dieses Land folgen. Er ...«

»Er war davon überzeugt, mich an jedem Ort beschützen zu können«, unterbricht sie ihn. »Und ich glaube fast, dass er sogar einem Mann wie diesem Hondo Henderson gewachsen ist.«

Jim sagt nichts dazu. Er hebt nur zweifelnd die Schultern.

Anne betrachtet ihn ernst. »Natürlich werde ich nicht zulassen, dass er dich tötet, Jim«, spricht sie fest.

»Oh, vielen Dank.« Er grinst bitter, grimmig und spöttisch zugleich. Aber sie weiß ziemlich gut, wie es in ihm aussieht. Es setzt ihm wieder einmal schlimm zu und trifft seinen Stolz schwer, dass er gegen einen Revolvermann, wenn dieser seine Waffe trägt, keine Chance hat.

Sie lächelt verzeihend und verständnisvoll. Dann fragt sie:

»Kannst du nun verstehen, warum ich gern meinen Anteil an diesem Schatz hätte?«

Er nickt sofort. »Gewiss! Deine Wege waren hart. Bis du deinen Onkel und Anschluss an jene Pflanzerfamilie fandest, wurde dir gewiss oft genug übel mitgespielt, denn du warst noch ein sehr junges und reizvolles und zugleich aber auch mehr oder weniger hilfloses Mädchen. Nicht wenige Mädels gehen auf diese Art vor die Hunde. Du warst tief unten. Und später lerntest du kennen, was für ein anderes Leben man leben kann, wenn man reich ist. Jetzt möchtest du wieder reich sein. Du möchtest nie wieder auf rauen Wegen gehen. Du fürchtest dich davor. Deshalb wagst du diesen hohen Einsatz.«

»Genau so ist es«, sagt sie. »Die Zeiten nach dem Krieg sind jetzt immer noch schlecht, besonders für eine Texanerin. Ich will nicht wieder schmutzige Arbeit machen oder mich dieser Burschen erwehren müssen, die es ›gut mit mir meinen‹, die mir ein besseres Leben versprechen und nur immer die gleiche Sache möchten, nämlich Spaß mit einem Mädel, welches kein Heim hat. Und sie meinen, dass solch ein Mädel jedem um den Hals fallen müsste, der etwas zu bieten hat. Ich will eines Tages ein Hotel führen, ein gutes, nobles Hotel mit einem Restaurant. Und ich will dies nicht mit Krediten beginnen. Ich will vollkommen unabhängig sein. Das ist mein Wunsch. Ja, ich wage diesen hohen Einsatz, um selbstständig zu werden. Was ist falsch daran?«

Jim Hannaran betrachtet sie ernst. Dann sagt er: »Diesmal malte Hondo Henderson dich in kostbaren Kleidern als Lady der großen Gesellschaft, zu der er einmal gehörte. Beim nächsten Mal wird er dich vielleicht als Eva malen wollen, die einem Adam den Apfel anbietet. Was dann?«

Er kann über das Feuer sehen, wie sie blass wird unter der gebräunten Haut. Und sie nagt an der Unterlippe.

»Henderson ist gewiss ein großer Künstler«, murmelt sie dann. »Und wenn ich mich weigern würde, dann käme er bestimmt nicht auf die Idee, mich dazu zu zwingen, ihm als Eva Modell zu stehen. Er mag durch gewisse Umstände zu einem üblen Revolverhelden geworden sein, zu einem Mörder. Und vielleicht mag er auch irgendwie verrückt sein. Doch er hat mich als Lady gemalt. In seinen Vorstellungen bin ich nun eine. Er wird zu mir immer ein Gentleman sein.«

»Hoffen wir es«, sagt Jim Hannaran knapp.

Dann erhebt er sich. »Gute Nacht, Anne«, murmelt er. »Ich denke, dass du es nicht nötig hättest, unter Lebensgefahr nach einem Schatz zu suchen. Irgendwann hätte es einen Mann gegeben, der dich wahrhaftig liebt. Dieser Mann hätte dir mit seinen Händen ein Heim gebaut, und du hättest an seiner

Seite deine wirkliche Bestimmung gefunden – nämlich als liebende Frau und Mutter.«

Er will sich abwenden, um zu seinem Lager zu gehen.

Sie aber sagt: »Solch einen Mann gibt es nicht für mich. Ich fand noch keinen, der mich mit dem Herzen geliebt hätte. Manchmal wünschte ich mir, dass ich ziemlich hässlich wäre und . . .«

»Anne, ich bin der Mann, der mit seinen Händen für dich ein Heim bauen würde. Der dich lieben und achten würde als seine Frau und die Mutter seiner Kinder. Ich bin der Mann, der dich mit dem Herzen liebt.«

»All das hörte ich schon einige Male«, erwidert sie, und sie ist gar nicht sehr erstaunt über seine Worte.

»Dann stell mich auf die Probe«, sagt er. »Ich würde mit dir sofort von hier fortgehen und auf den Schatz verzichten. Und ich würde dich zu einer befreundeten Familie bringen, die eine schöne Farm besitzt. Dort könntest du leben und auf mich warten. Ich würde für ein oder zwei Jahre fortbleiben. So lange brauche ich, um dir ein Heim aufzubauen. Dann erst würde ich kommen und dich holen. Überleg es dir mal!«

Nun staunt sie sehr.

Er aber geht hinüber zu dem buschigen Baum, unter dem seine Schlafdecken liegen.

10

Es ist eine helle Mondnacht mit unzähligen Sternen an einem Indianersommerhimmel.

Jim Hannaran, Joe Skinner und Anne Shayne erwachen etwa eine Stunde nach Mitternacht und erheben sich. Sie treffen sich am Ufer, und sehen das Dampfboot an ihrer Insel vorbeifahren.

Es ist die einstige Orleans Queen und jetzige Silverbell. Sie ist zurückgekehrt, und ihre beiden Schaufelräder, die ständig das Wasser nach hinten schaufeln, waren es, die jenes Geräusch erzeugten, welches sie aus dem Schlaf weckte.

»Da ist sie – da kommt sie zurück!«, sagt Joe Skinner mit grimmiger Zuversicht. »Bald werde ich an Bord gehen und den Schatz holen. Ich benötige nur zehn Minuten.«

Jim und Anne sagen nichts.

Joe blickt sie im Mondlicht an. »Warum sagt ihr nichts?«, fragt er.

»Ich habe Anne ein Angebot gemacht – einen Antrag«, murmelt Jim. »Ich wollte mit ihr auf der Stelle fortgehen und auf meinen Anteil verzichten. Ich wollte ihr zeigen, dass ich ihr mit meinen Händen ein Heim errichten kann – ohne meinen Anteil an diesem Schatz. Anne, mein Antrag gilt immer noch! Dort ist ein Kanu. Wir können sofort aufbrechen, und wir lassen Joe den Schatz. Mag er ihn sich holen, ganz allein für sich.«

Sie wirkt so blass, dass es nicht nur vom Mondlicht sein kann.

»Nein«, sagt sie dann. »Ich will frei und selbstständig sein. Ich will mich auch nicht wieder in einen Mann verlieben. Sie sind alle gleich. Warum solltest du anders sein, Jim Hannaran, Big River Jim?«

Nach diesen Worten wendet sie sich ab und geht in ihre Zweighütte zurück.

Joe und Jim sehen sich an, und Joe sagt grimmig: »Du bist ja völlig verrückt, Jim! Aber Anne will dich nicht. Ich bin dafür, dass sie einen Drittelanteil bekommt. Denn wenn wir erst hier fertig sind, werde auch ich ihr einen Antrag machen.«

Er wendet sich brummend ab und geht zu seinem Schlafplatz hinüber. Jim aber bleibt noch eine Weile am Ufer stehen und blickt dem Schiff nach.

Er hat kein gutes Gefühl. Doch zugleich verspürt er eine gewisse Erleichterung. Die Dinge müssen ja endlich vorankommen. Die Silverbell ist wieder da.

Und vielleicht können sie dieses Land schon bald wieder verlassen.

Doch bis sie den versteckten Schatz aus dem Schiff geholt haben, müssen Joe und er hier die fleißigen Holzfäller mimen.

John Buncharan ist wieder da. Und er ist misstrauischer und sicherlich auch gefährlicher als Hondo Henderson.

Überdies harrt ihrer noch eine besondere Überraschung.

Diese Überraschung kommt am frühen Vormittag, als Jim und Joe den zweiten wertvollen Baum im Wasser haben. Die beiden starken Stämme liegen nun schon nebeneinander und bilden ein Floß von mehr als dreißig Yard Länge und fast zwei Yard Breite.

Dieses Floß ist an die tausend Dollar wert – aber erst in Saint Louis!

»Wenn wir insgesamt zehn Stämme von dieser Sorte nach Saint Louis bringen, wären das an die zehntausend Dollar«, sagt Jim einmal zu Joe. »Dies ist doch auch nicht schlecht – oder?«

»Es ist ein Dreck gegen den Schatz«, erwidert Joe und schlägt dann seine Axt ziemlich lustlos in den dritten Stamm, den sie fällen wollen.

Aber da hören sie Anne Shaynes Ruf. Sie verlassen ihre Arbeitsstelle und gehen Anne entgegen.

»Zwei Boote kommen«, sagt sie hastig. »Und du musst fort, Jim! Du musst diese Insel irgendwie unbemerkt verlassen und dich verstecken. Denn in einem der Boote sitzt Onkel Vance. Irgendwie muss er an Bord der Silverbell und auf diese Weise ins Land gekommen sein. Im anderen Boot sitzt John Buncharan. Und in der Ferne ist noch ein drittes Boot zu erkennen. Das könnte Hondo Henderson sein!«

Sie ruft dies alles sehr erregt, und man sieht ihr an, dass in ihr ein Durcheinander von Gefühlen ist, sie aber sehr von Furcht beherrscht wird.

Joe Skinner und Jim Hannaran stehen still da.

Dann beginnt Joe Skinner bitter zu fluchen, und er nimmt keine Rücksicht darauf, dass Anne zuhört.

Anne beachtet ihn gar nicht. Sie blickt Jim an – fragend und beschwörend zugleich.

Doch Jim schüttelt den Kopf. »Nein«, sagt er, »ich laufe nicht davon oder verstecke mich vor Vance Chance. Wenn er schuftig genug ist, um auf einen unbewaffneten Mann zu schießen, dann soll er es tun. Überdies macht John Buncharan mir sehr viel mehr Sorgen als Vance Chance.«

Er setzt sich in Bewegung, um rechtzeitig am Landeplatz beim Camp zu sein. Doch Anne drängt sich an ihm vorbei durch die Bäume und Büsche, die ihnen die Sicht versperren.

Jim folgt dem Mädchen langsamer. Hinter ihm flucht Joe immer noch auf eine bittere und ratlose Art.

Als sie auf die Lichtung kommen, haben die beiden Boote am Floß angelegt. John Buncharan sitzt noch in seinem Boot, welches von sechs Indianern gerudert wird.

Vance Chance aber hat sein Boot schon verlassen und ist über das Floß an Land geturnt. Anne Shayne läuft auf ihn zu. Sie ruft dabei: »Oh, Onkel Vance!«, und dann wirft sie sich ihm in die Arme. Sie legt ihr Gesicht auf seine Schulter. Da er nicht sehr groß ist, kann sie dies leicht tun. Ihr Mund befindet sich so dicht neben seinem Ohr. Und sie flüstert ihm drängend und beschwörend zu: »Töte ihn nicht, Onkel Vance! Töte ihn nicht! Denn er ist gut! Er ist so prächtig! Ich glaube, dass ich ihn liebe! Onkel Vance, er will gar keinen Anteil von dem Schatz. Er ... Oh, tu nichts Unüberlegtes! Gib mir erst Gelegenheit, mit dir über all die Dinge sprechen zu können. Er wollte damit nur erreichen, dass ich nicht in dieses Land gehe. Und er hatte Recht damit.«

Er hört in ihrer Stimme die heiße Angst, und er spürt ganz genau, wie sehr sie ihn beschwören will.

Er blickt in die Richtung, aus der sie aus dem Wald und den Büschen kam. Nun kommt Jim Hannaran heraus. Vance Chance saugt scharf die Luft ein, und ein Zittern geht durch seinen drahtigen Körper. Seine Augen sind ganz schmal geworden, und es glitzert hinter den schmalen Schlitzen.

Doch Anne klammert sich nun noch fester an ihn.

Er erkennt, dass sie mit all ihren Möglichkeiten um Jim Hannarans Leben kämpfen wird.

Inzwischen kam auch John Buncharan an Land.

»Oha, Jim, Big River Jim, was machst du nur für Sachen«, spricht er mit seinem so wohlklingenden Bariton. »Da hab ich unterwegs diesen berühmten Revolverkämpfer Vance Chance kennen gelernt, und er war auf der Suche nach Big River Jim Hannaran. Er fragte mich, ob ich wüsste, wo du zu finden seist. Na, ich sagte es ihm. Sollte ich nicht? Und neugierig war ich auf das Mädel, mit dem du durchgebrannt bist, so dass sie ohne ihren guten Onkel war. Wie ich hörte, hast du sie dann in Fort Lincoln verlassen. Doch sie ist dir gefolgt wie eine Squaw, hahaha!«

Riesig groß steht er da. Und er hat sich recht nobel gekleidet, so als befände er sich in einem erstklassigen Saloon. Er trägt einen dunklen Anzug und eine mit Brokat bestickte Weste, dazu ein blütenweißes Hemd und eine seidene Krawatte.

Oh, er wirkt nun äußerlich nicht mehr wie ein

Flusspirat und Renegat. Man könnte ihn in den großen Städten für einen sehr wichtigen Mann halten, für einen Boss.

Eine Waffe sieht man nicht an ihm. Doch sein Anzug ist sehr weit geschnitten. Jim Hannaran weiß, dass John Buncharan gewiss mehr als nur einen Revolver bei sich hat. Zumindest eine Waffe trägt er in einem Schulterhalfter, welches eine Sprungfeder besitzt.

Jim gibt Buncharan keine Antwort. Er macht nur eine leichte Handbewegung, die irgendwie resignierend wirkt. Dabei blickt er auf Vance Chance, der sich nun von Anne löste.

»Ich hatte vor, dich auf der Stelle zu töten, mein Junge«, sagt Vance Chance kalt. »Doch Anne bat soeben um dein Leben. Sie sagte mir, dass sie dich liebt. Nun gut, vielleicht lasse ich dich davonkommen.«

Jim Hannaran sagt nichts dazu. Er nickt nur, und er lässt John Buncharan nicht aus den Augen. Denn Buncharan steht lauernd da, ganz und gar wie ein Mann, der lieber zuhört, zusieht und dessen Instinkt immerzu Strömungen aussendet, die nach irgendwelchen Dingen tasten und ihm dann Zeichen geben – Zeichen, die er vielleicht nicht einmal deuten oder klar erkennen kann.

Es ist aber klar, dass Vance Chance bei John Buncharan irgendwie den Eindruck erwecken konnte, er wäre hinter Big River Jim her, weil dieser mit Anne durchgebrannt ist.

Aber wie kamen John Buncharan und Vance Chance überhaupt zusammen?

Diese Frage wird Jim sicherlich bald beantwortet bekommen. Jetzt jedoch ist keine Zeit mehr dazu. Denn das dritte Boot, welches aus dem Zuflussarm auf dem See auftauchte, wird ebenfalls von sechs indianischen Ruderern angetrieben. Es kam sehr schnell näher. Und nun legt es an. Hondo Henderson klettert heraus. Er blickt John Buncharan fest an, und dieser erwidert diesen Blick auf eine neugierig und zugleich auch ironisch wirkende Art.

In Hondo Hendersons Augen ist plötzlich die heiße Flamme eines Ärgers. Er wendet sich von Buncharan ab und beobachtet Vance Chance – aber nur einen kurzen Moment. Er schenkt Vance Chance nicht mehr Beachtung als einem Durchschnittsmann.

Jim Hannaran und Joe Skinner beachtet er überhaupt nicht. Er wendet sich an Anne Shayne.

»Kommen Sie, Anne«, sagt er schlicht und ganz wie selbstverständlich. »Ich habe das erste Bild von Ihnen fertig. Heute will ich beginnen, Sie in ihrer ganzen Schönheit zu malen. Ich konnte die Bilder von Rubens nie leiden. Denn dessen Frauen waren immer zu fett. Ich werde Sie als die Königstochter Europa malen, die auf einem Stier reitet. Doch jener Stier ist in Wirklichkeit Zeus, der sie so von Theben nach Kreta entführt. Ich habe einen schwarzen Stier, und Sie werden wie Europa auf ihm sitzen – in ihrer ganzen Schönheit, die der Schöpfer Ihnen gab. Es wird ein herrliches Kunstwerk sein und ...«

»Europa wird auf den Bildern immer nackt auf dem Stier gezeigt«, mischt sich Vance Chance ein.

Doch Hondo Henderson beachtet ihn nicht. Er streckt seine Hand aus und tut so, als wäre er mit Anne Shayne ganz allein.

Anne zögert. »Nein, ich möchte nicht«, sagt sie. »Ich will nicht auf diese Art gemalt werden. Es tut mir Leid, Mister Henderson. Doch Sie müssen sich ein anderes Modell besorgen.«

»Du wirst nicht mit ihm gehen, dies ist völlig sicher«, sagt Vance Chance hart, und in seiner Stimme ist ein besonderer Klang, der für Henderson eine Herausforderung ist.

Nun sieht er Vance Chance an.

»Mister«, sagt er, »ich hörte schon von Ihnen. Doch Sie sollten sich nicht einmischen. Als ich Miss Anne zum ersten Mal holte, waren Jim Hannaran und dieser Bursche dort klug genug, mir keine Steine in den Weg zu legen. Und selbst der berühmte John Buncharan sieht jetzt nur zu und mischt sich nicht ein. Denn ich bin ein Künstler. Es ist meine Berufung, schöne Frauen zu malen. Hindern Sie mich nicht!«

»Sie geht nicht«, sagt Vance Chance hart.

Als er es gesagt hat, steht Hondo Henderson drei Sekunden lang still da. Dann bewegt sich seine Rechte. Diesmal ist es die Rechte. Sie bewegt sich unwahrscheinlich schnell – so schnell, dass man plötzlich gewahr wird, womit diese schnelle Bewegung endet: mit einem Revolver in der Hand, der einen winzigen Sekundenbruchteil später kracht.

Oh, Vance Chance war schnell, sehr schnell. Vielleicht ist er der einzige Mann, der Hondo Henderson einigermaßen gewachsen ist. Doch er drückt jenen winzigen Sekundenbruchteil später ab, auf den es ankommt. Denn zuvor schon stieß ihn Hendersons Kugel halb um die Achse.

Die zweite Kugel jagt Hondo Henderson in Richtung auf Jim Hannaran. Denn Jim schwingt seine Axt. Bevor er sie werfen kann, fährt die Kugel dicht über seiner Faust in den Axtstiel. Er wirft sich zu Boden und rollt hinter den Baum, vor dem er stand.

Hondo Henderson lacht hart. Er jagt noch eine Kugel gegen den Baum, hinter dem Jim kauert.

»Pass auf, du Rotkopf«, sagt er kalt, »ich gebe dir beim nächsten Male keine Chance mehr.«

Er wendet sich an Anne, die starr und wie gelähmt verharrt. Dann aber stürzt sie dorthin, wo Vance Chance liegt. Sie kniet bei ihm.

»Er ist tot«, schluchzt sie bald darauf. »Gibt es denn hier in diesem Land keinen Schutz vor einem kaltblütigen Mörder?! Er hat ihn getötet!«

Sie wendet sich zur Seite. »Können Sie das mit ansehen, Mister Buncharan? Haben auch Sie Angst vor ihm? Wollen Sie mich nicht davor schützen, mit diesem verrückten Mörder ...«

Sie verstummt. Denn Hondo Henderson wandte sich inzwischen ab und klettert über das Floß in sein Boot.

»Ich möchte Sie jetzt nicht mitnehmen, Anne«, sagt er dort. »Ich komme in einigen Tagen. Es ging mir nur vor allen Dingen darum, deutlich zu machen, dass Sie mein Modell sind. Sie gehören mir. Ich brauche Sie als Modell. Hast du das auch gehört, John?«

Die letzte Frage galt John Buncharan. Dieser betrachtet ihn, betrachtet Anne, die am Boden bei Vance Chance kniet, und nickt dann Hondo Henderson zu.

»Sicher«, sagt er. »Du bist ein Künstler auf verschiedenen Gebieten, Hondo. Und du hast in diesem verteufelten Land die ganze Zeit kein Modell gehabt, welches dich genügend anregte und dir all die notwendigen Illusionen geben konnte. Jetzt kannst du wieder die vielen schönen Frauen der großen Gesellschaft malen, die dich einmal liebten und feierten. Gut, Hondo! Gut!«

Er sieht zu, wie Hondo Henderson ablegt. Dann wendet er sich an Anne und Joe. Denn Jim ist nicht zu sehen, ist offensichtlich noch hinter dem Baum verborgen.

»Er ist verrückt«, sagt John Buncharan. »Nachdem er Sie, Mädel, in den schönen Kleidern als Dame der großen Gesellschaft malte, ist er wieder verrückt. Denn früher war er einmal ein großer Künstler. Er spielte auf allen großen Orgeln der Welt, und er malte die schönsten Frauen der Welt, wohin er auch kam. Doch dann wurde er ein Mörder – aus Eifersucht. Die Polizei jagte ihn bald überall. Er musste flüchten, und er tötete einige Verfolger. Er kann nie wieder zurück in sein herrliches Leben. Deshalb ist er verrückt.«

Nach diesen Worten geht auch John Buncharan zu seinem Kanu.

Erst von dort aus blickt er zu dem Baum, hinter dem Jim verschwunden ist. »He, Jim, Big River Jim, du kannst wieder hervorkommen. Der böse Mann ist fort, vor dem du dich fürchtest! Komm nur hervor, Jim!«

Doch Jim Hannaran kommt nicht zum Vorschein.

Ist seine Scham so groß, dass er sich versteckt?

Jim Hannaran bleibt keine drei Sekunden hinter dem Baum, der ihn vor Hondo Hendersons Kugel schützte. Dann hat er seinen Schock überwunden. Ja, er wollte sein Axt auf Honda Henderson schleudern, aber sie wurde ihm von einer Kugel aus der Hand geprellt.

War der Schuss, der dicht über seiner Faust den Axtstiel traf, absichtlich dort hingezielt? Oder wollte Henderson seinen Kopf treffen und fehlte nur um wenig mehr als eine Handbreite? Denn die Faust befand sich dicht neben dem Kopf.

Jim Hannaran denkt nicht darüber nach. Er sah Vance Chance fallen, und er begriff schnell, dass er Hondo Henderson nicht davonkommen lassen kann. Denn dieser Mann spielt ein Katz-und-Maus-Spiel mit ihnen. Es verschafft ihm eine Befriedigung besonderer Art, wenn er Anne Shayne immer wieder fortholen kann und Männer wie Jim Hannaran und Joe Skinner zähneknirschend zusehen müssen, weil sie sich fürchten, weil er es in der Hand hat, sie leben zu lassen oder zu töten.

Hondo Hendersons Komplexe müssen von besonderer Art sein. Er muss irgendwann einmal wie ein Wurm am Boden gelegen haben, voller Furcht und Hilflosigkeit. Sonst würde er jetzt nicht auf diese Art ein Mädchen und zwei Männer quälen.

Jim Hannaran ist entschlossen, nun den Kampf mit ihm auszutragen. Da er ihm nicht zu Lande mit einem Revolver entgegentreten kann, muss er seine Chance auf eine andere Art suchen.

Jim Hannaran eilt leicht und schnell durch den Wald. Er bewegt sich gewandt und kommt gut vorwärts.

Er erreicht dann die Spitze der Insel, die zu einer gekrümmten Zunge ausläuft. Die Insel hat ungefähr die Form einer Ente. Und die Spitze ist gewissermaßen der Schnabel dieser Ente.

Um diese Schnabelspitze muss das Kanu kommen, in dem Hondo Henderson von den sechs Ruderern zur Mündung des Zuflussarmes gefahren wird. Wenn dieses Kanu die geradeste Linie fährt, also keinen Bogen macht, dann kommt es ganz dicht an dieser Inselspitze vorbei, Jim hat sich dies schon beim ersten Male eingeprägt.

Er läuft nun geduckt durch die Büsche auf der Inselspitze und gleitet dann auf der dem Camp abgewandten Seite ins Wasser. Er schwimmt unter den überhängenden Büschen bis um die Spitze herum und kann auch schon Hondo Hendersons Kanu sehen.

Es wird nur wenig mehr als zehn Yard von der Inselspitze entfernt vorbeikommen.

Nun, Big River Jim, der am Fluss geboren wurde, kann eine Strecke von mehr als vierzig Yard tauchend zurücklegen und länger als zwei Minuten unter Wasser bleiben.

Er holt noch einmal Luft und taucht dann unter den überhängenden Büschen langsam unter. Er taucht tief hinab, bleibt immer am Grunde und schwimmt mit ruhigen Bewegungen. Er darf von unten keine Blasen aufsteigen lassen, die von denen eines großen Fisches, der am Grunde herumstöbert, verschieden wären.

Als er dann glaubt, weit genug geschwommen zu sein, hält er inne und hält sich an einigen Wasserpflanzen fest. Er braucht nun keine Bewegungen mehr zu machen, kann seinen Kopf zurücklegen und nach oben spähen.

Er ist etwa zwei Meter tief. Die Sicht nach oben ist gut. Er kann das Kanu auch schon dicht in der Nähe hören.

Als ihm die Luft knapp zu werden beginnt und er spürt, dass er nun nicht mehr lange aushalten könnte, da erblickt er das Kanu schräg über sich. Oh, er hat die Entfernung genau bemessen!

Er stößt sich vom Grunde ab, kommt schräg hinter dem Kanu hoch, und er sieht Hondo Henderson, erkennt dessen schnelles Herumwerfen. Aber seine Hände legen sich schon auf den Rand des Kanus. Er reißt mit aller Kraft daran, die ihm im Wasser möglich ist.

Das Kanu kippt um.

Aber wie gefährlich Hondo Henderson ist, dies zeigt er nun. Er hat bereits den Revolver in der Hand, und indes er aus dem kippenden Kanu ins Wasser fällt, schießt er noch einmal auf Jim.

Die Kugel brennt heiß über Jims Schulter. Dann klatscht Hondo Henderson ins Wasser, und obwohl er untertaucht, schießt er nochmals im Wasser, doch natürlich erfolglos, weil das Wasser die Kugel ablenkt.

Dann aber ist Jim Hannaran über ihm. Um sie herum sind die indianischen Ruderer. Doch diese nehmen am Kampf der beiden Weißen nicht teil. Sie schwimmen aus dem Weg und mühen sich, das umgekippte Kanu wieder aufzurichten.

Inzwischen näherte sich auch das zweite Kanu mit John Buncharan. Der Renegatenführer und Flusspirat gibt seinen Ruderern ein kurzes Zeichen, so dass sie innehalten. Buncharan starrt ins Wasser. Er kann die undeutlichen Schatten der beiden Gegner dort unten erkennen.

Einer der beiden Schatten taucht dann schnell auf, wird deutlicher und durchstößt die Oberfläche. Es ist Jim Hannaran. Er schnauft ziemlich heftig, denn er war von seinem ersten langen Tauchen noch außer Atem, als er mit Hondo Henderson in die Tiefe musste.

John Buncharan sitzt ruhig und riesig im Heck des Bootes, hat das Steuerpaddel quer vor sich auf den Knien und betrachtet Jim Hannaran auf eine unergründlich und undurchschaubar wirkende Art.

»Sicher«, spricht er dann dunkel, »auf diese Art kann man sogar mit einem Revolverkünstler wie Hondo Henderson zurechtkommen. Ich denke, dass du auch Kelso Brown hättest besiegen können, Jim. Inzwischen hörte ich, dass du betrunken warst, als er dich schlug und du dein wertvolles Holzfloß an ihn verlorst. Was mir nur nicht in den Kopf geht, ist, dass du einen Burschen wie diesen Skinner zum Partner hast, und dass dir ein Mädel bis in dieses Land folgte. Jim, irgendwie sind hier einige Haare in der Suppe. Ich weiß noch nicht genau, was mir nicht gefällt, aber ich werde es noch herausfinden. Heute Abend möchte ich mit dir Poker spielen. Heute wirst du mir Revanche geben müssen. Las mich nur nicht warten. Ich schicke dir dieses Kanu. Und was ist mit Hondo?«

Er blickt sich um. Doch von Hondo Henderson ist nichts zu sehen. Er befindet sich immer noch unter Wasser. Da gibt Buncharan seinen indianischen Ruderern einen Befehl. Zwei von ihnen gleiten ins Wasser und tauchen.

Sie bringen Hondo Henderson empor. Buncharan nimmt ihn an Bord. Dabei schwankt das Kanu schlimm. Er untersucht ihn schnell und zeigt dabei das umsichtige Geschick eines erfahrenen Arztes.

Jim hält sich am Bordrand fest und sieht zu. Die beiden Indianer, welche getaucht sind, schwimmen zu dem anderen Kanu. Es wurde inzwischen an Land gebracht und ausgeleert.

»Er kämpfte plötzlich nicht mehr«, sagt Jim zu Buncharan.

»Herzschlag«, brummt Buncharan. »Er bekam vor Angst einen Herzschlag. Er konnte nämlich nicht schwimmen. Und ohne seine Revolver war er als Kämpfer eine Null. Er wusste, dass du ihn ersäufen würdest wie eine tollwütige Katze. Und da brachte ihn die Angst um. Na gut!«

Er nickt seinen Ruderern zu.

Jim aber schwimmt langsam an Land.

Als er dann nass und müde ins Camp kommt, hat Joe Skinner den toten Vance Chance in eine Decke gehüllt.

Und das Mädchen steht an dem Baum, hinter dem Jim verschwunden war. Sie lehnt dagegen, und sie weint nicht mehr. Sie wirkt sehr beherrscht und sieht ihn an. Auch Joe Skinner sieht ihn an.

»Hondo Henderson ist tot«, sagt Jim heiser. »Und auch Vance Chance ist tot, nicht wahr? Zwei Tote also! Ich wünschte, ich hätte mich nie auf diese Sache eingelassen. Joe, es war kein guter Tag für uns alle, als wir uns dazu entschlossen, diesen Schatz zu holen. Ich habe in meinem Leben noch nicht viele Dinge getan, die man als vernünftig ansehen konnte. Ich habe irgendwie stets meine Fähigkeiten verschwendet, und oft genug habe ich hart und mühsam erworbene Dinge aufs Spiel gesetzt und verloren. Aber diese Sache hier übertrifft alles, was vorher war. Es ist keine gute Sache. Sie bringt nur Not, Gefahr und Verdruss.«

Er macht eine kleine Pause und murmelt dann: »Ich muss heute Abend zu John Buncharan. Er will Revanche beim Poker. Joe, du musst mir Geld geben. Ich selbst besitze nicht genug.«

Er wendet den Kopf und sieht zu Anne Shayne hinüber. »Mein Angebot gilt immer noch, Anne. Wir können sofort aufbrechen und dieses Land verlassen. Verzichte auf den Schatz, Mädel! Komm mit mir!«

Sie scheint zu zögern.

Doch dann schüttelt sie heftig den Kopf. »Lass es Joe versuchen«, murmelt sie.

Da wendet er sich ab. Er geht zu dem Baum, den er zuvor bearbeitet hat. Er nimmt die Arbeit wieder auf. Er braucht eine Beschäftigung, die seine ganze Kraft beansprucht.

Auch Joe Skinner kommt bald. Sie arbeiten beide schweigend Stunde um Stunde. Und sie bekommen am frühen Abend den dritten Stamm ins Wasser, dirigieren ihn neben die beiden anderen Stämme und machen ihn fest.

»Ich kann dir zweitausend Dollar für das Pokerspiel geben«, sagt Joe dann. »Mehr habe ich selbst nicht. Und während du mit John Buncharan spielst, werde ich mich an Bord des Schiffes schleichen. Ich brauche nur wenige Minuten in der Kapitänskabine. Das Versteck ist sehr einfach. Und wenn ich den Schatz habe, wird John Buncharan nicht einmal wissen, dass ihm etwas fehlt, was er als jetziger Besitzer des Schiffes besaß, ohne es zu wissen. Wo spielt ihr denn? Doch wohl nicht an Bord?«

»Bei Mom Mayflower im Saloon«, murmelt Jim. Er blickt dann Anne Shayne an, die ihm den gefüllten Teller reicht.

»Ich habe schon als kleines Kind gelernt«, sagt sie, »dass man nicht so leicht aufgeben soll. Onkel Vance ist tot. Schon seinetwegen möchte ich nicht aufgeben. Doch ich bestehe darauf, dass Joe uns endlich das Versteck verrät. Wenn ihm etwas zustoßen sollte, haben wir ein Recht darauf, zu wissen, wo wir die Dinge finden können.«

Jim sagt nichts. Er hat sich am Feuer niedergehockt und beginnt zu essen. Da er den ganzen Tag schwere Arbeit verrichtete, verspürt er einen starken Hunger. Aber er isst dennoch lustlos und mit Widerwillen. Denn er muss an Hondo Henderson denken.

Indes hat Joe Skinner gezögert und nachgedacht. Doch Anne Shaynes Blick war immerzu fest auf ihn gerichtet.

»Na gut«, murmelt er. »Die Orleans Queen war ein nobles Schiff mit einer erstklassigen Ausstattung. Sie war für Luxusgäste bestimmt und demnach eingerichtet. Die Kapitänskabine enthielt unter anderem auch ein prächtiges Bett aus Mahagoni und viel Messing. Die vier Bettpfosten enden in großen Messingkugeln. Sie sind darauf geschraubt. Die Kugeln sind etwa so groß wie eine große Männerfaust. Sie sind gegossen und innen hohl. Ich schraubte sie damals ab, und die Schrauböffnung war groß genug, um sogar Ringe durchbekommen zu können Ich tat damals all die Ketten, Armbänder, Ringe, Broschen, Anstecknadeln, Ohrringe und sonstiges Zeug in diese vier Hohlkugeln aus Messingguss, schraubte sie wieder fest und stellte das Bett wieder auf seine vier Füße. In den vier Kugeln befindet sich der Schatz. Ich werde versuchen, heute nach Mitternacht an Bord zu kommen und ihn zu holen. Da es einmal mein Schiff war, finde ich mich an Bord mit geschlossenen Augen zurecht. Ich werde Annes winziges Kanu nehmen.«

Damit hat er alles gesagt. Er senkt den Kopf und beginnt auf eine entschlossene und grimmig wirkende Art zu essen, so als wollte er ausdrücken, wie entschlossen er ist.

Jim sagt nichts.

Im Westen geht langsam die Sonne unter und wirft ein flammendes Rot gen Himmel.

»Ich – ich habe nicht weit von hier auf einer Lichtung für Onkel Vance ein Grab gegraben«, beginnt Anne Shayne, und ihre Stimme klingt herb.

Da erhebt sich Jim. »Nun, dann wollen wir ihn beerdigen«, sagt er schlicht. »Es hat nichts genützt, dass ich ihn damals in den Fluss springen ließ. Er konnte seinem Schicksal nicht entgehen. Es gelang ihm, in dieses Land zu kommen. Irgendwie muss er wohl auch gute Seiten gehabt haben. Er wollte dir wohl helfen, die Basis für ein gesichertes Leben zu finden. Du solltest unabhängig und selbstständig sein können. Leider sah er die Sache nicht richtig. Doch darauf kommt es jetzt nicht mehr an. Nur sein Wunsch, dir zu helfen, zählt noch. Und dies dürfte ihm einige Pluspunkte verschafft haben. Komm, ich helfe dir, Anne.«

»Ich darf wohl auch dabei sein«, murmelt Joe Skinner.

11

John Buncharans Kanu kommt pünktlich, als die ersten Sterne zu glänzen beginnen. Jim Hannaran trägt einen Revolver im Hosenbund, ein Green-River-Messer im Stiefelschaft und zweitausendzweihundert Dollar im Geldgürtel, als er sich im Heck des Kanus niederhockt und das Steuerpaddel zur Hand nimmt.

Anne Shayne und Joe Skinner blicken ihm schweigend nach. Das Kanu ist noch eine Weile im Sternenschein erkennbar.

»Etwas ist mit ihm«, murmelt Joe Skinner dann und wendet sich an das Mädchen. »Er ist nicht mehr dieser wilde, verwegene Big River Jim, der jede Wette annimmt und jede Herausforderung. Ich habe ihn in Omaha erlebt und auch danach noch, als wir zu zweit die Reise machten. Er ist anders geworden. Du bist wohl der Grund, Anne. Liebst du ihn? Oder habe ich Chancen? Ich weiß, dass heute nicht der rechte Tag ist, dich so etwas zu fragen. Doch vielleicht kann ich dich morgen nicht mehr fragen. Deshalb möchte ich es wissen. Liebst du ihn – oder hätte ich Aussichten?«

Sie betrachtet ihn ernst, so gut dies am Feuer möglich ist.

»Du hättest nie Chancen bei mir, Joe. Sicherlich, du bist kein übler Bursche. Doch gegen Jim ... Oh, Jim weiß jetzt, dass er all die Jahre seine Fähigkeiten verschwendete – so wie ein Fluss, der wild durch ein Land fließt und dessen Kraft nutzlos verschwendet wird. Irgendwie ist Jim zur Besinnung gekommen. Und ich glaube, dass er ein Mann ist, der sehr groß werden könnte. Joe, du könntest ihn nicht halb erreichen. Sieh mich an – und sieh dich an! Wir wollen mit aller Macht den Schatz erobern. Wir wollen nicht aufgeben, obwohl es schon Tote gab und vielleicht wieder geben wird. Wir können uns unser Leben ohne das Vermögen, welches uns der Schatz bringen wird, gar nicht mehr vorstellen. Wenn wir es nicht schaffen, den Schatz zu bekommen, werden wir zerbrechen. Aber Jim ist anders. Er wollte mit mir fortgehen. Er wollte auf den Schatz verzichten. Er wollte mir mit seinen Händen ein Heim bauen. So groß und so stark ist er, so zuversichtlich und so unerschütterlich in seinem Glauben an sich selbst. Er braucht keine Schätze wie wir. Er würde mit seinen Händen anfangen etwas aufzubauen, und es würde mächtig groß werden, immer größer, schöner und besser. Denn er würde daran wachsen. Das ist mit Jim! Und deshalb bist du nichts gegen ihn, Joe. Verzeih mir, dass ich dir das so sage. Ich will dich nicht beleidigen. Doch ich sage es dir, wie ich es erkannt zu haben glaube.«

Und als sie geendet hat, sagt Joe Skinner nichts mehr. Er nickt nur nach einer Weile wie abschließend.

Wenig später legt er sich für zwei oder drei Stunden hin. Denn er wird sicherlich all seine Fähigkeiten benötigen, um sein Ziel zu erreichen.

Er muss ausgeruht sein.

Indes fährt Jim Hannaran einem scharfen Pokerspiel entgegen. Oh, er spürt schon jetzt, dass es ein besonderes Spiel werden wird. Es kommt auch darauf an, dass dieses Spiel nicht vorzeitig endet und John Buncharan wieder zurück an Bord geht.

Jim Hannaran geht dann ruhig an Land und betritt Mom Mayflowers Saloon. In dem großen Raum sind viele Gäste versammelt. Doch er wendet sich sofort nach rechts, betritt das Spielzimmer und sieht Captain John Buncharan am großen Tisch in der Ecke.

Er hat noch vier Spieler bei sich, und als Jim an den Tisch tritt, da bietet er ihm den noch freien Stuhl an.

»Also los«, sagt er. »Wir sind gut bei Kasse. Tut mir Leid, dass dieser Vance Chance tot ist. Er war an Bord eines kleinen Dampfbootes, als er sich mit mir bekannt machte. Wir hatten zuvor jenes kleine Flussboot geentert. Es war voller guter Dinge für die Goldgräber in Montana. Nun, jetzt werden diese Dinge hier bei uns in den Läden verkauft. Und wir bekommen das Geld. Dieser Vance Chance fragte mich nach dir. Da nahm ich ihn mit. Er war fast so schnell wie Hondo Henderson. Pass auf, ich eröffne mit zweihundert Dollar!«

Und damit beginnt das Spiel. Denn die Karten wurden indes ausgeteilt.

Jim bekam zwei Achten, und er hält mit und kauft zwei neue Karten.

Es sind nochmals zwei Achten. Nun ist er entschlossen, mit all seinem Spielkapital im Spiel zu bleiben.

John Buncharan und zwei seiner Freunde bleiben ebenfalls im Spiel, und sie treiben den Topf in die Höhe. Dann steigen Buncharans Freunde aus. Und Buncharan grinst Jim an.

»Hast du noch tausend Dollar, Jim?«

»Sicher, ich gehe mit – immer weiter, so weit du willst, Buncharan«, murmelt Jim ruhig und blickt ihn fest an.

Nun zögert Buncharan. Doch dann erhöht er wahrhaftig noch einmal. Jim hält mit und er weiß, dass er nun fast völlig blank ist. Er kann nun die

Karten sehen, die Buncharan aufdeckt – schön langsam und nacheinander. Ein Ass! – Und noch ein Ass! Und dann noch ein drittes Ass!

Und dann? John Buncharan lässt sich mit der vierten Karte Zeit. Jim starrt darauf, und er gesteht sich ein, dass er nun Furcht hat. Denn wenn Buncharan noch ein viertes Ass besitzen sollte, so ist die Pokerpartie schon mit diesem ersten Spiel beendet.

Aber es ist kein Ass. Es ist nur eine Dame. Und dann kommt noch eine Dame.

»Dies ist eine ganz hübsche Karte«, grinst Jim Hannaran und deckt seine vier Achten auf.

»Es ist ein Jammer«, sagt er. »Vier lächerliche Achten sind besser als drei stolze Asse und zwei schöne Damen.«

»Die ganze Welt ist ein Jammer«, verbessert John Buncharan und sieht ungerührt zu, wie Jim das viele Geld von der Mitte des Tisches zu sich zieht.

»Doch unser Spielchen fängt ja erst an, Wild Big River Jim. Du hast zwar dein Spielkapital verdreifachen können, doch ich werde es dir schon wieder abnehmen.«

Jim Hannaran nickt, und er hofft, dass er durchhalten kann bis zum Morgen. Er ist selbst skeptisch, denn noch nie hielt sein Spielglück an, wenn es von Anfang an vorhanden war. Irgendwann begann dann stets seine Pechsträhne. Es wäre ihm lieber gewesen, er hätte am Anfang schlechtere Karten bekommen. Er wäre dann bei kleinen Beträgen geblieben. Und die Zeit wäre auch vergangen.

Ob Joe Skinner Glück und Erfolg haben wird?

Joe Skinner bricht eine Stunde nach Mitternacht auf. Anne Shayne begleitet ihn, bis zum Boot, ja, sie hält es sogar fest, damit es nicht umkippt, als Joe Skinner hineinklettert.

Er rudert dann vorsichtig davon, und er hat Glück, denn es sind reichlich Wolken am Himmel, die dem Mond und den Sternen nur noch spärlichen Durchblick geben.

Das Mädchen blieb allein im Camp auf der Insel zurück.

Sie ertappt sich, dass sie mehr an Jim Hannaran denkt als an Joe Skinner, der aufgebrochen ist, einen Schatz zu erbeuten, an dem sie Anteil haben soll.

Die Zeit vergeht dem Mädchen sehr langsam, und sie wird gewiss nicht schlafen können, bis zumindest Jim wieder zurück ist. Für Joe Skinner jedoch vergeht die Zeit sehr schnell. Doch er konnte nicht früher losfahren, weil an Bord des Schiffes gewiss noch niemand schlafen würde.

Er paddelt leise in den Zuflussarm hinein und arbeitet sich gegen die deutlich spürbare Strömung flussauf. Er hält sich auf der Seite des Indianerdorfes und riskiert es, von dort aus bemerkt zu werden.

Das Schiff liegt am anderen Ufer an der Landebrücke der Banditenstadt. Im Ort brennen noch viele Lichter. Manchmal wehen die Klänge einer ziemlich wilden Musik herüber. Es muss im großen Saloon ziemlich viel Betrieb sein.

Joe Skinner rudert noch ein Stück stromauf. Dann treibt er das schmale und für ihn so kipplige Kanu über den Fluss auf die andere Seite. Einige Male wäre er fast umgekippt. Doch mithilfe des Paddels konnte er sich immer wieder vor einem Kentern bewahren. Das Kanu ist zu schmal für sein Gewicht.

Er lässt sich nun von der Strömung abwärts tragen und kommt der zur Strommitte gelegenen Steuerbordseite des Schiffes immer näher. Er macht keinerlei Geräusche, denn die Strömung trägt ihn lautlos heran.

Angestrengt späht er auf das Schiff, verspürt Furcht, dass jemand von der Besatzung hier auf der Flussseite Wache halten könnte. Doch er kann nirgendwo die Umrisse eines Mannes erblicken. Auch hört er nichts außer dem fernen Lärm in der Stadt und die Geräusche des Flusses.

Nun gleitet er an der Bordwand entlang, stößt sich etwas davon ab und erreicht das große Schaufelrad. Hier hält er sich fest. Es ist nicht einfach für ihn, hier aus dem schwankenden Kanu zu klettern. Es neigt sich einmal stark, nimmt tüchtig Wasser über. Sein rechtes Bein wird bis zur Hüfte nass, und er knurrt unwillkürlich einen Fluch.

Dann hockt er endlich auf einer der Schaufeln und hält sich am Verstrebungsgestänge fest. Er bindet das Kanu an und fragt sich, wie er wohl in das schwankende Ding wieder hineinkommen wird.

Dann klettert er nach oben und schiebt seinen Kopf über die Reling des Hauptdecks.

Er wartet einige Atemzüge lang. Doch es rührt sich nichts in den Schatten der Aufbauten.

Da schwingt er sich über die Reling und gleitet sofort weiter bis zur Treppe nach oben. Er verharrt im Schutz dieser Treppe, als sich weiter hinten, dort wo sich die Kombüse und der kleine Speisesaal des Schiffes befinden, eine Tür öffnet. Lichtschein fällt über Deck und bis zum Fluss nieder. Ein Mann tritt gähnend heraus, beugt sich über die Reling, spuckt ins Wasser und späht dann über den Fluss zum Indianerdorf hinüber.

Dort ist alles ruhig. Nur einige Feuer glühen. Und die Pferdeherde der Roten kommt zum Fluss gewandert. Denn ein Hengst wiehert dicht beim Ufer.

Der Mann setzt sich in Bewegung. Er kommt immer näher, und Joe Skinner, der unter der Treppe kauert, beginnt zu schwitzen. Doch der Mann bemerkt ihn nicht. Sicherlich ist es unter der Treppe zu dunkel. Auch haben sich die Augen des Mannes, der aus einem erhellten Raume kam, wohl noch nicht völlig an die Dunkelheit gewöhnt.

Joe Skinner schleicht nun die Treppe zum Texasdeck hinauf und erreicht die Kapitänskabine unter dem Ruderhaus. Er verhält atemlos und lauscht noch einmal.

Die Tür ist verschlossen, aber Skinner weiß, wie man sie öffnen kann. Schließlich war er hier einmal Kapitän. Er hat sich aus einem Löffelstiel einen Sperrhaken gemacht.

Bald darauf ist er in seiner alten Kabine. Er riegelt hinter sich ab und gleitet zu den Fenstern, um diese zu schließen und die Blendläden herunterzuklappen. Er schließt diese Blendläden fest, so dass kein Lichtschimmer nach draußen dringen kann.

Dann tastet er sich zum Tisch und zündet die große Lampe an. Da der Tisch am Boden festgeschraubt ist, steht er noch am gleichen Platz, und es ist auch noch der gleiche Tisch.

Joe Skinners Blick richtet sich nun auf die Nische, in der das noble Bett aus Mahagoni und Messing stehen muss.

Und da erschrickt er sehr.

Es steht zwar ein Bett dort, doch es ist ein völlig anderes Bett, ein Ungetüm von einem Bett, welches die Nische völlig ausfüllt.

Joe Skinner beginnt plötzlich am ganzen Körper zu zittern. Er spürt eine tiefe Resignation und Furcht. Der Schweiß bricht ihm aus, und er glaubt voller Furcht, dass alles umsonst war.

Das Bett mit den vier hohlen Kugelfüßen aus Messingguss – es ist nicht mehr da. Für John Buncharans riesige Gestalt war es wohl zu klein, und so hat er es irgendwohin gegeben und sich dafür ein anderes Bett in die Nische einbauen lassen. Es ist eine Kombination von Ledersofa und Bett.

Joe Skinner ist wie betäubt.

Er muss sich setzen. Und er beginnt hilflos den Kopf zu schütteln. Oh, er war so fest davon überzeugt, dass sein damaliges Bett, welches zur noblen Kabineneinrichtung passte, nicht entfernt worden wäre.

Aber es wurde entfernt, weil Captain John Buncharan ein Riese ist.

Was nun? Joe Skinner glaubt, dass er am Ende ist. Denn wie soll er herausfinden, wo sich das Bett von früher befindet. John Buncharan kann er wohl kaum danach fragen. Er müsste suchen. Aber wo?

Er springt wie elektrisiert auf.

Vielleicht in einer der anderen Luxuskabinen! Vielleicht hat man das alte Bett nur in eine Nebenkabine getragen und so aus einer Einzelkabine eine Doppelkabine gemacht.

Ich muss nachsehen, überall nachsehen!

Dieser Gedanke ist nun klar und scharf in ihm. Und er beschließt, die Sache zu wagen.

Es gibt auf dem Texasdeck auf jeder Seite sechs Luxuskabinen. Und fast alle sind belegt. Doch nur wenige von Buncharans Leuten, die hier wohnen, sind an Bord. Joe Skinner muss jedoch drei Mal in Kabinen eindringen, in denen Schläfer schnarchen.

In keiner der Kabinen steht das Bett.

Da es in die unteren Kabinen und die beiden Wohndecks vorn und achtern nicht passt und deshalb bestimmt nicht dorthin gebracht wurde, bleibt nur eine einzige Möglichkeit: Das Bett muss irgendwo an Land sein.

Aber wo?

Hier in der Stadt der Banditen und Geächteten? Oder irgendwo anders am Fluss zwischen Lincoln und Montana?

Man müsste John Buncharan oder ein Besatzungsmitglied fragen.

Joe Skinner gibt auf.

Als er die letzte Kabine verlässt, erwartet ihn draußen auf Deck ein Mann. Und dieser Mann hat eine Schrotflinte in der Armbeuge liegen.

»Wer bist du, und was suchst du in den Kabinen?«, fragt der Mann. Er trägt außer der Schrotflinte nur Unterzeug, und deshalb muss er wohl einer der wenigen Männer sein, die an Bord blieben. Als Joe Skinner die Kabine des Mannes durchsuchte, erwachte dieser wohl und stellte sich schlafend. Es ist ein alter Trick, den erfahrene Burschen anwenden, wenn sie im Schlaf überrascht werden. Sie stellen sich schlafend und lauern auf eine Chance.

Dieser Mann bekam seine Chance.

Und Joe Skinner begreift mit Bitterkeit, dass er eine schlimme Pechsträhne erwischt hat. Es ist doch nicht so leicht und einfach, einen Schatz zu finden, den man einmal versteckt hatte.

Der Mann kommt näher und stößt ihm die Doppelmündung der Schrotflinte vor die Brust.

»Wen haben wir denn da?« Er beugt sich vor, um Joe Skinner besser betrachten zu können. »Aaah, jetzt kenne ich dich«, sagt er dann. »Du bist doch der Bursche, der mit Big River Jim kam – sein Partner. Ja, ich sah dich mit ihm im Kanu. Na, das ist aber sehr interessant, dass du hier an Bord herumschleichst. Was hast du denn gesucht?«

»Das werde ich nur John Buncharan erzählen«, erwidert Joe Skinner und wendet sich ab. »Ich habe keine Zeit! Ich muss zu John Buncharan. Und ich dachte, er wäre hier an Bord.«

Er hat den Mann nun für einen Sekundenbruchteil geblufft und unsicher gemacht. Und er hat sich gedreht, was der Mann nicht verhinderte, weil er offenbar über Joe Skinners Worte nachdenken musste. Der Doppellauf der Schrotflinte zeigt nicht mehr auf Joe Skinners Brust, sondern seitlich an ihm vorbei. Und er wirft sich zurück und klemmt sich den Lauf unter den Arm.

Der Mann drückt natürlich ab, doch Joe Skinner hat den Lauf so unter den Arm geklemmt, dass die Mündung vor seiner Brust ins Freie ragt. Und so versengt ihm der doppelte Feuerstrahl nur ein wenig sein Hemd.

Er wirbelt herum, trifft den Mann mit einem schweren Schwinger auf Ohr und Kinnwinkel. Der Bursche wird von dem Schlag gegen die Kabinenwand gestoßen und fällt dort auf die Knie.

Joe Skinner aber springt vom Texasdeck nieder in den Fluss. Er taucht auf, erreicht das Kanu, bindet es los und schiebt es vor sich her in den Strom.

An Bord wurde es laut. Man entdeckt ihn bald darauf, denn er ist noch nicht weit genug. Einige Revolver und dann auch ein Gewehr beginnen zu krachen. Die aus dem Schlaf geschreckten Männer des Schiffes sind sehr schnell mit den Waffen bei der Hand. Aber sie schießen auf das Kanu, welches Joe Skinner vor sich her zur Strommitte stößt.

Sie können das Kanu gewiss nur undeutlich sehen, glauben, dass der Mann darin liegt. Die Kugeln durchlöchern das leichte Boot.

Und dann spürt Joe Skinner einen Streifschuss, der ihn quer über den Rücken wie ein Schwerthieb trifft.

Er glaubt, dass er nun besinnungslos werden und versinken wird. Und so klammert er sich hinten an das Kanu.

Alles ist verloren, denkt er.

Als es Mitternacht ist, hat Jim Hannaran mehr als zehntausend Dollar gewonnen. Doch unmittelbar nach Mitternacht ist seine Glückssträhne dann beendet. Zwei Stunden nach Mitternacht besitzt er noch etwa fünftausend Dollar, doch er weiß, dass Joe Skinner nun an Bord des Schiffes sein und den Schatz vielleicht schon gefunden haben wird.

Und so ist er der Meinung, dass er sich recht gut gehalten hat in dieser Pokerpartie. Er spielt nun immer leichtsinniger. Es kommt ihm nicht darauf an, zu gewinnen. Er weiß zu gut, dass diese Pokerpartie erst dann beendet sein wird, wenn er oder John Buncharan blank sind. Dies hat Buncharan sich gewiss vorgenommen.

Doch die Pokerpartie wird dann aus einem anderen Grund abgebrochen.

Ein Mann kommt an den Tisch, beugt sich zu John Buncharans Ohr nieder und flüstert ihm, erregt und noch atemlos von einem raschen Lauf, eine längere Meldung ins Ohr.

Jim hat gleich ein schlechtes Gefühl. Irgendwie sagt ihm sein feiner Instinkt, dass etwas schief gegangen ist.

Und so bereitet er sich darauf vor, aufzuspringen und dabei den großen, schweren runden Tisch umzukippen. Er wird ihn auf John Buncharan kippen. Doch John Buncharan zeigt nun erstmalig seine Gefährlichkeit. Er macht eine unwahrscheinlich schnelle und kaum wahrnehmbare Bewegung und hält dann einen kurzläufigen Revolver in der Hand.

»Jim«, sagt er, »dein Partner hat eine Dummheit gemacht. Und bis ich herausfinde, was dahinter steckt, bist du mein Gefangener. Entwaffnet ihn! Bindet ihm die Hände hinten zusammen. Und dann bringt ihn in Hondo Hendersons Haus. Dort ist ein guter Keller. Wenn ihr ihn im Keller habt, dann soll sich einer von euch auf die Kellerluke setzen. Vergesst nicht, dass er Big River Jim ist, und denkt immer daran, wie er mit Hondo Henderson zurechtkommen konnte. Er ist schlau und gefährlich.«

12

Für Anne Shayne vergeht die Nacht unbeschreiblich langsam. Sie ist allein im Camp auf der Insel, und ihre Gedanken bewegen sich ständig im Kreis – von Jim Hannaran zu Joe Skinner und von diesem zu dem Schatz, den er holen will.

Doch immer wieder muss sie auch an Onkel Vance und dann an Hondo Henderson denken.

Sie sind tot. Wie aber wird dieses Abenteuer ausgehen?

Sie denkt auch daran, wie sie bei Onkel Vance um Jims Leben bat, wie sie Onkel Vance sagte, dass sie glaubte, Jim zu lieben.

Das brach impulsiv aus ihr. Jetzt muss sie immer wieder darüber nachdenken, und sie fragt sich, ob sie Jim wahrhaftig liebt.

Es ist dann schon mehr als drei Stunden nach Mitternacht, als sie Geräusche hört. Sie eilt ans Ufer, doch sie kann lange Zeit nichts sehen. Sie hört das Prusten eines Mannes, der im Wasser schwimmt. Dann erkennt sie ein halb gesunkenes Kanu. Hinten hängt Joe Skinner. Er benutzte es als eine Art Floß. Hineinklettern konnte er nicht. Es hätte ihn nicht mehr getragen. Doch da er im Wasser blieb, wurde er leichter. So trug das Kanu seinen Oberkörper, und er treibt sich mit Beinstößen vorwärts. Die Strömung des Zuflusses, die weit in den See vorstößt, half ihm dabei.

Nun kommt er mit letzter Kraft ans Ufer und bricht zusammen.

»Mädel, nimm das große Kanu und flüchte«, ächzt er. »Es ging alles schief. Wir haben keine Chance mehr, den Schatz zu finden. Das Bett war nicht mehr da, und ich wurde entdeckt. Sicherlich wird man hier bald nach mir suchen. Du musst flüchten, Anne!«

Sie kauert neben ihm.

»Und Jim?«, fragt sie. »Was ist mit Jim?«

»Das weiß ich nicht«, ächzt er schnaufend. »Ich bin verwundet, Anne. Eine Kugel furchte quer über meine Schulterblätter. Ich kann gar nichts mehr tun. Geh schon, Anne! Du musst fliehen!«

»Nein«, spricht sie ruhig. »Ich werde deine Wunde verbinden und dann herausfinden, was aus Jim wurde. Wenn jemand dich erkannt hat, so ist auch Jim in Gefahr.«

»Und das Bett, in dem der Schatz versteckt war, ist nicht da«, ächzt Joe Skinner.

»Oh, zum Teufel mit diesem Bett und dem versteckten Schatz! Zum Teufel damit! Ich will nichts mehr davon haben, wenn Jim nur nichts zustößt!« Sie ruft es heftig. Und es ist nun nicht nur ihr, sondern auch Joe klar, dass sie Jim liebt.

Sie zieht ihm nun das nasse Hemd aus. Dann eilt sie in ihre Zweighütte und holt Verbandszeug. Noch bevor sie Joe Skinners Wunde mit einem breiten Pflaster zugeklebt hat, so dass zu hoffen ist, die Wundränder werden zusammenwachsen, hören sie das große Kanu kommen.

John Buncharan schwingt seine riesige Gestalt sehr leicht und behände ans Ufer. Es ist schon fast unwahrscheinlich, wie geschmeidig sich dieser große und schwergewichtige Mann bewegt.

Er kniet neben Joe Skinner nieder und sieht, dass Anne diesem eine Wunde bepflastert.

»Nun, da hat Joe Skinner wohl noch Glück gehabt«, brummt er. »Glück im Unglück, wie man so sagt, nicht wahr?«

Anne ist fertig. Sie erhebt sich und tritt einen Schritt zur Seite. Außer John Buncharan kamen nur sechs indianische Ruderer mit, und diese blieben im Kanu.

Anne Shayne aber trägt ihren Revolver. John Buncharan grinst zu ihr empor. »Ich habe Big River Jim«, sagt er. »Und überdies bin ich noch schneller und besser mit dem Colt, als Hondo Henderson es war. Mädel, ich würde Ihnen die Waffe aus der Hand schießen können, ohne Ihnen die Haut zu ritzen. Wollen wir es mal probieren?«

Sie steht still da, zögert und nagt an ihrer Unterlippe. Dann schüttelt sie den Kopf.

Er aber streckt seine Hand aus. »Dann geben Sie

mir Ihren Revolver! Oder ich hole ihn mir! Und ich bin auch kein Gentleman wie Hondo Henderson. Ich bin Buncharan.«

Sie zögert. Dann gehorcht sie. Sie reicht ihm die Waffe und sagt: »Wir sind in ihrer Hand, Mister Buncharan.«

»Sicher«, sagt dieser. »Und ich werde Sie nicht malen, weder als Lady noch als Europa auf dem Stier.«

Er wendet sich wieder an Joe Skinner. »Was hast du an Bord gesucht? Du sollst alle Luxuskabinen durchsucht haben, sogar die, in der die Männer schliefen. Was hast du gesucht?«

Joe Skinner sitzt vorübergesunken da. Er ist restlos erschöpft und hat eine Menge Blut verloren. Er wirkt sehr erledigt und resigniert.

»Ich gebe dir einige Maulschellen, wenn du nicht zu reden beginnst«, sagt John Buncharan fast freundlich mit seinem wohlklingenden Bariton, so dass es sich anhört, als wäre dies alles eine Operette auf einer Freilichtbühne.

Doch es ist bitterer Ernst.

»Ich war früher auf diesem Schiff«, sagt Joe Skinner. »Es wurde damals von den Blockadeschiffen der Yanks aufgebracht und als Kriegsbeute beschlagnahmt. Ich aber wusste, dass der Kapitän eine Menge Schmuck ...«

»Das weiß ich alles selbst«, unterbricht ihn Buncharan. »Ich weiß sehr genau, was mit diesem Schiff war. Ich habe sogar einen Mann der alten Besatzung bei mir. Und er hat dich damals schon erkannt, als du und Big River Jim im Kanu mir auf dem Schiff begegnet seid. Du bist der einstige Kapitän der Orleans Queen. Der Mann war damals nicht völlig sicher, doch jetzt ist es klar. Dein Name ist nicht Joe Skinner. Du bist der Kapitän Joshua Renniks. Ich habe darauf gewartet, dass du an Bord kommen und etwas suchen würdest. Die Falle war gestellt. Ich habe selbst überall auf dem Schiff nach den versteckten Kostbarkeiten gesucht, die damals von den Yanks nicht gefunden wurden. Aber dann hielt ich alles für ein Gerücht – für eine Legende, wie es deren viele gibt. Es muss aber doch etwas daran sein, wenn der alte Kapitän, der die Dinge versteckt haben soll, gekommen ist und in den Luxuskabinen herumschnüffelt. Nun, wie viel weiß Jim Hannaran von dieser Sache? Und was hat das Mädchen damit zu tun?«

»Wir könnten ein Geschäft machen«, spricht Anne Shayne ruhig und fest. »Es ist Schmuck im Werte von mehr als einer halben Million. Wir könnten Partner werden. Doch zuerst müssen wir Jim Hannaran bei uns haben oder bei ihm sein. Dann können wir weiter über unser Geschäft reden.«

John Buncharan hockt neben Joe Skinner, der in Wirklichkeit Joshua Renniks heißen soll, am Boden und überlegt.

Plötzlich erhebt er sich. »Ich bin ein kulanter Geschäftsmann«, sagt er freundlich. »Fahren wir zu Big River Jim. Dann werden wir unsere Besprechung fortsetzen. Gut! Fahren wir!«

Wenig später sind sie unterwegs. Das Kanu ist groß genug, um auch das Mädchen und Joe Skinner-Renniks aufzunehmen.

Das Mädchen wirkt äußerlich sehr ruhig und beherrscht. Aber man könnte ihr bei Tageslicht ansehen, wie sehr sie ihren Verstand anstrengt, wie sehr sie nachdenkt und nach Möglichkeiten sucht.

Denn sie sind zwar in Captain John Buncharans Hand, doch seine Worte bewiesen, dass er selbst von jenen verborgenen Kostbarkeiten gehört hat und danach suchte. Wie schlau und gefährlich John Buncharan ist, beweist auch die Tatsache, dass er – als einer seiner Leute den einstigen Kapitän der Orleans Queen erkannt zu haben glaubte – nichts unternahm, sondern Jim Hannaran und Joe Skinner tun ließ, was sie wollten.

Auch Joe Skinner denkt darüber nach, und er ist nun, indes er in dem schwankenden Kanu kauert, davon überzeugt, dass er schon beobachtet wurde, als er an Bord kletterte, um den Schatz zu holen. Man ließ ihn gewähren. Er sollte das Zeug aus dem Versteck holen können. Jener Bursche im Unterzeug, der ihn mit der Schrotflinte bedroht hatte, war nicht eingeweiht. Die Störung war unprogrammmäßig und von John Buncharan und dessen Vertrauten nicht gewollt.

Indes Joe Skinner zu dieser Erkenntnis kommt und die sechs Indianer das Kanu schnell gegen die jetzt allmählich spürbar werdende Strömung rudern, sagt John Buncharan ruhig: »Es ist dir doch alles klar, Joshua Renniks – oder Joe Skinner? Als einer meiner Männer mir damals meldete, dass du vielleicht der einstige Kapitän meines Schiffes sein könntest, da wusste ich, dass ihr nicht zufällig hier auftauchtet und euer Vorhaben, hier edle Bäume zu fällen, nur ein Vorwand war. Ich dachte sofort wieder an jenes Gerücht, nach dem an Bord einige Schätze versteckt wurden, die man später nicht finden konnte. Nun, ich dachte mir, dass du das Zeug bestimmt finden würdest, wenn mein Mann sich nicht getäuscht hatte und du wahrhaftig damals auf diesem Schiff der Kapitän warst. Nun gut, du wurdest von einem meiner Männer, der nicht Bescheid wusste, bei deinem Vorhaben gestört. Du kannst bald weitersuchen. Aber wie kommt es, dass du weitersuchen musst? Du warst in allen Luxuskabinen. Das sieht aus, als wüsstest du selbst nicht genau, wo der Schatz zu finden ist – oder es wurde in den vergangenen Jahren an Bord etwas verändert. Was wurde verändert? Warum musstest sogar du suchen?«

Seine Stimme wurde zuletzt scharf und schneidend, und sie enthielt mit einem Mal die ganze Härte und Gewalttätigkeit, zu denen er fähig ist. Er hat schon viele Männer getötet und mit seinen Leuten nicht nur Schiffe, sondern ganze Ortschaften, Goldgräbercamps und Ranches überfallen. Er ist ein rücksichtsloser Pirat, der sich mit den kriegerischen Indianerstämmen verbündet hat. Eines Tages wird die Armee einen Feldzug gegen ihn und seine Verbündeten führen. Irgendwann wird man ihn vernichten. Doch es ist auch möglich, dass er sich noch Jahre hier behaupten kann.

Als Joe Skinner die eiskalte Härte und Gewalttätigkeit in Buncharans Stimme spürt, da erinnert er sich wieder daran, was dieser Mann hier im Land ist.

Bevor er auf Buncharans Fragen eine Antwort geben kann, sagt Anne Shayne schnell und knapp: »Sage es ihm nicht, Joe! Es ist unsere einzige Chance, wenn er nicht weiß, wo er Schmuck im Wert von mehr als einer halben Million Dollar finden kann. Denn wenn er es weiß und es finden kann, dann wird er uns töten. Er ist John Buncharan, der Pirat, Bandit und Mörder. Wenn das Gesetz ihn erwischt, wird er sofort aufgeknüpft. Verrate ihm nichts, Joe! Es ist unser einziger Trumpf. Und solange wir ihn besitzen, wird er mit uns verhandeln müssen.«

Joe Skinner-Renniks sagt nichts zu Annes beschwörenden Worten. Aber er beantwortet auch Buncharans scharfe Fragen nicht, die dieser stellte.

Buncharan wiederholt seine Frage nicht. Er drängt Joe nicht. Aber er lacht leise, und dieses Lachen klingt wieder wie das Lachen eines Operettenbaritons.

Sie schweigen nun alle im Kanu. Die Indianer rudern ohne Pause, und so kommen sie rasch vorwärts. Im Osten wird nun der Himmel langsam heller. Die Sterne werden dort blasser, und bald werden hinter dem Coteau Plateau die ersten Lichtexplosionen der Sonne am morgengrauen Himmel sichtbar werden.

Hier auf dem Fluss steigen nun die Nebel. Anne Shayne fröstelt. Sie sieht links vor sich das Schiff auftauchen. Es liegt unbeleuchtet an der Landebrücke.

Auch in der nahen Stadt brennen nur noch sehr wenige Lichter. Jetzt ist man sogar in Buncharan City, wie die Stadt genannt wird, zur Ruhe gegangen.

Als das Kanu am Schiff vorbeigepaddelt wird, beugen sich dort zwei Männer über die Reling.

»Captain?«, fragt eine Stimme.

»Es ist alles in Ordnung, Pete«, erwidert Buncharan ruhig. »Pierre Saintrouen soll zu Hendersons Haus kommen. Wir sind dort.«

»In Ordnung, Captain«, erwidert Jamaika Petes Stimme.

Das Kanu wird weiter den Fluss hinauf getrieben und legt wenig mehr als fünf Minuten später fast an der Spitze einer Landzunge an. Hier steht Hondo Hendersons Haus, ein schönes, festes, dreiräumiges Blockhaus mit einer großen Veranda, einem Garten und einer Bootsanlegestelle, von der aus Henderson oft angelte.

Es gibt einen großen Dielenvorraum, der mit prächtigen Möbeln eingerichtet ist. In der Ecke befindet sich eine Falltür, die sich nach oben öffnen und gegen die Wand lehnen lässt. Sie gibt den Weg zur Kellertreppe frei. Denn Hondo Henderson legte nicht nur großen Wert auf kühle Getränke. Seine farbige Wirtschafterin hat hier auch ein gutes Vorratslager an eingemachten Dingen angelegt.

Als Buncharan mit seinen beiden Gefangenen in die Diele kommt, sehen sie einen Mann auf der Kellerluke sitzen.

»Na, was macht Big River Jim?«, fragt Buncharan den Mann.

»Er verhält sich ganz friedlich und still dort unten, Boss«, sagt der Bursche, der die Kleidung eines Weidereiters trägt und einen Revolver tief unter der Hüfte hat.

»Lass ihn heraus«, verlangt John Buncharan.

Indes blicken sich Anne Shayne und Joe Skinner um. Anne kennt sich ja sogar schon einigermaßen aus. Denn sie blieb hier ja einmal sogar über Nacht. Eine kleine Treppe führt hinauf in eine Mansarde, die als Gastzimmer eingerichtet ist.

Die drei Türen, die von der Diele aus in die unteren Räume führen, sind offen. Man kann in alle Räume blicken – in das große Wohnzimmer mit dem offenen Kamin und den prächtigen Möbeln, die gewiss auf eine sehr abenteuerliche Weise in dieses Land kamen. Man sieht in die recht gut eingerichtete Küche, die sogar eine bequeme Pumpe besitzt.

Und die Tür zu Hondo Hendersons Schlafzimmer ist offen.

Er liegt in seinem Bett. Seine farbige Wirtschafterin hat ihm ein weißes Nachthemd angezogen. Sie hat ihn richtig aufgebahrt, wie es ein Leichenbestatter nicht besser gekonnt haben würde. Mit gefalteten Händen liegt er friedlich da. Zwei Kerzen brennen rechts und links neben dem Bett, und die Mulattin sitzt betend daneben. Sie kümmert sich nicht um die Besucher in der Diele.

Joe Skinner-Renniks aber starrt auf das Bett.

Hondo Henderson schenkt er nur wenig Aufmerksamkeit, und die betende Mulattin beachtet er kaum.

Er starrt auf das Bett!

Denn es ist das Bett aus der Kapitänskabine. Es ist das Bett, das er sucht. Und es steht immer noch auf den vier Kugeln aus Messingguss.

Als John Buncharan das Bett aus der Kabine entfernen ließ, um sich ein größeres und vor allen Dingen längeres einbauen zu lassen in die Schlafnische, da nahm Hondo Henderson sich dieses Bett in sein Haus und vervollständigte damit seine recht noble Einrichtung.

Joe Skinner-Renniks spürt, wie er wieder zu schwitzen beginnt. Aber dann wendet er sich ab, nicht nur, weil er Furcht hat, sich zu verraten, wenn man ihn noch länger das Bett betrachten sieht, nein, auch deshalb, weil nun Jim Hannaran aus dem Keller kommt.

Jims Gesicht ist unbeweglich, und seine Augen sind schmal. Er betrachtet Buncharan und Skinner mit einem schnellen, scharfen Blick und sieht Anne dann an.

»Bist du in Ordnung, Anne?«, fragt er.

Sie nickt.

Nun kommt noch ein Mann von draußen herein. Als er ins Licht der Lampe tritt, erkennt Joe Skinner-Renniks ihn sofort, zumal Buncharan vorhin, als sie am Schiff vorbeipaddelten, nach ihm verlangt hat.

Pierre Saintrouen, so ist der Name, und er war damals ein Mitglied der Besatzung.

Seine Wege nach dem Krieg brachten ihn wohl mit dem Gesetz in Konflikt, und so landete er hier bei Buncharans Bande.

Er grinste Joe Skinner an. »Na, kennen Sie mich wieder, Kapitän Renniks? Ich war damals an Bord, als man all die Schätze auf die Orleans Queen brachte, und ich war an Bord, als die Yanks uns kaperten. Ich gehöre zu den wenigen Leuten, die von der

Wahrheit jener Gerüchte überzeugt sind, die behaupten, dass die Yanks damals nicht alle Kostbarkeiten gefunden hätten.«

»Schon gut, Pierre, schon gut«, mischt sich John Buncharan ein. Er wendet sich an den Burschen, der auf der Kellerluke gesessen und Jim Hannaran bewacht hatte.

»Jack, du gehst hinaus und achtest darauf, dass uns niemand belauschen kann.«

Der junge Bursche zögert etwas und starrt ihn an. Sein Handballen streichelt unbewusst den glatten Kolben des Revolvers. Dann aber senkt er den Kopf und nickt. »Sicher, Boss«, murmelt er und geht hinaus.

Buncharan deutet auf die Tür zum Wohnzimmer.

»Dort hinein! Pierre, du zuerst! Und pass auf, Pierre, hörst du? – Pass auf!«

Sie gehorchen, und Pierre Saintrouen, ein dunkler, geschmeidiger Bursche, hält einen Revolver bereit.

Buncharan schließt hinter sich die Tür und lehnt sich mit seiner riesigen Massigkeit dagegen.

»Nun«, sagt er, »dies hätten wir also bis jetzt geschafft. Und jetzt geht es weiter. Jim, ich bin ein ehrlicher Spieler, oder nicht?«

Er richtet seinen Blick fest auf Jim Hannaran. Dieser nickt langsam. Denn er besitzt wahrhaftig noch die knapp fünftausend Dollar.

Als das Spiel so plötzlich abgebrochen wurde, weil Buncharan jene Meldung erhielt, durfte Jim Hannaran sein Geld einstecken. Und er hat es noch bei sich. Deshalb nickt er langsam und sagt ruhig:

»Das ist wohl dein Tick, Buncharan. Du bist der schlimmste Schurke, den ich kenne. Und ich habe von keinem anderen Schurken gehört, der dich übertreffen kann. Doch im Spiel bist du ehrlich. Das ist dein Tick. Aus irgendeinem Grunde bist du als Spieler fair. Na gut, was soll diese Frage?«

»Mir hat einmal eine indianische Medizinfrau in Mexico aus der Hand gelesen, dass ich eines gewaltsamen Todes sterben würde, wenn ich beim Spiel nicht ehrlich sei.«

John Buncharan sagt es etwas spöttisch, doch in seinen Augen ist ein besonderer Ausdruck, so als glaubte er an die Weissagung, die vielleicht nur ein Teil von Voraussagungen war, die schon in Erfüllung gingen.

»Ich betrachte auch diese Sache als ein Spiel«, fährt er fort. »Und so will ich euch mein Wort als Spieler geben, dass ich euch töten werde, wenn ihr mir nicht das Versteck des Schatzes verratet, und dass ich euch bei voller Gesundheit laufen lasse, sobald ich mit euch weit genug von hier fort bin. Denn wenn ich den Schatz besitze, bleibe ich hier nicht in diesem Land. Mit Jack und Pierre, zu denen ich noch Jamaika Pete auswählen werde, verlasse ich dann mit dem Schiff dieses Land. Habt ihr mich verstanden?«

Er verstummt sehr freundlich.

Seine Zuhörer denken nach. Und es ist völlig klar, was er will. Wenn er den Schatz besitzt, will er mit den drei Getreuen vor seiner eigenen Bande flüchten.

Anne Shayne und Joe Skinner blicken auf Jim. »Du kennst ihn besser als wir«, sagt Joe. »Du musst wissen, ob man seinem Spielerwort trauen kann.«

»Es bleibt euch gar keine andere Wahl.« John Buncharan lächelt und hält plötzlich seinen Revolver in der Hand. Er machte nur eine kaum wahrnehmbare Bewegung unter die offene Jacke. Das Sprunghalfter ließ ihm dann die Waffe in die Hand springen.

»Es bleibt euch gar keine andere Wahl, als meinem Wort zu glauben«, wiederholt er härter. »Wen soll ich zuerst erschießen? Dich, Joe Renniks oder wie du heißen magst?«

»Schraub die Messingkugeln von Hondo Hendersons Bett ab«, sagt Joe Skinner langsam. »Sie sind hohl. Du wirst darin finden, was wir alle haben wollten und suchten. Ich habe dieses Bett in der Kapitänskabine nicht vorgefunden. Deshalb ...«

»Schon gut«, unterbricht ihn Buncharan. Er öffnet die Tür. »Also kommt! Sehen wir nach! Ich lasse euch mit Jack nicht allein! Vorwärts, raus mit euch in die Diele!«

Wieder gehorchen sie, denn es bleibt ihnen wirklich keine andere Wahl. Sie sind in seiner Hand, und sie können wahrhaftig nur darauf hoffen, dass er sein Wort halten wird.

Er geht hinein in Hondo Hendersons Schlafzimmer.

Die Mulattin sieht auf und erhebt sich zögernd, als er sie mit einer herrischen Bewegung zur Seite scheucht. Sie weicht nicht schnell genug zur Seite, und so drängt er sie mit einer rudernden Bewegung seines linken Armes aus dem Weg.

Dann packt er das Bett und kippt es um. Er kümmert sich nicht um den Toten darin. Seine Gier und seine Ungeduld lassen ihn so sein, wie er im Kern ist: gemein, unmenschlich, rücksichtslos. Ihm ist nichts heilig auf dieser Welt.

Und es ist eigentlich sicher, dass er deshalb zum Untergang bestimmt ist, zum Verderben. Es kann nicht anders sein. Denn es gibt irgendwie immer eine ausgleichende Art Gerechtigkeit. Menschen, die wie John Buncharan sind, stehen zumeist kurz vor ihrem Untergang.

Das umgekippte Bett liegt auf Henderson, von dem nichts mehr zu sehen ist. Die Mulattin aber betet laut:

»... und bewahre uns vor allem Übel. Denn ...«

»Halt den Mund, Rosa!«, knurrt Buncharan, und er dreht inzwischen schon die erste Hohlkugel ab.

Zuerst holte er Watte heraus – dann Ringe, Diamanten, Broschen, Ohrringe – eine ganze Hand voll, eine große Männerhand voll kostbarem Schmuck. Er stopft es in seine Tasche und macht sich an die zweite Kugel. Hier sind einige Ketten enthalten. Er schnauft zufrieden und macht weiter.

Von der Diele aus sehen Anne, Jim und Joe zu. Joe flüstert immer wieder gepresst: »Seht ihr, da ist das Zeug – da ist es! Ich habe gewusst, dass es noch vorhanden ist. Es war unser Pech, dass dieses Bett nicht mehr in der Kapitänskabine stand, es war unser elendes und gemeines Pech. Denn sonst ...«

»Nur ruhig, Joe, wir haben jetzt andere Sorgen – eine ganze Menge, denke ich! Zum Teufel mit all den Dingen, die Buncharan sich in die Taschen stopft, wenn wir nur davonkommen können!«

»Da hat er Recht«, sagt der Revolverschwinger, den Buncharan Jack nannte, hinter ihnen. Denn er kam inzwischen wieder von draußen herein. Er und Pierre bewachen die Gefangenen.

Sie brauchen nicht lange zu warten. John Buncharan kommt bald aus dem Schlafzimmer, und er ist rot im Gesicht und schwitzt. Er klopft sich auf die Taschen.

»Das Zeug ist gar nicht so sehr schwer wie Gold und doch viel wertvoller«, sagt er. »Nun gehen wir an Bord des Schiffes. Wir versäumen keine Minute mehr. Los, vorwärts! Ihr könnt froh sein, dass ich euch mitnehme und nicht hier in diesem Camp lasse.«

Jim Hannaran nickt. Er nimm Anne Shayne bei der Hand und geht mit ihr zuerst hinaus. Er spürt nun, wie sie am ganzen Körper zittert. Doch er kann ihr die Furcht nicht nehmen. Er kann selbst nur hoffen, dass John Buncharan sein Wort halten wird.

13

Sie kommen schnell an Bord, denn es sind nur wenig mehr als dreihundert Yard auf dem Landweg. Das Kanu mit den indianischen Ruderern wurde zuvor schon fortgeschickt.

An Bord empfängt sie Jamaika Pete.

»Wer ist alles an Bord?«, fragt Buncharan.

»Die beiden Maschinisten und fünf Mann außer mir, Chef.«

»Dann weck die Maschinisten. Sie sollen dafür sorgen, dass wir so schnell wie möglich genug Dampf haben. Los, Pete!«

Dieser entfernt sich eilig.

Buncharan wendet sich an die Gefangenen. »Ich bin nobel«, sagt er. »Ihr bekommt Luxuskabinen. Wir sperren euch in Kabine Nummer drei! Also los!«

Wenig später sind Jim, Joe und Anne in der Kabine. Das Mädchen setzt sich langsam auf eines der beiden Betten und betrachtet die beiden Männer ruhig.

Draußen wurde es inzwischen Tag. Durch die Fenster fällt genügend Helligkeit herein.

»Es tut mir Leid«, sagt Joe Skinner. »Vor allen Dingen wegen Anne tut es mir Leid.«

»Es braucht dir nicht Leid zu tun«, sagt sie ruhig. Ihre Angst, die Jim vorhin noch spürte, als er ihre Hand hielt, scheint vollkommen verschwunden zu sein.

»Ich war verrückt nach einem Schatz«, murmelt sie. »Es war dumm von mir. Ich wollte auf schnelle und verwegene Art reich werden. Aber so einfach ist das nicht, und es erscheint mir jetzt auch nicht mehr so wichtig. Irgendwie ist jetzt etwas anders geworden. Es liegt wohl an Jim.«

Sie sagt besonders die letzten Worte ganz ruhig, und sie blickt Jim offen und frei an.

Jim sagt nichts; er erwidert ihren Blick, und er erkennt sofort, was sie meint. Es macht ihn mit einem Male froh, obwohl sie sich in einer üblen Situation befinden.

Aber Joe fragt etwas unsicher: »Was liegt an Jim? Und warum liegt es an Jim, dass jetzt etwas anders wurde?«

»Ich liebe Jim«, sagt sie. »Ich habe es erkannt, als ich allein auf der Insel wartete und als Buncharan kam und sagte, er hätte Jim in seiner Gewalt. Alle Zweifel, die noch in mir waren, schwanden plötzlich. Ich liebe Jim, und Jim sagte mir, dass er mit seinen Händen für mich ein Heim bauen würde, wenn ich nur ein oder zwei Jahre warten wollte. Nun, ich werde nicht warten. Wenn wir hier heil herauskommen, wenn wir am Leben bleiben, gehe ich mit Jim überall hin, selbst wenn ich mit ihm in einer Erdhütte leben müsste. Und ich werde ihm helfen, unser Heim zu bauen. Hast du das verstanden, Joe?«

»Ja«, sagt dieser und blickt auf Jim. »Hast du es verstanden, Jim?«

Jim nickt. »Ich fand meinen Schatz«, sagt er. »Und Anne wohl auch! Also ist es nicht so wichtig, dass Buncharan jenen Schatz fand, den wir zuerst haben wollten. Hauptsache, wir kommen lebend aus der Sache heraus. Und ich denke, dass Buncharan sein Wort halten wird.«

Sie schweigen nun. Obwohl Anne eine Liebeserklärung sprach und Jim diese Erklärung erwiderte, als er sagte, dass er seinen Schatz fand, eilen sie nicht zueinander. Sie bleiben auf ihren Plätzen, Anne auf dem Bettrand und Jim an einem der Fenster, durch die nur ein Knabe hindurchklettern könnte, so schmal sind sie.

»Ihr seid vielleicht ein seltsames Liebespaar«, murmelt Joe Skinner.

Aber dann lauscht er auf die Geräusche an Bord.

»Ich glaube, John Buncharan jagt einige Männer von Bord«, sagt Jim dann. »Wir werden sicherlich bald ablegen. Dieses Schiff wird ständig unter Dampf gehalten. Die Maschinisten brauchen nur die Feuer kräftig zu schüren, dann haben wir zumindest so viel Dampf, um mit der Strömung manövrieren zu können. Er jagt die Besatzung von Bord. Er will mit Saintrouen, Jack und Jamaika Pete das Schiff allein fahren. Auch die beiden Maschinisten wird er sicherlich noch von Bord schicken. In der Stadt schläft noch alles. Bevor man dort richtig wach ist und zur Anlegestelle kommt, ist die Silverbell fort.«

Als Jim verstummt, lauschen sie weiter, und je mehr Minuten vergehen, umso sicherer ist, dass Jim die Sache richtig voraussagte.

Bald darauf hört man Jamaika Petes Stimme an Land. Er wirft offensichtlich die Leinen los.

Ein Klingelsignal ist zu hören. Es gilt wohl dem Maschinenraum.

Seit sie an Bord kamen, vergingen etwa zwanzig Minuten. Sie spüren nun, dass die Silverbell und einstige Orleans Queen von der Landebrücke freikommt und zu treiben beginnt.

Und da beginnen auch schon die beiden Schaufelräder zu drehen, zuerst ganz langsam und leicht. Doch es reicht aus, um nicht ans Ufer getrieben zu werden.

Von der Landebrücke ruft eine Männerstimme

einige scharfe Fragen, die von einem zustimmenden, vielstimmigen Gebrüll begleitet werden. Es sind nun doch eine Menge Männer auf der Landebrücke versammelt. Zu der von Bord getriebenen Besatzung kamen noch Männer aus der Stadt.

Ihnen ruft Captain John Buncharan vom Ruderhaus hinüber:

»Hals- und Beinbruch, Jungens! Macht euren Kram ohne mich weiter! Ich bin fertig hier und komme nie wieder zurück! Habt ihr verstanden, ihr lausigen Affen! Ich bin fertig in diesem Land! Wartet nicht auf mich!«

Und damit hat er alles gesagt. Die Männer auf der Landebrücke beginnen zu johlen und dann in wildem Chor zu fluchen. Sie haben begriffen, dass ihr Anführer sie aus irgendeinem Grunde verlassen hat und nicht mehr daran denkt, hier einen Banditenstaat zu errichten, der mit den Indianern verbündet ist.

Sie begreifen, dass er sie irgendwie betrogen hat.

Und so fluchen sie hinter ihm her. Einige Revolver und ein Gewehr beginnen zu schießen. Die Kugeln schlagen sämtlich gegen die Wände des Ruderhauses.

Doch diese Wände sind dick. Jedes Schiff, welches hier im Indianerland bis zum oberen Missouri fährt, hat sein Ruderhaus mit starken Wänden versehen, durch die keine Kugel kann. Denn es gibt überall Stromengen, wo die Ufer steil und hoch sind und man das Ruderhaus besonders leicht beschießen kann.

Aber nun drehen sich die beiden Schaufelräder der Silverbell kräftiger. Das Schiff entfernt sich immer schneller und macht gute Fahrt, so dass es selbst von einem schnellen Kanu nicht mehr eingeholt werden könnte. Die Kugeln reichen nicht mehr weit genug.

John Buncharan hat einen Schatz von über einer halben Million erbeutet, er verriet seine Bande und kehrt ihr den Rücken.

Jim Hannaran sagt trocken: »Drei Narren begleiten ihn – dieser Jamaika Pete, dieser Jack und der Mann, der dich kannte, Joe.«

»Pierre Saintrouen heißt er«, murmelt Joe Skinner. »Mein Name ist tatsächlich Joshua Renniks. Aber nennt mich ruhig weiter Joe. Und du hast recht, Jim! Es sind drei Narren, die Buncharan begleiten. Er hat keinerlei Hemmungen gehabt, seine Bande zu verlassen. Der Schatz, den er an sich bringen konnte, war ihm groß genug, um sofort alle seine Pläne und Absichten zu ändern. Und er brauchte einige Helfer, um mit dem Schiff fortkommen zu können. Wenn er diese drei Narren, die ihm vertrauen und die glauben, dass sie einen Anteil an der Beute erhalten werden, nicht mehr braucht, dann wird er sie erledigen. Bestimmt! Und die drei Narren können sich das nicht ausrechnen. Sie halten sich für Auserwählte. Oh, Hondo Henderson war schon schlimm genug. Doch dieser John Buncharan ist gemeiner, bösartiger, hinterhältiger.«

Als er verstummt, schweigen sie eine Weile, und sie hören und spüren, dass die Silverbell inzwischen gute Fahrt macht.

»Bist du immer noch der Meinung, dass wir seinem Wort trauen können?«, fragt Joe Skinner-Renniks.

Jim hebt langsam die Schultern.

»Irgendwie ja«, murmelt er. »Zumindest wird Buncharan sich selbst vormachen, dass er sein Wort hält. Er ist stets bemüht, ein ehrlicher Spieler zu sein, obwohl er sonst schlecht und gemein ist und betrügt, wo er nur kann. Aber beim Spiel ist er ehrlich. Das ist sein Tick. Irgendwie macht er sich damit vor, dass er ein fairer und ehrenwerter Bursche ist, ein Gentleman. Er braucht dieses Gefühl, um sich nicht zu verachten. Und so glaube ich, dass er uns gegenüber sein Wort mit gewissen Einschränkungen halten wird.«

Er macht eine abschließende Handbewegung.

»Aber das wird erst in vielen Stunden oder gar erst einigen Tagen entschieden werden. Jetzt sollten wir ausruhen und zu schlafen versuchen, Anne, leg dich auf das Bett. Joe und ich, wir nehmen das Bettzeug des zweiten Bettes und legen uns vor die Tür. Wer herein will zu uns, der muss erst über uns hinweg. Es wird die Stunde kommen, da werden wir froh sein, ausgeruht zu sein und Kräfte gesammelt zu haben.«

»Ja, Jim«, sagt Anne, und sie sagt es leise und gehorsam wie ein Kind. Plötzlich ist sie eingeschlafen.

Am späten Nachmittag bekommen sie von dem jungen Revolverschwinger, von dem sie nur den Vornamen Jack kennen, Essen durch eines der schmalen Kabinenfenster hineingereicht.

»Na, wie fühlt ihr euch so zusammen mit einem Mädel in einem Raum?« So fragt der Bursche mit einem hässlichen Grinsen. Aber sie geben ihm keine Antwort. Jim schließt das Fenster und öffnet es erst wieder, als der Bursche sich fluchend entfernt, weil Buncharan von oben aus dem Ruderhaus nach ihm ruft.

»Es ist ganz klar«, sagt Joe Skinner kauend. »Saintrouen und dieser Jamaika Pete sind unten im Maschinenraum. Und John Buncharan steuert das Schiff. Dieser Jack ist Mädchen für alles. Er muss kochen und sicherlich auch Saintrouen oder Jamaika Pete ablösen, damit einer von ihnen wiederum Buncharan am Ruder ablösen kann. Ich bin neugierig, wie lange die vier Burschen dies aushalten.«

»Buncharan kann das sicherlich drei Tage aushalten«, erwidert Jim und betrachtet Anne. Sie hat richtig tief geschlafen und isst nun mit gutem Appetit. Ruhig erwidert sie seinen forschenden Blick und schenkt ihm ein gutes Lächeln.

»Oh, mach dir nur keine Sorgen um mich«, sagt sie.

Er nickt leicht. »Buncharan wird uns sicherlich bald an Land setzen, wenn er die Absicht hat, sein Wort zu halten«, sagt er. »Ich habe über die Sache nachgedacht. Er muss verhindern, dass wir zu früh nach Fort Lincoln oder überhaupt zu Menschen kommen und unsere Geschichte erzählen können. Er muss der Nachricht, dass er den Fluss hinunterfährt und vielleicht auch den Mississippi bis in den

Golf von Mexiko fahren will, um viele Tage voraus sein. Das aber kann er nur, wenn er uns hier in der Wildnis absetzt.«

»Oder er tötet uns«, sagt Joe Skinner schwer.

Jim sieht, wie Anne leicht zusammenzuckt. Und so sagt er scharf: »Nein, das wird er nicht tun. Ich kenne ihn. Wir haben sein Wort. Ich sagte schon einmal, dass er es halten wird, weil er sonst seine Selbstachtung völlig verliert. Nun, wir werden sehen.«

Er geht hinüber zu Anne, die auf dem Bettrand sitzt und ihren Teller leerte. Er setzt sich neben sie und hält ihre Hand. Sie lehnt sich gegen ihn und legt ihre Wange gegen seine Schulter.

Er hat gespürt, dass sie seine Nähe braucht, um nicht mutlos zu werden. Nun ist sie wieder ruhig.

Und Joe Skinner knurrt ärgerlich: »Sicher, Jim, sicher! Du kennst ihn ja besser als ich. Es war dumm von mir, in Erwägung zu ziehen, dass er uns auch töten könnte.«

»Schon gut, Joe, schon gut. Was macht deine Rückenwunde?«

»Ach, die juckt nur ein wenig, die macht mir keine Sorgen«, brummt Joe, und seine Stimme klingt nicht mehr ganz so knurrig.

Jim Hannaran holt nun das Geld heraus, welches er noch vom Spiel besitzt.

»Siehst du«, sagt er, »Buncharan ließ mich am Spieltisch sogar das Geld einstecken. So ist er beim Spiel! Obwohl ich sein Gefangener bin, ließ er nicht zu, dass mir seine Leute das Geld abnahmen. Hier, Joe, hast du dein Geld zurück – sogar etwas mehr, als du mir gegeben hast. Denn ich denke, wir teilen die ganze Summe redlich.«

»Sicher, doch in drei Teile«, sagt Joe Skinner fast barsch. »Wir sind drei Partner. Und ...«

»Nein, Anne und ich haben genug mit meinem Anteil«, bestimmt Jim ruhig. »Ich weiß, wo ich mit diesem Geld eine Sägemühle mit Vorkaufsrecht pachten kann. Ich werde sie pachten, und in einigen Jahren wird sie mir gehören. Es ist ein gutes Land dort. Die Eisenbahn wird dort gebaut. Und so wird das Land bald dicht besiedelt sein. Man wird viel Holz in jeder Form nötig haben. Anne, möchtest du die Frau eines Sägemüllers werden?«

»Ich will deine Frau werden, ganz gleich, was du tun wirst, Jim.« Sie sagt es sehr einfach und schlicht. Doch es berührt ihn tief, und er bemüht sich, seine Sorgen zu verbergen.

Denn sie sind noch nicht frei. Was wird John Buncharan mit ihnen tun? Sie haben ja nicht die geringste Chance, hier auszubrechen und ihn zu überrumpeln.

Denn er ist mit dem Revolver noch gefährlicher als Hondo Henderson, dazu gewaltig stark und schnell.

Und so wird die Frage für sie immer größer: Was wird John Buncharan mit ihnen tun?

Die Antwort auf diese Frage erhalten sie am nächsten Morgen.

Die Silverbell fuhr nicht die ganze Nacht durch. In einer tiefen Bucht ging sie für einige Stunden vor

Anker. John Buncharan und seine drei Männer mussten schlafen. Und überdies wird der Fluss nun für eine Strecke von mehr als sechzig Meilen gefährlich. Der schiffbare Hauptarm macht einen weiten Bogen nach Westen und strömt dann zusammengedrängt wild und gefährlich durch eine Schlucht, deren felsige Wände steil gen Himmel ansteigen.

Man kann dieses Stück nur bei Tag durchschiffen. Die Fahrrinne führt hier nicht durch die Mitte, sondern dicht an der Felswand entlang. Denn auf der anderen Seite ragen scharf geschliffene Klippen bis weit in die Mitte hinein.

Nun, die drei Gefangenen verbringen also eine ruhige Nacht. Sie bekamen kurz nach Sonnenuntergang noch ein Abendbrot, und Jack, der es ihnen durch das schmale Fenster reichte, machte seine Witze darüber, dass ein Mädchen mit zwei Männern zusammen in einer engen Kabine eingesperrt ist.

Sie gaben dem verkommenen Burschen keine Antwort. Als aber die Sonne aufgeht, hören sie John Buncharans Stimme. Die Tür wird geöffnet. John Buncharan steht an der Reling. Und er hat seinen Revolver in der Hand.

Sein Revolverschwinger Jack steht mit schussbereitem Revolver neben ihm. Er grinst schief, und seine schmalen Augen funkeln, so als erwartete er einen besonderen Spaß.

»Kommt nur heraus«, sagt John Buncharan.

Zuerst kommt Jim. Er zieht das Mädchen an der Hand hinter sich her und sorgt dafür, dass es hinter ihm bleibt, auch als er vor Buncharan verhält. Joe Skinner tritt neben ihn, und so stehen sie beide vor

Anne. Ihre stoppelbärtigen Gesichter sind hart. In ihren Augen erkennt man eine entschlossene Furchtlosigkeit.

John Buncharan grinst. »Ich mache mir nichts aus Mädels wie die da. Sie ist mir zu dünn. Ich liebe mehr die stattlichen Frauen, so ab einsachtzig groß und zweieinhalb Zentner Lebendgewicht. Die Maus dort braucht sich nicht hinter euch zu verstecken. Und überdies gab ich euch mein Wort, dass ich euch bei voller Gesundheit laufen lasse, sobald wir weit genug fort sind. Nun, das sind wir jetzt. Ihr seid von dem Moment an frei, da ihr dieses Schiff verlassen habt. Ihr könnt gleich hier über Bord springen. Vorwärts! Zögert nicht länger mehr!«

»Boss, dieser Big River Jim hat doch eine Menge Geld in den Taschen. Soll er das mitnehmen können?«

Jack fragt es, und seine Stimme klingt schrill.

»Er hat es im Spiel gewonnen, es ist sein Eigentum«, sagt Buncharan mit der Biederkeit eines Ehrenmannes. »Ich halte mein Wort und bin ein ehrlicher Spieler. Los, über Bord mit euch!«

Sie blicken ihn staunend an.

»Du willst uns ohne Ausrüstung, ohne Waffen ...«, beginnt Jim staunend. Doch Buncharan grinst breit und macht eine lässige Handbewegung.

»Davon war nicht die Rede, als wir unseren mündlichen Vertrag machten«, sagt er. »Ich versprach euch, dass ich euch bei bester Gesundheit laufen lasse, sobald wir weit genug fort wären. Das war und ist unser Vertrag. Was wollt ihr denn noch?«

»Waffen, Ausrüstung, Proviant. Hier befinden wir uns mitten im Indianerland. Wir haben überdies keine Pferde, sondern müssen laufen. Wir sind ganz einfach verloren, wenn du uns so fortschickst. Selbst wenn wir nicht auf Indianer stoßen, sind wir zu Fuß und ohne Ausrüstung glatt verloren.«

»Du hast doch eine Menge Geld in der Tasche, Big River Jim.« Buncharan grinst wieder. »Und du bist ein tüchtiger Bursche, der sogar mit Hondo Henderson fertig werden konnte. Ihr werdet es schon schaffen, auch wenn es viele Wochen oder Monate dauert. Ich zähle nun bis drei! Dann müsst ihr von Bord sein. Wenn nicht, gilt mein Versprechen nicht mehr.«

In seinen Augen sind nun wieder die Lichter einer bösen Freude. Er muss irgendwie verrückt sein. Es gibt keine andere Erklärung. Die Erkenntnis, dass er schlecht ist, ein Ausgestoßener, ein Geächteter, der keine Chance hat, in die menschliche Gemeinschaft aufgenommen zu werden, treibt ihn wohl immer wieder zu solchen Gemeinheiten.

Jim Hannaran starrt ihn nur noch eine einzige Sekunde an. Dann weiß er genau, dass dieser Mann nicht blufft.

Und so nimmt er Anne wieder bei der Hand, führt sie zur Reling, fasst sie dort bei den Hüften, hebt sie über die Reling und lässt sie ins Wasser fallen.

Er flankt sofort selbst über die Reling. Ihm folgt Joe Skinner. Sie sind im Wasser, bevor John Buncharan, der zu zählen begann, bis drei gezählt hat.

Als sie im Wasser auftauchen, hören sie ihn oben lachen.

Das Wasser hier in der Bucht reicht den Männern nur bis zum Halse. Nur Anne muss einige Schwimmstöße machen, bevor auch sie Grund unter die Füße bekommt. Als sie dann nebeneinander ans Ufer waten, folgt ihnen John Buncharans Lachen.

Jim geht mit ihnen unter die Bäume, wo sie Deckung finden können.

Dann erst ruft er hinüber zum Schiff: »Buncharan, wenn wir am Leben bleiben, dann werde ich nach dir suchen. Und ich werde dich finden. Buncharan, was du jetzt getan hast, war fast genau so schlimm wie ein hinterhältiger Mord.«

Aber Buncharan gibt keine Antwort. Er ist inzwischen zum Ruderhaus hochgeklettert. Jack und Jamaika Pete aber drehen nun den Anker hoch. Die Winde macht einen ziemlichen Lärm.

Wenig später beginnen die Schaufelräder zu drehen.

Das Schiff fährt aus der Bucht in den Strom hinein.

Joe Skinner bewegt lautlos die Lippen; es sind grimmige Flüche, die er lautlos spricht. In seinen Augen glitzert eine wilde Wut.

»Wir werden es schon schaffen«, sagt Jim. »Und wir dürfen den Fluss nicht verlassen. Auf der Hochprärie und in den Hügeln kämen wir nicht durch – so zu Fuß und ohne Waffen. Wir müssen versuchen, ein Floß zu bauen. Aber das kann Tage dauern, denn es muss ein gutes und solides Floß sein, weil der Fluss bald sehr wild und gefährlich wird. Aber wir können hier Fische fangen und uns besser am Leben erhalten als sonst wo im Indianerland.«

Er blickt der Silverbell nach, die nun schon um die Flussmündung verschwindet.

Dann hören sie alle links von sich im Uferwald das Wiehern eines Pferdes.

Sie sind wie erstarrt und halten unwillkürlich ihren Atem an.

Ein Pferd!

Ist es ein Indianerpferd? Reitet dort einer der Geächteten? Oder sollte es einer der wenigen Trapper sein, die es noch wagen, im Indianerland zu leben?

Es dauert noch eine Weile, dann erblicken sie das Pferd. Es trägt keinen Reiter, und es kommt zum Fluss, weil es gewiss sehr durstig ist.

Es ist ein Kavalleriepferd der US-Kavallerie. Dies erkennt man an dem verrutschten Sattel, an der Satteldecke, an der Sattelrolle, in der die Kavalleristen ihre Ausrüstung bei sich führen – und eben an all den Dingen, die an einem Kavalleriepferd sind, welches den Reiter verlor.

Es wittert wohl nun die Weißen unter den Bäumen, hält inne, blickt herüber und schnaubt. Dieses Schnauben klingt irgendwie erleichtert und zufrieden. Das Pferd wittert, dass die Menschen dort keine Indianer sind. Sicherlich fühlte es sich schon sehr verlassen und hatte Furcht.

Jetzt trottet es weiter zum Wasser. Ja, es muss sehr durstig sein, und es ist über und über mit Staub, Kletten und getrocknetem Schweiß bedeckt. Es muss von der Hochprärie durch die Hügel zum Fluss heruntergekommen sein.

Jim und Joe setzen sich nun in Bewegung. Aber

das Pferd trinkt ruhig aus dem Fluss, spitzt nur leicht die Ohren und läuft nicht fort, je näher die Männer auch kommen.

Jim beginnt nun wie ein Kavallerist zu reden.

Dann hat er das Tier auch schon erreicht. Er entdeckt auf dem Pferdehals sofort das getrocknete Blut. Doch das Tier hat keine Wunde. Sein Reiter muss stark geblutet haben und eine lange Strecke vornübergeneigt geritten sein. Nun ist die Sache einigermaßen klar. Dieses Pferd gehört sicherlich zu einer Armeeabteilung, die mit den Indianern kämpfte. Und der Reiter dieses Pferdes konnte offenbar verwundet entkommen. Doch unterwegs fiel er aus dem Sattel. Das Tier aber setzte seinen Weg fort, witterte irgendwann den Fluss und kam durch die Hügel zum Wasser.

So ähnlich ungefähr ist die Sache.

Die Frage ist nur, ob es sich um eine kleine Armeepatrouille oder um eine größere Abteilung handelt.

Inzwischen hat Joe Skinner das Gepäck untersucht.

»Keine Waffe dabei«, sagt er bitter. »Doch etwas Proviant in den Satteltaschen. Da – Angelzeug! Zündhölzer! Nun, dazu noch ein Pferd.«

Jim Hannaran achtet scheinbar nicht auf seine Worte. Er blickt nachdenklich auf den Fluss.

Er sieht auf die Flussbiegung, hinter der die Silverbell verschwunden ist. Dann blickt er auf Joe und Anne.

»Ihr müsst auf die andere Seite des Flusses schwimmen und euch dort verstecken«, sagt er plötzlich. »Und kein Feuer machen! Ihr habt ja jetzt etwas kalten Proviant. Denn auf dieser Seite sind gewiss Indianer. Einige werden dem Pferd gefolgt sein. Ihr schwimmt sofort über den Fluss. Dort drüben im Steilufer sind einige Höhlen. Verbergt euch dort. Haltet euch versteckt und beobachtet die Stelle hier. Es könnte ja auch sein, dass Soldaten dem Pferd folgen. Dann könnt ihr euch bemerkbar machen und rufen.«

Sie blicken ihn beide seltsam starr an.

»Und was machst du, weil du ständig nur von uns sprichst? Das hört sich so an, als wolltest du uns allein lassen.« Joe fragt es schwerfällig.

Jim sieht Anne fest in die Augen, als er erwidert: »Ich habe nun die Chance, mit John Buncharan abzurechnen. Das Pferd gibt sie mir. Aber ich will nicht nur mit Buncharan abrechnen, weil er uns hier ohne Waffen und Ausrüstung aussetzte. Ich will auch nachsehen, was mit der Abteilung geschehen ist, zu der dieses Pferd gehört. Wenn nämlich eine größere Armeeabteilung in der Nähe ist, dann sind wir gerettet.«

Anne nickt ruhig, als sie dies hört.

»Viel Glück, Jim«, sagt sie schlicht. »Wir schwimmen jetzt sofort über den Fluss und verstecken uns. Viel Glück, Jim!«

»He, wie willst du es John Buncharan heimzahlen?«, fragt Joe Skinner. Man sieht ihm an, dass er dies brennend gerne wissen will.

Jim lächelt hart. Er deutet auf den Fluss. »Er macht eine gewaltige Schleife. Ich kenne mich hier aus, weil ich hier oft genug Bäume fällte und stromab flößte. Diese Schleife bedeutet für die Silverbell einen Weg von sechzig Meilen. Mit einem Pferd kann ich auf dem Landweg nach einem Zehn-Meilen-Ritt dort sein, wo die Silverbell erst nach einer Sechzig-Meilen-Fahrt sein wird. Es ist eine prächtige Stelle. Die Silverbell muss in einer engen Fahrrinne dicht an einer hohen Felswand entlang, die überdies noch etwas überhängt. Ich kann einige große Felsen über den Rand rollen. Sie kommen aus einer Höhe von mehr als hundert Yard und werden die Silverbell bis auf den Kiel durchschlagen.«

»Aaah«, macht Joe Skinner, »das ist gut.«

Und Anne fragt: »Musst du das tun, Jim?«

Er nickt. »John Buncharan wird immer wieder Unrecht tun. Und er hat uns hier mitten im wilden Indianerland ausgesetzt, ohne Ausrüstung und Waffen. Ja, Anne, ich muss ihn vernichten, jetzt, wo ich die Möglichkeit habe. Aber ich muss auch nach der Abteilung suchen, zu der dieses Pferd gehört.«

»Dann reite – reite endlich, Jim!«

Sie ruft es scharf, und er begreift, dass sie sich sehr beherrschen muss, um sich ihm nicht an den Hals zu hängen und ihn anzuflehen, dass er sie doch nicht verlassen möge.

Joe hat inzwischen die Deckenrolle und die Satteltaschen abgenommen. So schwingt Jim sich auf das Pferd und reitet davon. Nein, er hütet sich davor, Anne in die Arme zu nehmen und zu küssen. Er weiß, dass sie dies nicht will. Sie würde ihn nicht mehr loslassen.

14

John Buncharan kennt den Strom und seine Tücken. Es ist schon Mittag, als er die letzte gefährliche Enge erreicht und das Schiff sehr nahe an die Felswand steuern muss.

Er denkt daran, dass die Indianer hier schon so manches Dampfboot von oben her mit Felsblöcken erledigten, und sogar er selbst hat einmal mit einem Dutzend Leuten von hier oben ein Dampfboot so schlimm beschädigt, dass es eine Meile weiter unterhalb strandete. Es war mit Goldgräbern gefüllt, die aus Montana kamen und mit ihrer Ausbeute heim zu ihren Familien wollten. Damals hat er etwa hundert indianische Verbündete bei sich gehabt, und von den Goldgräbern und der Schiffsbesatzung ist niemand am Leben geblieben.

John Buncharan beugt sich weit aus dem Ruderhaus und späht nach oben zu der gefährlichen Stelle. Und er denkt dabei, dass er ja eigentlich keine Sorgen zu haben braucht. Die Indianer sind seine Freunde und kennen die Silverbell ganz genau.

Aber da entdeckt er oben eine Bewegung.

Und dann erkennt er den Mann.

Es ist Big River Jim! Ja, er ist es! Es gibt keinen Zweifel daran.

Aber wie kann Big River Jim so schnell an diesen Ort gekommen sein?

John Buncharan gibt es auf, nach einer Antwort auf diese Frage zu suchen. Für ihn zählt jetzt nur, dass Big River Jim, der den Fluss so gut kennt, dort oben zur Stelle ist.

Und er wird mit Felsblöcken werfen. Das ist sicher.

John Buncharan stößt einen scharfen Schrei aus, wild und voller Wut. Er sieht den Felsblock kommen, groß und fast rund, an die drei Zentner schwer.

Brüllend dreht er am Ruderrad.

Es geling ihm, das wendige Schiff zur Seite zu lenken. Der Felsbrocken fällt eine Handbreit neben der Bordwand ins Wasser und jagt eine hohe Wassersäule in die Höhe.

Doch nun muss Buncharan das Schiff wieder herumlenken. Er kam schon gefährlich weit aus der Fahrrinne in den Bereich der scharfen Klippen.

Wieder lässt er das Rad durch seine Hände laufen. Er ist schon der Meinung, dass er es schaffen wird.

Doch da zerschlägt ihm ein zweiter Felsbrocken das Schaufelrad auf der Backbordseite. Und gleichzeitig rennt das Vorschiff auf eine Klippe, die den Kiel weit aufreißt.

Buncharan stürzt zu Boden. Als er das Ruderhaus verlässt, geschieht das, was er befürchtet hat.

Einer der beiden Dampfkessel explodiert. Buncharan wird mitsamt dem Texasdeck emporgehoben. Und dann explodiert der zweite Dampfkessel, weil er vom ersten beschädigt wurde. Der Druck wirft Buncharan ins Wasser. Er taucht tief unter und wird dann von der tobenden Strömung zwischen die Klippen geschleudert. Er muss verzweifelt kämpfen, denn sein mächtiger Körper bietet dem wirbelnden Wasser viel Angriffsfläche. Einige Atemzüge lang kann er sich im Schutz einer Klippe, an die er sich hängt, ausruhen. Und er blickt nach seinem Schiff zurück und erkennt, dass es in zwei Teile brach, die beide zwischen die Klippen geworfen wurden und nun dort immer mehr zerschlagen werden.

Seine beiden Maschinisten kamen gewiss bei der Kesselexplosion um. Auch von Saintrouen und Jack ist nichts zu sehen. John Buncharan glaubt mit plötzlicher Gewissheit, dass er noch allein am Leben ist.

Und er denkt jetzt wieder an Jim Hannaran, an Big River Jim, dem er diese Niederlage zu verdanken hat.

Auch gegen den Revolvermann Hondo Henderson hat Big River Jim nichts ausrichten können, solange Henderson die Möglichkeit hatte, schießen zu können.

Dennoch erledigte er ihn.

Jetzt hat er auch ihn, Captain John Buncharan, erledigt. Jawohl! Wenn er, Buncharan, den Fluss verlassen und an Land kommen kann, so wird er sich in der gleichen Situation befinden wie seine drei ehemaligen Gefangenen. Er wird ohne Ausrüstung, ohne Proviant und ohne Waffen sein. Denn längst verlor er seinen Revolver.

Auch der Schatz ist verloren. Er tat ihn in den Safe in seiner Kapitänskabine. Deshalb ist alles verloren.

Bei dieser Erkenntnis brüllt er wild auf. Dann blickt er empor zum oberen Rande der Missourischlucht.

Aber Big River Jim ist nicht mehr zu sehen.

John Buncharan lässt sich von der Klippe los. Die wirbelnde Strömung des zusammengedrängten Flussarmes* erfasst ihn und reißt ihn mit. Er muss wieder mit aller Kraft kämpfen.

Es ist ein schlimmer Kampf, den John Buncharan mit dem Fluss kämpft. Er wird manchmal schlimm gegen die Klippen geworfen, dann vom Strudel tief über den Grund gezogen. Er ist fast nackt, zerschunden und vollkommen erschöpft, als ihn der Fluss endlich bei einer Biegung an Land wirft.

John Buncharan liegt lange bewegungslos im flachen Wasser. Von Zeit zu Zeit kriecht er ein Stück empor, liegt dann wieder still, um auszuruhen. Nur langsam kommt er wieder zu Kräften und fühlt sich allmählich besser. Mehrmals muss er sich übergeben und sich auf diese Art vom geschluckten Flusswasser befreien.

Und je mehr er wieder normal denken kann und das Geschehen noch einmal in seiner Erinnerung erlebt, umso stärker und mächtiger wird sein Wunsch, an Big River Jim Rache zu nehmen. Oh, er wünscht sich brennend heiß, ihm zu begegnen, mit ihm kämpfen zu können.

Er setzt sich dann auf und erhebt sich. In der Nähe

---

* Der Missouri River teilte sich damals an jener Stelle in fünf mehr oder weniger schmale Arme, die durch Felsbarrieren voneinander getrennt waren. Die Dampfboote mussten damals dicht an der Felswand des östlichen Armes entlang, weil dort das Wasser tief und frei von Klippen war. Alle diese Felsbarrieren wurden inzwischen weggesprengt, so dass es die Schifffahrt leichter hat. Dennoch benötigen die Schiffe stets einen Flusslotsen, wie zum Beispiel am Rhein beim Binger Loch.

wurden einige Planken, Lukendeckel und Türen der Silverbell angetrieben.

Da John Buncharan ja auch ein Mann vom Fluss ist, betrachtet er es als selbstverständlich, dass er sich ein Floß bauen wird.

Und dann will er den Fluss abwärts fahren. Er wird sich immer mehr darüber klar, dass er alles verloren hat – alles! Seine Bande hat er verraten, einfach verlassen und zum Schluss noch verhöhnt. Er kann nie wieder nach Buncharan City zurück.

Er hat ein schnelles und wendiges Schiff verloren.

Und den Schatz verlor er.

Er wird wieder ganz klein und bescheiden als Bandit anfangen müssen, nachdem er hier oben am Fluss fast ein König war.

Oh, ich möchte mit Big River Jim noch einmal zusammentreffen, so denkt er. Und kaum hat er diesen Wunsch gedacht, da geht er in Erfüllung. Denn aus dem Wald, der am Fuß der steilen Hänge liegt, kommt Jim Hannaran geritten – langsam und gelassen, so als hätte er keine Eile.

John Buncharan hebt seine Rechte und schüttelt sie drohend.

»Komm her zu mir, du Hundesohn! Oh, komm nur! Sei nicht feige, Big River Jim! Komm nur! Denn nun tragen wir es erst richtig aus!«

Und Big River Jim kommt. John Buncharan stellt es zufrieden fest. Er wartet geduldig, bis Jim vom Pferd gestiegen ist. Er wundert sich nicht darüber, dass Jim beritten ist. Dies alles erscheint ihm nebensächlich. Er steht nur wartend da, atmet tief durch und verspürt eine wilde Vorfreude. Denn er ist sicher, dass er Big River Jim schlagen kann.

Und dann kämpfen sie miteinander.

Schon bald beginnt John Buncharan zu begreifen, dass er Big River Jim nicht schlagen kann.

Sie kämpfen länger als eine halbe Stunde, schlagen sich, treffen sich hart und fügen sich schlimme Schmerzen zu. Und John Buncharans riesige Größe und gewaltige Stärke nützen ihm nichts.

Denn Big River Jim ist schneller, ausdauernder, und er ist auch nicht weniger stark.

John Buncharan zerbricht mehr und mehr in diesem Kampf. Seine wilden Wünsche nach Rache und Bestrafung schwinden, und es bleibt nur der Wunsch, dass es ein Ende haben könnte, dass er seiner Wege gehen darf.

Und so hält er keuchend und schwankend inne und starrt aus seinen zugeschlagenen Augen mühsam auf Big River Jim.

»Allright, Jim, ich kann dich nicht schlagen. Ich habe verloren, auf der ganzen Linie verloren. Und ich war ziemlich gemein zu dir. Ich begreife, dass du einen Grund hattest, mir meine Gemeinheit zurückzuzahlen. Aber jetzt ist's wohl genug. Lass mich gehen, Jim! Sieh, ich bin fast nackt, und ich verlor alles. Du hast gewonnen. Lass mich jetzt gehen, Jim!«

Dieser betrachtet ihn lange. Dann blickt er in die Runde, und er sieht etwas. Er betrachtet es eine Weile.

Dann hebt er die Hand und deutet in die Richtung.

»Sieh dich mal um, Buncharan«, sagt er. »Dort kommt eine Abteilung US-Kavallerie. Und sie sucht wohl den Soldaten, dessen Pferd ich fand. Ich werde diesen Soldaten, die dort kommen, sagen, wer du bist, Buncharan. Nein, ich denke nicht daran, dich laufen zu lassen. Du würdest sonst gewiss wieder zu den Indianern gehen und schlimmer sein als je zuvor. Dort kommt eine Abteilung US-Kavallerie.«

Er setzt sich in Bewegung und geht den Reitern entgegen.

John Buncharan aber steht müde und erschöpft da. Er verspürt einen Moment den Wunsch zu fliehen. Doch er fühlt sich zu müde und ausgebrannt.

Er weiß, dass er keine dreihundert Yard weit kommen würde.

Er sieht nun mühsam durch die Schlitze seiner zugeschwollenen Augen, die Jim immer wieder mit den Fäusten traf, wie Big River Jim mit dem Offizier der Abteilung spricht und über die Schulter deutet.

Dann kommen auch schon drei Soldaten zu ihm herüber. Ein Sergeant sagt trocken: »Richtig, du bist John Buncharan. Solch einen aufrecht gehenden Büffel gibt es nicht zweimal. Nach dem Steckbrief musst du es sein. Und du bist festgenommen.«

Indes dies geschieht, sagt der Leutnant zu Big River Jim: »Wir fanden schon Miss Anne Shayne und ihren Partner Joshua Renniks und schickten sie zu unserer Hauptabteilung. Wir gehören zu Colonel Harrisons Kommando und haben den Befehl, hier in dieser Gegend ein Fort zu bauen. Dass wir den gefährlichen Renegaten John Buncharan festnehmen konnten, ist ja ein ganz besonderer Glücksumstand. Das Pferd, welches Sie fanden, gehörte einem Sergeanten, der mit drei Mann als Kurier nach Fort Lincoln aufgebrochen war. Kommen Sie, Jim Hannaran! Wir kehren um!«

Jim nickt. Er geht zu seinem Pferd, und er sieht, dass Buncharan festgenommen wurde und nun auf einem der Packtiere sitzt. Seine Füße wurden unter dem Pferdebauch miteinander mit einer Leine verbunden, sodass er nicht abspringen kann.

Etwa vier Wochen später sind Jim, Anne und Joe in Omaha. Am nächsten Tag heiraten Anne und Jim.

Nach dem Abendessen lässt Joshua Renniks sie allein. Aber auch Anne und Jim bleiben nicht lange im Restaurant.

»Gehen wir noch einmal zum Fluss hinunter«, sagt Jim. »Wir werden nämlich in dieser Stadt leben. Die Sägemühle, die ich pachten kann, liegt nur drei Meilen flussabwärts. Morgen fahren wir hinaus. Du wirst eine Liste aufstellen müssen, Anne, damit wir auch nichts von all den Dingen vergessen, die wir unbedingt nötig haben.«

»Ich brauche nicht viel, Jim«, erwidert Anne ruhig.

Und dann gehen sie Arm in Arm zum Fluss hinunter.

»Weißt du, es freut mich sehr«, sagt Anne einmal,

»dass du nichts von der Belohnung angenommen hast, die auf John Buncharan ausgesetzt war.«

Jim sagt nichts dazu, doch es ist ein tiefes Einverständnis zwischen ihnen.

Sie spazieren die Hafenstraße hinunter, und sie betrachten die vielen Schiffe an den Landebrücken, den silbern glänzenden Fluss und den Sternenhimmel.

Drüben auf der anderen Seite liegt der Riverbee Saloon. Jim bleibt stehen, denn er erinnert sich wieder daran, dass dort eigentlich alles seinen Anfang nahm.

Dort drüben schlug ihn Kelso Brown und gewann ihm das Floß ab. Und weil das so war, ging er mit Joshua Renniks, der sich Joe Skinner nannte, nach Norden den Fluss hinauf, um einen Schatz zu finden.

Nun, er fand seinen Schatz. Er hat ihn neben sich im Arm.

Er späht schärfer hinüber, als drüben aus dem Saloon Joshua Renniks herausgelaufen kommt, so als hätte er es eilig. Joe blickt zu ihnen herüber und erkennt sie wohl am Rande des Lichtscheines einer Laterne, die hier an einer der Landebrücken hängt.

Joe kommt schnell über die Hafenstraße.

»He«, sagt er, »dort drinnen steht Kelso Brown an der Theke und behauptet, dass er dich immer wieder schlagen könnte. Er hat das gewonnene Floß für dreiundvierzigtausend Dollar verkauft und ist mit seiner Mannschaft wieder auf dem Weg nach Norden, um ein neues Floß zu schlagen. Er hat schon gehört, dass auch du hier in Omaha bist und mich gefragt, ob du …«

»Entschuldige mich fünf Minuten, Anne, denn dies muss ich noch in Ordnung bringen, bevor ich Sägemüller werde«, sagt Jim Hannaran und setzt sich auch schon in Bewegung.

Anne macht keine Bewegung, um ihn zurück zu halten. Sie bleibt ruhig und still unter der Laterne stehen.

Joe betrachtet sie auf eine bittende Art. »Verzeih mir, Anne«, sagt er dann. »Doch dies muss Jim wirklich erst noch in Ordnung bringen, bevor sein neues Leben beginnen kann.«

»Das weiß ich selbst«, sagt sie ruhig.

Da wendet sich Joe und folgt Jim in den Saloon.

Kelso Brown steht am Schanktisch, und bei ihm sind Orlog Mackay, sein alter Vormann, und Luke Jacks, der einmal Jims Vormann war.

Als Big River Jim Hannaran in den Saloon kommt, wird es still. Und so hört man Jims Stimme deutlich sagen: »Nun, Kelso, das trifft sich ja gut! Du bist mir doch noch eine Revanche schuldig! Willst du es probieren?«

Kelso Brown grinst, doch in seinen Augen ist ein unruhiges Flackern.

Alle Augen starren nun auf ihn, und er weiß, dass er am Fluss erledigt ist, würde er nun kneifen.

Er leckt über seine Lippen.

»Ich bin bereit«, sagt er. »Was soll der Einsatz

sein? Willst du das Geld zurückgewinnen, welches ich für dein Floß erhielt?«

Nun richten sich alle Blicke auf Jim. Doch der schüttelt den Kopf, greift in die Westentasche und holt einen Dollar hervor.

»Ich will dich nur schlagen, Kelso«, sagt er. »Und ich wette nur diesen Dollar. Wenn ich dich binnen zwanzig Sekunden nicht ausgehoben habe, so hast du ihn gewonnen.« Er legt die Münze auf den Schanktisch.

»Ich setze tausend Dollar dagegen«, grinst Kelso Brown.

Und dann geht es schnell.

Sie treten in die Mitte des freien Raumes. Jemand umrandet mit Kreide ihre Stiefelränder.

Und dann beginnt es.

Big River Jim Hannaran benötigt neun Sekunden, um Kelso Brown auszuheben. Und als er es getan hat, bleibt es still. Allen Zuschauern wird klar, wie betrunken Jim damals war, als er an Kelso Brown sein Floß verlor.

Und nun geht Jim wortlos zur Tür.

»He, du hast doch tausend Dollar von mir gewonnen! Nimm sie gleich mit!« Kelso Brown schnauft es laut hinter Jim her.

»Oha, behalte sie – es war mir das Vergnügen wert. Ich wette nie mehr um hohe Beträge. Ich bin verheiratet.«

Jim sagt es über die Schulter.

Dann geht er hinüber zu Anne.

»Das ist in Ordnung«, sagt er zu ihr. »Ich muss damals schlimm betrunken gewesen sein, denn es war nicht schwer, Kelso zu schlagen. Ich glaube, ich sollte mich nie wieder betrinken.«

Sie blickt zu ihm auf und lacht leise.

Und dann gehen sie davon. Als sie aus dem Bereich des Lichtscheines sind, halten sie inne und küssen sich.

ENDE

Allein gegen die Mächtigen

1

Es war schon später Nachmittag, als ich Pecos Bend zu meinen Füßen liegen sah. Meine beiden mexikanischen Helfer trieben siebenundfünfzig Pferde, die wir in den vergangenen drei Monaten eingefangen hatten. Sie waren schon halbwegs zugeritten und eingebrochen.

Siebenundfünfzig gute Pferde! Wir hatten im Mesa Land die dreifache Menge eingefangen und davon diese dort ausgesucht. Es waren die Besten.

Und es waren für mich nicht einfach nur Pferde, die ich vertragsgemäß für zwanzig Dollar das Stück bei der Fracht- und Postlinie abliefern sollte – nein, diese Pferde sollten für mich der Anfang zum großen Glück werden.

Ich sah auf die kleine Stadt an der Pecos-Biegung.

Sie hatte sich in den paar Monaten meiner Abwesenheit nicht verändert. Es war immer noch die gleiche Stadt inmitten eines Rinderlandes, in dem es viele offene und verborgene Feindschaften gab und das freie Reiten gefährlich war.

Es war ein böses und gewalttätiges Land, in dem es früher oder später zu einem großen Krieg kommen musste.

Und dennoch liebte ich dieses Land – und auch diese Stadt. Ich war hier geboren worden. Meine Eltern kamen kurz nach dem mexikanischen Krieg nach hier.

Pecos Bend war meine Heimat.

Ich betrachtete die kleine Stadt mit dem nachsichtigen Blick eines Heimkehrers. Dann aber suchte ich das kleine Haus, in dem Sally wohnte.

Ob sie in den letzten Wochen immer sehnsüchtiger auf mich gewartet hatte?

Ich stellte mir vor, dass sie bei meiner Ankunft vor allen Leuten in meine Arme eilen würde.

Aber dann zwang ich mich in die Wirklichkeit zurück.

Ich half meinen beiden Helfern, unsere Pferde zu treiben. Es war ja nur noch eine knappe halbe Meile bis zu meinem Glück.

So dachte ich und konnte es kaum erwarten.

Der Agent der Fracht- und Postlinie stand im Wagenhof und beobachtete das Abschmieren eines entladenen schweren Mervile-Frachtwagens, als wir die Pferde zu den Corrals trieben und einer der Helfer das Gatter öffnete.

»Hallo, Ty Shannon!«, rief er mir zu. »Das hat aber lange gedauert. Wir hätten unsere Relais-Stationen bald mit anderen Pferden auffrischen müssen zwischen Pecos Bend und Socorro. Taugen diese Biester denn wenigstens was?«

Ich grinste nur.

Er hatte auch gar keine Antwort erwartet. Er legte seine Arme über die obere Corralstange, stützte das breite Kinn auf die übereinander liegenden Handrücken und sah sich die »Biester« an.

Da er für seine Gesellschaft nicht mehr zu handeln brauchte, denn ich besaß ja einen Liefervertrag mit festgesetzten Stückpreisen, konnte er zugeben, was er von den Gäulen hielt. Er brauchte sie nicht herunterzumachen, um den Preis drücken zu können.

Und so sagte er: »Jawohl, das sind die Pferde, die wir brauchen, zäh und schnell. Die sind richtig als Führungspferde von Sechsergespannen. Die können das Tempo machen und die Mittel- und Stangenpferde mitreißen. Das sind die richtigen Tiere, Ty Shannon. Wir haben uns nicht getäuscht in Ihnen. Sie sind immer noch der beste Wildpferdjäger in diesem Lande. Wollen Sie das Geld sofort?«

Ich nickte nur, und ich hatte es so eilig, dass es mich am ganzen Körper zu jucken begann vor Ungeduld. Man konnte mir das wohl ansehen.

»Shannon, Sie haben keinen Grund, besonders eilig zu sein«, sagte der Fracht- und Postagent Sam Hammer. Aber dann drehte er mir den Rücken und marschierte auf sein Office zu.

Ich brachte mein Pferd zu einem Tränktrog, holte mir selbst einige Hand voll Wasser heraus und wusch mir den Staub aus dem Gesicht. Dann folgte ich Sam Hammer.

Als ich in das Office trat, zählte er schon das Geld auf den Tisch.

Es waren eintausendeinhundertundvierzig Dollar.

Ich steckte sie ein und fragte: »Sam Hammer, wie meinten Sie das? Warum habe ich keinen Grund, eilig zu sein? Hey, wenn Sie wüssten . . .!«

Aber ich wartete gar nicht auf eine Antwort, sondern stürmte hinaus.

Meine beiden Helfer Pedro und Miguel warteten bei meinem Pferd.

Sie hatten funkelnde Augen und ein erwartungsfrohes Grinsen im Gesicht.

Ich gab jedem einhundertundzwanzig Dollar Lohn. Das war doppelter Cowboylohn. Und dann erhielt jeder noch dreißig Dollar Prämie für gute Arbeit.

Sie waren zufrieden.

Pedro sagte: »Señor Shannon, mit Ihnen reiten wir zu jeder Zeit wieder. Wenn Sie uns wieder brauchen, kommen wir angesaust.«

Ich nickte und klopfte ihnen auf die Schultern.

Aber dann schwang ich mich wieder auf mein Pferd und ritt los.

Ich konnte meine Ungeduld nicht länger mehr zügeln. Und weil ich genau wusste, wie schnell hier in Pecos Bend der unsichtbare und geheimnisvolle Nachrichten-Telegraph arbeitete, konnte ich damit rechnen, dass Sally schon von meiner Ankunft gehört hatte.

Aber warum kam sie mir nicht entgegen? Warum stand sie nicht wenigstens vor dem Haus und wartete auf mein Eintreffen?

War Sally krank?

Meiner Meinung nach konnte es nur diesen einzigen Grund geben.

Und so ritt ich vor das kleine Haus neben dem Sheriff-Office und schwang mich aus dem Sattel.

Die Tür vom Sheriff-Office stand offen.

Ich hörte Noah Wades Stimme rufen: »Komm herein, Ty! Komm, mein Junge!«

Ich war mit drei langen Schritten drinnen.

Sheriff Noah Wade saß hinter seinem narbigen

Schreibtisch, und er war ein nur mittelgroßer, drahtiger und schon recht verwitterter Mann. Seine hellen Augen waren scharf und wirkten flintsteinhart. Er war ein alter Jagdfalke, und er trug schon überall den Sheriffs- oder Marshal-Stern. Er sah mich prüfend an.

»Sie ist weg«, sagte er dann trocken. »Sally ist weg – für immer! Komm her, mein Junge, und lass dir einen Drink einschütten. Trink einen mit mir.«

Ich stand wie betäubt neben der offenen Tür.

Und während sich in mir zuerst eine Leere ausbreitete und dann die Gedanken sich zu jagen begannen, holte er eine Flasche aus der Lade und stellte zwei Gläser auf den Tisch. Als er eingeschenkt hatte, war ich wieder soweit, mich bewegen zu können.

Ich trat vor, nahm das Glas und kippte den Inhalt herunter. Ich hatte über drei Monate keinen Tropfen Feuerwasser getrunken. Und deshalb brannte mir das Zeug nun scharf den Magen herunter, so dass ich mich schütteln musste wie nach Pumaspucke mit Chilipfeffer.

Ich ahnte schon, dass seine Worte eine für mich schreckliche Bedeutung hatten. Doch ich hoffte immer noch. Deshalb fragte ich: »Wo ist sie denn hin? Bleibt sie lange? Für immer, das kann doch nicht stimmen – oder?«

Er sah mich ruhig an – und jetzt erst erkannte ich den Schmerz in seinen Augen. Ja, er hatte etwas in seinem Blick, was mich an einen verwundeten Puma denken ließ.

»Sie ist für immer fort«, sprach er. »Es kam ein Spieler in unsere Stadt. Er war nur auf der Durchreise – so zwischen zwei Postkutschen. Er traf sie unten am Fluss und unterhielt sich mit ihr. Wahrscheinlich erzählte er ihr eine Menge von der Welt, von den großen Städten. Er war groß, stattlich und sah nach was aus. Wahrscheinlich von nobler Herkunft. Sie ging mit ihm. Sie wollte die weite Welt sehen. Sie lief ganz einfach mit ihm fort. Es war so, als ob sie nur darauf gewartet hätte, dass solch ein Bursche kommt. Verstehst du, Ty?«

Ich schüttelte meinen Kopf. Denn so schnell konnte ich das nicht verstehen.

»Und – und Sie haben Sally gehen lassen, Sheriff?« So fragte ich.

Er sah mich bitter an. »Sie war mündig. Sie konnte tun und lassen, was sie wollte. Ty, sie war wie ein Vogel, der aus dem Käfig wollte. Und zuvor war ihr der vermeintliche Käfig gar nicht als solcher erschienen. Dieser durchreisende Spieler hatte ihr mit wenigen Worten etwas gezeigt – oder einen Vorhang fortgerissen, oha, ich weiß es nicht so genau. Nein, ich habe sie nicht daran gehindert, mit ihm zu gehen, denn ich wusste, dass sie sonst vielleicht ohne Abschied fortgegangen wäre – irgendwann, eines Tages bei einer günstigen Gelegenheit.«

»Und an mich hat sie mit keinem Gedanken mehr gedacht?« So fragte ich heiser. »Wir waren uns doch einig. Ich sagte ihr, dass ich bald Geld genug haben würde, um mit ihr eine kleine Ranch aufbauen zu können. Nun, mit dem heutigen Erlös für meine Pferde habe ich insgesamt mehr als zwölfhundert

Dollar. Es gibt eine Menge Leute, die fingen mit sehr viel weniger an. Hat sie daran nicht gedacht?«

»Ich soll dich von ihr grüßen«, sagte Noah Wade, der Sheriff. »Und sie sagte, dass du sie schon verstehen würdest. Sie trug mir auf, dich zu grüßen, und sie bittet dich um Verzeihung. Aber sie will in die Welt und dafür alles in Kauf nehmen, was kommen mag. Sie sagte mir, dass sie sich keine Illusionen machen würde und es dennoch wagen müsse. Und du – da war sie sicher – würdest sie verstehen.«

Damit hatte er alles gesagt. Ich sah ihm das an.

Er war ein einsamer alter Mann geworden.

Aber was war ich? Der einzige Unterschied zwischen ihm und mir war nur der, dass ich ein junger einsamer Mann geworden war.

Und ich war kein Sheriff.

Ich konnte mich besaufen.

Ja, plötzlich hatte ich den wilden Wunsch danach. Ich wollte alles vergessen können.

Und so drehte ich mich wortlos um und ging hinaus.

In Pecos Bend war es Abend geworden.

Die ersten Reiter kamen von der Weide herein – oder aus den Hügeln und einsamen Camps. Einige Sattelpferde standen schon vor dem Saloon.

Ich ritt hinüber und saß ab.

Eigentlich hatte sich mein Pferd einen guten Platz im Mietstall verdient gehabt. Aber ich wollte erst etwas Feuerwasser haben. Und so lenkte ich es neben die Haltestange.

Als ich absaß, sah ich, dass die anderen Pferde den Skull-Brand trugen.

Und das war mir gerade recht.

Mit den Skull-Reitern hatte ich schon oft Verdruss und Streit gehabt.

Und mit dem Vormann Jim McCrae verband mich eine tiefe, bittere Feindschaft, die von Anfang an vorhanden war. Diese Feindschaft war wie etwas Gemeinsames.

Aber auch Jim McCrae konnte heute von mir bekommen, was er wollte. Ich war jetzt bereit, mit der ganzen Welt einen Stunk anzufangen.

Und so ging ich hinein.

Es war drinnen noch nicht viel Betrieb.

Zwei Skull-Reiter spielten Billard. Ein anderer würfelte mit dem Barmann. Und zwei weitere Hombres von Skull saßen in der Ecke und sahen den Billardspielern zu. Sonst waren nur noch drei oder vier andere Gäste da.

Sie alle betrachteten mich.

Oh, ich kannte sie alle ziemlich gut. Es gab eine Zeit, da stand ich beim Skull auf der Lohnliste, immer dann, wenn es besonders wilde Pferde zu zähmen galt oder ein besonders schlauer Wolf oder Puma im Skull-Gebiet die Kälber killte. Dann holte man mich.

Denn ich war in diesem Lande der beste Jäger und Zureiter.

Vielleicht hätte man mich für einen Indianer gehalten. Doch ich war zu groß und zu blauäugig, sonst jedoch dunkel genug.

Ich ging zum anderen Ende des Schanktisches. Denn mit den Reitern des Skull wollte ich nichts mehr zu tun haben – nichts mehr, was mit Freundlichkeit und gegenseitigem Auskommen zusammenhing.

Ich hatte der Skull-Mannschaft mächtig übel genommen, dass sie vor einigen Monaten einen alten Freund von mir an den Ast einer mächtigen Burr-Eiche hing, nur weil sie ihn mit einigen ungebrannten Kälbern erwischte, deren rechtmäßige Besitzer wahrhaftig nicht festzustellen waren. Es war kein Muttertier mit einem Brandzeichen dabei. Und wie wollte man also feststellen, wessen Kälber es waren? Nicht mal die Ohrenmarken waren identifizierbar.

Und so fand man Early Calhoun am östlichen Ufer des Pecos am Baum.

Er hatte ein Stück Packpapier am Hosenbein hängen, auf welches geschrieben war, dass man in Zukunft jeden Rinderdieb aufknüpfen würde.

Aber nur ich, der ihn kurz zuvor mit den Kälbern gesehen hatte, wusste, dass ihre Besitzverhältnisse einfach nicht mehr feststellbar waren. Natürlich war Early Calhouns Tun etwas fragwürdig. Aber das berechtigte nicht zum Hängen.

Im Zweifel sollte man stets dem Angeklagten eine Gunst erweisen.

Aber das hatten sie nicht getan. Sie hatten ihn trotz Zweifel gehängt.

Und es war nicht bekannt, wer es war. Man wusste nur mit ziemlicher Sicherheit, dass es Skull-Reiter gewesen waren, weil die Fährten der Kälber zurück auf die Skull-Weide führten.

Und deshalb konnte auch der Sheriff nichts unternehmen, selbst wenn er dies mit ganzer Kraft gewollt hätte. Aber das hatte er wohl auch. Denn ein Sheriff wie Noah Wade duldete in seinem Gebiet keine Hängepartie.

Aber wie sollte er herausbekommen, wer Early Calhoun hängte?

Ich mochte die Skull-Reiter also nicht mehr. Und ich wusste, dass sie mir meine Selbstständigkeit neideten und zugleich auch wie einen Verrat anlasteten.

Auf diese Weise bildeten sich Fronten und suchte sich fast jeder Mann seine Partei. Und wer zu keiner Partei gehörte, der hatte sie beide gegen sich, besonders die Skull-Mannschaft.

Denn wer nicht zum Skull gehörte, war gegen ihn.

Das war ihre Losung.

Sie warteten, bis ich meinen ersten Whisky getrunken hatte.

Dann sagte einer der beiden Pokerspieler durch den stillen Raum: »Seht ihn euch mal an. Ist das nicht dieser Shannon, der ... «

»Halt dein Maul«, sagte ich dazwischen. »Halte es zu, denn es kommt nur Mist heraus, Lefty, mein Augenstern!«

Ja, ich war in der richtigen Stimmung, mich auch mit fünf Skull-Reitern anzulegen. Ich hatte nach dem ersten Glas schon begriffen, dass ich mich mit Whisky nicht betäuben und abreagieren konnte.

Ich musste mich prügeln. Jawohl, ich musste mich mit den Angehörigen einer rauen Mannschaft prügeln, die ich verachtete und hasste, weil sie wegen einiger Mavericks einen meiner Freunde hängte.

Und der Leser dieser Geschichte möchte mir verzeihen, weil ich dies so offen hier zugebe. Ja, ich war ein primitiver Bursche, der dumm genug war, seine Probleme auf diese Art lösen zu wollen.

Aber ich war in diesem Lande hier aufgewachsen. Und hier gingen Schöngeister unter. Hier musste man sich auf die raue Art behaupten inmitten einer Welt, die von den Rauen und Gewalttätigen regiert wurde.

Ich kannte nichts anderes.

Sie schwiegen eine Weile überrascht, besonders jener Lefty.

Keiner von ihnen war mir Mann gegen Mann gewachsen. Ich hätte jeden von ihnen weggeputzt wie ein Wolf einen Coyoten. Doch zusammen waren sie mir natürlich über.

Sie kauten an meiner Herausforderung. Und sie sahen es so, dass nicht sie, sondern der Skull herausgefordert wurde.

So war das immer im Lande. Was sich auch nur gegen einen einzigen Skull-Reiter richtete, war eine feindliche Handlung gegen den ganzen Skull.

Verdammt noch mal, das konnten sie nicht auf sich sitzen lassen.

Nicht auf dem Skull, mit dem sie sich völlig identifizierten, denn der Skull war ihre Heimat, gab ihnen Schutz, und die Macht des Skulls schenkte ihnen auch die Illusion, selbst mehr zu sein als all die anderen Menschen im Lande. So war das.

Und deshalb näherten sie sich jetzt. Die beiden Billardspieler und die beiden anderen bisher zuschauenden Skull-Reiter kamen zum Schanktisch und vereinten sich mit jenem, der bisher mit dem Barmann würfelte.

Dieser Barmann war zugleich auch der Besitzer des Pecos Bend Saloons. Und er hieß Charly McClusky und wirkte wie ein rosiger Bulle. Er sagte: »Geht raus, wenn ihr euch klein machen wollt! Geht raus, sage ich!«

Doch niemand hörte auf ihn.

Die fünf Hombres vom Skull bildeten nun einen Halbkreis.

Und jener Lefty, der schon einmal das Maul aufgemacht hatte, tat das wieder und sagte: »Du möchtest wohl klein gemacht werden, bis du in keinen Sarg mehr hineingehst, Bruderherz?«

Ich ließ mich auf nichts mehr ein, sondern kam zur Sache.

Denn wenn man sich mit fünf Mann prügeln muss, konnte man nicht darauf warten, bis sie anfingen.

Ich legte also gleich los, und ich wog hundertneunzig Pfund und war dabei so schnell wie ein Kettenblitz. Wenn man länger als drei Monate auf Wildpferdjagd war und dann auch noch fast zwei Dutzend von diesen Biestern zugeritten hatte, da war man richtig in Form, nämlich schnell, hart und zäh, so richtig pulvertrocken und mit einem hundertprozentigen Reaktionsvermögen.

Ich schüttete einem meinen Whisky ins Gesicht, der ihm in den Augen brannte und ihn ein paar Sekunden außer Gefecht setzte.

Und dann traf ich jenen Lefty mit einem linken Haken auf die Leberpartie, dass er nicht mal mehr jaulen konnte. Er fiel auf ein Knie und konnte nicht mehr.

Dann waren es nur noch drei.

Ich rammte zwischen zweien hindurch, wirbelte herum und schlug dabei einen Schwinger, der fast einen Kopf von den Schultern trennte.

Und weil mir die Übermacht sonst zu gefährlich werden konnte, langte ich mir den nächsten Stuhl und machte die Jungens damit klein. Aber der Stuhl hielt nicht lange.

Ich musste die Hombres rauswerfen, um Luft zu bekommen.

Das wurde mir schnell klar. Ich traf zwei von ihnen rechts und links mit langen Geraden und langte mir dann einen, der noch die Reste des Stuhles als Halskrause trug.

Ich schleuderte ihn bis zur Schwingtür, folgte ihm und gab ihm einen Aufwärtshaken. Und dann ...

Nun, lieber Leser dieser Geschichte, ich möchte es nicht in allen Einzelheiten schildern und jeden Schlag beschreiben.

Denn darauf kommt es ja gar nicht an, und diese Schlägerei ist ja auch nicht der Sinn dieser Geschichte. Dass ich sie überhaupt erwähne, geschieht deshalb, um klar zu machen, was für ein wilder, primitiver und gegen meinen Kummer hilfloser Bursche ich damals noch war.

Und das muss man richtig begreifen, um meine Wandlung später beurteilen zu können.

Ich will es also kurz machen mit dieser Schlägerei.

Obwohl ich nicht wenig einstecken musste, bekam ich die fünf Nummern aus dem Saloon, denn der Whiskyguss, der Leberhaken und zuletzt der Stuhl hatten mir Luft genug verschafft, um mit dem Rest zurecht zu kommen.

Und nachdem ich die fünf Hombres erst mal draußen hatte, war es gar nicht mehr so besonders schwer, sie nicht wieder reinzulassen.

Denn mehr als zwei konnten zugleich nicht durch die Tür.

Nachdem ich ein paar von ihnen immer wieder hinausgefeuert hatte wie ein auskeilender Gaul, gaben sie es auf.

Sie kamen zum Glück nicht auf die Idee, es mit den Revolvern zu versuchen. Denn da wären sie vom Regen in die Traufe gekommen. Mit einem Bumbummacher konnte mich in diesem Lande wahrscheinlich niemand schlagen. Sie hätten da schon ihren Lug Lassitter holen müssen. Und der hätte es sich wahrscheinlich auch überlegt.

Als ich vor die Schwingtür auf die Veranda trat, sah ich sie aufsitzen. Wenn ihre Gesichter nicht ohnehin schon vor Anstrengung geglüht hätten, würden sie es vor Scham getan haben.

Zwei von ihnen kamen nur mühsam in den Sattel. Und einer fiel auf der anderen Seite wieder hinunter und lag eine Weile still im Staube, bevor er es keuchend zum dritten Male versuchte und endlich schaffte.

Ich warf einen Blick zum Sheriff-Office hin. Doch Noah Wade kam nicht. Er mischte sich nicht ein, obwohl man ihn bestimmt schon alarmiert hatte.

Ich sah auf die geschlagenen Skull-Reiter und sagte laut hinüber: »Nehmt es nicht so schwer, Jungens. Ihr bekommt vielleicht beim Skull nicht genug Fleisch zu essen. Haut ab!«

Sie ritten davon, verschwanden in der Dunkelheit, die inzwischen gekommen war. Überall in Pecos Bend brannten die Lampen. Und es fielen Lichtstreifen über die Fahrbahn der einzigen Hauptstraße, in denen der feine Staub wie Goldpuder wirbelte.

Es hatten sich ein paar Zuschauer eingefunden – Städter und auch reitende Gäste von außerhalb. Sie waren nicht in den Saloon gekommen, sondern hatten in einiger Entfernung zugesehen.

Ich ging zurück und trat an die Bar. »Den Schaden ersetze ich, Charly«, sagte ich.

Er betrachtete die Trümmer.

»Hundert Dollar«, sagte er. »Warum musstest du deinen Dampf ausgerechnet hier ablassen, Ty Shannon? Habe ich dir jemals ein unfreundliches Wort gesagt? Das hätte ja schlimm werden können. Und es wird vielleicht noch schlimm, wenn Thor Milebridge kommt. Oder glaubst du nicht, dass er kommen wird?«

Ich dachte darüber nach und leckte meine aufgeschlagenen Handknöchel.

Thor Milebridge war der Boss des Skulls.

Dann schüttelte ich meinen Kopf. »Sie werden es vor Milebridge geheim halten. Jim McCrae wird kommen. Und wahrscheinlich bringt er dann auch Hugh Mannerhan mit. Die Skull-Ranch muss mich jetzt klein machen.«

Ich sagte die letzten Worte grimmig und mit selbstzerstörerischer Zufriedenheit.

Charly McClusky sah mich seltsam an und schüttete mir ein Glas voll.

»Manche Männer«, sagte er, »können sich nicht anders helfen und müssen immerzu mit dem Kopf gegen die Wand rennen. Aber warum das in meinem Saloon, Ty Shannon? Was kann ich dafür, dass dir dein Mädel weggelaufen ist?«

Ich wollte böse werden. Und ich streckte schon die Hand aus, um ihn über den Schanktisch zu ziehen.

Doch dann sah ich die ruhige Furchtlosigkeit in seinen Augen und erinnerte mich daran, dass er immer anständig zu mir war.

Ich nickte nur, legte hundertundfünf Dollar auf den Tisch und sagte: »Gib mir eine Flasche. In einer Stunde bin ich so betrunken, dass ich mit niemandem mehr einen Kampf austragen kann. Es wird daher auch hier in deinem Laden nichts mehr beschädigt werden können. Ich setze mich mit der Flasche dort in die Ecke.«

2

Ich erwachte, weil sie mich in den Fluss warfen. Das Wasser war kalt – jedenfalls für mich. Und als ich herauskriechen wollte aus dem kalten Nass, da zog mich jemand mit einem Lasso wieder von den Beinen und ein Stück in die Furt hinaus.

Ich hockte dann auf den Knien im Wasser. Es

reichte mir bis unter die Achselhöhlen. Und ich wurde nun allmählich nüchterner und erinnerte mich an alles.

Ich erkannte einen Reiter, der dabei war, sein Lasso einzurollen. Er hatte die Schlinge schon von mir gelöst. Er musste mich mit dem Lasso geschleift haben wie ein Kalb zum Brennfeuer – nur ein Stück weiter, denn Kälber schleifte man nicht weit.

Als ich aufstand, erkannte ich Jim McCrae, den Ersten des Skulls.

»Bist du jetzt wieder einigermaßen nüchtern?« So fragte er mich.

»Hey«, sagte ich, »bist du gekommen, um das Prestige des Skulls zu wahren? Dann kannst du gleich wieder abhauen.«

Ich stolperte aus der Furt ans Ufer. Ich war noch sehr unsicher auf den Beinen. Das kalte Wasser hatte mich zwar wieder aus meinem Rausch-Schlaf in die Wirklichkeit zurückgeholt, aber ich war dennoch weiterhin reichlich betrunken. Ein Mann wie ich, der nach vielmonatiger Enthaltsamkeit eine ganze Flasche leerte, der konnte von einem kalten Bad nicht nüchtern werden.

»Ich kann auch dich verprügeln, Jim McCrae«, sagte ich. »Doch ich kann es erst, wenn ich nüchtern bin. Komm morgen wieder!«

Aber er saß ab und trat auf mich zu.

»Jetzt bist du fällig«, sagte er und schlug einen Schwinger nach meinem Kopf. Normalerweise hätte ich dem Schlag ausweichen können. Doch ein betrunkener Mann hat gegen einen nüchternen keine Chance, und gegen Jim McCrae wäre der Ausgang eines Kampfes auch dann völlig offen gewesen, würde ich noch meine ganze Reaktionsfähigkeit besessen haben.

Er traf mich, und es war ein gewaltiger Schlag, der mich von den Beinen holte.

Ich stand wieder auf – einmal – zweimal – dreimal. Ich versuchte ihm einen Kampf zu liefern, ihn zu treffen.

Doch seine Reflexe waren für einen noch halb betrunkenen Mann zu schnell. Ich konnte ihn mit meinen lang herbeigeholten und langsam kommenden Schlägen nicht ein einziges Mal treffen.

Überdies stolperte ich über meine eigenen Füße.

Es war ein jämmerliches Bild, welches ich bot.

Und er hatte auch bald schon genug davon, mich zu zerschlagen. Er wusste, dass dies kein Sieg über mich war.

Und so wandte er sich ab und sagte: »Mach weiter, Hugh! Und gib es ihm so, dass er nie wieder Skull-Reiter aus einem Saloon werfen kann.«

Ich wandte mich etwas unbeholfen, und dann sah ich Hugh Mannerhan und einige andere Skull-Reiter. Sie hatten bisher im Sattel gehockt und zugesehen.

Nun saßen sie ab und näherten sich mir.

Aber mir war das alles gleich. Ich war in der Stimmung, mich mit der ganzen Welt in einen Kampf einzulassen. Und es machte mir nichts aus, Prügel zu bekommen. Es war mir sogar irgendwie recht, Prügel zu erhalten.

Denn ich war nicht einfach nur betrunken, sondern verzweifelt. Ich war fertig mit dieser Welt und allen Menschen.

Hugh Mannerhan war wie ein Bär. Er kam auf mich zu, und ich schlug nach ihm. Er war nicht so schnell wie Jim McCrae. Deshalb traf ich ihn mitten ins Gesicht.

Doch dann gab er es mir.

Solange ich auf den Beinen blieb, wurde ich zwischen ihnen herumgestoßen und taumelte von einem Schlag in den anderen hinein.

Und dann, als ich am Boden lag und kaum noch etwas spürte, da gaben sie es mir immer noch.

Endlich wusste ich nichts mehr.

Nun vergaß ich sogar, dass Sally mich verlassen hatte und mit einem durchreisenden Spieler abgehauen war. Ja, nun konnte ich sogar das vergessen. Was der Whisky nicht schaffte – die rauen Skull-Reiter schafften es.

Sie demonstrierten diesem Lande wieder einmal mehr, dass man auch mit dem geringsten Reiter des Skulls keinen Streit anfangen durfte.

Sie machten klar, dass einen die ganze Macht des Skulls traf, spuckte man auch nur gegen den Wind, der von der Skull-Weide wehte.

Ich erwachte, weil jemand sich um mich kümmerte. Man wusch mir mit kaltem Flusswasser das zerschlagene Gesicht.

Zuerst wunderte ich mich, dass ich nichts sehen konnte. Ich bekam meine Augen gar nicht auf. Endlich begriff ich, dass sie zugeschwollen waren und ich nur durch sehr schmale Schlitze blinzeln konnte.

Es war immer noch Nacht. Doch der Mond warf silberne und bleiche Helligkeit auf die Erde. Dies erkannte ich nach einer Weile, nachdem ich endlich kapierte, wie ein Mann durch schmale Augenschlitze sehen muss, um etwas erkennen zu können. Und dann sah ich Nancy.

Ich erkannte sie sofort, denn das Mondlicht beleuchtete ihr Gesicht. Und überdies hatte ich sie vor knapp vier Monaten erst gesehen, bevor ich zur Wildpferdjagd in das Mesa Land nach Westen ritt.

Ja, es war Nancy Calhoun, des gehängten Early Calhouns Schwester.

Sie hatte mein Halstuch im Fluss nass gemacht und betupfte mir damit das Gesicht. Offenbar hatte sie viel Blut abwaschen müssen.

Aber dann hörte ich die Stimme des Sheriffs auf meiner anderen Seite. Diese Stimme sagte: »Er kommt zu sich, Nancy. Es ist genug.«

Sie hörte auf, mich mit dem nassen Halstuch abzuwaschen.

Dann warteten sie.

Ich aber stöhnte, denn die Schmerzen waren schlimm.

»Kannst du mit unserer Hilfe aufstehen, Ty?« So fragte der Sheriff nach einer Weile. Ich stöhnte wieder, aber sie fassten es als Zustimmung auf. Mit ihrer Hilfe kam ich auf die Beine. Sie waren beide kleiner als ich, und so konnte ich meine Arme von hinten über ihre Schultern legen.

So hing ich nun halb – und halb stand ich mit eigener Kraft.

»Wir bringen ihn in mein Office«, sagte der Sheriff.

»Nein, zu mir! Wir bringen ihn zu mir!« Dies verlangte Nancy, und selbst mir in meinem so jämmerlichen Zustand fiel auf, wie energisch und entschlossen ihre Stimme klang.

Sie setzten sich nun mit mir in Bewegung.

Ich konnte bald etwas besser gehen und mich auch noch etwas mehr mit eigener Kraft aufrecht halten.

Doch ohne ihre Hilfe würde ich es nicht geschafft haben.

Denn die Skull-Reiter hatten mich zertrümmert. Die Bestrafung dafür, dass ich fünf von ihnen aus dem Saloon feuerte und sie dann nicht mehr herein ließ, so dass sie wie dumme Jungens abziehen mussten – diese Bestrafung für diesen Frevel war vollkommen.

Ich weiß nicht mehr, wie wir es schafften. Aber wir kamen dann doch durch die Gasse in den Hof hinter Nancy Calhouns kleinem Laden. Wir schoben uns seitlich durch die Hintertür hinein. Der Sheriff lehnte mich an die Wand und hielt mich aufrecht, indes Nancy eine Lampe holte.

Und nun mussten wir nur noch eine enge Stiege hinauf bis zum Bett in einer kleinen Kammer, in der manchmal Early wohnte, wenn er bei seiner Schwester war.

»Wir müssen ihn ausziehen«, sagte der Sheriff. »Der ist voller Blutergüsse, Prellungen, Stauchungen und Beulen. Wir müssen sehen, ob seine Rippen gebrochen wurden. Wenn das der Fall ist, brauchen wir den Doc.«

Ich hörte das, und es war mir völlig egal.

Eine gnädige Bewusstlosigkeit umfing mich. Es war mir, als versank ich in bodenlose Tiefen.

Als ich erwachte, war es eigentlich schlimmer als vorher.

Denn nun erst spürte ich richtig, wie schlecht es mir ging und wie schlimm sie mich bestraft hatten.

Ich lag in einem Bett und dachte daran, dass ich mich wie ein blindwütiger Hammel benommen hatte, der immer wieder mit dem Kopf gegen die Wand rannte, nur um damit vielleicht einen anderen Schmerz betäuben zu können.

Ich lauschte in mich hinein, dachte an Sally Wade, die mich einmal heiraten und mit mir auf eine kleine Ranch ziehen wollte.

Und es war kein Schmerz mehr da. Ich fühlte mich nicht mehr hilflos einer Sache ausgeliefert, gegen die man nicht ankämpfen konnte.

Ich hatte mich geprügelt, danach betrunken und war verprügelt worden wie ein räudiger Hund.

Ich hatte schlimmere Schmerzen als unmittelbar nach der Schlägerei, als sie mich zu Nancy brachten.

Doch tief in mir war es nicht mehr so schlimm.

Da drinnen in meinem Kern war kein Schmerz mehr, den ich betäuben musste.

Aber eines wusste ich schon jetzt: Ich hatte den Glauben an die Treue eines Mädels oder einer Frau verloren. Solch ein saublöder Narr würde ich niemals wieder sein.

Als ich versuchte, mich zu bewegen, um aus dem Bett zu kommen, glaubte ich zuerst, völlig steif zu sein. Aber dann entdeckte ich, dass ich einen korsettartigen Verband um den Oberkörper trug und all meine Muskeln verkrampft waren. Und überdies schmerzte jede meiner Körperstellen. Ich war also nicht gelähmt, sondern nur steif.

Da fluchte ich bitter. Meine Stimme klang heiser und misstönig.

Und weil ich offenbar gehört worden war, kam Nancy herein.

Sie trug ihre Arbeitsschürze und hatte vorne einige Nähnadeln mit Fäden darin in dem Schürzenlatz stecken.

Ich begriff, dass sie hier oben in ihrem benachbarten Zimmer gearbeitet hatte anstatt unten in ihrer kleinen Nähstube. Sie wollte mich wahrscheinlich sofort beim Erwachen hören.

Nun trat sie ans Fußende meines Bettes und betrachtete mich ernst.

Nancy war recht hübsch, mit braunen Haaren und grünen Augen. Sie war mittelgroß und besaß den Stolz einer jungen Frau, die sich in diesem Lande hier auf saubere Art allein durch das Leben schlug.

Sie hatte einen kleinen Laden und verkaufte Frauen- und Kinderkleidung, die sie selbst herstellte. Ihre Nase war vielleicht eine Idee zu klein und hatte einen Schwung nach oben. Und ihr Mund war wohl etwas zu voll und zu groß.

Aber das Grübchen im Kinn verriet Energie. Und wenn sie sprach, war ihr Mund sehr lebendig und ausdrucksvoll.

Doch das wusste ich alles schon längst. Nancy und ich, wir kannten uns schon viele Jahre. Denn ihr Bruder und ich, wir waren Freunde in der Jugend und bestanden auch als junge Burschen unsere gemeinsamen Abenteuer.

Vielleicht hatte ich in Nancy stets so etwas wie eine Schwester gesehen. Nur in den letzten Jahren sahen wir uns seltener, besonders in jenen drei Jahren, da ich im Krieg war und gegen die Union mitkämpfte. – Damals nämlich sah ich sie überhaupt nicht.

Und als ich nach Pecos Bend zurückkam, war Noah Wade hier Sheriff geworden und traf ich seine Tochter Sally unten am Fluss.

Ich war sofort verloren. Aber das war wohl jeder Mann, den Sally ansah. Er war verloren.

Aber nun sah ich Nancy an. Sally war weit, weit fort und hatte mich verlassen.

Nancy aber stand an meinem Bett.

»Ich danke dir, Grünauge«, sagte ich. Denn das war der Name, den Early und ich ihr gaben. Als kleines Mädchen hatte sie ein ganz kleines Gesicht und ganz große grüne Augen gehabt. Und ihr Haar war sehr viel heller gewesen. Sie schüttelte ihren Kopf. Ihr Haar reichte ihr bis zu den Schultern, und es war schwer.

»Hast du Hunger? Kann dein Magen schon etwas

vertragen außer Tee? Ich gab dir mehrmals Tee, als du im Fieber lagst.«

»Heh, wie lange liege ich hier schon?«

»Die ganze Nacht und den ganzen Tag. In einer Stunde etwa wird die Sonne hinter den Sacramento Mountains verschwinden.«

Ich rechnete mühsam und kam zu dem Schluss, dass ich etwa zwanzig Stunden schon lag. Als ich den Kopf bewegte, sah ich meine Sachen auf dem Stuhl neben dem Bett.

Sie waren gewaschen und geflickt. Die Jacke war gebürstet.

Ich sagte: »Warum hast du dir die Mühe gemacht mit dem alten Zeug? Ich hätte mir ohnehin neues gekauft. Willst du für mich etwas aus dem Store holen? Du kennst doch meine Größen genau. Kauf alles, was ein Reiter braucht. Das Geld hast du doch wohl in der Jackentasche gefunden, nicht wahr?«

»Nein«, sagte sie. »Es war kein Geld in deiner Jacke – oder sonstwo. Aber ich kann dir natürlich aushelfen.«

Sie ging zur Tür. Dort sah sie über die Schulter.

»Ich wunderte mich schon, wo du dein Geld haben konntest. Denn du hattest doch deine Pferde gut verkauft. Sie haben dich also nicht nur wie einen Hund verprügelt, Ty, sondern auch noch wie Banditen bestohlen.«

Ich lag da und konnte es zuerst nicht glauben. Doch dann kam es mir gar nicht so unmöglich vor.

Schufte, die einen Mann so zerschlugen und zertraten wie diese, die bestahlen ihn wahrscheinlich auch. Denn solche Hundesöhne besaßen keine Ehre.

Ich hüstelte, und meine Rippen schmerzten davon.

»Sie haben einen Fehler gemacht«, sagte ich mühsam. »Sie hätten mich nicht leben lassen sollen, sondern totschlagen müssen. Denn ich lebe und werde auch mal wieder gesund. Und dann …«

Ich sprach nicht aus, was dann sein würde. Denn es war so klar.

Nancy kam an das Fußende des Bettes zurück.

Sie betrachtete mich seltsam. In ihren Augen war ein Funkeln. Ich erkannte das ganz deutlich trotz meiner körperlichen Not.

»Sie haben meinen Bruder Early als Viehdieb draußen auf der Weide aufgeknüpft«, sagte sie. »Und sie werden auch dich beim nächsten Male töten, solltest du ihnen irgendwie in die Quere kommen. Vielleicht hätten sie dich in der vergangenen Nacht schon totgeschlagen, wäre ich nicht rechtzeitig mit dem Sheriff eingetroffen. Ich sah, wie Hugh Mannerhan und zwei andere dich aus dem Saloon holten und über ein Pferd legten. Du warst sehr betrunken. Und Jim McCrae wartete unten am Fluss, als sie dich zu ihm brachten. Ich holte Noah Wade. Nur deshalb wirst du vielleicht in einigen Tagen wieder ein gesunder Mann sein. Sonst wärest du in der vergangenen Nacht ein Krüppel geworden. Die Skull-Ranch ist hart. Sie zertritt alles, was mit ihr Streit anfängt. Und du warst ein Narr, als du die Skull-Reiter aus dem Saloon stießest. Du warst ein Narr. Sally ist es nicht wert, dass ein Mann sich wegen ihr so zu einem Narren macht. Sally war nie das, was ihr alle von ihr hieltet. Sally war hungrig wie eine Wölfin und sah aus wie ein weißes Lamm.«

Nach diesen zuletzt heftigen Worten ging sie.

Ich war wieder allein und versuchte, mich zu bewegen, aber ich hatte zu starke Schmerzen und war zu verkrampft. Hunger spürte ich keinen. Mein Magen schien wund zu sein. Nein, essen konnte ich nichts.

Aber dann kam Nancy mit frischem Tee. Sie hob etwas meinen Kopf und ließ mich trinken.

»Kauf mir keine neuen Sachen«, sagte ich. »Meine alten genügen mir, bis ich mein Geld wiederhabe. Ist mein Colt auch fortgekommen?«

»Nein«, sagte sie. »Ich ging heute am frühen Morgen noch einmal hin und fand ihn im zertretenen Ufersand. Ich habe ihn gereinigt und geladen. Er ist wieder in Ordnung.«

Ich sah sie an, so gut ich konnte.

»Du hasst den Skull«, sagte ich. Sie nickte stumm.

»Er wird zerbrechen«, sprach sie dann. »Es braucht nur ein richtiger Mann anzufangen, dann werden sich alle anderen, die vom Skull schon mal getreten wurden, hinter ihn stellen und kämpfen. Es wird zu einem großen Kampf kommen. Alle Geschlagenen und Verjagten gegen den Skull.«

Ich dachte über ihre Worte nach.

Und dann dachte ich an den alten Sheriff Noah Wade.

Er war ein erfahrener Falke. Doch was konnte er schon tun? Er würde entweder zwischen zwei Parteien zermahlen werden – oder er musste Partei ergreifen.

Er hatte bisher nicht mal Earlys Mörder finden können.

Ich war ein Narr gewesen, dass ich mit den Skull-Reitern im Saloon einen Streit austrug. Jawohl, ich war ein Narr.

Aber Nancy hatte noch etwas zu sagen.

»Ich weiß jetzt, wer meinen Bruder an einen Baum hängte.« Ihre Stimme klirrte vor Sprödigkeit.

Ich glaubte, dass ich gar nicht richtig gehört hätte, sondern vielleicht noch im Fieber etwas hörte, was gar nicht war.

Aber sie wiederholte noch mal ihre Worte.

Und da musste ich unwillkürlich fragen: »Wer?«

»Jim McCrae, Hugh Mannerhan und Hank Lorette.«

Ich staunte und versuchte, das Gehörte zu verarbeiten. »Weiß es der Sheriff auch?« So fragte ich dann.

Sie nickte. »Er weiß es, doch er hat keine Zeugen. Er kann es ihnen nicht beweisen. Und selbst wenn einer von ihnen umfallen und gestehen würde, so stünde gegen seine Aussage die der anderen beiden Männer.«

»Und von wem weißt du es, Nancy?«

Diese Frage brannte auf einmal in mir.

Sie zögerte.

Dann hob sie ihr Kinn. »Ich lud mir in letzter Zeit immer mal einen der Jungens zum Essen ein«, sprach sie. »Auch Hank Lorette war darunter. Er war ja auch mal mit Early befreundet. Sie ritten oft zusammen – bis Hank dann für den Skull zu reiten begann. Ich habe Hank nicht nur Essen, sondern auch reichlich zu trinken gegeben. Und später hat er dann geweint und mich um Verzeihung gebeten. Er weinte richtig wie ein Hund im Mondschein. Und er sagte mir, dass er es nicht verhindern konnte. Jim McCrae und Hugh Mannerhan hätten ihn sonst auch erledigt. Und er schwor mir, dass Early tatsächlich ein paar Rinder gestohlen hatte, als sie ihn damit erwischten.«

»Das war nicht zu beweisen«, sagte ich. »Ich traf Early zufällig auch an diesem Tage, als er die kleine Herde aus der Wildcat-Schlucht trieb. Er sagte mir, dass die Mavericks wahrscheinlich von der alten Kendall-Herde stammten. Und Kendall war damals vom Skull vertrieben worden. Die Rinder hatten keine Ohrenmarken. Der Skull hätte niemals beweisen können, dass es seine Rinder waren.«

Sie nickte. »Das könntest du vor Gericht aussagen – wenn es jemals zu einer Verhandlung kommen sollte«, murmelte sie.

Ich mühte mich, mit meinem schmerzenden Schädel alles zu begreifen.

Und endlich fragte ich: »Und wo ist Hank Lorette?«

Da hob sie die Schultern.

»Weg! Einfach weg! Vielleicht erinnerte er sich später daran, was er mir betrunken erzählte. Vielleicht aber konnte er nicht länger mehr für den Skull reiten. Und schließlich war es auch möglich, dass er sich von Jim McCrae und Hugh Mannerhan bedroht fühlte. Er wurde Mitwisser einer Lynchpartie. Und der Sheriff forscht immer noch herum. Er hat schon mehr als einen betrunkenen Reiter vom Skull auszufragen versucht. Hank war oft genug betrunken, besonders nach meines Bruders Tod. Er ist fort, einfach fort. In Zozo, dicht an der Grenze, hat er ein Mädchen. Vielleicht ist er dort. Doch ich kann nicht nach Zozo reiten. Und Postkutschen fahren dorthin nicht.«

Nach diesen Worten ging sie wieder und überließ mich meinen Gedanken. Und ich hatte viel zu denken.

Weil ich damals Sally versprochen hatte, möglichst schnell Geld zu beschaffen, damit wir heiraten konnten, musste ich auf Wildpferd-Jagd gehen.

Ich hatte nur Sally im Kopf und war voller Wünsche nach ihr. Deshalb kümmerte ich mich um nichts anderes.

Aber nun begriff ich erst richtig, dass es immer noch Menschen gab, die Earlys Mörder finden wollten – nämlich Nancy, seine Schwester, und Noah Wade, der Sheriff.

Nancy hatte sogar mit den Waffen einer Frau schon Erfolg gehabt. Sie konnte die Namen erfahren.

Aber nun war Hank Lorette fort.

War er nur fort? Oder schon tot?

3

Am dritten Tage nach der erhaltenen Prügel wollte ich Nancy nicht länger mehr zur Last fallen. Ich war nun auch wieder so weit, dass ich wie ein alter Opa krumm und schief umherschleichen konnte.

Und so schlich ich mich aus Nancy Calhouns kleinem Haus und dann zum Mietstall, um nach meinem Pferd zu sehen, welches dort untergestellt worden war, wie ich von Nancy erfuhr.

Luke Cruz, dem der Mietstall gehörte, kam aus dem Verschlag, in dem er Büro und Schlafstätte hatte. Er sah mich an und nickte.

»Ich hätte dich fast nicht erkannt«, sagte er. »Die haben dir eine ganz andere Form gegeben. Willst du dein Pferd, um aus dem Lande zu reiten? Ich bekomme einen Dollar für Unterkunft und Futter.« Er streckte seine Hand aus.

»Ich hab keinen Cent«, sagte ich. »Denn sie haben mich nicht nur verprügelt, sondern auch ausgeraubt. Du wirst auf deinen Dollar noch etwas warten müssen, Luke, denn diese Welt ist schlecht.«

Er starrte mich an, und er war ein krummbeiniger Bursche, der sich in seinen besten Jahren als Zureiter fast alle Knochen brach, die ein Mann sich brechen konnte. Und irgendwie war er dann zu etwas Geld gekommen und hatte diesen Mietstall übernommen.

Aber er lebte im Schatten des Skulls, und die Reiter des Skulls waren seine besten Kunden. Der Skull hatte stets ein paar Pferde hier bei ihm stehen.

Deshalb sagte er zu mir: »Lass nur keinen anderen Menschen hören, dass Skull-Reiter dich ausgeraubt hätten. Dann fühlt sich der ganze Skull verleumdet und stopft dir noch einmal kräftig das Maul. Es wäre wirklich gut, wenn du aus dem Lande reitest. Ich würde sogar auf den Dollar Futtergeld verzichten.«

»Das glaube ich«, sagte ich und versuchte, mit meinen noch nicht verheilten Lippen zu grinsen. »Du und eine Menge anderer Leute, ihr macht euch in die Hosen, wenn ihr auch nur an den Skull denkt.«

Er wollte wütend werden.

Doch dann siegte seine Resignation. Er hatte ein dunkelrotes Gesicht bekommen. Dann sagte er: »Ist das ein Wunder? Sieh dich mal im Spiegel an. Dann siehst du einen Mann, der sich *nicht* in die Hosen machte und sogar mit ein paar Skull-Reitern einen Streit anfing. Und was hat es dir eingebracht?«

Er drehte sich um und verschwand wieder in seinem Verschlag. Ich aber ging zu meinem Pferd in die Box.

Red freute sich, dass ich wieder bei ihm war. Und er erkannte mich sofort an meiner Witterung, er brauchte nicht erst zweimal hinzublicken, wie sonst alle anderen Menschen. Ich blieb eine Weile bei ihm.

Und dann kamen die Tilburne-Brüder in den Stall geritten. Luke Cruz trat wieder aus dem Verschlag und wies ihnen für ihre Pferde die Boxen an. Diese Pferde waren sehr staubig und müde. Die Tilburnes hatten einen weiten Weg hinter sich, und es war ein rauer Weg. Die Pferde hingen auch voller Kletten und hatten sich verletzt an einigen Dornen.

Sie sagten dem Stallmann, dass er gut für die Pferde sorgen sollte und dass sie ihm einen Dollar extra geben würden.

Dann wollten sie gehen. Doch da endlich – weil ihre Augen sich nun an das Halbdunkel im Stall gewöhnten – erkannten sie mich bei meinem Pferd in der Box.

Sie hielten inne, um mich anzusehen.

Und wir kannten uns gut.

Johnny Tilburne sagte nach einer Weile: »Ollie, sieh ihn dir an. Das könnte Ty Shannon sein.«

»Den hat ein Pferd einen steinigen Hang hinuntergeworfen«, sagte Ollie.

Ich trat aus der Box. »Ihr müsst wirklich weit geritten sein«, sprach ich dabei, »denn es ist doch weit und breit bekannt, dass ich Ärger mit dem Skull hatte und die Hucke vollgehauen bekam.«

Wir traten hinaus ins Sonnenlicht.

Und da endlich roch ich in der frischen Luft, was drinnen vom Stallgeruch übertönt wurde.

Aber ich wollte es zuerst nicht glauben. Ich hielt diesen Geruch zuerst für einen Irrtum.

Vielleicht war meine zerschlagene Nase auch noch gar nicht in der Lage, wieder einigermaßen riechen zu können.

Aber nachdem ich noch einige Male schnüffelte, wusste ich, es gab keinen Irrtum.

Die Tilburne-Brüder rochen nach Schafen. Aus allen Knopflöchern stanken sie danach. Und ich wusste, dass man nur dann so nach Schafen stinken konnte, wenn man wochenlang mit einer Schafherde unterwegs war oder Schafsmist in der Tasche trägt.

Und Letzteres war wohl nicht anzunehmen.

Die Tilburne-Brüder waren Schäfer geworden – oder die Beschützer von Schafzüchtern und deren Hirten und Herden. Das gab es, und besonders in

Zusammenhang mit den Tilburnes war das möglich, denn sie waren Revolvermänner, die man für Revolverhilfe anwerben konnte. Sie waren ein oder zwei Jahre jünger als ich.

Johnny Tilburne, der ein Jahr älter war als Ollie, sagte trocken: »Ty, wir wissen, dass wir nach Schafen stinken. Doch wir stinken gern, weil es sicher ist, dass der Skull an diesem Gestank ersticken wird. Und da du offenbar mit dem Skull keine Freundschaft pflegst, gehörst du eigentlich auf unsere Seite. Es geht los in diesem Lande! Die Skull-Gegner und alle Skull-Geschädigten sammeln sich. Und damit du siehst, wie legal alles ist, kannst du uns zum Sheriff begleiten und dort deine Ohren spitzen. Komm, Bruderherz! Wir geben unterwegs im Saloon auch einen Drink aus. Komm schon!«

Nun, ich zögerte nur kurz. Aber dann ging ich mit. Sie nahmen mich in ihre Mitte, denn wir waren als Knaben und später auch als junge Burschen oft zusammen und erlebten so manches Gemeinsame. Auch Early Calhoun gehörte oft genug dazu.

Aber das alles war damals vor dem Kriege, als wir noch mehr oder weniger halbwüchsige Burschen waren.

Johnny und Ollie Tilburne konnten auch noch nicht gegen rücksichtslose Revolvermänner kämpfen – damals, als ihr Vater vom Skull vertrieben wurde und der Skull damals besonders an ihm ein Exempel statuierte, so dass gleich ein halbes Dutzend Drei-Kühe-Ranches ebenfalls verschwand.

Ich erinnerte mich wieder an all diese Vertreibungen.

Es war immer so einfach für den Skull.

Man sorgte für Beweise für Rinderdiebstahl. Das war einfach. Man fälschte absichtlich ungeschickt einen Skull-Brand in das Zeichen des jeweiligen Kleinranchers oder hing ihm eine Rinderhälfte in die Scheune und vergrub die Haut eines Skull-Rindes hinter der Scheune.

Und dann hatte man plötzlich einen Grund, rau zu werden.

Ich dachte wieder an all diese Dinge, als ich mit den Tilburne-Brüdern die Straße entlang zum Saloon ging.

Wir kehrten bald darauf bei Charly McClusky im Pecos Bend Saloon ein.

Der rothaarige und bullige McClusky betrachtete mich wie ein Mensch, der einen kranken Hund bedauert und dennoch nichts für ihn tun will – weil es nur ein Hund ist und man sich anstecken würde.

Aber er gab mir auch ein Bier. Dann witterte er den Schafsgeruch der beiden Tilburnes. Als er seine Nase verzog, sagte Johnny: »Daran wirst du dich gewöhnen müssen, Charly. Zehntausend Schafe stinken sogar gegen den Wind.«

»Zehntausend?« So staunte Charly McClusky.

Johnny Tilburne nickte.

»Fünf große Herden«, sagte er. »Und die meisten Tiere sind tragend. Wir haben binnen weniger Wochen verdammt viel mehr als nur zehntausend dieser Tiere in diesem Lande.«

Da schüttelte der Wirt bitter seinen massigen Kopf, welcher ihm fast ohne Hals auf den muskulösen Schultern saß.

»Das wird schlimm«, sagte er. »Verdammt, das wird schlimm! Da fliegen nur so die Fetzen. Seid ihr denn verrückt geworden? Schafe im Pecos Bend Land? Das gibt Krieg, richtigen Krieg – mit Toten, Verwundeten und viel Blut. Warum …?«

Er brach ab und wollte nichts mehr sagen.

Aber die Tilburnes betrachteten ihn hart.

Ich beobachtete ihn.

»Ja, du wirst deine Seite wählen müssen, Charly«, sagte Johnny Tilburne.

Und sein Bruder Ollie fügte hinzu: »Jeder im Lande wird seine Seite wählen müssen, wenn dieser Sheriff und das Gesetz nicht groß und stark genug sind. Doch wir haben Hoffnung. Damals gab es hier noch keinen Sheriff, und nur Thor Milebridge und dessen Skull-Ranch waren hier das Gesetz. Wir werden sehen, Charly.«

Nach diesen Worten warf er einen halben Dollar auf den Bartisch. Wir tranken aus und gingen.

Und Charly McClusky stand immer noch da. Sein Schweigen folgte uns wie etwas, das körperlich war und das man anfassen konnte. Dieses Schweigen war zugleich auch wie ein bewegungsloses Verharren, an dem alles abprallen musste wie an einem teilnahmslosen Felsen, der nur vorhanden war, doch keinerlei Anteil nehmen konnte.

Und bald würden viele Leute in Pecos Bend so sein. Sie würden einfach verharren wie leblose Dinge.

Denn sie würden sich fürchten. Und diese Furcht würde sie zu Steinen machen.

Mir tat plötzlich Sheriff Noah Wade leid.

Verdammt noch mal, was kam da auf ihn zu? Dieser alte Falke würde bald vor der schwersten Aufgabe seines Lebens stehen, und seine beste Zeit war längst vorbei. Nur noch seine reiche Erfahrung konnte den Nachteil, alt geworden zu sein, etwas mindern oder gar ausgleichen.

»Zehntausend Schafe?« So fragte ich, als ich zwischen den Tilburnes zum Sheriff-Office ging. »Seid ihr verrückt?«

»Sind wir«, grinste Johnny Tilburne, doch als er sein Gesicht zu mir wandte, sah ich das Glitzern in seinen Augen.

Wir hatten nun das Sheriff-Office erreicht. Die Tür stand offen. Johnny Tilburne klatschte mit der flachen Hand dagegen – und dann traten wir nacheinander ein.

Ich war nur als Zuhörer und Zuschauer mitgekommen. Doch ich war neugierig wie ein Puma, der das Blöken eines Lämmchens hört.

Jawohl, so neugierig und gespannt war ich.

Auch der Sheriff, der hinter seinem narbigen Schreibtisch saß, roch die scharfe Witterung. Die Flügel seiner scharfen Falkennase vibrierten.

Aber er sagte nichts. Er sah die Tilburnes und mich nur an. Dafür hatte Johnny Tilburne was zu sagen. Und das hörte sich so an:

»Sheriff, wir sind die Tilburnes. Und wir achten das Gesetz. Vor einigen Jahren – als es hier noch keinen Sheriff gab – wurden unsere Eltern vom Skull vertrieben. Und mit uns noch andere kleine Rancher. Der Skull besetzte unsere Weiden und nahm sich unsere Wasserstellen. Doch die Besitzrechte auf dem Papier konnten vom Skull nicht verändert werden. Jetzt kommen wir zurück, wir Tilburnes, Frank Kendall und andere. Sheriff, wir kommen nicht zu Ihnen jetzt, um Hilfe zu erbitten. Denn wahrscheinlich würden Sie uns gegen den Skull gar nicht helfen können, wenn es um Weideland, Wasser und Macht geht. Wir sind nur hier, um Ihnen zu versichern, dass wir auf unser eigenes Land kommen, zu unseren Wasserstellen, in unsere Häuser und Hütten, soweit diese noch stehen. Wir haben ein Recht darauf, Sheriff. Und weil das so ist, haben Sie auch eine Handhabe, von der Hauptstadt Bürger-Miliz anzufordern – oder auch US-Kavallerie. Denn wenn das Gesetz uns nicht schützt, müssen wir das selber tun. Diesmal aber sind wir stärker als der Skull. Dieser hat sich in all den Jahren zu viele Feinde gemacht. Sie haben sich alle vereint und wollen nur ihr Recht. Das ist alles, Sheriff, was wir zu sagen haben.«

Der sah uns an und nickte.

Dann lehnte er sich weit zurück und legte seine Hände flach auf die Tischplatte. Diese Hände waren immer noch lang, geschmeidig und besaßen breite Handgelenke.

Diese Hände verrieten, wie schnell er noch mit der Waffe war.

»Ich habe euch gehört«, sagte der Sheriff. »Und ich rieche Schafe. Kommt ihr mit Schafen zurück?«

Die Tilburnes nickten. »Zehntausend Stück in fünf Herden aufgeteilt. Mit friedlichen Hirten. Und wir werden die Grenzen des ranchseigenen Skull-Landes sehr genau beachten.«

Wieder nickte der Sheriff.

»Und wann sind die Herden hier? Wie weit sind sie noch entfernt?«

»Vier oder fünf Tage, Sheriff. Schafe wandern langsam. Sie haben Zeit, Sheriff, einen Krieg zu verhindern. Noch eine Frage?«

Und abermals nickte der Sheriff auf seine so charakteristische Art.

»Ja, noch eine Frage, mein Junge. Wer steht hinter euch? Wer hat zehntausend Schafe zu verlieren?«

Nun sah auch ich auf die beiden Tilburnes. Denn auch ich konnte mir nicht vorstellen, dass sie so plötzlich zu Geld gekommen waren in dieser schlechten Zeit kurz nach dem Kriege.

Doch sie sagten nichts. Sie wandten sich ab und wollten gehen.

Aber Noah Wade fragte härter und schärfer: »Wer hat zehntausend Schafe zu verlieren?«

Da hielten die Tilburnes noch einmal inne.

»Die Schafe gehören uns allen«, sagte Johnny. »Und wir bekamen sie günstig auf Schuldscheine von Mister Hondo Cassedy. Es ist alles ganz legal.«

Dann gingen sie schnell hinaus, so als fürchteten sie sich nun, dass der Sheriff noch weitere Fragen stellen könnte.

Aber das tat er nicht.

Ich wollte ihnen folgen und nickte dem Sheriff zu. Aber er sagte: »Bleib hier, mein Junge.«

Zuerst wollte ich nicht. Denn ich war der Meinung, dass wir uns nichts mehr zu sagen hatten. Einst hatte uns Sally verbunden. Sie war seine

Tochter. Und ich liebte sie und wollte sie zu meiner Frau machen. Dies verband uns.

Doch jetzt schien er für mich ein Fremder zu sein.

Er betrachtete mich. »Geht es schon wieder? Ich hörte von Nancy, dass dir die Burschen, die dich prügelten, dein Geld abnahmen. Erstattest du Anzeige?«

»Nein«, sagte ich. »Das alles hole ich mir schon wieder.«

Er nickte langsam, und seine Augen schienen durch mich hindurchzusehen, so als könnten sie irgendwo Bilder betrachten.

Aber dann sagte er: »Der Skull hat sich immer nur Feinde gemacht, nur immerzu Feinde. Jetzt sammeln sie sich. Aber ich will keinen Krieg. Ich muss den Skull vorher zerbrechen. Ich reite jetzt sofort nach Zozo und hole Hank Lorette zurück. Er war Zeuge und mit dabei, als sie Early Calhoun draußen auf der Weide lynchten. Und das ist Mord gewesen. Ich reite nach Zozo.«

Er schwieg und öffnete die Schublade, kramte darin suchend herum.

Derweil dachte ich: Er wusste also, wohin Hank Lorette sich verzogen hat. Er weiß wahrscheinlich überhaupt sehr viel mehr, als man denken könnte.

Und vielleicht weiß er auch, wer dieser Hondo Cassedy ist, von dem die Tilburnes und deren Freunde die zehntausend Schafe bekommen hatten.

Denn *ich* kannte Hondo Cassedy. Ich wusste über ihn Bescheid. Und es hatte einmal zwischen Thor

Milebridge, dem Besitzer des Skulls, und Hondo Cassedy einen richtigen Kampf gegeben.

Aber das lag schon mehr als ein Dutzend Jahre zurück. Ich erinnerte mich nur unklar an das Geschehen damals. Damals war ich noch ein Junge.

Und nun war Hondo Cassedy wieder da. Er hatte die Feinde des Skulls mit Schafen ausgestattet und kam nun zurück zum Schauplatz seiner Niederlage. Die Tilburnes und all die anderen waren nur seine Helfer. Das war mir klar.

In der Zwischenzeit hatte Noah Wade gefunden, was er in der Lade seines Schreibtisches gesucht hatte.

Er legte das kleine Ding auf die Schreibtischecke.

»Steck dir das an«, sagte er. »Du bist ab sofort mein Deputy. Ich brauche dich hier, bis ich mit Hank Lorette aus Zozo zurück bin. Und ich *muss* mit ihm zurück sein, bevor die Schafe hier eintreffen. Ich brauche eine Handhabe, um Jim McCrae und Hugh Mannerhan verhaften zu können. Das wird dem Skull dann vielleicht zu denken geben. Der Skull soll auf mich losgehen und nicht auf die Schafherden und deren Besitzer und Hirten. Ich will keinen großen Krieg.« Als er verstummte, begriff ich ihn sofort.

Er hatte erkannt, dass er mit dem Skull würde alles austragen müssen.

Und deshalb wollte er für den Skull der Feind Nummer eins werden und alles auf sich ziehen.

Er musste aber auch davon überzeugt sein, den Skull schlagen zu können.

Ich schüttelte den Kopf. »Warum sollte ich mir einen Stern anstecken?« So fragte ich störrisch.

Da grinste er und erklärte es mir mit wenigen Worten.

»Weil ich dich ganz gut kenne, weil du mit dem Stern an der Weste während meiner Abwesenheit bei deinem noch so kranken Zustand sicherer bist – und weil ich tatsächlich keinen anderen Mann wüsste. Also!«

Ich sah ihn an und nahm den Blechstern vom Tisch. Ich wunderte mich im selben Moment, dass ich so handelte. Und dennoch tat ich es.

Dann vereidigte er mich und machte schließlich eine Eintragung über mein Einstellung als Deputy in seiner Dienst-Kladde. Er erklärte mir dann noch einige Dinge und erhob sich mit einer ruhigen Bewegung.

Aus dem Gewehrständer holte er ein Gewehr, überprüfte es und steckte sich eine Hand voll Patronen in die Tasche.

Seinen Revolver brauchte er jetzt nicht zu prüfen, denn dies tat er gewiss schon jeden Tag vor dem Frühstück oder immer dann, bevor er sein Office verließ, um in Pecos Bend seine Runde zu machen.

Er ging zur Tür und sagte von dort: »Ich gehe nur schnell in meine Wohnung und packe mir etwas Proviant ein. Dann reite ich. Und wenn ich in drei Tagen nicht zurück bin, dann brauchst du nicht länger mehr auf mich zu warten. Dann bist du hier Sheriff – und dann kannst du ja immer noch entscheiden, ob du den Stern fortwirfst oder ...«

Er sprach nicht aus, was er mit »oder …« meinte. Ich begriff aber, dass es eine ganze Menge war und er es mir überließ, darüber nachzudenken.

Einen Moment lang wollte ich mich anbieten, aus dem Mietstall sein Pferd zu holen. Doch ich ließ es. Ich wusste, er wollte es selbst tun. Das gehörte zu seiner ganzen Art. Er war ein Mann, der stets alles selbst erledigte. Und dass er selbst im Sattel seines Pferdes aus dem Mietstall ritt, dies gehörte wohl letztlich auch zu dem unabänderlichen Ritual.

Ein Sheriff nahm die Fährte auf. So einfach war das.

Ich setzte mich für eine Weile hinter seinen narbigen Schreibtisch.

Und dann stellte ich mir auch schon vor, wie einsam solch ein Mann mit einem Stern hinter diesem Schreibtisch war. Ich begriff, wie einsam solch ein Mann durch diese Stadt ging – und auch durch dieses Land reiten musste.

Denn ein Sheriff hat keine Freunde. Diese Erkenntnis kam mir unwillkürlich.

Ich fragte mich, ob auch ich als Sheriff neutral zwischen allen Parteien bleiben könnte – oder ob mich nicht Freunde aus alten Zeiten für ihre oder die Sache ihrer Freunde einnehmen könnten.

Ich begann mich zu fragen, wie ich als Sheriff wäre.

Und darauf gab es keine Antworten. Das nämlich musste sich erst erweisen aus den augenblicklichen Situationen heraus.

Ich erhob mich dann und trat auf die Straße. Mein versilberter Blechstern blinkte in der Sonne.

Und draußen auf der Fahrbahn ritt der alte Sheriff zum südlichen Stadtausgang.

Er hob lässig seine Hand und winkte mir zu.

Ich erwiderte dieses Winken.

Ein paar Leute standen da und dort, und sie sahen unseren Abschied und auch den Stern auf meinem Hemd. Nun wussten sie, dass Noah Wade mich als seinen Vertreter zurückgelassen hatte.

Wahrscheinlich wunderten sie sich.

Aber eigentlich wunderte ich mich auch darüber.

Was hatte den alten Jagdfalken dazu veranlasst, ausgerechnet mich zu seinem Deputy zu machen?

Aber das war wieder solch eine Sache, auf die ich noch keine rechte Antwort wusste. Noch nicht!

4

Als ich erwachte, war es draußen Nacht.

Doch hier im Zellenraum brannte eine Lampe.

Ich erinnerte mich daran, dass ich müde geworden war und mich deshalb in einer der drei Zellen auf eine Pritsche legte. Ich war ja hier der Hausherr für eine Weile. Ich schlief fest ein und war für einige Stunden völlig »weg«, so als hätte ich einen Riesenhammer auf die Birne bekommen.

Nun aber war ich nicht allein. Denn jemand musste die Lampe angezündet haben. Ich erkannte Nancy Calhoun.

Sie stand in der offenen Zellentür.

»Ich habe das Abendessen fertig«, sagte sie schlicht. »Komm zu mir zum Essen. Ty, du bist ein Mann, der heute einen langen Schritt machte. Es ist gewiss auch gut, dass du einige Stunden wie ein Toter geschlafen hast. Denn du fühlst dich jetzt bestimmt sehr viel besser. Aber du musst doch auch Hunger haben wie ein Bär oder ein Wolf, nicht wahr? Also komm!«

Ich saß nun auf dem Pritschenrand und dachte nach. Mein soeben noch benommener Kopf wurde zunehmend klarer. Auch körperlich fühlte ich mich sehr viel besser. Diese paar Stunden Schlaf hatten mich fast völlig gesund gemacht. Dieser Fortschritt bezüglich meiner körperlichen Verfassung war sehr viel größer als die Genesung der vergangenen drei Tage bei Nancy.

Ich sah zu ihr hin. Sie lehnte immer noch in der offenen Zellentür an einem Eisenstab.

»Ich bin dir zu großem Dank verpflichtet, Nancy«, sagte ich. »Doch du hast genug für mich getan. Ich möchte dir nicht noch stärker verpflichtet sein. Es ist schon mehr als genug.«

Sie stand still da und sah mich an. Im gelben Lampenschein, der von der Lampe hinter ihr ausging, konnte ich die Umrisse ihrer Gestalt klar betrachten. Nur ihr Gesicht, welches mir zugewandt war, wurde nicht angeleuchtet. Es befand sich auf der Schattenseite.

Aber in diesem Schatten glänzten ihre grünen Augen.

Sie sagte: »Was hast du gegen mich, Ty Shannon?«

»Du bist in Ordnung«, sagte ich. »Und ich bin dir auch eine Menge schuldig. Aber ich traue keiner Frau mehr – keiner! Nur meiner Mam würde ich trauen. Aber sonst ...«

Sie nickte.

»Sally war nur hungrig nach der Welt dort draußen. Sie konnte euch das gut verbergen, aber sie wollte zum Licht wie eine Motte – nur zum Licht, ganz gleich, was dann geschehen würde. Ein Wildpferdjäger konnte ihr nur eine kleine Ranch bieten, viel Arbeit und wahrscheinlich ein paar Kinder. Und das alles in der Abgeschiedenheit einer einsamen Weide. Das war nichts für Sally. Wahrscheinlich hatte sie ihre Wünsche bekämpft und war auch gewillt, ihren Vater und dich nicht zu enttäuschen. Doch ein durchreisender Abenteurer riss dies alles mit wenigen Worten nieder und öffnete ihr ein weites Fenster. Und sie sah das Licht in der Nacht, welches alle Motten sehen. Sie fliegen hin, und fast alle verbrennen sie. Ich bin anders als Sally.«

Nach diesen Worten wartete sie nicht mehr auf eine Antwort von mir. Sie wandte sich ab und ging. Ich hatte mit einem Male den starken Eindruck, wie groß ihr Stolz war und wie sehr er ihr verbot, sich noch länger mit mir zu beschäftigen.

Aber das war mir recht. Denn ich traute wirklich keiner Frau mehr – auch nicht, wenn sie mich gepflegt und versorgt hatte wie einen kranken Hund.

Denn es war doch so einfach zu begreifen.

Der Skull hatte Nancys Bruder aufgeknüpft. Und nun hasste sie einfach den Skull über alles auf der

Welt. Mich aber hätte der Skull windelweich geprügelt und wahrscheinlich sogar zum Krüppel geschlagen, würde sie nicht mit dem Sheriff gekommen sein. Dafür musste ich ihr dankbar sein. Doch sie hatte mir doch wohl nur deshalb geholfen, weil ich zuvor ein paar Skull-Reiter verprügelt hatte.

Ich wischte all diese Gedanken weg und erhob mich. Oh, es ging mir besser.

Ich wusch mich am Waschständer in der Ecke und machte dann den Versuch, mein immer noch recht zerschlagenes Gesicht zu rasieren. Es ging mit einiger Vorsicht.

Als ich mir den Revolvergurt umlegte, übte ich einige Male zur Probe das Ziehen. Dann hielt ich die Waffe nachdenklich in meiner Linken.

Nancy hatte sie mir wahrhaftig ordentlich gereinigt und einwandfrei geladen. Sie verstand sich darauf. Vor dem Kriege hatte sie selbst einmal mit anderen Frauen gegen Indianer gekämpft. Sie verstand sich auf Waffen wie fast jede Frau in diesem Lande.

Ich betrachtete meine Hand und die Waffe mit wissendem Blick.

Ja, ich würde schießen und wahrscheinlich auch töten müssen.

Darauf lief es hier hinaus. Das konnte ich mir ausrechnen. Sollte ich fortreiten?

Aber da erinnerte ich mich an den Blechstern an meiner Brust.

Nein, ich konnte nicht mehr fort.

Der Sheriff war unterwegs, einen wichtigen Zeugen für einen Mord zu holen. Und dann würde er den Versuch machen, die Macht des Skulls zu brechen. Dabei konnte ich ihn nicht allein und ohne Hilfe lassen.

Denn die Macht des Skulls hatte ich zu spüren bekommen.

Und jene Leute, die nun mit ihren Schafherden und im Schutze von Revolvermännern herangezogen kamen, hatten damals ebenfalls die Macht des Skulls gespürt.

Nun kamen sie, um diese Macht mit ihrer Macht zu zerschlagen.

Es war das alte Spiel. Macht forderte Gegenmacht heraus.

Und nur dann, wenn das wirkliche Gesetz stark genug war, mussten sich alle in Frieden beugen und miteinander auskommen.

Das alles wurde mir klar, indes ich eine Weile den Colt in meiner Hand betrachtete. Ich begriff auch, was der Sheriff sich vorgenommen hatte.

Noah Wade wollte den Skull unter das Gesetz zwingen.

Und dann mussten das auch die Gegner des Skulls respektieren, besonders jener Hondo Cassedy, der zehntausend Schafe riskierte – ganz abgesehen von dem Leben und dem Blut vieler Männer.

Ich schob die Waffe in die Halfter und löschte die Lampe.

Erst nachdem meine Augen sich an die Dunkelheit gewöhnt hatten, trat ich hinaus auf den Plankengehsteig der kleinen Stadt.

Es war jetzt alles anders für mich – so völlig anders.

Denn ich war hier der Sheriff für eine Weile.

Und diese Stadt war ein Ding, welches im Schatten des Skulls lag. Dieser Schatten war auch bei Nacht vorhanden. In dieser Stadt war ich allein und ohne Hilfe. Denn diese Stadt würde mir gegen den Skull so wenig beistehen wie ein Felsen, in dem keinerlei Leben, Anteilnahme und Bewegung war.

Ich stand bald an einer Hausecke, sah die Straße hinauf und hinunter, blickte auf die Lichter, die Lichtbahnen, die abgestellten Pferde und Fahrzeuge. Und ich sah da und dort Gestalten, die durch die Lichtbahnen gingen.

Die Stadt war ruhig. Aber ich spürte dennoch den Atem von Gefahr, von Drohung und einem nahenden Unheil.

Ich wusste aber auch, dass ich nicht länger im Dunkeln herumstehen durfte. Ich konnte mich auch nicht verstecken vor den Menschen.

Denn ich trug einen Stern. Ich war hier das Gesetz geworden.

Und es kam auf mich an, ob das Gesetz ein Dreck war – oder nicht.

Oha, Sheriff Noah Wade hatte mir einen schweren Job übertragen. Ich begriff es richtig in diesen Sekunden.

Warum vertraute er mir so sehr? Hielt er solch große Stücke auf mich? Oder geschah es deshalb, weil Sally uns beiden weggelaufen war? Konnte es auch sein, dass er glaubte, der Stern würde mich vor dem Skull schützen?

Ich wusste es nicht, obwohl ich mir immer wieder diese Fragen stellte.

Langsam setzte ich mich in Bewegung. Mein Ziel war der Pecos Bend Saloon.

Dort musste ich meinen Stern zeigen. Jawohl, dort musste ich mich allen stellen, die daran zweifelten, dass ich das Gesetz in Pecos Bend war. Und so ging ich hinein.

Abermals sah ich zuvor auf die abgestellten Pferde. Es war so wie schon vor einigen Tagen, als ich mich betrinken und vergessen wollte – und als ich dann mit den Skull-Reitern raufte.

Es trugen wieder einige Tiere den Skull-Brand.

Als ich in den Saloon trat, sahen sie mich alle an. Mein versilberter Blechstern blinkte im Lampenlicht und war nicht zu übersehen.

Und dann sah ich Hugh Mannerhan.

Er stand an der Bar und sah zu mir her, so als hätte er nur auf mein Eintreten gewartet.

Und damit war alles schon klar.

Sie hatten wahrhaftig hier auf mich gewartet. Und als ich auf dem Weg zum Saloon war und dabei einige Lichtbahnen durchquerte, da sah mich schon einer von ihnen kommen und meldete dies im Saloon.

Oha, es war wahrhaftig alles klar.

Sie hatten gewartet und wollten es jetzt gleich hier in diesem Saloon austragen.

Aber so war der Skull – hart, mitleidlos, rasch zupackend und handelnd.

Ich ging zum anderen Ende der Bar. Charly McClusky kam und brachte mir ein Bier. Er sah mich aus nächster Nähe seltsam an, und ich erkannte in seinen irischen Augen einen Ausdruck von Unsicherheit, gemischt mit Sorge.

Als ich das Bier trank, sagte Mannerhan: »Shannon, wohin ritt der Sheriff? Wohin?«

Ich trank erst das halbe Glas leer, denn ich hatte wahrhaftig Durst. Dann sah ich mich um.

Es gab noch vier Skull-Reiter im Saloon. Sie hatten sich gut verteilt. Ja, es war eine Falle. Und die anderen Gäste sollten Zuschauer und Zeugen sein, damit es sich auch schnell genug überall im Lande herumsprach, wie hart der Skull zuschlug und wie wenig man gegen ihn anrennen konnte.

»Gib Antwort, Shannon«, sagte Mannerhan. »Und dann verschwindest du aus diesem Lande. Dein Stern gilt nichts – gar nichts. Also!«

Er sprach das letzte Wort wie einen scharfen Befehl.

Ich stellte das Glas weg. Meine Position war nicht schlecht. Denn ich sah ihn an und hatte den großen Spiegel rechts neben mir. Aus dem Augenwinkel konnte ich gewiss jede schnelle Bewegung im Raume wahrnehmen.

Ich sah aber hauptsächlich Mannerhan an, von dem ich in jener Nacht damals am meisten Schläge bekommen hatte, da die anderen Schufte mich rechts und links festhielten.

Ich sagte zu Hugh Mannerhan: »Mein Stern gilt etwas. Ich bekam ihn vom amtierenden Sheriff. Ich wurde vereidigt, und ich habe einen Auftrag. Mein Stern gilt so viel wie ich.«

»Das ist nicht viel«, grinste Hugh Mannerhan. »Ich werde ihn dir wegnehmen, du versoffener Sattelstrolch.«

Da grinste ich. »Du bist verhaftet«, sagte ich.

»Wegen Straßenraub, begangen an einem Betrunkenen, der zuvor niedergeschlagen wurde. Dieser Betrunkene hatte Geld in der Tasche, viel Geld. Unter diesem Geld befanden sich auch sechs Hundertdollarscheine, deren Nummern vom Post- und Frachtagenten notiert wurden, bevor man sie an mich für ein Rudel Pferde auszahlte. Mannerhan, ich wette, dass ich solche Scheine mit diesen Nummern in deiner Tasche finde. Also ...«

Er brüllte auf, und er hatte mehr und mehr seine Beherrschung verloren, je weiter ich sprach.

Und als er aufbrüllte, machte er den Fehler, nach dem Colt zu greifen.

Oh, er war nicht nur ein bulliger Schläger, sondern auch ein schneller Revolverschwinger. Er zog schnell mit einem einzigen Schwung.

Aber als er den Lauf hochbrachte, traf ich ihn. Denn ich zog schneller.

Und dann schoss ich nach links in die Ecke, weil der Bursche dort ebenfalls zog. Ich wirbelte herum, doch die drei anderen Reiter des Skulls waren von dem so plötzlich ausbrechenden Unheil selbst überrumpelt worden.

Sie hatten wahrscheinlich nicht damit gerechnet, dass es zu einer Schießerei kommen würde. Und vielleicht waren sie auch durch meine Anschuldigung, dass ich beraubt worden war und Mannerhan dieses Raubgeld in der Tasche hatte, etwas verwirrt worden.

Es bewegte sich nichts im Raume.

Nur Pulverdampf biss in Nasen und Augen – und Mannerhan ließ fluchend seinen Revolver fallen, weil dieser ihm zu schwer wurde. Mannerhan versuchte, sich mit dem Oberkörper über den Schanktisch zu legen. Er wollte nicht zu Boden gehen.

Sein Mann in der Ecke, der gleichfalls gezogen hatte, lehnte an der Wand. Aus seiner Schulter floss Blut, tränkte sein Reiterhemd. Er bekam nun weiche Knie und rutschte mit dem Rücken an der Wand nieder in die Hocke.

»Ich muss zum Doc«, keuchte er. »Tim, Larry, Chuck, nun kommt doch und helft mir, wenn ihr schon nicht kämpfen wollt! Ich muss zum Doc.«

Aber es bewegte sich noch niemand, auch keiner der Zuschauer.

Ich ging vorwärts und erreichte Mannerhan, dessen Arm schlaff niederhing und der mit seinem Oberkörper über dem Schanktisch lag, so dass seine weich gewordenen Beine die schwere Körperlast nicht zu tragen brauchten.

Doch er erholte sich schnell von dem Schock. Er bekam wieder Kraft in die Beine und richtete sich auf, indes ich ihn erreichte.

»Vorwärts«, sagte ich. »Wir gehen, Mannerhan! Vorwärts! Und wenn der Doc mit deinem Partner fertig ist, wird er zu dir in die Zelle kommen und sich um deinen zerschossenen Arm kümmern. Wo hast du denn deinen Anteil von meinem schwer verdienten Geld?«

Er stöhnte. Und dann knirschte er: »Ich habe dir kein Geld gestohlen. Wenn ich Geldscheine mit jenen Nummern habe, die der Postagent aufschrieb, dann handelt es sich um Geld, welches ich beim Poker gewann.«

»Sicher«, sagte ich. »Und dann wirst du mir die Namen deiner Mitspieler nennen müssen, von denen du das Geld erhieltest. Aber vorerst bist du verhaftet. Soll ich dir was vor die Birne geben und dich dann an den Beinen zum Gefängnis schleifen?«

Er starrte in meine Augen. Der Schmerz machte ihn verrückt. Er war ein Bursche, der eigenen Schmerz gar nicht so gut ertragen konnte. Und er erkannte die ganze Mitleidlosigkeit in meinem Blick.

Er erinnerte sich auch an jene Nacht, da sie mich halb zu Brei schlugen und danach beraubten.

Und weil er sich erinnerte, wusste er auch, dass ich es schlimm mit ihm machen würde. Sein Blick irrte in die Runde und richtete sich auf die drei anderen Reiter der Skull-Mannschaft.

Diese zögerten immer noch. Aber sie hatten mich schießen gesehen, sahen den Revolver in meiner Hand und wussten, dass ich noch vier Kugeln in der Trommel hatte.

»Haut ab«, sagte ich zu ihnen. »Haut ab, Jungens, bevor es euch zu sehr juckt und wir weiter machen müssen. Wollt ihr das?«

Sie wollten es nicht.

Sie schlichen hinaus wie erschreckte Katzen.

Und der Verwundete in der Ecke verlangte wieder einen Doc.

»Jemand soll den Doc endlich holen«, sagte ich. »Und er soll danach in die Zelle zu Mannerhan kommen. Los jetzt, Mannerhan!«

Ich packte ihn an der gesunden Schulter, riss ihn vom Schanktisch weg und stieß ihn dann vor mir her.

Erst als ich mit ihm draußen war, hörte ich drinnen eine heisere Stimme rufen: »Heiliger Rauch, er hat sich mit dem Skull angelegt!«

5

Als ich Mannerhan in der Zelle hatte, leistete ich ihm zuerst einmal Hilfe und sah nach seiner Wunde.

Meine Kugel hatte ihm die Armkugel schlimm zugerichtet. Aber er machte nicht mehr schlapp, wie vorhin für eine Weile, als er sich über den Schanktisch legte, um nicht zu Boden zu müssen.

Während wir auf den Doc warteten, untersuchte ich seine Kleidung. Ich fand drei nagelneue Hundertdollar-Noten.

Als ich im Saloon behauptete, dass der Post- und Frachtagent die Nummern der Geldscheine notiert hätte, war das nur ein Bluff. Aber ich war dennoch überzeugt, dass es sich um einen Teil des mir geraubten Geldes handelte. Denn ich hatte die Angewohnheit, Geldscheine auf eine besondere Art zu falten. Diese Angewohnheit stammte aus dem Krieg. Denn das Papier-Notgeld, welches wir damals erhielten als Soldaten der Konföderation, war recht groß und musste besonders gefaltet werden, wollte man es in den Uniformtaschen oder gar in einem Geldgürtel unterbringen. Und da wir manchmal erst nach sechs Monaten Löhnung erhielten, hatte man eine Menge solcher Scheine zu verstauen, für die man jedoch kaum etwas bekam.

Ich sah also auch an der Faltung, dass es meine Scheine waren.

Und ich sagte zu Mannerhan: »Es war keine gute Idee, mich auch noch auszuplündern. Aber du kannst dich damit trösten, dass ich mir auch von den anderen Schuften mein Geld zurückhole. Hugh Mannerhan, du bist erledigt!«

»Das werden wir sehen«, knirschte er. »Der Skull holt mich hier raus. Und du bist schon ein toter Mann. Du bist ja verrückt, dich mit dem Skull anzulegen, anstatt zu kneifen. Es kommt doch gar nicht darauf an, ob wir dich ausgeplündert haben oder nicht. Was allein zählt, ist, dass der Skull nichts – aber auch gar nichts! – hinnehmen kann, was sein Prestige schwächen könnte. Und wenn man bereits so weit ist, dass man Skull-Reiter einsperren kann, dann wäre der Skull schon bald erledigt. Mann, Shannon, du weißt doch selbst, dass die Skull-Mannschaft zumeist aus Reitern besteht, die nach langen Zickzackfährten endlich eine Zuflucht brauchten. Der Skull ist diese Zuflucht. Der Skull gibt uns allen Sicherheit. Und dafür sind wir ihm treu. Aber der Skull muss diese Treue erwidern. Lässt er auch nur einen von uns in der Klemme, dann wird auch die Treue seiner Mannschaft für ihn zweifelhaft. Kapierst du das, Pferdejäger?«

Er fragte es zuletzt heiser und kaum noch verständlich. Er hatte bei seiner Rede eine Menge von seiner Kraft verbraucht. Nun legte er sich zurück und versuchte sich zu entspannen.

Ich gab ihm gar keine Antwort. Diese wollte er wohl im Moment auch gar nicht.

Aber ich dachte: Oha, wenn er erst erfährt, dass ich ihn wegen Mordes an Early Calhoun hier in der Zelle habe ...

Ich konnte meine Gedanken nicht weiter verfolgen, denn nun kam der Doc mit seiner schwarzen Tasche.

Und er sah mich vorwurfsvoll an und knurrte, indes er sich am Waschständer die Hände wusch: »Shannon, wie können Sie einen schwer verwundeten Reiter der Skull-Ranch ins Gefängnis sperren?«

»Sie sehen doch, Doc, dass ich es kann«, erwiderte ich grob. »Und ich kann noch eine Menge mehr. Oder sind Sie nicht der Meinung, dass die Skull-Mannschaft eine üble und gesetzlose Bande ist?«

Da verschluckte er sich fast und sagte nichts mehr. Er ging zu Mannerhan in die Zelle und begann sich um diesen zu kümmern. Ich brachte eine Schüssel mit heißem Wasser nach. Mannerhan knirschte vor Schmerz. Aber er sagte dennoch: »Bevor die Nacht zu Ende ist, Doc, holt man mich hier heraus. Der Skull lässt keinen Reiter in der Klemme – keinen!«

Davon also war er überzeugt.

Ich eigentlich auch.

Also würde ich mich darauf vorbereiten müssen.

Ich ging aus der Zelle, denn der Doc wollte keine weitere Hilfe von mir. Ich setzte mich im Office wieder hinter den Schreibtisch und überdachte noch einmal alles, was es zu überdenken gab.

Der Sheriff war unterwegs, um Hank Lorette zu

finden, der mitbeteiligt war an einem Mord und der dies offenbar nicht verkraften konnte, sodass er sich mehr betrank als sonst und somit zu einem Unsicherheitsfaktor wurde für die anderen Lyncher.

Wenn der Sheriff ihn fand und herbrachte, dann hatten wir schon zwei Beteiligte im Gefängnis.

Dies aber musste den Skull herausfordern, bis an die äußersten Grenzen zu gehen.

Aber würden wir das überleben?

Würde ich diese Nacht überhaupt überleben können? Ich dachte darüber nach.

Und da spürte ich wieder diese Gleichgültigkeit in mir, die der eigenen körperlichen Schonung und dem Schutz des eigenen Lebens galt. Ich begriff plötzlich, warum dies so war.

Sally war fort. Und obwohl der Schmerz in meinem Kern nicht mehr brannte, war in mir dennoch eine Veränderung vorgegangen.

Das Leben erschien mir gar nicht mehr so kostbar. Und ein Durchhalten in dieser Sache schien wichtiger zu sein.

Jetzt ahnte ich auch plötzlich, was den alten Sheriff und mich verband und warum er mir letztlich den Stern ansteckte.

Jawohl, es war eine Leere durch Sallys Weggang in mir. Aber mit einer Aufgabe konnte ich diese Leere füllen – und wenn ich dabei zum Teufel ging.

Ich begriff, dass ich mich normalerweise nicht mit dem Skull angelegt hätte. Und der Sheriff wahrscheinlich auch nicht.

Aber wir beide waren menschlich irgendwie arm

geworden und suchten einen Ausgleich. Das war es wohl.

Ich erhob mich und trat zum Gewehrständer, um mir die vorhandenen Gewehre anzusehen.

Als die Nacht zu Ende ging, lag Pecos Bend wie tot in der Biegung des Flusses. Es gab keine Lichter mehr. Auch der Saloon hatte schon geschlossen, und die allerletzten Reiter waren früher fortgeritten als sonst.

Nur drüben im Office und dem Gefängnis waren die Fenster erhellt.

Doch ich befand mich gegenüber in der schmalen und dunklen Gasse und hatte ein Gewehr dabei. Es war eine Spencer, ein ganz neues und erst nach dem Kriege herausgekommenes Modell. Man konnte damit genauer schießen als mit dem Colt, der ja bereits nach zwanzig Schritten zu streuen begann. Ich wartete geduldig, und ich wusste, dass es hart werden würde.

Manchmal verspürte ich einen Rest von Unsicherheit, denn ich würde eine Menge auf mich nehmen müssen an Verantwortung für Gewalttat. Denn wenn ich auch für das Gesetz schoss, so war es dennoch eine Gewalttätigkeit.

Das Gefängnis hatte hinten keinen Ausgang. Man konnte auch nicht durch die Fenster, es sei denn, man würde sie mit Werkzeugen vergrößern.

Wenn man also Hugh Mannerhan herausholen wollte, würde man vorne hinein und mit ihm auch wieder herauskommen müssen.

Ich fragte mich, wie sie es machen würden – mit einer ganzen Meute, einem rauen Rudel – oder mit ihren »Edel-Tigern«. Würde schon Jim McCrae genügen, der Erste des Skulls? Oder kam Lug Lassitter, der gefährlichste Revolvermann weit und breit, den Thor Milebridge, der Boss des Skulls, nur bei ganz besonderen Schwierigkeiten einsetzte, wenn sich nur noch allein mit dem Revolver etwas regeln ließ im Sinne des Skulls?

Ich war nicht so müde, wie man es vielleicht hätte denken können. Ich hatte in den vergangenen Tagen und Nächten viel geschlafen, um wieder gesund zu werden. Ich fühlte mich also recht gut und munter.

Aber ich spürte dennoch eine zunehmende Ungeduld. Ich wollte es gerne hinter mich bringen. Deshalb glich ich einem Fuchs vor dem Mauseloch, dem es allmählich ungemütlich wurde.

Ich lauschte immer aufmerksamer auf Hufschläge. Diese Stadt war völlig still geworden. Nur einmal weinte irgendwo ein kleines Kind im Bettchen. Aber dann wurde ein Fensterladen geschlossen.

Nur zweimal bellten Hunde und fauchte eine Katze. Es war also still, so als wüsste jedes Lebewesen von Pecos Bend, dass Unheil zu erwarten war.

Endlich hörte ich Hufschlag.

Und ich atmete langsam ein und noch langsamer wieder aus.

Denn es kam nur ein Reiter.

Aber dann war noch ein anderes Geräusch. Es wurde verursacht von einem zweiten Pferd, welches einen leichten Wagen zog. Dieser Wagen kam in einigem Abstand vom Reiter.

Aber sie gehörten zusammen. Ich wusste es sicher.

Sie kamen, um Hugh Mannerhan heimzuholen. Sie hatten einen Wagen dabei.

Jetzt war für mich nur noch die Frage wichtig, *wer* da kam. Es konnte nur entweder Jim McCrae oder Lug Lassitter sein.

Nachdem ich Hugh Mannerhans Begleiter zurechtstutzte, indem ich einem die Schulter durchschoss und die drei anderen fortschickte, musste nun ein Großer kommen, der mir gewachsen war.

Das war der Skull seinem Prestige schuldig. Er musste beweisen, dass er Männer besaß, die allein groß genug waren für jeden großen Gegner.

Ich sah dann den Reiter kommen – groß und in dunkler Kleidung auf einem dunklen Pferd. Ich erkannte die Silhouette des Reiters und wusste, dass dieser der Erste des Skulls war.

Der Vormann Jim McCrae war gekommen.

Der Wagen folgte etwa fünfzig Schritt zurück und kam sehr langsam näher, indes McCrae anhielt und absaß.

Er sah sich um und rückte seinen Revolver zurecht.

Dann trat er auf den Gehsteig und vor die Tür. Er versuchte sie zu öffnen, doch ich hatte sie verschlossen und trug den Schlüssel in der Tasche.

Ich wartete immer noch. Jim McCrae schlug mehrmals mit der Faust gegen die Tür und trat auch einige Male mit dem Fuß dagegen. Aber endlich war er sicher, dass ich nicht drinnen war.

Und da wusste er auch schon Bescheid.

Er hatte zuvor – als er herbeigeritten kam – schon mehrmals zur Gassenmündung gesehen. Nun tat er es wieder.

Ich trat langsam heraus, kam aus der Dunkelheit der engen Gasse zum Vorschein und wurde im grauen Licht der sterbenden Nacht erkennbar.

Jim McCrae hatte die erleuchteten Fenster des Office im Rücken.

Er war deshalb etwas im Nachteil – doch er hatte ja auch noch einen Mann bei sich, der noch etwas weiter rechts von mir auf dem haltenden Wagen saß. Dieser Mann war eine Gefahr für mich, und ich konnte nur auf Jim McCraes Stolz hoffen.

Der Skull-Vormann kam vom Plankengehsteig herunter und trat mir somit einige Schritte entgegen. Dann hielt er an. Uns trennten nur noch acht Schritte. Und da ich das Gewehr nun nicht mehr brauchte, ließ ich es rechts von mir in den Staub der Fahrbahn fallen.

Denn für Jim McCrae brauchte ich den Colt. Das war klar.

Einige Atemzüge lang schwieg er. Aber es ging etwas von ihm aus. Ich spürte es deutlich wie einen Anprall. Dieser Erste des Skulls, der für Thor Milebridge seit vielen Jahren die raue Arbeit verrichtete, war schon ein beachtlicher Bursche. Er musste dies schon allein deshalb sein, um eine raue Mannschaft bändigen und unter Kontrolle halten zu können.

Doch er war nicht nur der Leitwolf eines Rudels, nein, er besaß ganz gewiss eine Menge Qualitäten, die ihn nicht unter den Boss, sondern neben ihn stellten. Ohne Jim McCrae wäre Thor Milebridge niemals der größte Rancher westlich des Pecos geworden.

Und nun standen wir uns also gegenüber.

»Du bist ja verrückt, Shannon«, sagte er ruhig. »Und auch der alte Sheriff war verrückt, dir einen Stern anzustecken. Er ritt in Richtung Zozo. Man sah ihn reiten. Was will er in dieser Richtung?«

»Vielleicht sucht er seine Tochter«, murmelte ich.

Er dachte darüber nach, aber dann sah ich an seiner Kopfbewegung, dass er alle weiteren Gedanken in dieser Richtung zur Seite schob. Er wollte jetzt erst die Dinge klar bekommen, derentwegen er gekommen war.

Und so sagte er: »Geh hinein und lass ihn heraus!«

»Nein«, sagte ich. »Und vielleicht sollte ich dich auch einsperren. Denn du hast die Befehle gegeben, ja sogar selbst angefangen, mich zu verprügeln. – Vielleicht hätte ich die Prügel sogar hingenommen, denn ich hatte ja zuvor mit euren Reitern Streit gehabt im Saloon. Ich wäre über die Prügel vielleicht hinweggegangen. Doch ihr Schufte habt mich bestohlen. Ihr verdammten Straßenräuber schleift einen Betrunkenen aus dem Saloon, verprügelt ihn und leert ihm die Taschen. Solche Strolche seid ihr! Hau ab, McCrae! Hol mir das andere Geld von den anderen beteiligten Burschen herbei. Sie standen unter deinem Befehl. Hau ab, Hombre!«

Er stand da und schüttelte den Kopf.

»Du bist ja wirklich verrückt«, sprach er. »Denk

doch mal richtig nach. Ich bin gekommen, um Mannerhan zu holen. Und ich bin der Erste des Skulls. Glaubst du denn, ich könnte es mir leisten, unverrichteter Dinge hier wieder abzuziehen? Ty Shannon, wenn du nicht nachgibst, musst du kämpfen.«

Ich nickte.

»Das dachte ich mir schon. Der Skull kann nicht nachgeben. Der Skull hat seinen Ersten geschickt. Nun, ich habe den Schlüssel für die Tür und auch für die Zelle in der Tasche. Ja, du wirst mich niederkämpfen müssen, McCrae, wenn du Mannerhan aus der Zelle holen willst.«

Als ich es gesagt hatte, wunderte ich mich einen Moment lang über mich. Denn ich hatte die Entscheidung ohne jedes Zögern getroffen.

Ich war bereit für einen Kampf.

Jim McCrae schwieg zwei Atemzüge lang. Dann machte er nochmals zwei Schritte nach vorn. Er beugte sich aus den Hüften etwas vor, und seine Hand hing nun hinter dem Revolver. Aber das tat meine Linke auch.

»Ich habe immer gespürt«, sagte er leise, »dass ich dich anders einschätzen muss als all die anderen Burschen. Von dir, Shannon, ging schon immer etwas aus. Ich konnte es spüren. Und jetzt muss ich wahrhaftig . . .«

Er sprach nicht weiter.

Seine Schulter bewegte sich – und sein Ziehen konnte man im Bewegungsablauf gar nicht verfolgen.

Der Revolver war wie durch Zauberei in seiner Hand.

Ich sah in das Mündungsfeuer, spürte die Kugel und traf ihn selbst im gleichen Moment. Und ich traf ihn besser. Denn er schoss von nun an vor mir in den Staub der Fahrbahn – und jede Kugel war weiter von meinen Stiefelspitzen entfernt, weil ihm der Revolver immer schwerer wurde und er sich vergebens mühte, die Mündung auf mich zu richten. Dann fiel er.

Ich spürte den Schmerz an meiner Seite, doch ich konnte nicht darauf achten. Ich sah zu dem anderen Manne hin, der auf dem Wagen saß. Ich hielt auch meinen Revolver in diese Richtung.

Doch der Mann war kein Revolverschwinger von der rauen Mannschaft. Er kam vom Wagen gesprungen und lief auf McCrae zu. Ich sah nun, dass es ein Kutscher mexikanischer Abstammung war – ein Mann, der nicht kämpfen würde.

Ich konnte nicht länger stehen. Ich musste mich hinsetzen. Und so setzte ich mich in Bewegung, ging langsam und etwas unsicher durch den Staub der Fahrbahn und kam an Jim McCrae vorbei, neben dem der Mexikaner kniete.

»Bringe ihn heim«, sagte ich mühsam. »Bringe ihn heim zum Skull und zu Milebridge. Hast du gehört, Paco?«

»Ich bin Pedro, Pedro Monteja«, sagte der Mexikaner. »Und ich kann bezeugen, dass es ein ehrlicher Kampf war. Der Skull hat verloren. Ja, ich bringe ihn heim, Señor.«

Ich hörte es schon nicht mehr. Ich hatte meine ganze Kraft darauf ausgerichtet, das Office und eine der Zellenpritschen zu erreichen. Mir wurde immerzu schwarz vor Augen. Der Schmerz in meiner Seite war schlimm.

Dass ich mein Gewehr im Staube zurückließ, daran dachte ich nicht mehr.

Oh, ich weiß nicht, wie ich das damals schaffte, aber es ging irgendwie.

Drinnen stieß ich die Tür hinter mir zu, lehnte mich einen Moment von innen dagegen, um Luft zu schnappen. Und dann machte ich mich auf den Weg in eine der Zellen. Denn dort gab es eine Pritsche.

Hugh Mannerhan in der Eckzelle regte sich und sagte knirschend: »Was war das, dort draußen? Was war mit den Schüssen? Hey, haben sie dich erwischt? Bist du jetzt auch so angeschossen wie ich? Oha, morgen wirst du tot sein!«

Ich hörte es wie aus weiter Ferne.

Dann hörte ich für eine Weile nichts mehr.

Ich wachte erst wieder auf, als eine Lampe in meiner Zelle brannte und sich jemand um mich mühte. Ich sah, dass es Nancy und der Doc waren. Nancy sagte: »Oh, er hat viel Blut verloren. Diese Wunde ist wohl schlimm, Doc?«

»Nicht so sehr«, brummte dieser. »Die Kugel hat ihm nur eine Rippe ziemlich blank gemacht – richtig blank! Das blutet stark. Doch wenn ich diese Furche erst zusammengenäht habe, ist es nicht mehr so schlimm. Ein Bursche wie dieser Deputy verträgt solche Wunden. Aber es wird ihn mehr als nur etwas jucken. Das wird eine Weile wehtun, sobald er sich auch nur gerade machen möchte, mag es liegend oder stehend sein.«

Ich hörte das also.

Und ich war erleichtert. Ich wusste, dass ich eine zwar schmerzhafte und unangenehme, doch keine gefährliche Wunde bekommen hatte. Und das war mehr, als ich hoffen konnte nach einem Kampf mit Jim McCrae. Es hätte leicht umgekehrt sein können, nämlich, dass ich totgeschossen worden wäre und er nur verwundet wurde von mir.

Das alles war völlig offen. Wahrscheinlich war es Schicksal, dass es für mich relativ gut ausging.

Ich lag dann still und mit geschlossenen Augen da und ertrug die Behandlung des Docs. Er war irgendwie grimmig gestimmt und gab sich nicht besondere Mühe, mir die bösen Schmerzen erträglicher zu machen. Besonders als er zu nähen begann, tat er es gewiss nicht besonders vorsichtig.

Ich knirschte einmal: »Doc, Sie hätten Pferdeschlächter werden sollen. Ich kannte mal einen Doc der Konföderierten-Armee. Der war auch so zart wie Sie! Aber der betäubte seine Opfer wenigstens vorher mit einem Holzhammer.«

»Das können Sie von mir auch haben«, knurrte er. Er war ein schon alter und knorriger Bursche, den das Schicksal vor vielen, vielen Jahren in dieses Land verschlug und der vielleicht darauf hoffte, dass das Gesetz auch mal über den Pecos kam. Aber das war nicht der Fall. Deshalb konnte dieses Land auch nicht zur Blüte kommen.

»Ich kann Ihnen auch was mit einem Hammer geben, Shannon«, fügte er nochmals hinzu. »Was versprechen Sie sich eigentlich, Shannon, wenn Sie hier immer wieder herumschießen? Wollen Sie mit

Ihrem Revolver diese Welt hier ändern? Wollen Sie die Gewalt des Skulls mit Gegengewalt bekämpfen? Ist Ihnen dabei nicht klar, dass es ein fortwährendes Blutvergießen geben muss?«

Ich gab ihm keine Antwort, aber irgendwie verspürte ich seine Bitterkeit, ja, ich spürte sie wahrscheinlich noch viel mehr.

Ich hatte Blut vergossen, ja sogar getötet.

Aber es hatte damit begonnen, dass ich mich mit dem Skull anlegte. Lag die Schuld vielleicht bei mir?

Oha, irgendwie war etwas nicht in Ordnung. Das lag daran, dass auch ich kein Heiliger war. Ich hatte den Skull herausgefordert, als ich damals vergessen wollte, dass Sally mir fortgelaufen war.

Ich war in den Saloon gegangen, um mich zu betrinken. Und ein paar hänselnde Worte von Skull-Reitern hatten genügt. So war das alles gekommen.

Und es gab immer noch eine neue Steigerung. Denn jetzt war der Erste des Skulls tot, der Vormann Jim McCrae. Was würde jetzt kommen?

Ich dachte daran, indes ich die Schmerzen der Behandlung ertrug. Und ich begriff endlich, dass nicht nur der Doc, sondern auch die ganze Stadt und vielleicht sogar schon das ganze Land mit angehaltenem Atem gewissermaßen auf die weitere Entwicklung warteten.

Und noch niemand konnte begreifen, dass es darum ging, den Skull unter das Gesetz zu zwingen, damit es nicht in wenigen Tagen zu einem großen Schaf-Rinder-Krieg kam, in dem das Blutvergießen noch sehr viel größer werden würde.

Der alte Sheriff war noch unterwegs nach Zozo.

Wann würde er zurück sein? Wie lange musste ich hier noch allein standhalten?

Das alles waren bohrende Fragen.

Ich knurrte nur einen kurzen Dank, als der Doc fertig war und mir noch ein paar Verhaltensanweisungen gab.

»Sie müssen eine Woche liegen«, sagte er.

Aber da konnte ich nur grinsen. Oha, eine Woche liegen. Nicht mal einen kurzen Tag würde ich liegen können. So dachte ich bitter.

Und als der Doc dann gegangen war, sah ich Nancy an, die nun das blutgefärbte Wasser in der Schüssel forttragen wollte.

Sie hielt inne.

»Du solltest zu mir ziehen«, sagte sie. »In der Kammer meines Bruders hättest du es besser als hier in einer Gefängniszelle. Das ist kein Platz für einen angeschossenen Sheriff. Wirst du es schaffen bis zu mir?«

»Ich komme nicht«, sagte ich. »Ein Sheriff muss in seinem Office sein. Du könntest mir jedoch frische Wäsche und ein neues Reithemd aus dem Store holen. Ich habe inzwischen einen Teil meines Geldes zurückbekommen. Willst du mir diesen Gefallen tun? Ich kann mit nacktem Oberkörper nicht zum Store. Und der Doc zerschnitt mir das blutige Zeug, was ich auf dem Leibe trug.«

Sie sah mich starr an und sagte nichts. Sie ging hinaus ohne ein Wort.

Aber dafür lachte Mannerhan heiser in seiner Zelle. Er hatte gewiss nicht weniger Schmerzen als ich und wahrscheinlich sogar leichtes Wundfieber, welches ich auch noch bekommen würde.

Hugh Mannerhan lachte also. Und dann sagte er: »Shannon, du hast Glück gehabt, mächtig viel Glück. Und wahrscheinlich bist du sogar eine ganze Klasse besser, als wir alle hier im Lande bisher glaubten. Doch du bist verloren. Ich wette mit dir, dass sie mich noch während dieses Tages rausholen.« Ich sagte nichts mehr.

Ich lag da und wartete, dass meine Schmerzen etwas nachließen.

Und ich hoffte, dass Nancy mir Wäsche und ein neues Reithemd bringen würde.

Meine Schmerzen schienen auch wirklich etwas nachzulassen. Ich spürte gar nicht, wie ich langsam etwas einschlief – aber es war wohl mehr ein Dahindämmern, wie man diesen Zustand zwischen Bewusstlosigkeit und Schlaf so treffend nennt.

Als mein Unterbewusstsein mich wieder mal an die Oberfläche trieb und ich mir dabei wie ein Schwimmer vorkam, der aus der dunklen Tiefe aufstieg und Licht und Luft erreicht, da sah ich, dass Nancy schon da gewesen war. Sie hatte mir die Sachen aus dem Store gebracht und neben mir auf dem Schemel abgelegt.

Aus der Eckzelle rief Mannerhan: »Shannon, heh, Shannon! Es ist Vormittag! Ich habe Hunger! Ich will was zu essen haben. Das steht jedem Gefangenen zu! Heh, Shannon komm hoch und bringe mir Frühstück! Ich will Frühstück!«

Das Schreien bereitete ihm gewiss Schmerzen, aber er tat es dennoch, um mir die Möglichkeit des Ausruhens zu nehmen.

Ich ließ ihn schreien, bewegte mich nicht, sondern blieb ruhig liegen, wobei ich mich möglichst entspannte. Meine Seite schmerzte erträglich, aber ich wusste, dass es sofort schlimmer werden würde, sobald ich mich bewegte.

Ich »tunkte« noch mehrmals ein in die dunklen Tiefen von Schlaf und Ohnmacht, aus welchen mich immer wieder mein Unterbewusstsein trieb.

Endlich – gegen Mittag – wagte ich es, mich zu erheben. Und Mannerhan fluchte in der anderen Zelle auf mich und verwünschte mich in alle Höllen.

Ich achtete nicht darauf, denn ich hatte mit mir selbst zu tun.

Das Erheben ging eigentlich besser als ich dachte. Ich musste mich jedoch merklich schief halten, weil sonst die zusammengenähte Wunde zu sehr spannte. Auch durfte ich nicht durchatmen, sondern konnte dies nur flach und kurz tun.

Aber die Schmerzen blieben erträglich. Auch das Schwindelgefühl im Kopfe ging vorbei, nachdem ich eine Minute etwa auf den Beinen stand und mich ein wenig bewegte.

Nachdem ich mich etwas gewaschen und mit dem neuen Zeug angekleidet hatte, musste ich mich hinsetzen, um noch einmal zu entspannen.

Hugh Mannerhan hatte es längst aufgegeben, mich aus seiner Zelle heraus zu verfluchen.

Ich spürte nun ebenfalls etwas, was ich zuvor nicht für möglich gehalten hatte, nämlich: Hunger!

Ja, auch ich hatte Hunger.

Das aber war doch eigentlich ein gutes Zeichen.

Ich ging hinaus, um für meinen Gefangenen und mich etwas zu besorgen.

6

Als wir gegessen hatten, legte ich mich wieder lang in der Zelle. Ich hatte auch mein Gewehr gefunden. Jemand hatte es ins Office gebracht und auf den Schreibtisch gelegt, staubig und verdreckt wie es war.

Ich überlegte, was die Skull-Ranch nun tun würde.

Und da gab es eigentlich nur zwei Möglichkeiten: Entweder schickte Thor Milebridge ein raues Rudel – oder seinen schärfsten Tiger, jenen Lug Lassitter.

Letzterer war gewiss schneller mit dem Colt, als Jim McCrae es war. Lassitter war niemand gewachsen, auch ich nicht.

Dass Lassitter nicht Vormann war auf dem Skull, lag daran, dass er zu wenig von Rindern und Ranchbetrieb verstand – und gewiss auch gar nicht verstehen wollte, weil er nicht daran interessiert war, eine Mannschaft zu führen.

Lassitter war ein einsamer Wolf.

Aber Thor Milebridge hatte ihn gekauft und besaß seine Treue.

Würde er kommen? Und was dann?

Ich lag auf der Pritsche und wünschte mir, wir wären wegen meiner Wunde eine ganze Woche weiter. Denn dann würde diese Wunde schon verharscht sein.

Wahrscheinlich aber würde ich keine Woche älter werden, ja, kaum den kommenden Tag erleben.

Aber ich spürte eine grimmige Gleichgültigkeit gegenüber dieses drohenden Unheils. Ich dachte an den Sheriff, der jetzt vielleicht schon in Zozo angekommen war.

Mochte er diesen Hank Lorette finden oder nicht – und mochte Hank Lorette aussagen oder nicht, Jim McCrae war schon tot. Und Hugh Mannerhan saß in der Zelle. Was der Sheriff erst mithilfe eines Tatzeugen in Gang bringen wollte, hatte ich schon in Gang gebracht, indem ich Hugh Mannerhan wegen Straßenraub in die Zelle sperrte, nachdem ich ihn dazu brachte, auf meine Anschuldigung gegen mich den Revolver zu ziehen.

Der Sheriff wollte erreichen, dass der Skull an uns zerbrach. Doch ich hatte dies alles schon allein in Gang gebracht und musste das jetzt auch allein auskämpfen.

Ich konnte nur warten.

Mein Colt lag griffbereit neben mir auf der Pritsche. Meine Finger berührten den Kolben. Die Waffe war mir so ständig gegenwärtig – und irgendwie beruhigte mich dies etwas. Ich war nicht allein. Wenigstens diesen »Freund« hatte ich an der Seite.

Zwei Stunden vergingen, und es war nun schon Nachmittag.

Ich rechnete mir immer wieder aus, wie weit der Weg zum Hauptquartier des Skulls war und wie schnell dort die Entscheidungen getroffen wurden.

Aber die Frist, nach der etwas erfolgen musste, weil es dies der Stil und die ganze Art des Skulls war, ging schon bald vorbei und wurde mehr und mehr überschritten.

In der Stadt schien es still zu sein – aber wahrscheinlich hörte man hier im Zellenraum nicht jeden Laut und jedes Geräusch. Es hielt mich nicht länger.

Ich stand auf und ging ins Office.

Draußen war nun die Nachmittagssonne. Ich trat auf den Plankengehsteig, und ich musste mich weiterhin schief halten und durfte nur ganz flach atmen.

Ich setzte mich auf die Bank neben der Tür und lehnte mich an die Hauswand.

So saß ich bequem. Einige Leute beobachteten mich aus den Entfernungen der Häuser und Geschäfte, vom Saloon und vom Store her. Aber niemand kam mir zu nahe.

Ich war allein. Und das gefiel mir. Ich geriet wieder in jene trotzige und irgendwie selbstzerstörerische Stimmung, die jede Gefahr als Herausforderung ansah und sich einen Teufel um das Ende kümmerte.

Auch Nancy war nicht zu sehen. Doch das war mir recht so. Sie hatte mir zwei Mal geholfen, als ich zu schwach war, sie unmittelbar abzuweisen. Doch später dann tat ich es und lehnte ihre Hilfsangebote ab.

Sie tat nun recht, sich nicht mehr um mich zu kümmern.

Ich verglich sie mit Sally, doch ich kam nicht dazu, diese Vergleiche richtig mit Gründlichkeit zu ziehen. Denn ich sah nun Thor Milebridge kommen.

Jawohl, der Boss des Skulls kam selbst in die Stadt.

Es gab keinen Zweifel, dass er zu mir wollte. Er hatte also nicht seinen Tiger Lug Lassitter geschickt, auch nicht sein raues Rudel. Nein, er kam selbst.

Ich hatte ihn schon lange nicht gesehen und war erstaunt, wie wenig er sich doch im letzten Jahr verändert hatte.

Er war ein mittelgroßer, drahtiger Mann mit weißen Haaren und einem dunklen, asketisch wirkenden Gesicht, in dem zwei helle Augen funkelten. Er war ein Mann, der stets seinen zwingenden Willen gegen alles ausströmte, was in seinen Bereich geriet.

Und früher, da war er ein gefährlicher Revolverkämpfer wie Lassitter.

Irgendwie war er dem alten Sheriff Noah Wade etwas ähnlich. Man hätte diese beiden Männer für Brüder halten können.

Thor Milebridge kam herangeritten auf seinem prächtigen Rappen. Es war ein Tier, welches immer noch einen besonderen Reiter brauchte. Dieser Reiter musste sich immerzu mit diesem schwarzen Hengst messen.

Und vielleicht gehörte dies zu der Art, mit der Thor Milebridge sich trotz weißer Haare die Jugend erhielt.

Solch ein Pferd forderte einen Mann ständig.

Er hatte auch vor wenig mehr als einem Jahr zum dritten Male geheiratet. Seine Frau hätte altersmäßig seine Tochter sein können. Er musste jetzt um die fünfundfünfzig sein – und das war in diesem Lande und für einen Mann, der sein ganzes Leben geritten und gekämpft hatte, ein hohes Alter.

Er lenkte an die Haltestange und blieb einige Sekunden im Sattel. Er wusste, dass viele Augen ihn jetzt beobachteten in dieser Stadt – aber er nahm sich Zeit.

Sein heller Blick betrachtete mich fest. Ich spürte, wie etwas, das von ihm ausging, an mir herumtastete und einzudringen versuchte.

Und ich hielt seinem Blick stand und dachte tief in meinem Kern: Hoffentlich erkennt er nicht, wie schlecht es mir geht und wie mies ich mich fühle.

Er saß plötzlich mit einer leichten Bewegung ab. Als er die Zügelenden um den Haltebalken warf, versuchte der schwarze Hengst, nach ihm zu schnappen. Doch er entging diesem Zuschnappen mit einer raschen Bewegung des Oberkörpers. Es war wie bei einem mittelgewichtigen Preiskämpfer, der dem Schlag des Gegners leicht ausweicht, weil seine Augen und alle Reflexe noch hundertprozentig sind.

Er gab dem Hengst etwas aufs Maul – aber es war nur ein derber und kein böser Schlag. Es war mehr ein Spiel zwischen Mann und Pferd. Vielleicht kämpften sie beide nur deshalb, weil es ihnen Spaß machte, einander in ständiger lauernder Bereitschaft zu halten.

Als er vor mich auf den Gehsteig trat, wippte er leicht auf den Sohlen seiner sehr weichen Stiefel, die man nur in Alabama so schön gearbeitet bekam.

Seine Stimme war ruhig und dabei pulvertrocken.

»Ich glaube, Sheriff«, sagte er, »wir müssen mal miteinander reden. Also gehen wir hinein.«

Ich zögerte. Denn ich wusste, dass er mir ansehen würde, wie schlecht es mir ging, sobald ich mich erheben musste.

Doch er gab mir unbewusst oder absichtlich eine Chance. Er ging vor mir hinein und drehte mir den Rücken zu.

Nun wagte ich es, mich von der Bank zu erheben. Ich schnaufte leise. Dann verharrte ich zwei Atemzüge lang und folgte ihm.

Ich ging bis zu der Wand, an der das Gewehrregal stand.

Dort lehnte ich mich mit der Schulter meiner gesunden Seite an die Wand. So konnte ich am besten verbergen, dass ich mich schief halten musste, weil die zusammengenähte Wunde zu sehr spannte.

Thor Milebridge schien mich vorerst nicht zu beachten. Er wanderte im Raume umher, schien sich alles anzusehen und steckte auch seinen Kopf in den Zellenraum. Dort saß Mannerhan in seiner Zelle auf der Pritsche und erkannte den Boss.

»Holen Sie mich hier raus, Boss«, sagte er. »Sir, dieser Shannon ist verrückt, völlig verrückt.«

Aber Milebridge gab ihm gar keine Antwort.

Er wandte sich mir zu.

»Der Skull hat Sie falsch behandelt«, sagte er. »Ich habe mich nicht darum gekümmert, bis es zu spät war. Jim McCrae hat zweimal Ihnen gegenüber einen großen Fehler gemacht. Nun ist er tot. Aber ich bin sicher, dass er Sie nicht ausgeraubt hat. Das taten Mannerhan und die drei anderen Burschen ohne sein Wissen. Ich nahm mir diese drei Narren schon vor. Hier ist das Geld.«

Er trat an den Schreibtisch und warf ein Röllchen Scheine auf die Platte. Dann sah er mich wieder an.

»Wollen Sie Mannerhan jetzt freilassen?«

»Nein«, sagte ich.

Milebridge bekam schmale Augen. Er nahm seine wie nachdenklich wirkende Wanderung durch das Office wieder auf. Aber dann verhielt er dicht vor mir.

Er sprach:

»Inzwischen fand ich eine Menge heraus und Antwort auf einige Fragen. Das Nachrichtensystem in diesem Lande hat gearbeitet. Der Sheriff ist nach Zozo geritten, weil Hank Lorette dort bei seinem Mädchen untergekrochen sein soll. Und in drei Tagen kommen zehntausend Schafe in dieses Land. Es werden mit jedem Tag einige Hundert Schafe mehr. Denn sie werfen unterwegs überall Lämmer. Hinter den Schafleuten steht mein großer Feind Hondo Cassedy. Er hat sich mit Noah Wade und

Ihnen, Ty Shannon, zum großen Coup vereinigt. Er hat euch vielleicht sogar gekauft. Aber das kann ich auch. Wie hoch ist der Preis?« Als er verstummte, staunte ich.

Denn es war doch nicht möglich, dass Thor Milebridge und der ganze Skull nachgaben. Oder doch?

Er erkannte mein Staunen und lächelte hart.

»Ich kann die Schafherden nur mithilfe des Gesetzes aufhalten«, sagte er. »Anders geht es nicht. Deshalb muss ich den Sheriff auf meiner Seite haben. Oder es wird bald Miliz ins Land kommen, um mich zurechtzustutzen. Die Zeiten der eigenen Macht sind vorbei. Shannon, Sie haben Glück! Ich kann euch nicht mehr auseinander nehmen, wie ich es bisher getan habe mit jedem Narren, der gegen mich war. Hondo Cassedy hat Freunde in der Hauptstadt. Er wartet nur darauf, dass ich etwas in Gang bringe, was ungesetzlich ist. Also muss ich das Gesetz kaufen. Wie viel kosten Sie, Ty Shannon?«

Ich sah ihn an und wusste nun, dass er mich kaufen wollte, um gegenüber seinem alten Feind Hondo Cassedy, der nach langen Jahren zurück in sein Land gezogen kam, einen großen Vorteil zu haben.

Thor Milebridge hatte völlig umgeschaltet, nachdem sein Vormann Jim McCrae vergeblich versuchte, mit Gewalt die Dinge zu regeln.

Thor Milebridge hatte die Zeichen der neuen Zeit erkannt und war nun dabei, die Macht auf andere Weise auszuüben – nämlich über einen gekauften Sheriff. Das würde sich besser machen als die selbstherrliche Macht des Skulls. Das also war sein neuer Stil.

Da ich bisher so gut mit seinen Männern zurechtgekommen war, wollte er mich nicht länger als Feind, sondern als Handlanger. Und weil er bisher alles kaufen konnte und für ihn alles stets seinen Preis hatte, sah er auch diesmal keine besonderen Schwierigkeiten.

Jawohl, so war es. Er war daran gewöhnt, Menschen nach seinem Ermessen herumzuschieben wie die Figuren auf einem Schachbrett. Es erschien ihm so einfach und so selbstverständlich, einen Burschen wie mich zu kaufen.

Darüber staunte ich.

Noch mehr aber staunte ich darüber, dass er glaubte, Sheriff Noah Wade auf die gleiche Art kaufen zu können. Das konnte er doch wohl nicht im Ernst hoffen oder gar mit einiger Sicherheit erwarten?

Noah Wade kaufen – oha, dies konnte ich mir nicht vorstellen! Dieser alte Banditenjäger schien mir zu sehr ein Symbol für unbestechliche Zuverlässigkeit und Geradlinigkeit zu sein. Nein, Noah Wade gehörte nicht zu jenen Typen, die ein mächtiger Mann kaufen konnte. Noah Wade würde stets unbeirrbar allein nur seinem Gewissen und dem Gesetz dienen.

Thor Milebridge sah mich unverwandt an. Ich wusste, dass er versuchte, meine Gedankengänge zu ergründen. Er spürte genau, wie sehr und gründlich ich nachdachte.

Plötzlich hob er die Hand und hielt mir seinen Zeigefinger vor die Nase.

»Achtung, Shannon«, sagte er. »Nur keinen Fehler machen jetzt, mein Junge. Ich mache niemals ein Angebot zweimal. Und ich habe – was das Prestige des Skulls betrifft – schon mehr als genug eingesteckt. Sie haben meine Leute verprügelt, meinen Vormann getötet und immer noch einen meiner Männer im Gefängnis. Das alles hat der Skull noch niemals hingenommen. Meine Mannschaft wird vielleicht sogar an mir zu zweifeln beginnen und sich nicht mehr so sicher fühlen auf dem Skull. Das alles schafft Probleme, die ich noch lösen muss. Und wenn ich Ihnen dennoch ein Angebot mache, um Sie auf meine Seite zu bekommen, dann sollten Sie es annehmen. Ich mache Sie wohlhabend. Sie werden außer Ihrem Sheriffs-Gehalt nochmals das gleiche Gehalt von mir bekommen, dazu noble Prämien. Sie werden sich unter meinen mehr als tausend Pferden stets die besten aussuchen können und in silberbeschlagenen Sätteln sitzen. In zehn Jahren sind Sie ein gemachter Mann. Und ich will dafür nur Ihre Loyalität mir gegenüber. Das ist ihre große Chance, Ty Shannon. Ich bin immer noch der King im Lande. Alles lebt in meinem Schatten. Ich könnte Sie zerquetschen lassen. Zur Zeit sind Sie angeschossen, ein kranker Mann, auch wenn Sie es geschickt zu verbergen versuchen. Wenn ich wollte, würden Sie die kommende Nacht nicht überleben. Ich wäre sogar bereit, Mannerhan zu opfern. Aber ich mache Ihnen das Angebot nur jetzt und niemals wieder.«

Ich sah ihm an, dass er nun wirklich alles gesagt

hatte und kein weiteres Wort mehr verschwenden würde. Er hatte sogar ungewöhnlich viel geredet. Sein sonnengebräuntes Gesicht war noch etwas dunkler geworden. Natürlich fiel es ihm schwer, zu mir – einem bisher unwichtigen Zureiter und Pferdejäger – so als bittender Überreder sprechen zu müssen.

Aber er brauchte meine und des Sheriffs Hilfe. Er wollte das Gesetz kaufen, nachdem bisher mehr oder weniger seine Macht ausreichend genug war.

Ich musste mich entscheiden.

Doch ich wollte Zeit gewinnen. Und ich konnte auch nichts ohne Noah Wade tun.

Und so sagte ich: »Das kann ich nicht binnen weniger Minuten entscheiden. Das muss ich mir erst überlegen. Und ich muss auch erst herausfinden, wie der Sheriff darüber denkt. Noah Wade ist mein Boss.«

Thor Milebridges Augen wurden schmal. Sein ohnehin schon harter Mund wurde noch hartlippiger. Seine ganze unduldsame und gefährliche despotische Härte konnte ich am Spiel seiner Lippen erkennen.

»Na schön«, murmelte er, »Sie haben Bedenkzeit, Shannon. Wir werden sehen.«

Nach diesen Worten ging er. Ich sah durch die offene Tür, wie er draußen aufsaß und aus der Stadt ritt.

Und ich wusste, dass ganz Pecos Bend nun staunte und den Skull nicht mehr begriff.

Aber wenn alles nach Thor Milebridges Wünschen und Absichten verlief, so würde er eines Tages diese Stadt und das ganze Land noch fester im Griff haben.

Thor Milebridge hatte die Zeichen der Zeit erkannt.

Er wollte nicht länger mehr den Skull herrschen lassen im Lande. Er wollte das Gesetz kaufen, auf seiner Seite haben und dann alles, was sein Vormann Jim McCrae und sein Revolvermann Lug Lassitter auf die raue Art mit den Revolvern oder durch die raue Mannschaft machen ließ, nun durch das Gesetz erledigen lassen.

So einfach war das zu begreifen.

Nur die Leute in Pecos Bend wussten es noch nicht. Die wunderten sich nur und waren vielleicht versucht zu glauben, Thor Milebridge hätte sich geändert.

Aber er war eigentlich noch gefährlicher als zuvor.

Ich ging wieder in den Zellenraum zurück, denn mir war danach, mich wieder mal eine Weile hinzulegen.

Hugh Mannerhan fluchte in seiner Zelle. Doch er beschimpfte nicht nur sich, sondern auch seinen eigenen Boss.

»Wenn die anderen Jungens der Mannschaft erst erfahren, dass er mich hier in diesem Loch sitzen ließ, so werden sie kommen, mich zu holen. Und dann wird die Skull-Mannschaft auseinander brechen. Dieser Narr wird noch erleben, was es ihm einbringt, seine Reiter in der Patsche sitzen zu lassen. Ich ...«

»Halt dein Maul«, sagte ich heiser. »Wenn du dein verdammtes Maul nicht hältst, gieße ich dir ein paar Eimer Wasser durch die Gitter. Halt dein Maul dort drinnen in deinem Kasten.«

Er blieb tatsächlich still.

Er hatte meiner Stimme wohl angemerkt, dass ich am Ende war mit meiner Geduld.

Ich schlief wenig später schon von einem Atemzug zum anderen ein.

Denn die letzte Stunde hatte mich mehr erschöpft, als ich wahrhaben wollte.

Diese Wunde an der Seite und der Blutverlust konnten selbst einen solch zähen Burschen wie mich ganz schön schaffen.

Ich schlief nicht lange – wahrscheinlich kaum mehr als eine Stunde.

Dann hatte ich meine Erschöpfung überwunden.

Aber ich lag noch eine Weile still, bewegte mich nicht.

Ich »lauschte« in mich hinein und achtete auf die Zeichen meiner Wunde und der angeknacksten Rippe.

Die Schmerzen waren sehr milde. Das freute mich auf eine bittere Art.

Mein Kopf wurde langsam wieder klar, und ich begann zu denken. Diese Gedanken wurden immer schärfer und präziser.

Ich ging das ganze Gespräch mit Thor Milebridge noch einmal durch und erinnerte mich an jedes

Wort, jedes Mienenspiel und auch an alles, was sozusagen in der Luft hing oder zwischen seinen Worten zu erahnen war.

Und plötzlich wurde mir klar, was ich vorhin nicht erkennen konnte.

Es war ein schreckliches Begreifen.

Denn Thor Milebridge hatte nur mich kaufen wollen – nur mich! An den Sheriff Noah Wade dachte er gar nicht. Es handelte sich nur um mich, den Deputy, den Hilfssheriff, der aber aufrücken würde, wenn seinem Boss, dem Sheriff, etwas zustoßen sollte. Ich ahnte plötzlich, dass Noah Wade in Gefahr war und es vielleicht von Thor Milebridge so geplant war, dass Noah Wade niemals wieder aus Zozo zurück nach Pecos Bend kommen konnte.

Dann war ich hier der Sheriff.

Und mich wollte Milebridge kaufen. Heiliger Rauch!

Es war plötzlich wie ein Schrei in mir, wie ein scharfes Alarmsignal.

Milebridges Nachrichtensystem in diesem Lande war ausgezeichnet. Er hatte sogar schon herausbekommen, wohin der Sheriff geritten war und was er in Zozo wollte.

Ich erhob mich mühsam.

Mannerhan sagte aus der anderen Zelle: »Du verdammter Hundesohn, hoffentlich verreckst du bald.«

Ich ging nach vorn ins Office.

Und da saß eine Überraschung.

Nancy saß still hinter dem Schreibtisch und hatte eine Schrotflinte so auf dem Tisch liegen, dass die

Doppelmündung zur immer noch offenen Tür zeigte.

Sie wandte den Kopf und sagte: »Du bist ja verrückt, dich drinnen schlafen zu legen und die Tür zur Straße offen zu lassen. Mannerhan hat bestimmt noch ein paar Freunde, die ihn gerne herausholen würden und dies auch bald tun. Aber er gehört zu den Burschen, die meinen Bruder aufhingen. Ich will nicht, dass er wieder frei herumreiten kann. Deshalb sitze ich hier.«

Nun hatte sie es mir deutlich genug zu verstehen gegeben. Sie saß nicht wegen mir hier mit der Schrotflinte im Office. Sie wollte nur nicht, dass einer der Mörder ihres Bruders entkommen konnte.

Ich grinste nur und trat zum Gewehrständer. Dort nahm ich das Gewehr, welches ich schon einmal ausgewählt hatte. Ich überprüfte, ob es geladen war und nahm mir aus einem Kasten eine Handvoll Patronen, die ich in die Hosentasche steckte.

Neben der Tür hing mein Hut. Ich setzte ihn auf.

Dann erst wandte ich mich Nancy zu.

»Das hat es noch nirgendwo gegeben«, sagte ich. »Ein weiblicher Gefängniswärter. Und dabei kann man deine Haare auf den Zähnen gar nicht sehen. Am Besten ist es, du schließt die Tür von außen zu und bringst Mannerhan nur zweimal am Tage etwas zu essen – oder auch nur einmal. Oder meinst du, dass ich in dieser lausigen Stadt noch einen Helfer finde – einen männlichen Helfer?«

»Nicht gegen den Skull und dessen Reiter«, sagte sie. »Wo willst du hin, Ty Shannon?«

Ich zögerte, es ihr zu sagen. Denn sie würde mich für verrückt erklären.

Erst in der vergangenen Nacht – also vor einigen Stunden – hatte der Doc mir gesagt, dass ich eine ganze Woche lang flach im Bett liegen müsse. Und wenn er nun erfahren würde, dass ich wahrhaftig schon reiten wollte, dann hielt er mich gewiss für verrückt.

Ich sagte zu Nancy: »Der Sheriff ist in Gefahr. Sie wissen oder rechnen damit, dass er aus Zozo mit einem Gefangenen zurückgeritten kommt. Jemand wird ihm auflauern. Ich muss ihm entgegen reiten. Ich *muss* es versuchen! Und wenn es mich umbringt, ich *muss* es einfach riskieren. Also sei schön brav, Kleine. Es gibt keine andere Wahl. Der Sheriff hat ein Recht auf meine Treue und darauf, dass ich ihm auf den Brustwarzen entgegen gekrochen komme, damit er nicht allein ist in der Not.«

Nachdem ich dies gesagt hatte, wollte ich gehen.

Doch Nancy kam zu mir an die Tür gelaufen. »Einen Moment noch, Ty!« So rief sie etwas schrill.

Sie trat ganz nahe an mich heran und sah in meine Augen. Sie war einen Kopf kleiner als ich, und sie musste ihren Kopf zurücklegen.

»Du gehörst zum Salz der Erde«, sagte sie. »Diese Sally war dumm, mit einem Spieler wegzulaufen. Sie war wie ein dummes Huhn, welches in der Ferne einen anderen Hahn krähen hört. Viel Glück, Ty.«

Sie versuchte nicht, sich dichter zu nähern oder

mich gar zu küssen. Aber ich konnte irgendwie spüren, dass sie es gerne getan hätte.

Sie war ganz auf meiner Seite – aber sie war auch zu stolz, sich aufzudrängen. Dass sie hier war, dies motivierte sie gewiss mit ihren Interessen, die Mörder ihres Bruders bestraft zu sehen.

Aber Jim McCrae war ja schon tot, weil er Mannerhan mit Gewalt zu befreien versuchte und ich ihm dabei im Wege stand.

Ich konnte mich nicht länger mehr aufhalten. Ich wandte mich ab und machte mich mit dem Gewehr auf den Weg zum Mietstall.

Als ich dort ankam, war ich in Schweiß gebadet. Meine Seite schmerzte wieder stärker, und ich dachte mit Furcht daran, wie es nach einigen Meilen im Sattel sein würde. Vielleicht fiel ich dann schon bald vom Pferd.

Aber ich musste es dennoch versuchen, dem Sheriff zu Hilfe zu kommen.

Denn er war in Gefahr.

Thor Milebridges Versuch, mich zu kaufen, ließ mich das erkennen.

Denn Noah Wade hätte er niemals kaufen können. Also musste er ihn schon abgeschrieben haben, als er mir sein Angebot machte.

7

Zuerst glaubte ich, dass ich keine halbe Meile weit kommen könnte auf meinem guten Pferd.

Aber mir klangen noch die Worte des Mietstallbesitzers Luke Cruz in den Ohren, die dieser sprach, als ich mühsam in den Sattel kletterte.

»Es ist wohl klug von dir, dass du aus dem Lande reitest und nicht lange damit wartest, Ty Shannon.«

Diese Worte hatten mich wütend gemacht. Aber ich begriff, dass wohl alle Leute hier in Pecos Bend glaubten, ich machte mich aus dem Staube.

Nur Nancy glaubte es nicht.

Ich ließ mein Pferd ruhig traben, denn dies war die Gangart, die mir am wenigsten Schmerzen bereitete. Aber es waren schon Schmerzen genug. Ich war mal früher mit einem Apachenpfeil in der Schulter geritten, bis ich jemanden fand, der mir das Ding herausschneiden konnte.

Aber diese Schmerzen damals waren harmlos gegen das, was ich nun ertragen musste. Und dennoch hielt ich durch. Ich staunte manchmal darüber, was ein Mensch und in diesem Falle ich alles so ertragen konnte.

Darüber hinaus dachte ich noch nach.

Denn ich musste ja einigermaßen ausrechnen, wo man den Sheriff aufhalten würde. Und es war auch nicht unwichtig, zu wissen, *wer* es versuchte.

Aber letztere Frage war wohl leicht zu beantworten. Solche Dinge war wohl Mister Lug Lassitter seinem Boss schuldig. Dafür wurde er schon viele Jahre mit dem höchsten Lohn bezahlt.

Es gab mir auch zu denken, dass Thor Milebridge selbst und allein nach Pecos Bend gekommen war, ohne Lassitter. Ja, ich dachte sofort an Lassitter.

Thor Milebridge durfte sich nicht zu sehr in die

Hände seiner vielen Reiter begeben, indem er ein ganzes Rudel mit dem Mord an einem Sheriff beauftragte. Sie würden ihn dann vielleicht eines Tages erpressen.

Nein, solch eine Sache musste von einem verschwiegenen und treuen Mann durchgeführt werden.

Und das war Lug Lassitter.

Ich fragte mich, wo er es versuchen würde.

Und da gab es recht viele Möglichkeiten zwischen Zozo und Pecos Bend.

Doch wahrscheinlich würde Lassitter nicht weit geritten sein. Bis Zozo waren es von Pecos Band mehr als sechzig Meilen nach Südwesten in die Sacramento Mountains hinein. Zozo war ein böses Nest.

Es war für einen Sheriff schon schwer genug, dort einen gesuchten Mann herauszuholen. Und der Rückweg führte an Dutzenden von Stellen vorbei, wo ein Hinterhalt möglich war.

Wahrscheinlich aber würde Lassitter nicht aus dem Hinterhalt schießen. Dazu war er zu stolz. Er würde den Sheriff mitten auf dem Wege erwarten und nur dafür sorgen, dass es aus der Ferne keine Beobachter geben konnte – selbst durch Zufälligkeiten nicht.

Also würde es in einem Hohlweg, einer Schlucht, im Wald oder zwischen Felsen geschehen. Und es musste auch die Möglichkeit gegeben sein, ohne Hinterlassung einer deutlichen Fährte und in guter Deckung nach dem Verklingen der Schüsse fortreiten zu können.

Lassitter war nicht nur ein Revolvermann, sondern auch ein überlegter Killer. Ich hatte schon als Junge von ihm Geschichten gehört. Er hatte auch eine Zeit lang als Kopfgeldjäger gearbeitet. Er musste an die zehn Jahre älter sein als ich, also um die sechsunddreißig.

Dass er als Revolvermann so alt wurde, sprach schon für seine Gefährlichkeit. An Erfahrung war er gewiss ein narbiger Wolf.

An all diese Dinge dachte ich fortwährend, indes ich schief im Sattel saß und dabei eigentlich mehr in den Steigbügeln stand, damit ich die harten Stöße des Pferdes abfangen konnte.

Dabei hatte mein Tier eine weiche Gangart. Nur heute kam sie mir so gnadenlos hart vor.

Nun, ich will hier nicht endlos darüber jammern, wie schlecht es mir damals auf dem Wege nach Zozo ging und wie böse die Schmerzen waren, die ich ertragen musste. Aber ich muss es dennoch erwähnen – und sei es auch nur als Entschuldigung dafür, dass ich zu spät kam und den Sheriff nicht retten konnte.

Jawohl, so war es!

Ich ritt an diesem Tage elf Meilen, obwohl ich am Anfang geglaubt hatte, keine halbe Meile reiten zu können.

Ich weiß nicht, wie ich es schaffen konnte, diese elf Meilen unter solchen heftigen – nein, bösen und gemeinen – Schmerzen reiten zu können.

Ich fand den Sheriff in einem kleinen Canyon, der durch die Horse Mesas führte. Es war ein roter, steiniger Canyon mit einem ausgetrockneten Creek, neben dem der Weg nach Zozo kaum erkennbar war, obwohl ihn einst schon die Spanier mit ihren gepanzerten Soldaten gezogen kamen, Coronado zum Beispiel, der nach den sieben goldenen Städten von Cibola suchte.

Der Sheriff war vom Pferd gestürzt. Und weil die Zügelenden des Tieres zu Boden hingen, stand es noch dort. Denn es hatte als erste Lektion gelernt, nicht fortzulaufen, wenn die Zügelenden am Boden lagen.

Der Sheriff lag still und bewegungslos auf der Seite. Er hatte seinen Colt aus der Halfter gezogen. Aus der Waffe war eine Kugel abgefeuert. – Dies stellte ich später fest.

Doch er selbst hatte eine Kugel in der Brust.

Als ich ihn vorsichtig auf den Rücken drehte, wobei ich selbst bald ohnmächtig wurde vor Schmerz, sah ich, dass er viel Blut verloren hatte.

Doch wer viel blutete, musste noch gelebt haben. Sein Herz musste noch lange geschlagen haben.

Das Einschussloch saß dicht neben dem Herzen.

Und das Ausschussloch am Rücken war so groß, dass ich meine geballte Faust hätte hineinstecken können. Spuren sonst gab es nicht viel, denn der Boden des Canyons war hart und steinig.

Und dennoch stellte ich fest, dass drei Pferde hier für eine Weile gestanden und herumgetrampelt waren. Ich stellte es fest, weil ich mich auf Spuren verstand, ein erstklassiger Jäger und Scout war und es in dieser Beziehung mit jedem erfahrenen Apachen aufnehmen konnte.

Drei Pferde also.

Wenn Lassitter allein war, hatte der Sheriff einen Begleiter gehabt. Und der konnte logischerweise nur Hank Lorette gewesen sein, den er aus Zozo hatte holen wollen.

Ich seufzte bitter. Warum musste ich so angeschossen sein? Warum gab es keine Chance für mich, den Mörder zu verfolgen?

Denn der Sheriff lag noch nicht lange hier, vielleicht nicht mal eine einzige Stunde.

Ich setzte mich auf einen Stein, drehte mir eine Zigarette und rauchte diese vorsichtig. Das ruhige Sitzen tat mir gut.

Dann sah ich wieder mal auf den bewegungslosen Körper des Sheriffs. Und da hörte ich ihn seufzend atmen.

Zuerst glaubte ich, mich getäuscht zu haben. Ich erhob mich, warf meine Zigarette weg und ging hinüber. Ich kniete vorsichtig neben ihm nieder und stöhnte selbst dabei vor Schmerz.

Aber dann sah ich, dass er wahrhaftig atmete. Auf seiner Lippe erschienen Bläschen, welche bald schon platzten.

Er lebte wahrhaftig noch. Aber wahrscheinlich war es wie das letzte Aufflackern eines Flämmchens.

Was konnte ich tun?

Nun, zuerst einmal holte ich seine Wasserflasche. Und in seiner Satteltasche fand ich ein Handtuch und ein Reserve-Unterhemd, welches sich als Verbandszeug verwenden ließ. Ich musste seine Kugellöcher verstopfen, koste es was es wolle – selbst mit dem Staub des Canyons hätte ich es tun müssen, würde mir nichts anderes zur Verfügung gestanden haben.

Ich wusch ihm das Gesicht, ließ ihn trinken – und glaubte schon, dass er nun endgültig gestorben wäre.

Aber er atmete und schluckte ein wenig. Als er husten musste, begann seine Wunde wieder etwas zu bluten. Ich sah das am Verband, der sich stärker rötete. Der Sheriff war also noch nicht ausgeblutet. Und seine »Pumpe« arbeitete noch.

Aber was sollte ich tun? Wie konnte ich ihm helfen?

Selbst wenn ich in der Lage gewesen wäre, ihn zu heben, zu tragen, auf das Pferd zu bekommen, ohne dass er mir starb, wohin hätte ich ihn bringen können?

Sein Leben hing davon ab.

Einige Meilen von hier lebte ein Mexikaner mit seiner Familie in den Hügeln. Er hieß Pablo Quandriges und züchtete Esel, Pferde und Maultiere. Seine Familie bestellte ein paar Maisfelder und erntete ein paar Alfalfa-Wiesen ab.

Das war der nächste Ort, an dem der Sheriff Hilfe bekommen konnte. Und er wäre dort auch gut versteckt.

Letzteres war wichtig. Denn wenn der Mann, der den Sheriff hier erwartet und vom Pferd geschossen hatte, erst erfuhr, dass der Sheriff gar nicht tot war, würde er ihn erneut suchen, um ihm endgültig das Leben zu nehmen.

Aber wie sollte ich Noah Wade bis zu Pablo Quandriges schaffen können?

Das war mir einfach nicht möglich. Ich konnte vielleicht gerade selbst in den Sattel kommen und mich noch eine Weile auf dem Pferd halten – mehr aber nicht.

Der Sheriff aber musste so vorsichtig transportiert werden wie ein rohes Ei.

Sonst starb er.

Ich hockte mich wieder auf den Stein und trank selbst ein paar Schlucke aus der Wasserflasche. Oh, verdammt noch mal, wie sehr hilflos konnte doch ein Mensch manchmal sein.

Und wenn das so war, so wünschte er sich sehnlichst, dass jemand käme oder etwas passierte, was ihm Hilfe oder Rettung bringen könnte.

In diesen Momenten beteten dann die meisten Menschen. Ja, in solcher Not erbaten sie sich dann Hilfe vom Himmel. Und so ähnlich erging es mir damals.

Als ich dann Hufschlag hörte, wollte ich das zuerst gar nicht glauben und hielt es für eine Sinnestäuschung.

Aber das war es nicht. Es war auch kein Zufall.

Die beiden Reiter waren Pedro und Miguel. Sie hatten mir bei der Wildpferdjagd und beim Zureiten der Biester geholfen. Ja, es waren meine beiden Helfer, mit denen ich die vergangenen drei Monate im Horse Mesa Land verbracht hatte.

Als sie mich auf dem Stein bei den Pferden und der leblosen Gestalt am Boden bemerkten, kamen sie schneller.

Dann hielten sie an, betrachteten sich die Sache, und Miguel sagte: »Wir dachten uns gleich, dass Sie

Hilfe brauchen könnten, Señor Shannon. Deshalb folgten wir Ihnen, als wir von Señorita Calhoun hörten, wohin Sie ritten.«

Und Pedro nickte zu den Worten seines Compañeros und Amigos.

»Si, so ist es«, sagte er. »Wir sagten ja schon einmal, Señor, dass wir angesaust kommen, wenn Sie Hilfe brauchen sollten.«

Ich bekam ein warmes Gefühl. Oh, es war doch gut, wenn man ein paar Freunde besaß auf dieser Welt.

»Ich muss euch warnen«, sagte ich. »Dies ist keine Wildpferdjagd. Hier geht es gegen den Skull. Das habt ihr doch begriffen?«

Sie nickten. Aber ihre Augen funkelten.

Nun deutete Pedro auf den Sheriff. »Ist er tot?«

»Nein«, sagte ich. »Wenn man ihn ganz vorsichtig auf einer Schleppbahre nach Indianerart zu Pablo Quandriges schaffen könnte ... Pablo Quandriges und dessen Familie würden sich Mühe geben, den Sheriff zu verstecken und gesund zu pflegen, bis ich den Mann habe, der ihn hier aus dem Sattel schoss, um Hank Lorette zu befreien. Ich muss den Mann erledigen und Hank Lorette finden.«

Sie dachten über meine Worte nach.

»Wer kann dieser Mann sein?« Dies fragte Miguel ruhig.

»Lassitter«, erwiderte ich. »Es kann sich nur um Lassitter handeln. Denn er erwartete den Sheriff und dessen Gefangenen hier mitten auf dem Wege. Ich sah es an den Spuren. Der Sheriff konnte sogar noch seinen Revolver ziehen. Es kann nur Lassitter gewesen sein. Und er nahm Hank Lorette mit.«

Sie nickten wieder.

Aber nun saßen sie ab.

»Wir machen das alles, Señor Shannon«, sagte Miguel. »Sie können sich darauf verlassen, dass wir alles für den Sheriff tun.«

Ich verspürte nun eine starke Erleichterung. Irgendwie war neuer Mut in mir. Auch meine Schwäche hatte ich überwunden, indes ich eine Weile auf dem Stein saß.

Ich erhob mich. Es ging besser, als ich dachte. Pedro und Miguel beobachteten mich aufmerksam. Es gelang mir, meinen körperlichen Zustand etwas zu tarnen. Ich kam schon beim ersten Versuch in den Sattel. Das machte mir neuen Mut. Vielleicht hatten sich meine angeknickte Rippe und die zusammengenähte Wunde nun etwas besser an das Reiten gewöhnt.

Ich nickte Pedro und Miguel noch einmal zu.

Dann nahm ich die Spur auf.

Was den Sheriff betraf, so war ein gutes Gefühl in mir. Vielleicht würde er nun durchkommen. Ich wünschte es ihm von Herzen.

Aber nun war ich Sheriff, ich, Ty Shannon. Verdammt noch mal, jetzt hing alles an mir allein!

Und wie sollte ich damit fertig werden?

Als ich mich dies fragte, da wollte in mir die Versuchung mächtig werden, einfach aufzuhören und abzuhauen.

Vielleicht wäre das wirklich klug gewesen. Ich hatte mein Geld zurück. Einen Teil fand ich bei Mannerhan. Den großen Rest brachte mir Thor Milebridge selbst.

Was wollte ich noch mehr? Ich konnte mich auf die Socken machen und einfach verschwinden wie ein Eichhörnchen im Wald. Dann brauchte ich mir um meinen Skalp keine Sorgen mehr zu machen.

Doch ich verbannte die Versuchung aus meinen Gedanken. Denn der feste Wille, durchzuhalten, wurde mächtiger denn je in mir.

Ich nahm also die Spur auf.

Es war die am schwersten zu verfolgende Fährte meines Lebens, und ich hatte schon viele Fährten verfolgt.

Es war mir klar, dass Lassitter mit Hank Lorette nicht geradewegs zum Skull reiten würde. Das konnte er nicht riskieren.

Aber ich zweifelte auch daran, dass er mit Hank Lorette etwa auf Umwegen zum Skull wollte. Ja, ich zweifelte daran.

Denn Hank Lorette war Zeuge und Teilnehmer an einer Hängepartie, welche von Skull-Reitern durchgeführt worden war. Gewiss, Jim McCrae war tot. Doch Hugh Mannerhan saß noch im Gefängnis und erwartete Hilfe vom Skull.

Man würde ihn bald aus Mangel an Beweisen frei lassen müssen, sollte Hank Lorette etwas zustoßen, so dass er nicht aussagen konnte – wenn er das überhaupt jemals wollte.

Aber immerhin hatte Hank Lorette Gewissensbisse bekommen und fing an, übermäßig zu trinken und in seiner Trunkenheit zu reden.

Dieser Hank Lorette und durch ihn Hugh Mannerhan, die konnten zu den Nägeln werden, an denen einst der ganze Skull aufgehängt wurde vom Gesetz.

Das alles war mir klar.

Eigentlich hätte ich mich beeilen müssen, doch das konnte ich nicht nur wegen meines körperlich so schlechten Zustandes, sondern auch wegen der kaum verfolgbaren Fährte nicht.

Ich musste immer wieder aus dem Sattel, um die Richtung zu finden und all die vielen Tricks zu erkennen. Das Aufsitzen fiel mir immer schwerer.

Einmal ruhte ich etwa eine Stunde im Schatten eines Felsens aus. Ich konnte einfach nicht mehr. Ich hatte immerzu großen Durst und stellte fest, dass dies gewiss von meinem leichten Fieber kam.

Ich gehörte ins Bett.

Meine zusammengenähte Wunde blutete leicht. Ich sah das an der langsam zunehmenden Rötung des Verbandes.

Aber ich musste durchhalten. Ich hatte keine andere Wahl mehr.

Als es Abend wurde, fand ich die Stelle.

Es war in einem Arroyo, also einem trockenen Bachbett.

Die eine Uferseite war ausgehöhlt worden in ferner Zeit von der Strömung. Dieser Arroyo konnte nach Gewittern oder längeren starken Regengüssen gewiss für eine kurze Zeit zu einem reißenden Fluss werden. Und so war die Uferhöhlung auch ziemlich stark. Die Büsche und Bäume am Rande ließen ihr Wurzelwerk gewissermaßen »durch die Decke hängen«.

Und an einer Stelle war dieser überhängende Rand mitsamt Büschen und verdorrten Cottonwoods zusammengebrochen.

Es waren viele Tonnen Erdreich, Sand und Gesteingeröll.

Nun, dies konnte passieren, wenn der Uferrand zu stark unterhöhlt worden war. Doch ich sah einige unmissverständliche Zeichen. Ein paar Fährten waren mit einem buschigen Zweig verwischt worden. Und dann fand ich einen Cottonwoodbaum, an dessen Stamm ein Lasso gerieben hatte.

Nun war mir schnell alles klar.

Ich starrte auf das heruntergebrochene Ufer – und ich ahnte mit ziemlicher Sicherheit, dass dort Hank Lorette mitsamt seinem Pferd »verschwunden« war.

Lassitter hatte ihn dort erschossen, wahrscheinlich auch das Pferd. Dann hatte er sein Lasso um den Cottonwood geschlungen und diesen mit seinem Pferd aus seinem unterhöhlten Grunde gerissen. Das ganze überhängende Creekufer war auf ein zehn Yards langes Stück ausgehöhltes Creekbett niedergebrochen und hatte Hank Lorette und dessen Pferd begraben.

Hier würden eine Anzahl Männer einige Tage zu arbeiten haben. Dort mussten vielleicht fünfzig Tonnen Zeug beiseite geschafft werden.

Deshalb konnte ich auch nicht nachsehen. Das ganze Steilufer war überdies auch noch nachgerutscht. Aber es hatte den entwurzelten Baum nicht begraben, sondern zur Creekbettmitte verschoben.

Ich wusste, dass ich Hank Lorette nicht mehr lebend finden konnte.

Es war zu spät.

Ich spürte eine tiefe und bittere Resignation.

Und ich glaubte, nun nicht mehr nach Pecos Bend heimkommen zu können. Ich nahm meinem Pferd den Sattel ab, um wenigstens die Satteldecke zur Verfügung zu haben. Es war hier im Bett des Arroyos noch warm genug von der Hitze des Tages.

Ich streckte mich aus – und ich konnte ein Seufzen nicht unterdrücken. Aber eigentlich war es schon mehr ein resigniertes Stöhnen.

Ich schlief ein, denn ich war erledigt, so richtig abgeschlafft und ausgebrannt. Nun, da ich wusste, dass ich Hank Lorette nicht mehr retten konnte, war keine Energie mehr in mir.

Mein Schlaf musste am Anfang mehr eine Bewusstlosigkeit gewesen sein. Denn selbst in einem sehr erschöpften Zustand hätte ich von meinem Unterbewusstsein starke Warnsignale bekommen, die mich geweckt haben würden bei der Annäherung eines Menschen.

Ich hätte das Schnauben meines Pferdes oder all die anderen Geräusche gehört.

Aber ein bewusstloser Mann kann nichts wahrnehmen.

Ich erwachte, weil ich Rauch in die Nase bekam. Und ich hörte einen Mann hantieren. Als ich die Augen öffnete, sah ich Feuerschein zwischen den

Wänden des tiefen Arroyos. Über mir hing ein runder Mond am Himmel und ließ sein Silberlicht zur Erde sickern. Dieses Silberlicht kämpfte hier im Arroyo gegen das Rot des Feuers an. Ich fragte mich benommen, wer wohl gekommen war und dieses Feuer angesteckt hatte.

Und da sah ich ihn auf einem Stein sitzen – mit einem Kaffeebecher in den Händen. Er schlürfte hörbar das heiße Gebräu vom Rande des Zinnbechers, und ich wusste aus eigener Erfahrung, dass ein ungeübter Mensch sich leicht die Lippen verbrennen konnte, schlürfte er nicht so vorsichtig. Ja, es war Lug Lassitter, der dort saß.

Ich hatte ihn zwar schon einige Monate nicht gesehen, doch ein Mann wie Lassitter veränderte sich selbst nach Jahren nicht viel.

Er sah mich unter der Hutkrempe hinweg mit seinen hellen Augen an. Bei Tageslicht wirkten diese Augen farblos. Es waren die Augen eines Wüstenwolfes, der irgendwie selbst farblos wirkt, weil er so zwischen den Farben der Arizonawüste am besten untertauchen kann, ohne von Fall zu Fall die eigene Farbe den örtlichen Gegebenheiten anpassen zu müssen wie ein Chamäleon.

Ja, er war wie ein Wüstenwolf aus der Apachenwüste.

Solch einen Wüstenwolf hatte ich schon mal mit einem alten Puma um eine Beute kämpfen sehen, die dieser Puma erlegte.

Lassitter war dunkel gekleidet wie alle die Nachtreiter, welche immer wieder auf gefährlichen Fährten reiten müssen.

Er sagte mit seiner stets etwas metallisch-heiser klingenden Stimme: »Ty Shannon, möchtest du etwas Kaffee? Ich habe für dich mitgekocht. Du bist ziemlich erledigt, nicht wahr? Ja, dieser Jim McCrae war schon ein schneller Revolvermann. Ich hätte nicht gedacht, dass du ihn schlagen könntest. Doch in dir haben sich eine Menge Männer getäuscht.«

Ich setzte mich langsam auf. Dabei fasste ich nach meinem Colt, der unter der Decke an meiner Seite lag.

Doch ich fasste ins Leere. Ich wusste, dass er meinen Colt hatte.

Ich befand mich in der Hand des Mannes, der den Sheriff aus dem Sattel schoss, ihm den Gefangenen abnahm und diesen Gefangenen hier in diesem Arroyo »verschwinden« ließ.

Lug Lassitter musste nach Art der erfahrenen Wölfe seine eigene Fährte noch ein paar Stunden lang von einem guten Beobachtungspunkt aus beobachtet und mich auf dieser Fährte kommen gesehen haben.

Jawohl, so war es mit Sicherheit.

Er war ein narbiger und erfahrener Wolf.

Jetzt hatte er mich. Darüber war ich mir klar.

Es gab nur eine Möglichkeit für mich – nämlich das Dummstellen.

8

Ich kniete am Feuer und goss mir aus seiner kleinen und rußgeschwärzten Kaffeekanne, die in der glühenden Asche des Feuers stand, einen Becher voll.

Dann setzte ich mich ebenfalls auf einen Stein, von denen hier überall welche herumlagen, herbeigerollt von den zeitweiligen Hochwassern dieses jetzt trockenen Creeks.

»Du hast meinen Colt, Lassitter«, sagte ich. Und nun erst schlürfte ich seinen Kaffee. Dieser Kaffee war gut. Wahrscheinlich war dieses Kaffeetrinken seine Schwäche.

Er lachte leise.

Dann warf er mir meinen Colt zu – ganz überraschend. Aber so schlecht es mir ging, ich fing die Waffe dennoch richtig. Doch ich machte nichts damit. So dumm war ich nicht. Es war zu einfach. Und hätte ich die Waffe jetzt auf ihn gerichtet und ihm gesagt, was ich zu sagen hatte, nämlich, dass er ein verdammter Killer war, dann hätte er nur gelacht, seinen Revolver gezogen und mich getötet.

Denn meine Waffe war gewiss unbrauchbar geworden. Er hatte mit Sicherheit ein oder zwei Zündhütchen entfernt, sodass ich ein- oder zweimal umsonst abdrückte.

Das hätte ihm genügt, selbst ziehen zu können.

Ich steckte den Colt weg.

Er sagte: »Ich wusste zuerst nicht, wer da unter der Decke lag. – Und du hättest dich doch erschrecken und zuerst mal schießen können, Shannon. – Du hast Fieber, Wundfieber, nicht wahr? – Da hättest du wirklich eine Unvorsichtigkeit begehen können, Shannon. – Was willst du hier? – Dies ist Skull-Gebiet.«

Ich schlürfte erst noch etwas Kaffee. Und ich spürte das Fieber nun selbst deutlich genug. Aber dieses Fieber konnte ja auch gar nicht ausbleiben.

Ich sagte: »Noah Wade wurde auf dem Heimweg getötet. – Etwa zehn Meilen noch von Pecos Bend entfernt. – Er hatte Hank Lorette aus Zozo geholt. – Der Mann, der ihn tötete, ritt mit Hank Lorette weiter. – Ich konnte die Fährte bis hier zu diesem Ort verfolgen. Aber dann war ich erledigt. Ich musste mich lang machen und ausruhen. – Hast du hier zwei Männer reiten sehen, Lassitter?«

Ich fragte es nicht gewollt harmlos, sondern ganz normal. Ich staunte dabei über mich selbst, denn meine Frage klang echt.

Und dennoch hatte ich wenig später das Gefühl, dass Lassitter mich genau durchschaute und wusste, hinter wem ich her war, nämlich hinter ihm.

Sein schmallippiger und etwas zu breiter Mund kräuselte sich zu einem kalten Lächeln, welches auch durch den Feuerschein nicht gemildert wurde.

»Nein«, sagte er. »Ich sah keine Reiter. Aber du musst ein sehr guter Scout sein, Shannon. In diesem Lande einer Fährte folgen ... Nun, du hast eine Menge auf dem Kasten. Und wenn ich mich nicht irre, bist du jetzt – wenn Noah Wade tot sein sollte, wie du ja sagtest – der amtierende Sheriff. Ich hörte von einem Angebot, welches dir von Thor Milebridge gemacht werden sollte. Hat er es gemacht?«

Als er die letzten Worte sprach, legte er seinen Kopf ein wenig zur Seite, so als wollte er auf besondere Art lauschen. Und ich spürte seinen Instinkt an mir herumtasten. Dieser Instinkt wollte in mich eindringen und seinem feinen Ahnungsvermögen dann irgendwelche geheimnisvollen Zeichen geben.

Das alles spürte ich irgendwie, denn auch mein Instinkt war der eines Wolfes.

»Ja, der Boss machte mir ein Angebot«, sagte ich. »Doch ich erbat mir Bedenkzeit und erhielt sie auch. Ich wollte erst mit Noah Wade reden. Deshalb ritt ich diesem entgegen.«

»Und jetzt kannst du nicht mehr mit ihm reden«, murmelte Lassitter. »Er ist nicht mehr dein Boss. Du brauchst ihm nicht länger mehr treu zu sein. Du kannst nun allein nur noch an deinen Vorteil denken. Und wer tut das nicht auf dieser Welt? Na, wie hast du dich entschieden? Ich könnte mir denken, dass deine Bedenkzeit nun um ist. Was soll ich Thor Milebridge berichten?«

Diese letzte Frage klang ruhig und fast freundlich.

Aber ich wusste, dass er mich umbringen würde, bekäme er nicht die erwartete Antwort.

Ich wollte überleben. Ich brauchte eine Chance, gesund zu werden. In zwei oder drei Tagen trafen die Schafherden im Pecos Bend Land ein.

Und so sagte ich: »Ja, ich bin nun auf eurer Seite. Thor Milebridge hat mich gekauft, wie er dich und andere kaufte. Wir werden ihm jeder auf unsere Art dienen müssen.«

Ich trank nach diesen Worten den Kaffee aus.

Und erst dann sah ich Lassitter an.

Seine Augen waren schmal, und sie funkelten flintsteinhart.

Er erhob sich, packte seine Siebensachen zusammen und verstaute sie in den Satteltaschen.

»Vergiss das nur nicht«, sagte er. »Denn wenn du Milebridge und dem Skull nicht treu ergeben bist, lege ich dich um – einfach um. Verstehst du?«

Er saß auf und ritt davon.

Und ich saß still da und lauschte auf den verklingenden Hufschlag.

Dabei wusste ich, dass er mich durchschaut hatte und mir dennoch eine Chance gab. Vielleicht spielte er nur mit mir. Oder er glaubte, dass ich keine andere Wahl hatte, als Milebridge zu dienen.

Mir war auch klar, dass ihm niemand den Mord an Hank Lorette und den Schuss auf den Sheriff nachweisen konnte – außer Noah Wade selbst.

Aber würde der Sheriff überleben?

Ich erhob mich nun selbst, um mein Pferd zu satteln. Denn ich wollte heim nach Pecos Bend – heim.

Aber ich dachte immerzu, dass der Sheriff so gut wie tot war, wenn Lassitter herausbekam, dass er noch lebte und wo er ihn finden konnte.

Jawohl, der Sheriff war nicht nur durch seine schwere Wunde in ständiger Lebensgefahr. Irgendwann würde Lassitter herausfinden, dass der Sheriff verschwunden war und es weder seine Leiche noch sonst was von ihm gab – oder zu geben schien.

Ich zog mich mit schweren Sorgen in den Sattel und ritt vorsichtig an.

Hinter mir blieb Hank Lorette zurück unter seinem »Grab«.

Aber ein besseres konnte er wohl nicht mehr bekommen.

Nun blieb von den Skull-Reitern, die damals aus eigener Machtvollkommenheit mit Early Calhoun wegen ein paar ungebrannten Rindern eine Hängepartie veranstaltet hatten, nur noch Hugh Mannerhan übrig.

Doch dieser war anders als Hank Lorette. Mannerhan würde sich hüten, zuzugeben, an dieser Sache damals beteiligt gewesen zu sein.

Ich würde ihn frei lassen müssen, denn wegen der anderen Dinge lohnte es sich gar nicht, ihn eingesperrt zu halten.

Überdies würde der Skull nun erwarten, dass ich ihn frei ließ. Das nämlich würde mein erstes Zeichen von Loyalität sein.

Ich dachte an viele Dinge, indes ich mühsam heimritt nach Pecos Bend.

Heim nach Pecos Bend!

War ich wirklich dort daheim? Gab es wahrhaftig Dinge, die mich mit dieser so kleinen und duldsamen Stadt verbanden? War die Stadt meine Heimat, nur weil ich jetzt für eine Weile dort der Sheriff war?

Ich begann mit meinen Gedanken im Kreise zu wandern, angefangen von Sally, die mit einem herumziehenden Spieler und Abenteurer fortgefahren war – bis zu Nancy, die es übernommen hatte, Mannerhan im Gefängnis zu versorgen.

Und dazwischen lag so sehr viel, angefangen vom lebensgefährlich verwundeten Sheriff bis zu Lassiter, der mich wahrscheinlich völlig durchschaute, jedoch mit mir spielte.

Ich ritt und ritt in dieser Nacht. Meine Schmerzen nahmen wieder zu, und der Weg schien kein Ende nehmen zu wollen. Jede Meile erschien mir endlos zu sein.

Manchmal kam ich mir vor, als erlebte ich einen Albtraum, in dem ich immerzu reiten musste und dennoch nicht vorwärts kam.

Als ich irgendwann gegen Ende der Nacht ein einziges Licht in der Dunkelheit erblickte, da wusste ich, dass es aus dem Office und Gefängnis fiel.

Vom Hügelsattel aus sah ich eine Weile auf die kleine Stadt im Flussknie nieder. Oh, es tat gut, mal einen Moment auf einem stehenden Pferd zu verharren. Die Schmerzen in meiner Seite beruhigten sich etwas.

Und auch meine Sinne wurden schärfer, klarer. Ich kämpfte mein Fieber nieder und bekam mich wieder besser unter Kontrolle. Ja, dort lag Pecos Bend. Es war kaum mehr als eine Viertelmeile bis dorthin.

Im Osten kam das erste Grau herauf. Über mir verschleierte sich der Himmel, und das Silberlicht einer hellen Nacht wandelte sich in ein stumpfes Grau. Es gab keine Farben und Schatten mehr. Dies war die Stunde, in der die ganze Welt wie tot zu sein schien. Die Tiere der Nacht verkrochen sich, legten sich zur Ruhe. Und die Lebewesen des Tages waren noch nicht wach.

Auch die Stadt zu meinen Füßen war leblos.

Nur das Licht brannte. Ich konnte es aus dem Office fallen sehen. Es warf eine Barriere über die Straße.

Plötzlich wusste ich, dass dort Nancy auf mich wartete.

Es wollte sich in mir ein Gefühl der Wärme, der Dankbarkeit und der Freude wohlig ausbreiten.

Doch dann fiel mir ein, dass Nancy dort saß, um einen der Mörder ihres Bruders zu bewachen. Der Skull hatte wieder einmal ein Exempel statuieren wollen, und Early Calhoun hatte das Pech, mit einigen Mavericks auf ein paar Skull-Reiter zu treffen.

So war es. Nancy wollte nur die Schuldigen bestraft sehen. Deshalb saß sie dort in meinem Office und ließ die Lampe brennen.

Die warme Freude in mir verschwand, und es blieb eine grimmige Bitterkeit.

Eigentlich ging es wohl nur noch um Lassitter und mich.

Sogar Milebridge war unwichtig geworden.

Ich musste mein Spiel weiterspielen, bis ich gegen Lassitter antreten konnte.

Dann wurde alles andere leichter.

Ich ritt das letzte Stück des Weges hinunter zum Fluss und in die Stadt hinein.

Als ich vor das Office ritt und anhielt, trat Nancy heraus. Sie hatte eine Schrotflinte im Arm, deren Läufe und der Kolben abgesägt waren.

Dieses Teufelsding war wohl der beste Schutz für solch ein Mädel.

Sie trat an den Rand des Gehsteiges und sah zu

mir hoch. Ich saß erledigt im Sattel und fürchtete mich vor dem Absteigen, denn es würde meine Schmerzen nochmals verstärken und meine letzte Kraft beanspruchen.

»Soll ich dir helfen?« So fragte sie. Doch sie machte keine Bewegung. Sie sagte es nur. Ich wusste, dass sie mir mit ihren Worten helfen wollte. Mein Stolz sollte sich regen und noch einmal aus meinem Kern irgendwelche Zähigkeit mobilisieren. So gut kannte sie mich also schon.

Ich kam wahrhaftig besser aus dem Sattel, als ich gedacht hatte.

Dann ging ich hinein – und ich ging bis in den Zellenraum, nahm den Schlüssel vom Haken und schloss Mannerhans Zelle auf.

Er hatte mich gehört und sich aufgesetzt auf seiner Pritsche.

»Raus hier«, sagte ich. »Du kannst gehen! Reite zu deinem Boss und sage ihm, dass ich dich entließ. Raus hier!«

Er erhob sich grinsend und zog sich die Stiefel an.

Dann kam er heraus. Er verhielt bei mir und grinste mich an.

Nancy kam in den Zellenraum und versperrte ihm den Weg. Sie zielte mit der kurzen Schrotflinte auf ihn.

»Nein, das kann doch nicht sein«, sagte sie herb.

»Sei nicht so grob zu mir, Honey«, grinste Mannerhan. »Gib mir lieber einen Abschiedskuss.«

Ich sah ihr an, dass sie fast abgedrückt hätte. Dieser Mannerhan war ein Narr, sie so herauszufordern.

Und so trat ich auf sie zu, deckte Mannerhan mit meinem Körper ab und sagte zu ihr: »Lass das, Nancy! Ich bin der Sheriff! Und ich habe meine Gründe! Also, Mädel, gib schon her!« Ich nahm ihr die Schrotflinte weg.

Mannerhan begriff wohl, in welcher Gefahr er sich befand. Er drängte sich wortlos an uns vorbei und entwich wie ein Wolf, dem man den Käfig öffnete.

Ich war nun restlos erledigt. Ich konnte es gerade noch bis in die andere Zelle schaffen, auf deren Pritsche ich schon so manche Stunde schlafend verbrachte.

Als ich mich ausstreckte, vermochte ich ein Seufzen nicht zu unterdrücken.

Und mir war jetzt alles egal – auch Nancy, die ich gewiss enttäuschte mit meiner Handlungsweise.

Sie kam wenig später zu mir in die Zelle und brachte mir etwas zu trinken. Es war Kaffee mit einem Schuss Whisky darinnen. Das Zeug tat mir gut. Ich trank es sitzend auf dem Pritschenrand.

Nancy setzte sich mir gegenüber auf den Schemel. Sie sagte nichts, sah mich nur an. Ich bekam einen etwas klareren Kopf und begriff, dass ich ihr eine Erklärung schuldig war. Und so begann ich ihr alles zu erzählen – zuerst vom Sheriff und später dann, wie Lassitter mich in der Klemme hatte.

Ich schloss mit den Worten: »Ich kann nicht gegen Lassitter antreten in meinem jetzigen Zustand – noch nicht. Ich könnte ihn nur aus dem Hinterhalt umbringen. Das aber bringe ich nicht fertig. Also muss ich ein anderes Spiel spielen, wobei ich mir klar bin, dass Lassitter mich durchschaut hat und dieses Spiel mitspielt, weil es ihm Freude macht. Er wartet darauf, dass ich eines Tages gegen ihn antrete. Aber bis dahin muss ich dem Skull gefällig sein. Lassitter tötet mich sonst, bevor ich eine Chance gegen ihn habe. Hast du mich verstanden, Nancy?«

Sie dachte nach, schien tief in sich hineinzulauschen und nickte schließlich.

»Ja, ich verstehe dich, Ty Shannon – gut sogar! Du bist allein und ohne Hilfe. Und Lassitter achtet auf alles, was du tust. Du musst erst Lassitter niederkämpfen, bevor du die Dinge hier wirst ändern können. Und wenn du dich mit den Schafzüchtern und deren Männern verbünden solltest, dann findet der Krieg dennoch statt, den der Sheriff und du verhindern wolltet, indem ihr den Skull unter das Gesetz zwingt. Aaah, es ist eine verworrene und verzwickte Sache. Ty, ich glaube, dass es noch nicht beendet ist, wenn der Skull sich völlig dem Gesetz unterwarf. Du wirst dann auch die Schafzüchter unter Hondo Cassedy niederkämpfen müssen. Denn diese werden an die Stelle des Skulls treten wollen hier im Lande.«

Ich begriff noch, wie sehr sie die Dinge wahrscheinlich richtig sah. Aber dann schlief ich ein.

Ich spürte noch, wie sie mir die Stiefel auszog und den Gürtel öffnete.

Ich blieb den ganzen folgenden Tag liegen. Nancy hatte dafür gesorgt, dass mein Pferd in den Mietstall kam.

Am späten Mittag brachte sie mir etwas zu essen. Denn ich hatte nun Hunger bekommen und freute mich darüber. Hunger war immer ein gutes Zeichen dafür, dass der Körper gesund werden wollte und nach neuen Säften verlangte. Am Nachmittag kam Miguel.

Er setzte sich neben meiner Pritsche auf den Schemel und sah sich in der offenen Zelle um. »Das ist aber kein schönes Hotel«, sagte er. »Was ist das für eine miese Stadt, in der ein Sheriff im Zellenraum nächtigen muss?«

»Ach, es ist gut genug«, sagte ich und versuchte ein Grinsen. »Ich könnte auch nebenan im kleinen Haus des Sheriffs wohnen. Der hätte gewiss nichts dagegen. Doch hier ist es gut genug für einen Burschen wie mich. Erzähle mir was, Amigo.«

Miguel grinste nun ebenfalls. »Es geht ihm besser«, sagte er. »Er kam heute am Vormittag für einen Moment zu Bewusstsein. Er sagte noch nichts, doch er begriff gewiss, dass er in einem Bett lag und gute Pflege hatte. Ja, dies begriff er mit Sicherheit.«

Er sah mich etwas nachdenklich an.

»Pedro meint auch«, sprach er dann weiter, »dass Sie hier etwas Hilfe gebrauchen könnten, Sheriff. Wir haben ausgelost, wer beim Sheriff auf der Ranch bei Pablo Quandriges bleiben soll und wer zu Ihnen reiten durfte. Ich bin deshalb hier. Ist es recht so?«

Ich schloss einen Moment meine Augen.

Oha, was waren diese beiden Hombres doch für prächtige Burschen. Gewiss, wir hatten uns bei der Wildpferdjagd gut verstanden – aber jetzt war bald eine andere Jagd im Gange, welche sehr viel gefährlicher werden konnte und sicherlich schon war.

Dennoch wollten diese beiden Compañeros zu mir halten.

Ich machte meine Augen wieder auf und sagte zu Miguel: »Du bist eingestellt, Amigo. Doch du wirst nicht kämpfen. Du sorgst hier nur für Sauberkeit, für unser Essen und erledigst alle Arbeiten, die mich sonst unnötig belasten würden.«

»Si«, sagte er nur und zeigte seine prächtigen Zähne unter dem blauschwarzen Schnurrbart. Seine wilden Augen funkelten.

Ich nickte nur, denn ich war schon wieder müde. Und da ich gut gegessen hatte, legte ich mich gleich wieder lang und schlief ein. Ich sträubte mich nicht gegen das Einschlafen. Ich wusste zu gut, dass jede Stunde Schlaf meine Genesung mehr beschleunigte als ein wachend verbrachter Tag.

Und was sollte mir vorerst auch passieren?

Ich hatte Mannerhan freigelassen und dem Skull damit meine Unterwerfung angezeigt. Vorerst hatte ich also nichts zu befürchten.

Die Sache wurde erst kritisch, wenn Lassitter sich zu wundern begann, dass man den vermeintlich toten Sheriff nicht fand – und dann, wenn die Schafherden im Pecos Bend Land eintrafen und der Ärger auszubrechen begann.

Dann würde ich vielleicht bald in eine Klemme geraten.

Aber zwei Tage und zwei Nächte blieben mir vielleicht noch Zeit.

Ich wusste, ich würde mich nach dieser Ruhepause sehr viel besser fühlen. Ich kannte meine »Heilhaut«.

Und so blieb ich zumeist lang liegen, erhob mich nur, um zu essen, und bekam zweimal Besuch vom Doc, der sich brummend meine Wunde ansah und vor allen Dingen den Stützverband meines Oberkörpers erneuerte.

»Sie haben wohl sieben Leben wie eine Katze, Shannon?« So brummte er einmal.

»Und sieben Häute wie eine Zwiebel«, grinste ich.

Da wurde er ärgerlich und verließ mich bald.

Sonst blieb ich mit Miguel allein. Selbst Nancy kam nicht mehr. Ich verstand ihren Stolz. Es tat mir manchmal Leid, dass ich so abweisend zu ihr gewesen war und ihr zu verstehen gegeben hatte, dass ich keiner Frau mehr vertrauen konnte. – Und schließlich war sogar Sally letztlich ein freier Mensch gewesen und hatte das Recht gehabt, mich zu verlassen. Ich hätte sie gewiss nicht anbinden können.

Manchmal war ich fest davon überzeugt, dass Nancy mir nicht nur deshalb immer wieder geholfen hatte, weil sie die Mörder ihres Bruders bestraft sehen wollte. Ja, ich glaubte manchmal instinktiv, dass sie mir auch deshalb so sehr half, weil ich allein war und Hilfe brauchte – und weil sie mich mochte.

Von den anderen Leuten der Stadt erhielt ich keine Besuche. Es war auch so, als brauchte diese Stadt gar keinen Sheriff – nicht mal, um irgendwelche Veränderungen im Einwohnerbuch des Landes vornehmen zu lassen – und sei es auch nur die Eintragung einer Geburt oder eines Todesfalls.

9

Zwei Tage später – es war wieder früher Nachmittag wie damals, als Miguel zu mir kam – trat Lassitter ins Office. Ich hörte ihn zu Miguel sagen: »Raus hier!«

»Si, Señor«, sagte Miguel folgsam, denn ich hatte ihm dies für solch einen Fall aufgetragen.

Dann kam Lassitter in den Zellenraum nach hinten. Sein Schritt war sehr leicht und kaum zu hören – selbst für mein scharfes Gehör nicht. Er trug nie Sporen, und auch das gehörte zu seiner Art, sich leise zu bewegen.

Er trat in den offenen Zelleneingang und lehnte sich gegen den Türpfosten. Von dort aus betrachtete er mich.

Ich lag auf der Pritsche. Oh, es ging mir schon besser. Doch meiner Wunde tat jede Stunde bewegungslosen Liegens gut.

Ich erwiderte seinen glitzernden Blick. Seine sonst so farblosen Augen wirkten irgendwie metallisch.

Er sagte: »Der Sheriff … Nun, du warst doch wohl der letzte Mann bei ihm? Hast du ihn weggeschafft? Ich meine, du hattest ihn doch gefunden. Und was geschah dann?«

Ich wusste nun, dass er sich wieder Sorgen machte. Der Sheriff war verschwunden und selbst als Leiche nicht wieder aufgetaucht.

Das machte ihm Sorgen.

»Was weiß ich?« So fragte ich sofort zurück. »Ja, ich fand ihn auf dem Wege nach Pecos Bend. Aber er war tot. Deshalb ließ ich ihn liegen und nahm die Fährte auf. Ich wäre körperlich gar nicht in der Lage gewesen, ihn fortschaffen zu können. Und als ich nach Pecos Bend kam, war ich völlig erledigt. Ich konnte nur noch Mannerhan herauslassen. Dann lag ich flach und wusste nichts mehr. Ich hatte gehofft, dass du oder der Skull sich um die Heimbringung des Sheriffs kümmern würden.«

Als ich den letzten Satz sprach, wusste ich, dass ich vor zwei Tagen einen Fehler gemacht hatte. Ich hätte Nancy darum bitten sollen, ein paar Männer mit einem Wagen dorthin zu senden, wo der Sheriff nach Lassitters Meinung noch liegen musste.

Diese Handlungsweise hätte mir jetzt geholfen. Lassitters Misstrauen kam wie eine scharfe Witterung zu mir herüber.

Er schwieg eine Weile, und sein Misstrauen prallte gegen mich. Vielleicht spürte er irgendwelche Signale seines Instinktes.

Plötzlich sagte er: »Jemand muss den toten Sheriff weggeschafft haben. Er war doch tot, als du ihn fandest – oder?«

»Sicher«, sagte ich, »der war tot. Aber wenn ihn jemand weggeschafft hat, dann müsste sich das doch feststellen lassen. Ich werde mich morgen darum kümmern. Morgen wird es mir schon sehr viel besser gehen.«

Er grinste auf seine hartlippige Art, die nicht die geringste Freundlichkeit besaß. Und er schüttelte ein wenig den Kopf, so als amüsierte er sich über eine Sache, die nur ihm bekannt war.

Dann sagte er: »Nein, Sheriff, wir müssen jetzt reiten. Denn die erste Schafherde kommt ins Pecos Bend Land gezogen. Wir müssen hin, damit wir den Narren klar machen, dass dieses Land für Schafe gesperrt ist. Sie sind das Gesetz, Ty Shannon – und Sie können die ganze Skull-Mannschaft als Deputies bekommen, Sheriff!«

Er sagte das letzte Wort mit besonderer Betonung, und er hatte seine bisher so vertrauliche Art, mit mir zu reden, völlig geändert. Er nannte mich Sheriff und hatte einen spöttisch-respektvollen Ton in seiner Stimme.

Ich wusste, dies alles gehörte zu dem Spiel, welches er mit mir den Schafzüchtern vorspielen wollte.

»Wir reiten in zehn Minuten«, sagte er.

Und dann ging er hinaus.

Oh, ich wusste, dass er sich gewiss schon beim Doc über meinen körperlichen Zustand erkundigt hatte. Er wollte sicherlich genau wissen, ob ich körperlich in der Lage war, den vermeintlich toten Sheriff wegschaffen zu können.

Aber da konnte er vom Doc nur gehört haben, dass mir dies wahrhaftig nicht möglich war und es schon ein Wunder schien, wie ich überhaupt im Sattel bleiben konnte.

Ich erhob mich.

Und es ging mir sehr viel besser als vor zwei oder drei Tagen.

Ich war natürlich noch längst nicht in Ordnung, doch schon wieder recht gut beieinander.

Nicht Miguel, sondern Nancy kam herein.

Sie fragte: »Du reitest mit Lassitter? Ich hörte, wie er einem seiner Begleiter den Befehl zurief, dein Pferd aus dem Mietstall zu holen. Und vorher war er beim Doc.«

Ich sah Nancy an und nickte.

»Ja«, sagte ich, »jetzt muss ich reiten. Und ich bin Lassitter immer noch nicht gewachsen. Er kann immer noch mit mir spielen wie ein Kater mit einem Mäuserich. Ich muss immer noch tun, was sie von mir verlangen.«

Sie betrachtete mich ernst. In ihren Augen konnte ich alles erkennen, was sie für mich spürte, nämlich Sorge, Mitgefühl und die heftigen Wünsche, mir irgendwie helfen und beistehen zu können.

Aber das konnte sie nicht.

Niemand konnte das.

Plötzlich stellte sie sich auf die Zehenspitzen, schlang ihre Arme um meinen Nacken und küsste mich.

Sie tat es impulsiv. Sie konnte sich nicht dagegen wehren. Weil sie mir anders keine Hilfe geben konnte, musste sie mich küssen.

Und ich konnte auch nicht anders; ich musste sie festhalten und wiederküssen. Plötzlich war etwas zwischen uns, jäh und stark. Dann ging ich hinaus.

Draußen brachten sie mein Pferd vom Mietstall herbei.

Ich schwang mich in den Sattel. Oh, es ging schon wieder sehr gut. Meine Wunde an der Seite schmerzte nicht mehr besonders. Sie spannte nur.

Lassitter trieb sein Pferd neben meines.

Hinter uns formierten sich ein Dutzend Reiter des Skulls. Es waren die gefährlichsten Revolver-Reiter, die der Skull aufbieten konnte.

Als wir aus der Stadt ritten, dachte ich: Herrgott im Himmel, wie wird das ausgehen ohne deine Hilfe?

Ja, ich war mutlos und fast schon verzweifelt.

Denn wenn die Schäfer nicht vernünftig waren, konnte ein blutiger Weidekrieg nicht verhindert werden. Der Skull war zum Kampf entschlossen, und er hatte mich, den amtierenden Sheriff, in seiner Gewalt.

Es war noch ein weiter Weg. Wir ritten Meile um Meile. Das Land, welches der Skull für sich beanspruchte, war weit, sehr weit. Ich wusste, dass der Skull mehr als dreißigtausend Rinder besaß.

Wir waren unterwegs zur Tilburne-Quelle in den Spanish Toro-Hügeln. Der Tilburne Creek, der von der Quelle abwärts zum Pecos floss und von einigen anderen Quellen noch weitere Zuflüsse besaß, war die Grenze, über die der Skull keine Schafe kommen lassen wollte.

Wir erreichten den Creek unterhalb der Tilburne-

Quelle, als die Sonne im Westen im Sundown Canyon unterging und den Himmel blutrot färbte.

Ich sah in diesem roten Himmel ein böses Omen.

Ein Reiter kam von rechts auf uns zu. Es war Thor Milebridge. Offenbar hatte er hier auf uns gewartet und dabei aufmerksam den Creek und die sich nähernden Schafherden beobachtet.

Wir hielten an.

Bis zum Creek hinunter senkte sich das Gelände. Es war noch etwa eine Drittelmeile bis zum Wasser. Unten brannte diesseits ein Feuer.

Doch jenseits des Creeks leuchteten in diesen Minuten überall Feuer in der werdenden Nacht. Diese Feuer waren auf viele Meilen verteilt. Sie wurden immer besser erkennbar, denn die Schatten der Nacht kamen schnell und fraßen den Rest des sterbenden Tages.

Ich wusste, dort bei den vielen Feuern, welche jeweils um Meilen auseinander lagen, lagerte jeweils eine Schafherde.

Diese Herden befanden sich sämtlich noch jenseits des Creeks.

Nur ein einziges Feuer war diesseits.

Wir hielten schon eine ganze Weile, ließen die Pferde verschnaufen und sahen uns das alles an.

Milebridge hielt nun zwischen mir und Lassitter.

Er sagte: »Sheriff, es ist ganz einfach. Dies alles wurde unlängst schon einmal in Nebraska durchexerziert. Dort wollten die Schafzüchter auch gegen eine schon bestehende Ordnung rebellieren. Es gab einen Krieg gegen die Rinderzüchter. Es floss viel Blut, und es gab auch Tote. Aber später wurden die

Schafzüchter von den Gerichten als Landfriedensbrecher verurteilt. So wird es auch hier sein. Denn meine Rinder sind schon da. Die Schafe kommen als Landfriedensbrecher. Es ist also ganz einfach, Sheriff. Und nun walten Sie Ihres Amtes.«

Ich schluckte mühsam. Mir war gar nicht gut. Ich schwitzte auch.

Einen Moment dachte ich daran, auszusteigen aus dieser Sache. Mir lag es auf der Zunge, einfach zu sagen, dass ich aufhören wollte und sie ohne mich weiter machen sollten. Ich wollte ihnen auch sagen, dass ich aus dem Lande verschwinden würde.

Doch dann dachte ich wieder an den alten Sheriff – und an Lassitter, der mich gewiss durchschaut hatte und mich deshalb auch gar nicht fortreiten ließe.

Ich dachte an alles, was da miteinander zusammenhing. Milebridge war der Boss von Mördern. Mannerhan, den ich schon in der Zelle hatte, war einer davon. Und Lassitter war ein mitleidloses Ungeheuer. Mochte er mit dem Sheriff auch Mann gegen Mann um den Gefangenen gekämpft haben – am Ende hatte er diesen Gefangenen – Hank Lorette – doch abgeschossen wie einen Hund und unter einem niedergebrochenen Uferhang verschwinden lassen. Ja, sie waren Mörder, nichts anderes.

Ich konnte nicht mehr fortlaufen. Ich musste weiter machen und auf meine Zeit warten. Diese Zeit musste kommen.

Ich wandte mich an Milebridge. »Was wollen Sie – Krieg oder nur ein Respektieren ihrer Weidegrenzen?«

Da grinste er. »Es kommt nicht darauf an, was ich will«, sagte er. »Dort irgendwo – vielleicht sogar am Feuer diesseits des Creeks, ist Hondo Cassedy. Ich jagte ihn einst vor vielen Jahren aus diesem Lande – warum, dies spielt jetzt keine Rolle. Was zählt und wichtig ist, sollte allein die Tatsache sein, dass er zurückgekommen ist, um es mit mir auszutragen. Und damit er genügend Männer hat, die für ihn kämpfen und dabei glauben, sie kämpfen für sich, hat er fast alle meine Feinde zusammengeholt und ihnen Schafherden gegeben. Hondo Cassedy will den Krieg – ich nicht. Aber er kann ihn bekommen. Und Sie schicke ich jetzt vor, Sheriff.«

Ich sagte nichts mehr, sondern ritt langsam an.

Lassitter folgte mir sofort und blieb dann neben mir.

Wir ritten Steigbügel an Steigbügel den langen Hang zum Creek hinunter und auf das Feuer zu.

Als wir nahe genug waren, wurden wir angehalten.

Ich rief auf die Frage, wer da sei, ruhig zurück: »Hier ist der Sheriff von Pecos Bend! Hier ist Shannon!«

Und dann ritt ich weiter, Lassitter stets neben mir.

Oh, er kannte keine Furcht, dieser eiskalte Revolvermann und Killer. Er wollte dabei sein, wenn ich mit den Schafzüchtern sprach.

Meine Sorgen wurden dadurch nicht kleiner.

Denn ich konnte mich mit den Tilburnes, die in Pecos Bend bei mir waren und die zu meinen alten

Sattelgefährten meiner Jugend gehörten, nicht verständigen.

Aber es gab für mich auch einiges nachzudenken, was diesen Hondo Cassedy betraf.

Ich ritt ruhig in das Camp hinein und verhielt mein Pferd etwa zehn Schritte vor dem Feuer.

Ich sah Johnny und Ollie Tilburne dort stehen – wachsam und lauernd. Sie betrachteten mich nur kurz und sahen dann auf Lassitter.

»Das ist doch Lassitter, der große Tiger des Skulls?!« Dies fragte Johnny Tilburne scharf.

»Na und?« Dies fragte Lassitter kühl und sah sich im Camp um. Auch ich tat es, und wir entdeckten unter dem halben Dutzend anderer Männer einen Mann, der sich jenseits der Feuerscheingrenze hielt und von dem dennoch etwas ausging, was unsere Beachtung auf sich zog.

Männer wie Lassitter und ich, wir konnten unter jedem Rudel den Leitwolf herausfinden. Und deshalb wussten wir, dass dieser Mann dort »der Bulle im Corral« war, nicht die Tilburnes.

Er trat nun auch langsam vor.

Ich erinnerte mich noch ganz vage an ihn, denn ich hatte ihn in meiner Jugend nur zwei- oder dreimal gesehen. Aber ich erkannte ihn jetzt dennoch als Hondo Cassedy.

Er war ein untersetzter und schon etwas kahlköpfiger Mann mit hängenden Schultern, in denen eine gewaltige Kraft vorhanden sein musste. Er hatte einen starken Hals und ein breites, flaches Gesicht mit leicht schräg gestellten Augen. Seine Nase war kurz und scharf. Sie war das einzig scharfe Ding an ihm, sonst war alles breit und muskulös.

Seine leicht gekrümmten, kurzen und stämmigen Beine steckten in recht engen Lederhosen. Er trug einen Colt, und er trug ihn auf eine Art, die dem Kenner eine Menge über ihn verriet.

Dieser Hondo Cassedy hatte gewiss überall schon seinen Schafherden die Weide freigekämpft. Und er würde es auch hier tun. Er hatte sogar darauf gewartet – Jahre geduldig gewartet –, bis er stark genug war, um sich mit Milebridge messen zu können. Nun war er hier.

Er sah erst auf mich und danach auf Lassitter. Diesen studierte er genau, bevor er sich wieder mir zuwandte.

»Ein junger Sheriff und ein narbiger Wolf«, sagte er. »Heh, sind Sie Shannon, mein Junge?«

»Ich bin Shannon«, sagte ich. »Der bisherige Sheriff wurde bei einem Gefangenentransport erschossen – wahrscheinlich von den Leuten, die seinen Gefangenen befreiten. Ich bin jetzt der amtierende Sheriff in diesem Lande.«

Er schwieg noch eine Weile und sah mich scharf an.

Es war stets merkwürdig bei solchen Männern wie ihm und Lassitter. Man konnte in solchen Situationen spüren, wie sie ihren Instinkt ausströmen ließen. Dieser scharfe Instinkt versuchte einzudringen, zu ergründen, zu spüren. Und er gab ihnen ganz sicherlich irgendwelche geheimen Zeichen und Signale.

Es ging mir ja ebenfalls so.

Ich wusste stets schnell, ob ich einem Feind besondere Beachtung schenken musste oder nicht. Und ich konnte Feindschaft und Hinterhältigkeit auch dann spüren, wenn sie geschickt getarnt waren.

Hondo Cassedy hatte nun lange genug gewittert und gespürt.

Er sagte: »Es ist ganz einfach, Sheriff. Wir brauchen erst gar nicht lange herumzutändeln. Der Skull hat im Verlaufe der Jahre eine Menge Leute zum Teufel gejagt, um mehr Weideland bekommen zu können für die ständig wachsende Zahl seiner Rinder und Pferde. Nun kommen all diese Leute zurück. Auch ich! Wir kommen auf unser eigenes Land zurück, auf dem zum Teil sogar noch unsere Hütten und Häuser stehen, die der Skull nun als Vorwerke benutzt. Heh, Sheriff, wie will uns das Gesetz zu unserem Recht verhelfen? Sie sollten dies jetzt gleich hier klar zu erkennen geben. Denn sonst müssten wir uns selber helfen. Also, heraus mit der Sprache, junger Mann!«

Er sprach mit einem deutlichen Klang von Unduldsamkeit und Ungeduld. Er sprach aggressiv. Aber das war ja zu erwarten. Schließlich war er hergekommen mit der ganzen Macht seiner Anhänger und Gleichgesinnten, um hier im Pecos Land einen Kampf auszutragen.

Und er hatte sich für den Preis vieler großer Schafherden auch genügend Verbündete verschafft, welche auch kämpfen würden. Der gemeinsame Besitz von riesigen Schafherden hatte sie alle zu einer Partei geeint, welche auch politische und sogar wirtschaftliche Macht besaß. Die großen Schafzüchter hatten in Santa Fe Freunde und sogar im fernen Washington ihre Lobby.

Würde Hondo Cassedy nur mit einer Revolvermannschaft gekommen sein, wäre die Sache recht einfach gewesen.

Doch er kam mit einer Riesenmenge Schafen.

Ich versuchte mich daran zu erinnern, warum er damals fortgejagt worden war von seinem einzigen Freund und Partner Thor Milebridge, warum sie damals zu Feinden wurden, obwohl das Land gewiss groß genug war für beide.

Und ich konnte mich wiederum nicht mehr daran erinnern.

Deshalb fragte ich: »Mister Cassedy, warum verließen Sie damals das Land? Wie kam es dazu, dass Sie Mister Milebridges Feind wurden?«

Er zuckte innerlich zusammen. Ich erkannte es. Irgendwie traf ihn meine Frage wie ein Stich in den Bauch. Oha, er hatte sich sehr unter Kontrolle. Er zuckte nicht äußerlich erkennbar zusammen wie bei einem Stich.

Und dennoch spürte ich seine innerliche Reaktion.

Dann traf mich sein Blick mit einer kalten Wut.

»Junge«, sagte er, »das geht dich einen Dreck an. Morgen kommen wir mit den Schafherden über den Creek und ziehen auf unsere alten Weiden, von denen uns einst der Skull vertrieb. Und wenn der Skull kämpfen will, dann kann er diesen Kampf haben. Wo aber werden Sie stehen, Sheriff?«

Sie alle starrten mich nun an – auch Lassitter beobachtete mich.

Aber die ganze Entscheidung fiel mir nicht mehr schwer. Denn ich hatte begriffen, dass Hondo Cassedy Rache wollte, nichts als Rache. Und er hatte sich alle Feinde des Skulls zusammengeholt. Wahrscheinlich hatten sie alle einen guten Grund für diese Feindschaft. Doch darauf kam es jetzt nicht an.

Denn sie waren hier, um zu kämpfen. Sie wollten gar nichts anderes.

Ich dachte eine Weile nach, und ich spürte das Schweigen. Es hing wie eine Wolke von Gewalttat und drohendem Unheil in der Luft.

Dann sagte ich: »Jeder, der einst vertrieben wurde, hat ein Recht auf Rückkehr zu seinem Besitz. Aber nicht mit Schafen. Dies ist Rinderland. Schafe vertragen sich auf keiner Weide mit Rindern. Jede Rinderweide ist für Jahre unbrauchbar, sobald einmal eine Schafherde darüber zog. Und weil Rinder zuerst in diesem Land waren und immer noch da sind, ist dies ein Rinderland. Ihr könnt zurückkommen, und ich werde als Sheriff jedem zu seinem Recht verhelfen – doch Schafe kommen nirgendwo über den Creek, der das große Pecos-Knie als Grenze abschließt. Ich weiß, dass ich nachträglich vom Gouverneur jede Unterstützung bekomme, wenn ich die Schafe aus diesem Lande halte.«

Nachdem ich dies gesagt hatte, blieb es eine Weile still.

Dann wandte Hondo Cassedy seinen Kopf und sagte zu den beiden Tilburnes: »Euer alter Freund ist gegen uns. Er steht auf der Seite des Skulls. Aber auf einen Burschen wie ihn mehr oder weniger kommt es nicht an. Heh, mein Junge mit dem Blechstern, wir bringen unsere Herden morgen über den Creek. Und dann wollen wir es auskämpfen mit dem Skull!«

Es war eine Herausforderung. Es war eine Kampfansage. Und es war das unverhüllte Wollen nach Rache für Dinge, die weit schon zurücklagen und die ein Geheimnis waren zwischen Cassedy und Milebridge.

Und deshalb sollten viele Männer sterben, ihr Blut vergießen?

Ich war plötzlich ein Mann, der nicht nach den Folgen fragte. Ich vergaß auch, dass ich auf der Seite des Skulls zu sein hatte. Jedoch war ich auch nicht auf der Seite der Schafleute.

Nein, ich war plötzlich nur allein der Sheriff.

Und so zauberte ich meinen Colt heraus.

Es gelang mir so gut wie in alten Zeiten und obwohl ich noch längst nicht wieder gesund war.

Ich richtete die Waffe auf Hondo Cassedy. Alle waren sie überrascht, sogar Lassitter.

Aber vielleicht half mir jetzt doch etwas mein im Feuerschein blinkender Stern. Vielleicht half mir auch die alte Verbundenheit, die noch zwischen den Tilburnes und mir war aus alten Zeiten. Niemand bewegte sich.

Auch Hondo Cassedy, der den Colt erst halb heraushatte, weil er durch mein Ziehen zu sehr überrascht wurde, ließ die Waffe in die Halfter zurückrutschen.

»Das kannst du hier in meinem Camp nicht machen, Junge«, sagte er.

Ich zeigte ihm und den anderen meine Zähne, und ich wusste, dass ich jetzt sehr wild und indianerhaft wirkte, verwegen und zu allen Wagnissen fähig.

Ich sagte: »Mister Cassedy, Sie sind verhaftet wegen Anstiftung zum Landfriedensbruch. Ich bringe Sie nach Pecos Bend und fordere aus Santa Fe einen Richter oder eine Schlichtungs-Kommission an. Es soll streng nach Recht und Gesetz gehen. Ich will keinen Krieg. Cassedy, ich habe erkannt, dass Sie und ein paar andere ihrer Partner Rache nehmen wollen. Doch das kann ich nicht dulden. Recht und Gesetz gehen vor Rache. Und ich verbürge mich für Recht und Gesetz.«

Ich warf einen schnellen Blick auf die beiden Tilburnes, welche wachsam auf eine Chance lauerten.

»Vertraut mir! Johnny! Ollie! Denkt an die alten Zeiten und vertraut einem Amigo. Ich will Recht und Gesetz. Aber ohne Rache! Ich nehme Cassedy jetzt mit. Wenn es Schwierigkeiten gibt, bekommt er die erste Kugel.«

»Und ein paar andere von euch bekommen von mir etwas ab«, sagte Lassitters lässige Stimme kühl und kalt. »Überdies hättet ihr keine Chance, ihr Narren. Denn dieses Camp ist von der Skull-Mannschaft umstellt. Sie könnte mit ihren Gewehren hier alles in Stücke schießen. Geht über den Creek zurück, ihr Narren – und dann bleibt dort.«

Nun war alles klar.

Ich hatte durch mein schnelles und völlig unerwartetes Ziehen das Heft in die Hand bekommen.

Sie hatten mich unterschätzt und nicht geglaubt, dass ich in ihrem Camp und im Angesicht ihrer Übermacht ziehen würde. Sie hätten dies für Selbstmord gehalten.

Doch nun war es doch kein Selbstmord.

Sogar Hondo Cassedy wagte nichts mehr.

»Vorwärts«, sagte ich. »Den Gürtel fallen lassen! Und dann auf ein Pferd mit Ihnen! Ich nehme es auf mich, Sie zu erschießen, um einen blutigen Krieg zu verhindern. Vorwärts! Oder ich nehme das Lasso und schleife Sie wie ein Kalb nach Pecos Bend.«

Er zögerte noch. Aber sein Instinkt sagte ihm, dass ich selbst mit dem Rücken an der Wand stand und keine andere Wahl hatte als zu schießen. Er gehorchte langsam und sagte dabei zu den Tilburnes:

»Dieser Narr von einem Skull-Sheriff hat den Krieg angefangen. Macht nur ohne mich weiter. Ihr werdet schon jemanden in eure Hand bekommen in den nächsten Tagen, den ihr gegen mich eintauschen könnt. Macht nur ohne mich weiter, wenn morgen alle Reiter von uns hier am Creek eingetroffen sind. Ihr seid in der Überzahl.«

Ich ließ ihn nicht mehr aus den Augen und zielte mit dem Revolver auf ihn. Jeder wusste, dass ich ihn selbst dann mit einer Kugel erwischen würde, wenn jemand mir den Kopf zerschießen sollte. Denn mein Revolver besaß keinen Abzug. Ich hielt den Hammer mit dem Daumen zurück. Dieser Hammer besaß keine Raste mehr, welche durch den Abzug gelöst wurde. Ich brauchte nur den Daumen zu heben, um den Hammer auf das Zündhütchen fallen zu lassen.

Alle wussten sie das genau, besonders Hondo Cassedy. Sie alle hatten mich ziehen sehen. Sie wussten Bescheid, wie gut ich war.

Überdies sagte Johnny Tilburne heiser: »Vorsichtig, Jungens! Der konnte früher schon so gut mit dem Colt umgehen wie Tante Mabel mit den Stricknadeln. Der schießt Hondo Cassedy wahrhaftig noch tot, wenn ...«

»Und vergesst nur nicht, dass dieses Camp umstellt ist!« Lug Lassitters Stimme rief es spröde dazwischen. »Sie schießen euch hier allesamt in Klumpen! Jetzt vorwärts, Sheriff! Wir haben genug geredet!«

In Lassitters Stimme war nun eine kalte, drängende Ungeduld.

Waren seine Nerven vielleicht doch nicht mehr so gut? Oder fürchtete er sich einfach nur davor, dass jemand der Schafleute zu viel riskierte und es sich dann sehr schnell herausstellte, wie sehr es ein Bluff war mit der Behauptung, dieses Camp wäre umstellt.

Hondo Cassedy knirschte mit den Zähnen. Aber er ging zu einem Pferd, welches noch gesattelt war.

Er schwang sich in den Sattel.

Und die Männer im Camp schwiegen und blieben bewegungslos. Ich folgte Cassedy.

Den Schluss machte Lassitter. Er ließ sein Pferd seitwärts gehen, um die Männer im Camp und am Feuer besser unter Kontrolle halten zu können.

Ollie Tilburne rief plötzlich: »Shannon, Ty Shannon, du bist ein falsches und verlogenes, stinkendes Schwein!«

Ich gab ihm keine Antwort. Was sollte ich ihm da auch sagen?

Wir kamen wahrhaftig ohne jeden Verdruss aus dem Camp und ritten in die helle Mondnacht hinaus.

Lug Lassitter begann metallisch klingend zu lachen. Er schlug sich sogar patschend auf den Schenkel und lachte nochmals, zuletzt sogar prustend.

Ich hätte niemals geglaubt, dass dieser Killer so lachen könnte. Aber dieses Lachen machte ihn nicht etwa menschlicher. Nein, es wirkte – weil ich ihn nun so gut als Killer und erbarmungslosen Wolf kannte – eher makaber.

»Heiliger Rauch«, schnaufte er dann, »das hätte ich dir nicht zugetraut, Shannon! Heiliger Rauch, einfach mit dem Colt in ein feindliches Camp reiten und dort den Anführer herausholen! Hey, als ob dies gar nicht schwerer wäre, als aus einer Schulklasse einen Lümmel an den Ohren herauszuzerren! Mann, Shannon, das ist ja köstlich! Das war ein feiner Spaß! Shannon, du und ich, wir sind von der gleichen Klasse. Ich hatte dich ja immer noch etwas unterschätzt. Und wenn du erst meine Erfahrungen sammeln konntest auf dieser Erde, dann wirst du eines Tages vielleicht sogar noch eine Idee besser sein als ich.«

»Ihr werdet bald unter der Erde sein, ihr zwei«, rief Hondo Cassedy dazwischen.

Aber dann waren wir plötzlich von Reitern umgeben, die von rechts und links unter Bäumen und zwischen Felsen hervorkamen.

Thor Milebridges Stimme rief frohlockend und fast wie jubelnd: »Hoii, wen habt ihr denn da mitgebracht?«

10

Mir brach wieder der Schweiß aus, denn ich wusste, ich befand mich immer noch in der Klemme. Und ich hatte jetzt sogar noch die Verantwortung für meinen Gefangenen. Einen Moment bedauerte ich, Hondo Cassedy aus seinem Camp herausgeholt zu haben. Denn jetzt war er gewiss in Lebensgefahr. Auch ich war das in einem noch immer steigenden Maße.

Aber ich hatte jetzt angefangen und musste weiter machen. Ich hatte mir vorgenommen, einen Weidekrieg zu verhindern. Ich wollte Tote und Blutvergießen vermeiden.

Das war jeden riskanten Einsatz wert.

Und überdies war ich der Sheriff. Ich durfte nicht zaghaft auftreten. Denn hinter mir stand zumindest symbolisch das Gesetz. Ich trug den Stern.

Und deshalb durfte ich nicht »kleine Brötchen backen«, wie man so treffend im Volksmund sagt.

Vielleicht konnte ich Thor Milebridge beeindrucken. Er musste doch selbst daran interessiert sein, dass es keinen großen Weidekrieg gab, bei dem selbst der Sieger nicht ungerupft davonkommen konnte.

Thor Milebridge kam zu uns geritten, indes seine Reiter uns umgaben.

Ich war jetzt sehr froh, dass ich meinen Revolver noch schussbereit in der Linken hielt. Aber das tat Lassitter auch. Ich ahnte, dass er mich und nicht wie ich Hondo Cassedy bewachte.

Milebridge verhielt nun so neben Hondo Cassedy, dass sie sich ansehen konnten. Wenn ihre Pferde wollten, konnten sie sich gegenseitig die Schwänze um die Ohren schlagen.

Aber sie wollten nicht. Dafür wollten die Männer um so mehr.

»Du willst also wahr machen, was du mir vor vielen Jahren androhtest?« Dies fragte Milebridge mit heiserer Härte zu Hondo Cassedy gewandt. Er ließ ihn gar nicht aus den Augen.

Cassedy grinste plötzlich. Oh, er wusste, wie sehr er in der Klemme steckte. Doch er grinste wie ein Sieger und sagte: »Das versprach ich dir doch, du Hundesohn, nicht wahr? Als du mir damals die Frau weggenommen hast, genügte dir das nicht allein. Du wolltest auch noch mein Leben, weil du dich vor meiner Rache fürchten musstest. Ich entkam dir und deinen Revolverschwingern damals mit viel Glück in letzter Not. Aber jetzt bin ich zurück. Ich weiß, du bist immer noch zu feige, mit mir zu kämpfen. Du wirst es wieder anders machen wollen. Aber diesmal habe ich dich in der Falle, alter Compadre. Diesmal mache ich dich klein. Es wird dir nichts übrig bleiben als mit mir auszukämpfen, was damals schon fällig war. Du hast mich unterschätzt, Thor Milebridge. – Sehr! – Denn auch ich bin ein narbiger Wolf geworden, der mit jeder Narbe um eine Erfahrung reicher wurde. Ich habe dich in der Falle, großer Mann!«

Er verstummte mit einem Klang von absolutem Selbstbewusstsein.

Ich glaubte ihm plötzlich, dass er Thor Milebridge in der Klemme hatte, obwohl es umgekehrt aussah und er doch unser Gefangener war.

Milebridge schien etwas zu ahnen. Er bewegte sich unruhig im Sattel, und sein Blick ging einmal zu mir und von mir zu Lassitter.

Aber dann fragte er auch schon mit heiserer Ungeduld: »Du willst mich in der Klemme haben? Dann lass mal hören! Los, lass hören!«

Wieder grinste Hondo Cassedy.

»Ich hatte gehofft«, sagte er, »dass du selbst mit deinen Reitern in mein Camp kommen oder dies zumindest umstellen würdest. Aber du schicktest nur einen jungen Sheriff und deinen Revolvermann Lassitter. Gewiss, sie waren furchtlos und haben eine Menge auf dem Kasten. Diesem jungen Sheriff nehme ich sogar ab, dass er wahrhaftig ein großes Blutvergießen verhindern will. Sein Handeln hatte Lassitter überrascht. Und dann fand Lassitter es plötzlich prächtig, mich zu dir zu zerren. Aber ...«

»Du redest zu viel, Hondo«, sagte Milebridge kehlig. »Komm endlich zur Sache.«

»Ich bin mitten drinnen, Thor Milebridge. Willst du deine Reiter zuhören lassen?«

Milebridge zuckte zusammen.

Dann sagte er: »Leute, verteilt euch schon mal längs des Creeks. Ihr wisst ja selbst, wo überall

Schafherden herüberkommen könnten und wo das Ufer zu steil ist dafür. Besetzt alle Übergangsmöglichkeiten und knallt alles ab, was herüber will an Reitern, Schafen und Hirten mit Hunden. Legt alles um! Ihr habt Gewehre und genügend Munition. Haut ab!«

Sie zögerten nur eine Sekunde.

Dann ritten sie schweigend davon.

Nur ich blieb, als hätte mir sein Befehl nicht gegolten.

Und auch Lassitter blieb.

Milebridge sah uns nacheinander an. Ich konnte im hellen Mondlicht erkennen, dass er wahrscheinlich auch uns gerne fortgeschickt hätte.

Aber dann wandte er sich wieder Hondo Cassedy zu.

»Na, dann leg mal los, du schlauer, großer, narbiger Wolf«, sagte er.

Hondo Cassedy strich sich über seinen stark gelichteten Kopf.

»Deine erste Frau«, sagte er, »jagtest du zum Teufel, weil sie dir keine Kinder schenken konnte. Und als ich mir dann eine Frau auf unsere damals noch gemeinsame Ranch holte, konntest du nicht anders. Du musstest sie mir wegnehmen, als ich für einige Zeit abwesend war, um drüben in Mexiko einen guten Zuchthengst zu kaufen. Du hattest mir die Frau gestohlen und hattest Angst vor meiner Rache. Deshalb versuchtest du, mir aufzulauern. Ich entkam dir verwundet. Und dann machtest du mit deinen Reitern eine lange Jagd auf mich. Ich entkam nur, weil der gute Zuchthengst, den ich aus Mexiko mitgebracht hatte, schneller war als eure Pferde. Ihr gabt nach etwa fünf Tagen die Verfolgung auf. So war es doch wohl, nicht wahr? Oder nicht?«

Lassitter und ich, wir blickten auf Milebridge.

Und wir sahen ihn kaum merklich nicken.

Hondo Cassedy aber sprach weiter: »Auch jene Frau, die du mir weggenommen hattest, konnte dir keine Erben schenken – auch nach Jahren nicht. Und so wurdest du immer gemeiner zu ihr. Sie konnte deine Verachtung nicht länger ertragen und lief dir weg. Ich fand sie in einem Tingeltangelzelt am Bahnbau der Union Pacific in Nebraska. Sie war nun nicht mehr schön. Ich erkannte sie dennoch und sprach mit ihr. Sie erzählte mir alles und sagte zum Schluss, dass du kein Herz hättest, dass du gemein wärest und dass sie den größten Fehler ihres Lebens gemacht hätte, als sie von mir zu dir überwechselte. Sie sprach noch den ganzen Rest der Nacht mit mir über all diese Dinge. Ich hatte sie nämlich für ein paar Dollar für eine Nacht gemietet. Sie brauchte nicht zu arbeiten, sondern konnte mir alles erzählen, was in den vergangenen Jahren war. Zwei Tage später brachte sie sich mit irgendeinem Gift um, wie es so oft von diesen Mädeln in den Tingeltangeln genommen wird, wenn sie plötzlich nicht mehr weiterwissen und keine Hoffnung mehr haben.«

Er machte eine Pause.

Und auch Thor Milebridge schwieg.

Hondo Cassedy schnaufte etwas heftig. Er musste sich wohl erst wieder unter Kontrolle bekommen. Dann aber sprach er sehr beherrscht weiter: »Ich war vorher schon entschlossen gewesen, dir eine Menge zurückzuzahlen – nun aber war ich noch entschlossener. Ich begann Erkundigungen über dich einzuziehen. Ich hatte das letzte Jahr ständig Verbindung nach hier und wurde über alles informiert. Ich weiß, dass du eine dritte Frau hast, die dir schon einen Sohn schenkte. Und während wir uns hier unterhalten, sind deine Frau und dein Sohn wahrscheinlich schon in meiner Hand. Ja, glaubst du denn, dass ich mich diesseits des Creeks in ein Camp setze und auf deinen Angriff warte, ohne mir einen erstklassigen Trumpf zu verschaffen?«

Als wir das hörten, war es gewiss für jeden von uns wie ein Tiefschlag.

Und Milebridge fluchte scharf und zog seinen Revolver.

Aber Hondo Cassedy lachte nur.

»So nicht, Alter, so nicht!« Dies rief er. »Alter Junge, du würdest deine Familie umbringen. Du hast nur eine Chance, nämlich die, mit mir zu kämpfen – Mann gegen Mann, nach guter alter Art. Jetzt lass mich wieder zurückreiten. Ich werde dich bei Sonnenaufgang in meinem Camp am Creek erwarten – allein! Und wenn wir es fair ausgekämpft haben, wird deine Frau mit dem Baby frei gelassen. Hast du es verstanden und begriffen, alter Junge? Ich zwinge dich zu einem ehrlichen und fairen Kampf. Ich will nichts anderes als solch einen Kampf.«

»Und deshalb kommst du mit einer Menge solch großer Schafherden und all meinen Feinden?«

Dies fragte Thor Milebridge heiser.

Hondo Cassedy war nun ganz ernst.

»Wenn du tot bist, Thor Milebridge«, sagte er, »werden es all diese Vertriebenen, Verjagten und Zurechtgestutzten leicht haben, auf ihre alte Weide zurückzukommen.«

»Mit Schafherden, welche ständig umherziehen müssen«, knurrte Milebridge.

»Warum nicht?« So fragte Hondo Cassedy. »Wo Rinder schon kein Futter mehr finden, ist für genügsame Schafe immer noch etwas da. Dieses Land hier im Pecos-Knie wird das Herzstück des neuen Schaf-Countys. So wird es kommen, wenn ich dich töten kann. Also, ich reite jetzt in mein Camp zurück, schicke all meine Begleiter auf die andere Seite des Creeks und warte bei Sonnenaufgang auf dich. Komme allein, sonst ist es kein fairer Kampf. Und du möchtest doch Frau und Kind zurück, oder? Die Schafleute haben mit der Entführung nichts zu tun. Dafür habe ich mir ein paar besondere Nummern – richtige Profis – angeworben. Also, alter Junge! Jetzt kommen wir endlich zur Revanche für damals.«

Er sprach zuletzt ganz sorglos.

Und nun bewegte er sein Pferd. Es schob sich seitwärts von Milebridges Tier weg.

Er ritt zwischen Lassitter und mir hindurch in Richtung des Creeks.

Und weil Milebridge nichts sagte, ließen wir ihn reiten. Mein Sheriffs-Stern nützte mir jetzt nichts, gar nichts. Nur eines begriff ich genau: Dass ich Hondo Cassedy aus seinem Camp und aus der Mitte seiner Leute und Partner heraus festnehmen konnte, lag nicht nur an meiner Tüchtigkeit. Denn er hatte eigentlich damit gerechnet, dass Milebridge kommen würde. Als dies nicht der Fall war, wollte er nur etwas Zeit gewinnen und zu ihm gebracht werden.

Es war ihm also recht gewesen, von mir verhaftet zu werden.

Nun ritt er davon, und ich kam mir wie ein dummer Junge vor, wie eine unwichtige Randfigur in einem großen Spiel, dessen Hintergründe mir erst jetzt so richtig klar wurden.

Lug Lassitter fluchte tonlos neben mir. Ich wusste, dass auch er sich großartig vorgekommen war, weil wir Hondo Cassedy aus seinem Camp geholt hatten.

Doch nun erwies sich alles als nur halb so imposant. Denn *er wollte ja* auf dem schnellsten Wege zu Milebridge gebracht werden, ohne ihn erst suchen zu müssen.

Nun ritt er frei und ledig davon.

Lassitter und ich, wir sahen zu Milebridge hin.

Das Mondlicht war hell genug. Wir konnten erkennen, wie es in seinem asketischen Gesicht arbeitete.

Dann sah er uns an.

»Ich werde ihn töten«, sagte er dann schlicht.

Dann lenkte er sein Pferd herum, ritt zu einem der Felsen hinüber und stieg dort ab. Er sattelte das Pferd ab und bereitete sich ein Lager. Im Felsen war noch eine Menge Wärme gespeichert.

»Kommt her und macht ein Feuer«, sagte er. »Ich will diese Nacht gut und ruhig schlafen.«

Wir gehorchten wortlos.

Ich spürte, dass Lassitter mich zwar nicht mehr so belauerte, doch aber niemals zuließ, dass ich hinter ihm war. Er tat dies stets auf eine unauffällige Weise, aber es war mir dennoch klar.

Ich war es dann, der Holz herbeischleppte und das Feuer anmachte.

Milebridge saß auf seinen Decken und zündete sich eine Zigarre an.

»Das war schon immer mein Problem«, sagte er. »Einen Sohn zu haben. Und nun, da ich einen habe, kommt Cassedy zurück. Ja, ich muss ihn töten. Und wenn es mich erwischen sollte, dann haltet mit unseren Reitern die Schafe jenseits des Creeks. Dies ist Rinderland und muss es bleiben.«

Er sah von mir zu Lassitter und von diesem wieder zu mir.

Und Lassitter sagte: »Mister, wenn Sie morgen sterben sollten, bin ich hier fertig. Dann reite ich noch in der gleichen Stunde.«

»Ich nicht«, sagte ich. »Denn ich bin der Meinung, dass die Rinder zuerst vorhanden waren und deshalb dieses Land Rinderweide bleiben muss. Aber ich werde all jene Leute ins Land zurückholen, die einst vertrieben und verjagt wurden von Ihnen, Mister Milebridge – ohne Schafe natürlich. Der Tilburne Creek und der Pecos bilden die Grenzen.«

Er sah mich seltsam an und sagte nichts.

Auch ich bereitete mir mein Lager. Lassitter zog sich etwas weiter zurück.

Ich dachte dann liegend darüber nach, dass ich ihn nicht davonreiten lassen würde. Er hatte mit höchster Wahrscheinlichkeit Hank Lorette erschossen, nachdem er diesen zuvor aus den Händen des Sheriffs befreite. Und auch Mannerhan konnte ich nicht davonkommen lassen. Er hatte mit Jim McCrae und Hank Lorette aus eigener Machtvollkommenheit Early Calhoun aufgeknüpft.

Und schließlich konnte ich auch Thor Milebridge nicht davonkommen lassen.

Denn er war der Boss dieser Männer. Er trug die Verantwortung.

Nur jetzt konnte ich nichts unternehmen, gar nichts. Meine Kraft war für einige Stunden verbraucht. Die Seite schmerzte wieder höllisch. Ich konnte gegen Lassitter und Milebridge jetzt nichts ausrichten, gar nichts. Ich konnte auch Mrs Milebridge und das Baby nicht befreien. Ich konnte nur warten, bis meine Zeit kam.

Und Lassitter spürte dies wahrscheinlich mit seinem Instinkt. Irgendwann schlief ich ein.

Eine Stunde nach Mitternacht kam Mannerhan ins Camp. Er hatte Jim McCraes Aufgaben übernommen. Ich erkannte das an seinen Meldungen. Er berichtete, dass die Mannschaft alle Creek-Übergänge besetzt hätte. Es waren auch noch einige Verstärkungen eingetroffen aus entlegenen Vorwerken und von entfernten Weideplätzen.

Milebridge, der aufgewacht war, gab ihm noch einmal genaue Anweisungen und legte sich wieder lang.

Mannerhan stand noch eine Weile am Feuer. Er

sah zu mir hinüber. Seine Feindschaft war wie eine Wolke, wie eine strenge Raubtierwitterung.

Lassitter sagte von seinem Lager her: »Hau ab, Mannerhan, hau ab! Hier gibt es nichts mehr zu tun für dich. Und warum der Boss unseren Gefangenen wieder reiten ließ, dies hast du doch wohl begriffen – oder?«

Mannerhan brummte nur.

Aber er saß auf und ritt davon.

Ich schlief wieder ein. Es wurde merklich kühler. Mehrmals erwachte ich und legte Holz ins Feuer.

Und dann dachte ich über den Hass der Männer nach.

Immer wieder gab es Hass und mussten sie kämpfen.

Warum war das so? Vielleicht, weil ein Mann festhalten musste, was er besaß, und nichts hinnehmen konnte.

Gegen Morgen dann kam ein Reiter von der Hauptranch und meldete die Entführung der Rancherin und des kleinen Kindes.

»Es waren vier Mann«, sagte der Bote. »Sie kamen überraschend, schlugen den Wächter nieder und besetzten die Ranch. Es gab keine Möglichkeit ...«

»Schon gut«, sagte Milebridge von seinem Lager her. »Reite zum Creek und melde dich bei Mannerhan.«

Der Reiter verschwand eilig, froh darüber, nicht beschimpft oder gar bestraft zu werden.

Lassitter kam mit seiner kleinen Kaffeekanne, aus der ich auch schon mal eine Tasse erhalten hatte. Er hockte sich ans Feuer und wartete, bis der Kaffee fertig war. Dann schenkte er wortlos ein und gab erst Milebridge den Becher.

Ich wartete geduldig, bis auch ich ein paar Schlucke dieses starken Gebräus bekam. Ich konnte es gut gebrauchen. Es frischte meine Lebensgeister wieder auf. Es ging mir nach den Stunden der Ruhe ohnehin wieder sehr viel besser.

Aber würde ich mich heute schon mit Lassitter messen können?

Bei diesem Gedanken spürte ich Furcht. Denn wahrscheinlich würde Lassitter mich töten. Doch zuerst fand ein anderer Kampf statt. Milebridge erhob sich plötzlich und ging umher. Er machte einige Freiübungen und knetete seine Hände wie ein Klavierkünstler vor einem Konzert. Aber er würde nicht Klavier spielen, sondern so schnell wie noch nie in seinem Leben die Waffe ziehen und schießen müssen.

Der Sonnenaufgang war nicht mehr fern.

Und Thor Milebridge würde zum ersten Male seit vielen, vielen Jahren selbst einen Kampf Mann gegen Mann austragen müssen.

Diesmal konnte ihm Lassitter nicht beistehen.

Auch seine Mannschaft konnte ihm jetzt nicht aus der Klemme helfen.

Er musste es ganz allein auskämpfen. Hondo Cassedy zwang ihn dazu.

Darüber hinaus hatte Hondo Cassedy dafür gesorgt, dass der Skull in große Gefahr durch die vereinte Macht seiner Feinde geraten musste. Hondo Cassedy hatte diesen einst Vertriebenen und Davongejagten eine neue Basis gegeben. Er gab ihnen Schafe zum billigsten Selbstkostenpreis auf Kredit. Er schuf somit selbst eine geballte Macht, die dem Skull ebenbürtig war. Thor Milebridge konnte sicher sein, dass er alles verlor, was er bisher aufbaute, sollte er den Zweikampf verlieren.

Und sollte er das Duell bei Sonnenaufgang gewinnen, so würde er dennoch gegen die geballte Kraft seiner Feinde kämpfen müssen.

Und das also war Hondo Cassedys großer Racheplan. Er hatte doppelt vorgesorgt. Wir sattelten unsere Pferde.

Und dann wärmte sich Thor Milebridge am Feuer noch einmal die Hände und bewegte die langen, geschmeidigen und ganz gewiss noch kräftigen Finger. Er hatte sehr breite Handgelenke. Früher wäre er gewiss ein hervorragender Degenfechter gewesen. Doch diese Zeit war vorbei. Jetzt war er ein hervorragender Revolverkämpfer.

Ich betrachtete ihn.

Plötzlich erwiderte er meinen Blick.

Ich erkannte in seinen Augen einen Ausdruck von Furcht. Doch ich begriff dabei sofort, dass er sich nicht vor dem Tode fürchtete.

Er sagte: »Wenn er mich schlagen kann mit dem Colt, dann wird alles zum Teufel gehen, was ich aufbaute. Mein Sohn ist noch zu winzig. Meine Frau ist zu jung und nicht von dieser Art Mannweiber, die um eine Ranch kämpfen können. Mein Vormann Jim McCrae ist tot. Das habe ich Ihnen zu verdanken, Sheriff. Zum Teufel, warum sehen Sie es nicht so wie ich? Gewiss, ich jagte eine Menge kleines Kroppzeug aus diesem Lande, das an meinen sich ständig ausdehnenden Grenzen lebte und von meinen Herden fraß. Ich jagte all diese Kleinen fort, um etwas Großes zu schaffen. Und dieses Große ist der Skull. Soll er untergehen, nur weil ein Mann wie Hondo Cassedy seine Rache will und weil er all die vielen Kleinen vereinigte und ihnen mit einer gewaltigen Menge Schafen eine wirtschaftliche und auch politische Basis gab? Sie gehören jetzt zu der großen und immer noch wachsenden Partei der Schafzüchter. Das alles gehört zu einem System, das man von höchster Warte aus steuert. In diesem System ist ein Mann wie Hondo Cassedy nur eine mittlere Größe. Der Skull darf nicht untergehen! Lassitter, wenn ich dieses Duell nicht überstehen sollte, dann arrangieren Sie sich mit meiner Frau. Lassen Sie sich von ihr die Hälfte des Skulls überschreiben. Dann lohnt es sich für Sie, den Skull zu erhalten. Und vor allen Dingen töten Sie diesen Narren von einem Sheriff, der sich auf die Seite jener Kleinen schlagen würde, die ich einst vertrieben habe. Haben Sie mich verstanden, Lassitter?«

»Yes, Sir«, sagte dieser knapp.

Aber er sah nicht Thor Milebridge, sondern mich dabei an.

Milebridge wandte sich zu seinem bereits gesattelten Pferd. Er saß auf und ritt zum Creek hinunter.

Im Osten kam die Sonne über den Hügel.

Ja, es war Sonnenaufgang.

11

Lassitter und ich, wir sahen uns immer noch an.

Dann sagte Lassitter: »Los, Sheriff! Reite!«

Ich schüttelte den Kopf. »Nicht mehr vor dir, Lassitter – nur noch neben dir. Niemals mehr vor dir.«

Da grinste er auf seine hartlippige Art.

»Ich würde dich niemals – ohne dir eine Chance zu geben – in den Rücken schießen, Ty Shannon – dich nie! Denn du gehörst für mich zu der Sorte, die ich offen erledigen müsste, wollte ich meine Selbstachtung behalten. Aber gut, reiten wir nebeneinander.«

Wir taten es, und Thor Milebridge war uns schon weit voraus.

Aber wir durften ihn ja ohnehin nicht bis zum Kampfort begleiten. Das war eine der Bedingungen von Hondo Cassedy.

Wir blieben oben auf dem letzten Stück des Uferhanges. Die Entfernung betrug mehr als zweihundert Yard.

Unten am Creek wartete Hondo Cassedy am Feuer.

All seine Leute und Gefährten, die in der vergangenen Nacht bei ihm waren, hatten sich über den Creek zurückgezogen.

Der Creek war nicht breit, kaum mehr als ein halbes Dutzend Pferdesprünge.

Drüben stieg ein fast gleicher Hang an wie hier bei uns.

Und oben auf diesem Hang – so wie Lassitter und

ich – hielten die Männer der Gegenpartei. Ich erkannte auch deutlich die Tilburne-Brüder. Ich wusste, dass sie nach Hondo Cassedy die maßgeblichen Männer der Schafleute waren.

Sie alle warteten auf den Ausgang des Kampfes. Hondo Cassedy hatte es so gewollt. Dies jetzt war Hondo Cassedys Stunde – und er hatte viele Jahre darauf gewartet. Sein Ziel aber war es gewesen, nicht als Einzelner zu kommen, sondern als ein Mann mit Macht hinter sich, der sich in jeder Beziehung mit Milebridge messen konnte.

Nun wartete er dort am Feuer.

Milebridge ritt langsam heran. Er hielt zwanzig Schritte vor Hondo Cassedy an, saß ab und scheuchte sein Pferd ein Stück zur Seite, sodass es von vorbeigehenden Kugeln nicht getroffen werden konnte.

Dies war eine fürsorgliche Geste, die ich bei ihm nicht erwartet hätte.

Aber dennoch standen meine Sympathien bei Hondo Cassedy.

Nachdem ich gestern hörte, was Milebridge ihm antat, konnte ich ihn gut begreifen. Ich selbst hätte an Cassedys Stelle nicht jahrelang gewartet und mir erst ein Reich in Schafen geschaffen, sondern wäre ins Land geschlichen, um mir Milebridge vor den Colt zu holen.

Ich begriff jetzt auch erst richtig, warum Milebridge sich all die Jahre einen Revolvermann und Killer wie Lug Lassitter als Leibwächter gehalten hatte.

Milebridge hatte immer von der Gefahr gewusst,

die irgendwo auf ihn wartete und eines Tages von Hondo Cassedy aus sich in Bewegung setzen würde.

Doch nun war Cassedy selbst gekommen und wollte den persönlichen Kampf.

Wir alle sahen von den beiden Seiten der Creek-Wiesen her, wie Milebridge langsam auf Cassedy zuschritt und dann etwa sechs bis acht Schritte vor diesem verhielt.

Wir konnten nicht hören, was für Worte sie wechselten.

Aber jeder sprach einige Sätze.

Und dann zogen sie ihre Revolver und schossen aufeinander. Jeder schoss mehrmals. Sie wurden eingehüllt von ihrem eigenen Pulverdampf und sahen gewiss den Gegner nicht mehr richtig, sondern wie durch Nebel nur.

Aber Thor Milebridge war eine Idee schneller mit dem Colt. Er schoss früher.

Nach dem zweiten Schuss fiel Hondo Cassedy auf ein Knie. Aber auch er schoss weiter. Die Mündungsfeuer blitzten durch den Pulverdampf.

Es war irgendwie bei aller Schrecklichkeit dennoch beeindruckend, wie dort unten am Creek zwei Feinde ihre Sache austrugen.

Dann fiel Hondo Cassedy nach vorn auf sein Gesicht. Und Thor Milebridge schwankte nur ein wenig. Er wartete noch einige Atemzüge lang darauf, dass Hondo Cassedy sich bewegen würde. Doch das geschah nicht. Sogar wir Zuschauer, die wir zu beiden Seiten je zweihundert Yard vom Kampfort entfernt waren, zweifelten nicht daran, dass Hondo Cassedy alle war – einfach alle, aus und vorbei.

Der Morgen war hell. Die Luft war klar. Und ein leichter Wind hatte dort unten auch den Pulverrauch vertrieben.

Ja, es war alles klar. Thor Milebridge hatte den Zweikampf gewonnen.

Er wandte sich um, schwankte nur leicht. Wenn er irgendwo getroffen war, so gewiss nicht schwer. Er ging zu seinem Pferd, saß auf und kam hochgeritten zu uns.

Lassitter und ich, wir ritten ihm entgegen.

Und von drüben kamen die Tilburne-Brüder zum Creek herunter.

Als wir Milebridge auf halbem Wege trafen, da sah ich, dass er dreimal leicht nur geritzt war. Die Kugeln hatten seine Kleidung durchfetzt und seine Haut gestreift. Keine der Streifwunden blutete besonders.

Aber er hatte einen stieren und wie abwesenden Ausdruck in seinem Blick.

Ich ritt an ihm vorbei. Und Lassitter rief: »Wohin, Shannon, zum Teufel?!«

»Seine Frau und das Kind – ich muss sie holen. Denn ich bin der Sheriff!«

So rief ich zurück.

Er fluchte, doch er kam mir nicht nach. Er blieb bei Milebridge. Vielleicht glaubte er, dass dieser schwerer verwundet sein könnte.

Aber Milebridge hielt plötzlich sein Pferd an. Ich sah es, weil ich über die Schulter nach Lassitter blickte. Milebridge war durch meine Worte aus seiner abwesenden Starre erwacht.

Er rief mir nach: »Ja, Sheriff, holen Sie meine Frau

und meinen Sohn! Oder ich komme mit meiner ganzen Mannschaft über den Creek und mache drüben alles klein!«

In seine Stimme kam mehr und mehr ein wilder Klang.

Ich begriff, dass er jetzt wahrscheinlich in einen Zustand geriet, da ihn ein geringer Anlass in eine Art Amokläufer verwandeln würde.

Dann würde er auf despotische Art gewalttätig werden mit all seinen Reitern. Wenn er wollte, konnte er hundert Reiter in die Sättel bringen und binnen einer Woche zweihundert für Revolverlohn anwerben.

Ich ritt weiter. Und als ich bei Hondo Cassedy absaß, trafen auch die Tilburne-Brüder ein. Sie schwangen sich von ihren Pferden – und es sah zuerst so aus, als wollten sie auf mich losgehen.

»Regt euch nur ab«, sagte ich.

Dann knieten wir bei Cassedy nieder und untersuchten ihn.

Er war tot.

Ich sagte zu den Tilburne-Brüdern: »Das hat er so gewollt. Es war nicht zu verhindern. Und jetzt hört mal gut zu, ihr Bumsköpfe.«

Dann erzählte ich ihnen in kurzen Worten, dass der alte Sheriff noch lebte und mir bald den Namen des Mannes nennen würde, der ihn vom Pferd schoss und ihm Hank Lorette abnahm. Ich erklärte den Tilburnes, wie schwer ich selbst angeschossen war und dass ich bisher noch keine Chance hatte, es mit Lassitter aufnehmen zu können.

Und ich schloss mit den Worten: »Der Skull ist

ohnehin bald erledigt – für immer. Aber das mache ich, der Sheriff! Und ihr bleibt mit euren Schafen jenseits des Creeks. Dies hier ist Rinderweide und wird immer welche bleiben. Wenn ihr zurück wollt auf eure Weide, dann verkauft die Schafe und schafft euch Rinder an. Das ist mein letztes Wort. Also nehmt ihn mit, lasst die Frau und das Kind frei und bleibt mit den Schafen drüben. Diese Grenze gilt für die Schafe, nicht für euch Menschen. Habt ihr mich verstanden?«

Sie starrten mich an. Aber hinter ihren Stirnen arbeitete es.

Dann wandte Johnny Tilburne seinen Kopf und deutete hinüber.

»Dort kommt Milebridges Frau«, sagte er. »Und mit ihrer Entführung hatten wir nichts zu tun. Dafür warb Cassedy sich ein paar böse Nummern an. Er war ja verrückt, dieser Cassedy. Er wollte durchaus persönlich mit Milebridge kämpfen. Dabei hätte er das gar nicht nötig gehabt. Wir alle wären mit ihm über den Creek geritten, um zu kämpfen. Wir alle! Und wir haben genügend Revolverschwinger bei uns, die es zahlenmäßig mit der Skull-Mannschaft aufnehmen können.«

Ich hörte seine Worte, aber ich beobachtete den leichten Wagen, der nun langsam den Hang niedergefahren kam.

Eine junge Frau lenkte das Ding. Neben ihr auf dem ledergepolsterten Sitz war ein Korb festgebunden. In diesem Korb musste das Baby liegen. Milebridges einziger Sohn.

Johnny Tilburne wiederholte: »Dort kommt Milebridges Frau. Es war allein Cassedys Sache. Er war verrückt auf einen Kampf mit Milebridge.«

Er sah seinen Bruder Ollie an, der sich ebenfalls erhoben hatte. Sie sahen sich an und kamen ohne Worte zu einem Einverständnis.

Johnny sagte: »Wir alle waren früher Rinderleute. Und wir wurden vom Skull als solche vertrieben. Cassedy gab uns Schafherden und damit Macht, Einfluss, Einkommen. Aber wir würden diese stinkenden Schafe gerne wieder gegen Rinder eintauschen – viele von uns täten es. Doch es geht wohl zuerst einmal darum, den Skull zu zerschlagen. Also sind uns die Schafe recht. Wir geben dir drei Tage Zeit, Ty Shannon. Wenn wir dann immer noch erst den Skull niederkämpfen müssen, versuchen wir es mit den Schafherden. Dann ruinieren wir erst mal diese Weide mit Schafen und machen dem Skull eine Rinderhaltung in diesem Lande unmöglich. Hast du verstanden, Ty Shannon?«

Ich nickte.

»Drei Tage«, sagte ich. Dann trat ich an mein Pferd und saß auf.

Ich ritt bis in die Furt des Creeks und erwartete den Wagen.

Vor Mrs Milebridge griff ich an den Hut und sagte: »Ich begleite Sie zu Ihrem Mann, Ma'am. Hat man Ihnen oder dem Kind außer der Entführung auch noch etwas anderes angetan?«

»Nein«, sagte sie herb und fuhr aus dem Creek auf das Ufer. Sie lenkte den Wagen an der Männergruppe vorbei, die aus den beiden Tilburnes und dem am Boden liegenden toten Cassedy bestand. Sie warf einen Blick auf Cassedy und erschauderte.

Oh, sie war eine schöne, blonde, schlanke und sehenswerte Frau. Wahrscheinlich war sie noch so jung, dass sie auch Milebridges Tochter hätte sein können aus seiner ersten Ehe. Doch sie besaß gewiss nicht das ganz große Format.

Ich war plötzlich davon überzeugt, dass Milebridge sie sich nur zur Frau genommen hatte, um von ihr einen Sohn und Erben zu bekommen, einen Erben für den Skull.

Das war es allein.

Sie tat mir Leid.

Wir erreichten bald darauf Milebridge, der mit Lassitter auf uns gewartet hatte. Thor Milebridge nickte seiner jungen Frau leicht zu und sagte dann: »Ist dem Kleinen etwas geschehen?«

»Nein«, sagte sie. »Er schläft schon wieder, denn er ist satt. Das Schaukeln des Wagens schläferte ihn schon immer ein.«

Thor Milebridge nickte.

»Was waren das für Entführer, Judith?«

Sie hob ihre geraden Schultern. Ihre Brüste spannten die Bluse. Sie war körperlich sehr prächtig gewachsen, doch sie wirkte geduldig, ohne besonderes Feuer oder gar Eigenwilligkeit.

.»Vier harte Männer«, sagte sie gedehnt. »Sie ließen mich frei und ritten auf frischen Pferden nach Norden. Ich kenne nicht mal ihre Gesichter. Sie waren ständig maskiert.«

»Schon gut, Judith«, sagte er, und seine Stimme klang gewollt geduldig, so als fiele sie ihm auf die

Nerven und als wollte er dennoch nett und freundlich zu ihr sein, weil er ihr das schuldig war.

Denn sie war die Mutter seines Sohnes.

Ich begriff dies alles, und ich sah auf Lassitter und erkannte seinen Zorn. Lassitter hatte mich vergessen. Er starrte auf Judith und Milebridge. Plötzlich begriff ich, dass dieser Revolvermann diese Frau liebte und dass ihn die geduldig-freundliche Art irgendwie böse machte, in der Milebridge die Frau behandelte.

Aber als er nun meinen Blick spürte, bekam er sich schnell wieder unter Kontrolle. Wir alle sahen dem Wagen nach.

Dann richteten sie ihre Blicke auf mich.

»Und nun zu Ihnen, Sheriff«, sagte Milebridge.

Ich spannte mich innerlich und war nun auf der Lauer.

Meine Stimme klang kühl: »Was soll's denn sein?«

Auch Lassitter war bereit, ich bemerkte es nicht nur aus dem Augenwinkel, sondern irgendwie auch instinktiv.

Aber Thor Milebridge wollte wohl nicht hier eine Entscheidung, nicht hier auf der Creek-Wiese, die aus großer Entfernung eingesehen werden konnte. Er wollte keine Augenzeugen.

Er gab seinem Revolvermann kein Zeichen. Im Gegenteil, er wirkte müde und ausgebrannt. Vielleicht spürte er jetzt erst den Schock des überstandenen Kampfes, war sich bewusst, dass er seinen Todfeind getötet hatte und er sich all die Jahre grundlos gefürchtet hatte.

Ja, er musste Hondo Cassedy gefürchtet haben.

Warum hielt er sich sonst den Revolvermann Lassitter, der zugleich auch ein Killer war, welcher Männer tötete, ohne ihnen eine Chance zu geben? Ich dachte da an Hank Lorette.

Vielleicht schmerzten Milebridge auch seine Streifwunden.

Jedenfalls schien seine Energie für eine Weile zu erlahmen.

Er sagte: »Sheriff, wir brauchen Sie hier nicht mehr. Der Skull kann seine Weidegrenzen selbst bewachen. Haben Sie verstanden, ich möchte hier keinen amtlichen Zeugen haben. Und überdies sind Sie doch auch noch nicht wiederhergestellt. Sie sehen krank aus. Die Situation hat sich verändert. Da Hondo Cassedy tot ist, werden die Schafherden sicherlich nicht über den Creek kommen. Und wenn ... Nun, dann möchte ich hier keinen Sheriff haben. Nehmen Sie Urlaub wegen Krankheit. Also!«

Er machte eine befehlende Handbewegung in Richtung Pecos Bend. Und mir war das recht.

Ich tauschte mit Lassitter einen Blick. Und Lassitter schien zu lächeln, so mit den Augen und mit dem Gesichtsausdruck, nicht nur mit den Lippen.

Ich sah Lassitter zwei Atemzüge an, und er schien mir zu sagen: »Warte nur, Hombre, wir tragen es schon noch aus.«

Dann ritt ich davon – heim nach Pecos Bend.

Ich drehte Milebridge und Lassitter meinen Rücken zu. Das konnte ich hier sorglos tun. Mich sahen jetzt zu beiden Seiten des Creeks viele Augen davonreiten.

Doch die Schafleute würden vor Ablauf von drei Tagen nichts unternehmen. Das hatten mir die Tilburne-Brüder zugesagt.

Aber Milebridge wusste es nicht. Milebridge und die Skull-Mannschaft würden stündlich mit einer Invasion über den Creek rechnen. Das hielt sie hier fest.

Dies war mir sehr recht.

Ich hatte drei Tage Zeit. In diesen drei Tagen musste ich wieder völlig in Ordnung sein. Denn sonst hatte ich keine Chancen gegen Lassitter.

Und ich musste mir innerhalb dieser drei Tage die letzten Beweise verschaffen, die mir nicht nur das Recht gaben, sondern es mir sogar zur Pflicht machten, Lassitter und Milebridge unschädlich zu machen.

Ich ritt langsam, denn es war ein schöner Tag. Ich wollte mich nicht übermäßig anstrengen und in Schweiß geraten. Meine Wunde schmerzte kaum noch. Sie war schon gut verharscht, spannte nicht mehr so schlimm, so dass ich mich nicht besonders schief halten musste. Auch die angeknackste Rippe benahm sich manierlich unter dem Korsettverband. Ich konnte schon tiefer durchatmen als gestern noch.

Nun, ich ritt also langsam. Denn – wie schon gesagt – es war ein schöner Tag. Es war ein Tag, viel zu schön, um zu kämpfen und vielleicht dabei sterben zu müssen. Es war ein Tag, an dem man am besten alle Sorgen vergessen sollte.

Aber eigentlich hatte ich in den vergangenen Tagen nichts anderes als Sorgen und Verdruss gehabt – angefangen von Sally bis zu diesem Kampf zwischen Cassedy und Milebridge, den ich nicht zu verhindern vermochte.

Es gab nur zwei gute Dinge inmitten all dieses Verdrusses.

Da war Nancy Calhoun.

Und da waren meine beiden Gefährten bei der Wildpferd-Jagd, die auch nachher noch zu mir hielten, Miguel und Pedro.

Ich spürte in dieser Stunde so etwas wie Dankbarkeit und Freude. Immer wenn ich an Nancy und an die beiden Amigos dachte, war das so.

Aber bald kamen andere Gedanken. Sie bewegten sich zuerst ohne besonderen Sinn und beschäftigten sich nur allein mit den vielen Möglichkeiten und den zu erwartenden Situationen.

Aber plötzlich bewegten sich diese Gedanken in eine bestimmte Richtung. Es war, als wenn mein Instinkt oder eine unbestimmbare Ahnung meine Gedanken immer wieder in diese Richtung lenkten.

Hatte mich Milebridge wirklich nur weggeschickt, weil er bei den weiteren Entwicklungen keinen Sheriff dabei haben wollte? Dass er mich wegen meines immer noch sehr schlechten körperlichen Zustandes schonen wollte, war gewiss nicht anzunehmen. Wenn er mich gebraucht hätte, würde er mich bei sich behalten haben, bis ich draufgegangen wäre.

Nein, er hatte mich weggeschickt, weil er mir nicht traute. Bevor er zu seinem Kampf mit Hondo Cassedy ritt, hatte ich ihm gesagt, was ich tun würde, sollte er im Duell getötet werden. Ich sagte ihm, dass ich all jene Leute ins Land zurückkommen lassen würde, die einst vom Skull vertrieben wurden, und damit hatte ich ihm gezeigt, wo ich als Sheriff stand.

Er nahm mir überdies auch immer noch sehr übel, dass ich seinen Vormann Jim McCrae tötete und Mannerhan so lange in der Zelle hatte.

Aber er konnte mich nicht in der Öffentlichkeit abschießen lassen, nachdem schon Sheriff Noah Wade spurlos verschwunden war.

Kam es hier zu einem Schaf-Rinder-Krieg, musste und würde es zu einer Untersuchung durch Regierungsbeauftragte kommen. Vielleicht kam Miliz her und wurde für eine Weile Kriegsrecht verhängt. Das war auch in Nebraska so.

Und da durfte ein Mann wie Milebridge nicht in den Verdacht kommen, den Sheriff erledigt zu haben.

Es gab am Creek zu viele Zeugen. Und selbst Milebridges eigene Reiter hätten ihn eines Tages als Mitwisser erpressen können. Er hatte ja schon Angst wegen Hank Lorette gehabt, der durch seine Gewissensbisse ein Unsicherheitsfaktor geworden war.

Deshalb konnte er mich nur heimschicken und dafür sorgen, dass mir unterwegs ohne Zeugen etwas zustieß.

Das war es! Die Erkenntnis durchfuhr mich wie ein Stich.

Ja, ich sollte nicht ankommen in Pecos Bend!

Und einen Mord an mir konnte man wahrscheinlich sogar der Schaf-Partei zuschieben, weil ich sie ja mit dem Skull am Creek aufhielt und sogar Cassedy mit dem Colt aus dem Camp holte.

Es war mir plötzlich klar, in welcher Gefahr ich mich befand.

Und so ritt ich wachsamer, vorsichtiger. Ich rechnete mir aus, wann mich jemand, den er hinter mir vom Creek her losreiten ließ, überholt haben könnte im weiten Bogen und wo dieser Bursche sich dann in den Hinterhalt legen würde.

Ich dachte auch darüber nach, wer wohl der Mann seines Vertrauens war.

Da gab es nur zwei: Lassitter und Mannerhan.

Aber Lassitter brauchte er am Creek, wenn die Schafherden übersetzen würden, womit er stündlich rechnen musste.

Also würde er Mannerhan schicken.

Und der kam mir gewiss nicht offen entgegen, wie es Lassitter tun würde.

Mannerhan würde mit einem Gewehr aus einem Hinterhalt schießen.

Und dann würde er versuchen, mich verschwinden zu lassen, wie Lassiter Hank Lorette verschwinden ließ.

So war es. Ich war in Gefahr.

12

Es brach mir für einen Moment der Schweiß aus, denn Mannerhan war gefährlich wie ein erfahrener Apache. Und er hasste mich.

Ich hatte Mannerhan damals im Saloon in den

Arm geschossen und geglaubt, ihm die Armkugel zerschmettert zu haben. Aber das war ein Irrtum, denn seine Wunde erwies sich als nicht sehr schlimm. Er hatte ja dann auch einige Zeit, sich in der Zelle auszuruhen.

Ein Bursche wie Mannerhan kam schnell wieder auf die Beine und besaß eine gute »Heilhaut«. Als er in der vergangenen Nacht an das Feuer kam, um Milebridge Meldung zu machen, trug er seinen Arm nicht mal mehr in der Schlinge.

Doch er würde für eine Weile seinen Colt nicht mehr schnell ziehen können.

Das hatte er ja auch im Saloon schon nicht schnell genug gegen mich gekonnt.

Deshalb war er so gefährlich, denn genau aus diesem Grunde würde er sehr sorgfältig mit einem Gewehr auf mich zielen.

Als ich dies gedacht hatte, krachte es auch schon.

Die Kugel traf mein Pferd in den Kopf. Es überschlug sich fast kopfüber und warf mich in einen Dornbusch.

Dort drinnen blieb ich erst mal liegen – und nicht nur deshalb, weil es mir böse ging, weil meine Wunde wahrscheinlich aufgebrochen war und meine Rippe so sehr schmerzte, als wäre sie nun endgültig gebrochen, sondern auch deshalb, weil ich glaubte, in diesem Dornenbusch etwas Deckung zu haben.

Sonst gab es keine Deckung für mich.

Bis zu meinem Pferd waren es mehr als zwei Sprünge. Bis ich dahinter Deckung fand, konnte mich der Schütze gewiss erwischen.

Ich lag also im Dornenbusch, ertrug die Schmerzen, kam langsam wieder zu Atem und dachte darüber nach, warum der Bursche mein Pferd erschoss und nicht mich.

Denn anstatt des Pferdekopfes hätte er gewiss auch mich treffen können.

Ich hatte keine Chance gegen ihn, denn mein Gewehr steckte in der Sattelhalfter. Mit meinem Colt hatte ich nicht genügend Reichweite. Er konnte mich mit seinem Gewehr stets unter Kontrolle halten und nach Belieben erledigen.

Verdammt noch mal, ich saß wieder mal in der Klemme. Als er meinem guten Pferd in den Kopf schoss, hatte er sich zuvor die ganze Sache genau ausgerechnet. Er war ein erfahrener, eiskalter und mitleidloser Bursche.

Ich wusste, dass es nur Mannerhan sein konnte, noch bevor ich seine Stimme hörte.

Und auf diese Stimme brauchte ich nicht lange zu warten. Sie tönte von der Bodenwelle hernieder, hinter der ich niemals einen Hinterhalt vermutet hatte.

Ich hätte auf Arroyos, Hügel, Felsengruppen und ähnliche Stellen getippt, von denen aus er mich zu erledigen versucht hätte.

Aber er hatte sich nur eine einzige Bodenwelle ausgesucht, hinter die ich schon hätte blicken können, wäre ich einige Dutzend Yards weitergeritten. Es waren nicht mal besonders große Büsche oder Felsen dort. Es war eine ganz harmlose Stelle. Mannerhan verstand sein »Geschäft«.

Ich erkannte seine Stimme sofort, als er mir zurief:

»Nun, großer Sheriff, wie fühlst du dich jetzt?! Gib Antwort!«

Ich knirschte noch vor Schmerz mit den Zähnen. Und der Atem ging mir noch kurz.

Aber ich rief zurück und sagte dabei die Wahrheit: »Mies geht es mir, Hombre, mächtig dreckig! Das möchtest du doch hören, nicht wahr?«

Er lachte.

Dann rief er: »Ich kann dich mitsamt dem Busch da in Stücke schießen! Du hast überhaupt keine Chance mehr, Hombre! Und das gefällt mir! Oho, das gefällt mir mächtig! Komm heraus, Mister! Raus da aus dem Busch! Denn es passt mir gut, mich mit dir noch ein wenig zu unterhalten. Wirf zuerst den Colt aus dem Busch, bevor du selbst kommst. Ich zähle bis zehn. Dann fange ich an zu schießen!«

Nun, ich brauchte gar nicht zehn Sekunden Zeit, um zu überlegen.

Ich konnte mich hier im Busch abschießen lassen – oder ich konnte hinauskriechen und meinem Mörder in die Augen sehen.

Letzteres schien mir erstrebenswerter zu sein. Überdies wollte Mannerhan noch mit mir ein wenig reden. Also konnte ich auch etwas Zeit gewinnen.

Oha, wenn man so völlig ohne Chance so dicht vor dem Tode stand, da nahm man alle Chancen wahr, die das Leben vielleicht noch einige Sekunden verlängerten.

Ich warf also meinen Colt aus dem Busch.

Und dann kroch ich selbst heraus. Ich tat es in Richtung zu meinem tot am Boden liegenden Pferd. Denn vielleicht konnte ich nahe genug herankommen, um mich mit einem Sprung in Deckung des Tieres zu werfen. In der Sattelhalfter steckte dort auch mein Gewehr. Irgendwie würde ich es vielleicht freibekommen. Und dann …

Ich kam nicht weiter mit meinen hoffnungslosen Gedanken.

Denn Mannerhan schoss wieder. Seine Kugel schlug zwischen mir und dem toten Pferd in den Boden.

»Bleib nur von deinem Gaul weg!« So rief er zu mir herunter.

Ich verharrte und sah in seine Richtung.

Er war jetzt auf der langen Bodenwelle sichtbar und kam langsam den sanften Hang nieder auf mich zu. Sein Gewehr hielt er im Hüftanschlag.

Und er grinste zufrieden, weil ich mich nun aufrichtete und drei Schritte nach rechts von meinem Pferd wegtrat.

Mannerhan ging bis zu meinem Colt. Er hob ihn auf und schob ihn hinter seinen Hosenbund.

Dann betrachtete er mich.

»Das war doch gut gemacht?« So fragte er. »Mit einem einzigen Schuss erledigte ich dein Pferd und beförderte dich zugleich auch in einen Dornenbusch. Ist das vielleicht keine erstklassige Maßarbeit?«

Ich nickte leicht und sah ihn an.

Ich wusste, er wollte mich noch ein wenig quälen. Er hasste mich mit der bösen Wut der Bösen und Primitiven. Er wollte sich rächen für eine Niederlage und die Tage als Gefangener in meiner Zelle. Er konnte nicht anders als auf diese Art leben, nämlich mit Hass gegen alles, was gegen ihn war.

Und so zielte er nun auf meinen Bauch mit seinem Gewehr und sagte: »So schnell ändert sich alles, Sheriff, nicht wahr?«

»Da hast du Recht«, nickte ich, und ich war jetzt ganz ruhig. Ich hatte keine Angst mehr vor dem Tode. Nun, da er so dicht vor mir war, schwitzte ich auch nicht mehr. Es war nur ein starkes Bedauern in mir.

Ich dachte einen Moment an Nancy.

Und ich wunderte mich, dass die Erinnerungen an Sally, die mit einem Spieler fortgelaufen war, schon in so weiter Entfernung lagen.

Einst war ich losgeritten, um Wildpferde zu fangen. Ich brauchte das Geld dafür, um Sally heiraten zu können.

Aber dann war Sally schon gar nicht mehr da – und alles kam dann so sehr viel anders. Nun war ich Sheriff, stand wenige Sekunden vor meinem Tode und dachte an Nancy, die ich früher schon hätte haben können – viel früher schon als Sally.

Verdammt noch mal, manchmal sah ein Mann nur immerzu in die Ferne und war blind für alles in seiner Nähe. Mit Nancy konnte mein Leben schön werden.

Ich kehrte aus meinen Gedanken zurück in die Wirklichkeit, denn ich hörte Mannerhan sagen: »Shannon, ich werde dich in den Bauch schießen.«

»Na los doch, du stolzer Mann«, sagte ich. »Wenn du es getan hast, wirst du dich großartig fühlen.

Und wenn du dich dann im Spiegel betrachtest, wirst du dir im Geiste auf die Schulter klopfen. Denn wer bringt es schon fertig, einen unbewaffneten Mann in den Bauch zu schießen? Und wer bringt es schon fertig, einem unschuldigen Pferd einen Kopfschuss zu verpassen, nur um den Reiter lebend zu bekommen und zeigen zu können, wie groß man ist? Schieß doch, du Schwein! Aber vielleicht erweist du mir noch eine Gunst. Während ich noch eine letzte Zigarette rauche, erzählst du mir, wie es damals mit Early Calhoun war, den ihr an einen Cottonwood hängtet. Hatte er gestohlene Mavericks oder nicht?«

Zuerst glaubte ich, Mannerhan würde abdrücken, besonders in den ersten Sekunden, als meine ganze Verachtung ihn traf mit bösem Hohn.

Aber dann gefiel es ihm wohl, dass ich ihn um eine Gunst bat. Er begriff, dass ich auch nur ein Mensch war, der seine letzte Minute noch ein wenig verlängern wollte. Er spürte aber auch, dass ich mich ums Verrecken nicht noch mehr demütigen und noch deutlicher bitten würde.

Er grinste.

»Mein Arm«, sagte er, »schmerzt immer noch bei jeder Bewegung. Ich werde mein Lasso nicht mehr richtig handhaben und auch die Waffe nicht mehr so schnell ziehen können wie früher. Der Doc sagte mir, dass ich noch Glück hatte. Nun, du wirst dieses Glück nicht haben. Wie das damals mit Early Calhoun war, möchtest du wissen? Aaaah, ganz einfach! Early gehörte zu jenen Rebellen, die den Skull hassten. Early ritt noch wie in alten Zeiten über die

Weide und dachte nicht daran, den Skull zu respektieren. Early war ein schlechtes Beispiel für einige andere Burschen seiner Sorte. Es sah so aus, als würden sie sich mehr und mehr zusammenschließen, obwohl sie jeder für sich vollkommene Individualisten waren. Doch die Rebellion gegen den Skull vereinte sie mehr und mehr. Man konnte sich ausrechnen, dass sie eine richtige und gegen den Skull verschworene Bande geworden wären. Early war der Anführer. Wir mussten ihn erledigen, damit die anderen Angst in die Hosen bekamen. Und als wir ihn mit ein paar ungebrannten Rindern erwischten, war es soweit. Wir knüpften ihn auf, denn wir hatten einen guten Grund. Und überdies hatte Jim McCrae vom Boss den Befehl erhalten, bei der ersten Gelegenheit solch ein strenges Exempel zu statuieren.«

Er verstummte hart. Seine Augen funkelten wie fiebernd.

Ich sah ihm an, dass er sich jetzt an diese Lynchpartie erinnerte.

Und ich wusste nun endlich, dass sie Early Calhoun gar keinen Rinderdiebstahl nachgewiesen hatten, sondern nur eine willkommene Gelegenheit benutzten, eine sich bildende Partei von Rebellen gegen den Skull zu zerschlagen.

Ich hatte mir indes eine Zigarette gedreht und diese angeraucht.

Und rauchend sagte ich zu Hugh Mannerhan: »Ihr seid doch eine Bande von Strolchen und Banditen. Nur mit solch einer Bande wie euch konnte ein Mann wie Thor Milebridge solche langen Schritte machen und wie ein Despot in einem Lande herrschen.«

»Richtig«, grinste Mannerhan, und ich sah ihm an, dass er nun nicht länger mehr herumtändeln wollte. Er war jetzt bereit. Die Zeit des Redens war vorbei.

»Jedenfalls weißt du jetzt«, sagte er, »von wem du das Ding verpasst bekommst, welches dich in die Hölle schickt.«

Ich nickte.

Und dann sah ich seitlich hinter ihm jemand über die Bodenwelle kommen.

Heiliger Rauch, was fiel mir da ein Stein vom Herzen. Dieser Stein hätte mir gewiss sämtliche Zehen zerschlagen, würde er ein wirklicher und nicht nur ein gefühlsmäßiger oder symbolischer Stein gewesen sein.

Denn der wunderschöne Hombre, der hinter Mannerhan über die Bodenwelle kam, war kein anderer als Miguel, den ich in Pecos Bend gelassen hatte.

Er hatte sich also Sorgen gemacht und war losgeritten, um ein wenig nach mir zu sehen. Er kam nicht genau hinter, sondern etwas seitlich von Mannerhan näher.

Und er begriff sofort, dass er in allerletzter Sekunde kam.

Er schoss sofort.

Die Kugel stieß Mannerhan etwas herum. Er drückte zwar im selben Moment ab, doch seine Kugel traf mich nicht, sondern ging in Hüfthöhe an mir vorbei. Er fiel auf die Knie und repetierte das Gewehr durch.

Aber da traf Miguel ihn von der Seite her nochmals.

Und dann wusste ich, dass ich noch nicht sterben musste.

Es sollte noch nicht sein. Miguel war gekommen und hatte mich gerettet.

Ich holte mir erst meinen Colt aus Mannerhans Hosenbund. Mannerhan lebte noch. Er sah mich an und sagte: »Warum hast du immer wieder solch ein Glück?«

Aber ich konnte ihm keine Antwort geben, denn ich wusste es selbst nicht. Überdies hätte er meine Antwort gar nicht mehr gehört.

Er starb von einem Atemzug zum anderen.

Miguel kam herbei und sagte: »Ich musste ihn kampfunfähig schießen. Wenn er nach dem ersten Schuss aufgegeben und nicht noch einmal repetiert hätte, dann könnte er jetzt noch leben. Warum hat er sein Gewehr noch einmal durchgeladen, obwohl er doch schon getroffen war?«

Ich konnte darauf wenig sagen, jedenfalls nichts anderes, als Miguel ohnehin schon wusste. Mannerhan war ein Wilder, ein Böser, der nur allein nach dem Gesetz der Stärke und des Überlebens lebte. Deshalb wollte er bis zu seinem letzten Atemzug kämpfen, weil hier in diesem Lande jedes Lebewesen bis zum letzten Atemzug kämpfte.

»Du hast mir das Leben gerettet, Miguel«, sagte ich.

Er sah mich an. »O Amigo«, sagte er, »dies macht es mir gewiss etwas leichter. Als ich den ersten Schuss hörte, war ich noch weit entfernt und auch nicht sicher, woher der Schuss kam. Erst der zweite Schuss ließ mich erkennen, wo ich nachsehen sollte. Ich erschrak sehr, als ich sah, wie er dich vor dem Gewehr hatte, Amigo Shannon. Du siehst nicht gut aus – voller Dornen.«

Ich nickte, denn ich spürte diese Dornen schon recht lange und hatte sie dennoch nicht beachtet, weil es doch um mein Leben ging.

Jetzt aber spürte ich sie schlimmer.

Aber ich grinste: »Besser ein paar Dornen im Hintern als tot, Miguel. Es war eine gute Idee von dir, nicht in Pecos Bend zu bleiben, sondern nachzukommen.«

In meinem Grinsen war jene harte Freude des Überlebenden. Oh, ich wusste, was Miguel in seinem innersten Kern spürte. Er hatte getötet. Und da war einem Mann nicht besonders zumute. Ich kannte seine bitteren Gefühle.

»Reiten wir weiter nach Pecos Bend«, sagte ich. »Hole mir Mannerhans Pferd, indes ich Red meinen Sattel abnehme.«

Ich hatte fast so viele Dornen in mir wie ein Kaktus, und ich wusste, dass ich sie aus meinem Körper bekommen musste, bevor sie mein Blut vergifteten.

Deshalb ritt ich sogleich vor das Haus des Docs.

Aber dessen mexikanische Haushälterin sagte mir, dass er fort sei nach Pueblo Rock, weil dort ein Bursche wäre, auf dem sich ein Pferd gewälzt hätte.

Ich fluchte, weil ich nun nicht wusste, wer mir die Dornen aus dem Balg holen konnte.

Als ich mein Pferd wandte, um zu meinem Office zu reiten, kam Nancy Calhoun aus ihrem kleinen Laden. Miguel hielt schon bei ihr und sprach vom Pferd auf sie ein.

Als ich heranritt, hob sie die Hand.

»Steig ab, Mister Kaktus«, sagte sie. »Ich bin mit Nadel und Pinzette auch nicht schlechter als der Doc.«

»Das glaube ich«, nickte ich, und ich stand mehr in den Steigbügeln, als ich mit dem Hosenboden im Sattel saß. »Doch ich habe die meisten Dornen gerade dort, wo eine Lady bei einem Mann nicht hinblicken sollte.«

»Steig ab«, sagte sie. »Ich werde mir vorstellen, dass es der Vollmond ist.«

Und dann lachte sie. Gewiss freute sie sich, dass ich noch lebte. Und sie war eine prächtige Frau, die mitten im Leben stand.

Ich stieg ab.

Denn plötzlich wusste ich, dass ich sie haben wollte, sollte ich das alles hier überstehen.

Und warum sollte meine zukünftige Frau nicht jetzt schon meinen nackten Hintern sehen?

Als ich nach einer Stunde etwa fertig war, hatte sie siebenundfünfzig mehr oder weniger üble Dornen aus mir gepulkt.

Und in jedes entstandene Loch hatte sie Jod getan. Manchmal knirschte ich mit den Zähnen und unterdrückte nur mühsam ein Winseln.

Aber als sie fertig war, fühlte ich mich besser.

Als ich mich ankleidete – sie hatte mir für mein zerfetztes Zeug neues aus dem Store geholt –, sagte ich durch die offene Tür in das andere Zimmer hinüber, in dem sie für mich Kaffee kochte und Essen machte: »Da du nun meine intimsten Stellen kennst, Grünauge, wirst du mich wohl jetzt heiraten müssen.«

Ich bekam zuerst keine Antwort. Aber dafür fiel ein Glas oder eine Tasse nieder und zersprang in Scherben.

Dann erst sagte Nancy: »Mache nur nicht solche Scherze mit mir, Pferdejäger!«

»Das ist kein Scherz«, sagte ich. »Das ist meine Art, einem Mädel einen Heiratsantrag zu machen.«

Wieder war es einige Atemzüge lang still. Dann klang ihre Stimme etwas herb. Sie sagte: »Mister Shannon, du brauchst mich nicht zu heiraten, nur weil ich dir ein wenig behilflich war. Weißt du, ich wollte ja nur den Mord an meinem Bruder rächen. Du bist mir zu nichts verpflichtet. Ich möchte nicht aus Dankbarkeit genommen werden oder gar Lückenbüßer sein. Überlege es dir noch sehr, Ty Shannon.«

Ich war nun fertig mit dem Ankleiden und ging hinüber in ihre kleine Wohnküche.

Nancy stand am Herd. Ihr war ein Teller aus den Händen gefallen. Die Scherben lagen noch vor ihren Füßen.

Ich sagte: »Mannerhan hatte mich vor seinem Gewehr, und ich glaubte, nur noch eine Zigarettenlänge leben zu können. Ich hörte ihn sprechen, dachte an mein bisheriges Leben – und an das, was hätte sein können. Und vor allen Dingen dachte ich an dich, Nancy. Hast du verstanden? Ich dachte nicht mehr an Sally, als ich bedauerte, dass mein Leben bald vorüber sein würde. Ich hatte dich, Nancy, im Sinn und bedauerte, dass nichts aus uns werden konnte, weil ich sterben musste. Nancy, ich hatte zuletzt nur noch dich in meinen Gedanken – nichts anderes. Ich wurde erst wieder wach und kam in die Wirklichkeit zurück, als Miguels Kopf über der Bodenwelle auftauchte. Nancy, ich wäre mit den Gedanken an dich gestorben. Und wenn das kein letztgültiger Beweis ist für mich, dass ich mich nicht irre, was dann soll mir beweisen, dass ich nicht Dankbarkeit, sondern Liebe empfinde?«

Aber dann kam sie zu mir.

Als sie dicht vor mir stand, spürte ich alles, was von ihr ausging.

Sie brauchte es mir gar nicht in Worten zu sagen. Ich wusste plötzlich, dass ich sie schon immer hätte haben können.

Aber ich war wohl die ganze Zeit blind wie ein Maulwurf.

Als ich sie küsste, vergaß ich alle Schmerzen.

13

Es konnte für mich kein Ausruhen geben. Ich musste endlich nach dem Sheriff sehen, und ich musste auch fort aus Pecos Bend, weil der Skull mich dort bald suchen würde.

Denn Mannerhan war gewiss schon überfällig. Thor Milebridge würde auf Mannerhans Vollzugsmeldung warten. Wenn er nicht kam, würde er ihn suchen lassen – vielleicht durch Lassitter.

Und dann hatte ich Lassitter auf der Fährte. Diesmal würde er nicht länger mehr mit mir herumspielen, sondern versuchen, kurzen Prozess zu machen. Ich hätte ihn ebenso gut erwarten können, um mit ihm zu kämpfen. Aber ich wollte zuvor erst noch Beweise für seinen Mord an Hank Lorette. Dies schien mir irgendwie wichtig zu sein. Denn damit konnte ich ihn von seinem Sockel niederstoßen.

Wie? Und von welchem Sockel?

Nun, er galt als ein Revolvermann, der seinem Gegner stets eine Chance ließ.

So hatte er es beim Sheriff gehalten.

Doch Hank Lorette hatte er gewiss einfach vom Pferd geschossen. Ich ahnte dies mit untrüglicher Sicherheit.

Und wenn er mir gegenüber stand, da wollte ich ihm dies sagen. Vielleicht verhalf es mir zu jenem Sekundenbruchteil Vorsprung, auf den es ankam.

Ich ritt also nach dem Essen von Nancy fort und verließ die Stadt. Miguel blieb zurück.

Den Weg nach dem kleinen und verborgenen Rancho der Familie Pablo Quadriges kannte ich gut genug, denn schließlich war dieses Land meine Heimat und hatte ich als Wildpferdjäger das ganze Land ganz besonders gründlich durchstreift.

Ich ritt recht stetig und hielt mich fern aller Wege und Pfade, benutzte die Boden- und Landformationen als Deckung wie ein Indianer auf dem

Kriegspfad und nahm lieber Umwege in Kauf als über Ebenen zu reiten.

Am späten Nachmittag erreichte ich Pablo Quadriges' Rancho. Einer seiner Jungens hatte mich schon kommen sehen und angemeldet. Ich kannte Pablo Quadriges natürlich. Wir hatten sogar schon einmal zusammen einen alten erfahrenen Puma gejagt, der schon drei von Pablos guten Hunden erledigen konnte. Wir waren uns manchmal in Pecos Bend begegnet, hatten Karten gespielt und miteinander über Pferdezucht geredet. Wir mochten uns.

Als ich absaß, kam er aus einem Corral, wo er mit einem Pferd gearbeitet hatte, welches einmal einen Wagen ziehen sollte und sich noch gar nicht daran gewöhnen konnte.

Er zeigte mir seine blinkenden Zahnreihen und gab mir die Hand.

»Señor Wade geht es besser. Juana sagt, dass er über den Berg sei. – Und Juana weiß, was sie sagt, Amigo Shannon.«

Das glaubte ich ihm. Seine Frau hatte Juana als Großmutter mit in die Ehe gebracht. Das war damals, als noch Apachen hier streiften. Und weil diese Großmutter selbst eine halbe Apachin war und sich auf das Heilen mit Kräutern verstand, kamen auch oft Apachen zu Pablo. Er war ihr Freund. Sie taten ihm nichts. Erst als der Skull größer und rücksichtsloser wurde, hatte er einen Feind an der Grenze seines Ranchos, der ihn vielleicht auch eines Tages zum Teufel jagen würde. Das wusste er.

Ich begrüßte seine Frau, seine vielen Kinder, seine Groß-Schwiegermutter – und ging dann hinein zum Sheriff.

Er lag in einer kleinen, erst später an die Hütte angebauten Kammer, von denen es viele gab, weil Pablos Kinderzahl jedes Jahr wuchs.

Zuerst erschrak ich, so hohlwangig wirkte der Sheriff, so blutleer und bewegungslos. Doch dann öffnete er seine Augen.

Und in diesen Augen erkannte ich schon wieder eine Menge von seiner alten Energie. Es war schon wieder jenes Leben darinnen, welches mir sagte, dass er gesund werden wollte und auch spürte, dass er dies schaffen konnte.

Ich setzte mich zu ihm und begann ihm Bericht zu erstatten.

Als ich geendet hatte, schloss er seine Augen. Das Zuhören hatte ihn wohl zu sehr angestrengt.

Als ich schon gehen wollte, öffnete er sie wieder und sagte leise: »Du machst das schon alles richtig, Junge. Ich wusste schon, warum ich dir den Stern ansteckte. Und deine Frage will ich dir beantworten. Ja, es war Lassitter, der mir in den Weg trat und mir den Gefangenen abnehmen wollte. Aber du irrst dich, wenn du nun glaubst, er hätte mir die geringste Chance gelassen. Er trat mir mit schussbereitem Colt entgegen. *Er gab mir keine Chance!* Dass ich dennoch zog und darauf hoffte, dass er mich mit dem ersten Schuss nicht gleich richtig treffen würde, war mein Risiko. Ich schaffte es nicht. Er traf mich gleich richtig. Und nur er kann dann mit Hank Lorette weitergeritten sein. Lorettes Handgelenke waren am

Sattelhorn festgebunden. Pass gut auf dich auf, Ty, wenn du versuchen solltest, Lassitter zu stellen.«

Nach diesen Worten schloss er die Augen und schlief wieder ein.

Juana kam und sagte: »Raus mit dir, Chico, raus hier, damit er nicht stirbt!«

Juana nannte jeden Mann einfach Chico, so als ob er noch ein kleiner Junge wäre. Ich grinste sie an und ging.

Pablos Frau brachte mir noch ein Glas Limonade. Ich trank es, bedankte mich, verabschiedete mich und stieg auf mein Pferd.

Und als ich davonritt in die langsam sich nähernde Nacht, die im Osten wie ein drohendes Unheil aufstieg und bald schon den roten Himmel gefressen haben würde, da wusste ich, dass Lassitter vielleicht auch mit mir keinen fairen Revolverkampf austragen würde.

Schon allein deshalb hatte sich der Ritt zum Sheriff gelohnt.

Und wenn man Hank Lorette aus seinem »Grab« befreien würde und seine Handgelenke immer noch ans Sattelhorn gebunden waren, so war das sogar ein einwandfreier Mord, für den Lassitter hängen würde.

Und ich wusste noch nicht, dass er schon auf mich wartete.

Ich ritt langsam, denn ich hatte nachzudenken. Ich dachte fortwährend an Lassitter, nicht an Thor Milebridge.

Ich wusste, dass ich mit Milebridge fertig werden konnte. Nur mit Lassitter war alles offen.

Wahrscheinlich wussten sie schon längst, was mit Mannerhan passiert war, den sie hinter mir hergeschickt hatten.

Und deshalb wussten sie auch, dass ich gewarnt war und zurückschlagen würde.

Als ich die Lichter von Pecos Bend in der Nacht erblickte, hielt ich an und dachte wieder nach. Sollte ich in die Stadt reiten und erst einmal eine Nacht schlafen?

Aber vielleicht wartete Lassitter schon in Pecos Bend auf mich? Vielleicht waren einige hartbeinige Burschen gekommen, die mich erledigen sollten.

Ich beschloss, zum Tilburne Creek zu reiten.

Es war nun Zeit, Thor Milebridge festzunehmen. Auf seinen Befehl hin war Early Calhoun gelyncht worden. Er hatte Mannerhan hinter mir hergeschickt. Und Lassitter hatte in seinem Auftrag den Sheriff zusammengeschossen und Hank Lorette ermordet.

Ja, es war Zeit, Thor Milebridge auszuschalten.

Und so ritt ich an der Stadt vorbei und strebte dem Tilburne Creek zu. Ich nahm mir Zeit, so dass ich nicht vor Mitternacht dort ankommen würde.

Während ich ritt, war ich schon fast sicher, dass ich Thor Milebridge ohne Lassitter antreffen würde. Aber das war mir recht.

Ich sah das Campfeuer kurz nach Mitternacht und hielt an.

Es war nicht so einfach, doch ich musste eine Entscheidung fällen – wieder einmal mehr zu einem Entschluss kommen, nach welchem es keine Umkehr mehr geben konnte.

Nach einer Weile ritt ich weiter in ruhigem Schritt, so als wäre es ganz selbstverständlich. So wie ich, so würde jeder Skull-Reiter gekommen sein – nicht zu laut, um die Schläfer nicht zu wecken, aber auch nicht wie ein Indianer, der Pferde stehlen wollte.

Ich kam bis an die Grenze des Feuerscheins und hielt an.

Meinen Colt hatte ich schussbereit in der Hand.

Und ich wusste, ich würde jetzt gewinnen oder bald tot sein.

Ja, es war wohl so, dass ich einem Spieler glich, der all seine Chips ins Spiel warf, weil er an seine Trümpfe glaubte.

Ich war ein Bursche, der in Sekundenbruchteilen mit einem einzigen schnellen Blick eine Menge Dinge wahrnehmen konnte. So etwas war mehr oder weniger angeboren und konnte durch Übung vervollkommnet werden.

Ich sah außer Thor Milebridge noch vier Männer.

Der Boss des Skulls saß am Feuer und rauchte eine Zigarre. In den Händen hielt er einen Zinnbecher mit heißem Kaffee. Es war schon recht kühl geworden.

Milebridges vier Männer hier am Feuer, die hatten sich hingelegt. Sie lagen in ihren Decken und schliefen.

Aber dies konnte er nicht. Wahrscheinlich dachte er zu sehr an seinen alten Feind Hondo Cassedy, mit dem er kämpfte. Vielleicht dachte er auch darüber nach, dass nun der Tag gekommen war, da all seine

Feinde, die er sich hier als Boss des Skulls machte, sich vereint hatten und antreten wollten zu einem Kampf.

Als ich auf meinem Pferd verhielt, hob er seinen Kopf.

Doch weil er zuvor ins Feuer blickte, konnten seine Augen mich nicht sofort erkennen an der Grenze des Feuerscheines.

Er hielt mich für einen seiner Reiter, der gekommen war, etwas zu melden oder aus irgendwelchen anderen Gründen.

»Ja, was ist denn?« So fragte er über das Feuer hinweg in meine Richtung. Doch dann erkannte er wahrscheinlich das Pferd. Es war immer noch Mannerhans Pferd, ein löwengelbes Tier, welches man sofort erkannte.

»Heh, habt ihr endlich Mannerhans Gaul gefunden?« So fragte er.

Aber ich gab noch keine Antwort. Ich ritt jedoch zwei Schritte vor, so dass der Feuerschein mich endlich erreichte.

Auch hatten sich Milebridges Augen nun besser an die veränderte Sicht gewöhnt.

Er erkannte mich und sprang auf. »Achtung, Männer!« So rief er dabei scharf.

Und seine beiden Worte weckten die vier Schläfer, ließen sie hochfahren aus den Decken.

»Vorsicht oder ich drücke ab!« Dies rief ich scharf. Und da erstarrte erst einmal alles.

Sie sahen nun den schussbereiten Revolver in meiner Linken. Natürlich hatten sie mich jetzt auch erkannt, wo bei ihnen das Blinken des Sternes auf der Hemdtasche nicht entging.

Es gab für sie keine Zweifel daran, wie gut und sicher ich schießen konnte.

Und ich nützte die Zeit, da sie schwiegen und auf Milebridges Befehle oder Entscheidungen warteten. Ich sagte pulvertrocken:

»Es hat keinen Sinn, Jungens, dass ihr ihm noch weiterhin die Treue haltet, denn er ist erledigt – und er verdient eure Treue nicht. Nach dem, was er mit Hank Lorette machte, verdient er keine Treue mehr. Oder war Hank Lorette kein Sattelgefährte von euch, kein Freund?«

Ich wusste bei meiner Frage, dass es jetzt darauf ankam, wie sehr sie Hank Lorette gemocht hatten.

Sie schwiegen noch.

Doch Milebridge sagte: »Shannon, du verdammter Strolch, es wird dir nicht gelingen, meine Männer gegen mich aufzuwiegeln. Denn nicht du, sondern ich zahle ihnen den Spitzenlohn. Bei mir fanden sie Zuflucht und den Schutz einer starken Gemeinschaft. Du schaffst es nicht, Shannon! Und wenn du jetzt nicht aufhörst, bist du bald ein toter Mann!«

»Aber du vor mir«, sagte ich trocken und begann zu erzählen. Ja, ich erzählte von Lassitter, der den Sheriff aus dem Sattel schoss, um Hank Lorette bekommen zu können und der Lorette dann in einem Arroyo zuschüttete.

Ich erzählte ihnen, dass Hank Lorette wahrscheinlich seine Handgelenke immer noch am Sattelhorn angebunden hatte, und wenn sie es nicht glaubten, dann sollten sie mal mit Schaufeln hinreiten und ihn dort herausbuddeln. Ich sagte abschließend, dass schon durch einen Boten ein Bericht nach Santa Fe unterwegs wäre, der Gouverneur wahrscheinlich Miliz hersenden würde und ich Thor Milebridge jetzt schon verhaften müsste.

Als ich fertig war, lachte Milebridge nur und rief dann, dass ich so kein Glück hätte bei seinen Männern.

Aber ich versuchte dies nun herauszufinden.

Ich sagte: »Nehmen Sie den Colt heraus – mit zwei Fingern! – und lassen Sie ihn fallen. Und dann kommen Sie her! Dort steht Ihr Pferd. Es ist gesattelt, wie ich sehe. Ich nehme Sie mit nach Pecos Bend. Vorwärts, Milebridge!«

Er stand starr und konnte es nicht fassen.

Dann sagte er zu seinen Männern: »Erledigt ihn! Ich zahle jedem von euch tausend Dollar. Erledigt ihn, Jungens!« Doch sie rührten sich nicht.

Sie sagten auch nichts. Sie standen nur stumm und bewegungslos da. Aber es ging eine Strömung von Unlust und Widerwillen von ihnen aus.

Ich wusste plötzlich, sie glaubten mir und hatten Hank Lorette sehr gemocht. Sie konnten eins und eins zusammenzählen.

Milebridge gehorchte plötzlich. Er nahm wahrhaftig seinen Colt mit zwei Fingerspitzen heraus und ließ ihn fallen. Dann ging er zu seinem Pferd, saß auf und sagte: »Wenn ich wiederkomme, Jungens, werdet ihr bedauern, dass ihr mir nicht treu gewesen seid in diesen Minuten. Ihr werdet bedauern, geboren worden zu sein.«

Und dann ritt er an mir vorbei in die Nacht hinein, genau in die Richtung von Pecos Bend.

Ich folgte ihm – und ich wunderte mich immer noch über seine zuletzt gezeigte Bereitwilligkeit.

Aber sie wurde mir bald schon erklärlich.

Er wollte weg von seinen vier Männern, die ihm so offensichtlich durch ihr passives Verhalten die Treue aufgekündigt hatten, nachdem sie erfuhren, was er mit einem ihrer Sattelgefährten durch seinen Revolvermann machen ließ, nur weil dieser Sattelgefährte – Hank Lorette – nicht dickfällig und gefühlskalt genug war, um mit den Erinnerungen an eine Lynchpartie fertig werden zu können.

Er wollte aber gewiss auch noch aus einem anderen Grund fort – und zwar dorthin, wo er sich Hilfe erhoffte.

Denn das war mir klar.

Und da fiel mir Lassitter wieder ein.

Sie hatten Mannerhan gefunden. Und dann hatte er Lassitter ausgesandt, damit dieser sich endgültig meinen Skalp holte.

Lassitter war wahrscheinlich in Pecos Bend und wartete dort auf mich.

Und je schneller ich mit Milebridge nach Pecos Bend kam, um so früher glaubte dieser wieder frei zu sein.

So einfach war das.

14

Wir ritten stetig. Die Nacht war zusehends heller geworden. Der dunstige Himmel hatte aufgeklart. Mond und Sterne strahlten. Aber dafür war es kalt geworden.

Ich spürte Müdigkeit.

In Milebridges Camp hatte ich noch mal alle Sinne aufs Äußerste anspannen müssen. Nun wurde ich immer wieder von einer Müdigkeit bedrängt, die mich einschläfern wollte mit dem Rhythmus des stetigen Reitens.

Nur einmal sagte Milebridge: »Eines ist sicher, Junge, du wirst noch in dieser Nacht sterben. Und daran bist du selbst schuld. Denn es hat wohl keinen Sinn, dass ich dich mit fünftausend Dollar überrede?«

Ich gab ihm keine Antwort, aber ich schlug meine langen Zügelenden seinem Pferd leicht über die Hinterhand, damit es schneller lief.

So kamen wir bis zu den Black Soldiers.

Es waren dunkle Felsen auf einer kleinen Anhöhe, über die der Weg führte. Die Felsen standen ausgerichtet wie angetretene Soldaten.

Man konnte schon von der Wasserscheide der Anhöhe aus auf die Stadt in der Pecos-Biegung blicken.

In Pecos Bend waren nur noch zwei oder drei Lichter. Sie glänzten gelblich gegen das silberne Mondlicht an.

Ich dachte: Dort unten also wird Lassitter auf mich warten. Dort unten muss ich also mit ihm kämpfen.

Ich hatte es kaum ausgedacht, da hörte ich Lassitters Stimme.

»Einen Moment, Gentlemen!«

So rief er und kam hinter den dunklen Felsen hervor – ein in dunkles Zeug gekleideter Reiter auf einem schwarzen Pferd.

Ich drehte sofort mein Tier herum, so dass ich ihm entgegensehen konnte.

Und auch Milebridge tat es.

Er rief dabei: »Na endlich, Lassitter! Los, erledige ihn! Er schleppt mich wie ein Kalb zur Schlachtbank. Er konnte mich mitten aus meinem Camp am Creek herausholen, so wie er mit dir damals Hondo Cassedy aus dem Camp der Schafleute holte.«

»Ja, er ist wohl spezialisiert darauf«, sagte Lassitter. In seiner Stimme war ein kalter Hohn. »Ich werde ihn gleich umlegen«, sprach er weiter. »Doch das wird dir selbst nichts nützen, Milebridge. Auch du bist reif. Und die Gelegenheit ist günstig.«

Da staunte sogar ich.

Und Milebridge staunte noch mehr. Er schnappte richtig nach Luft.

»Heiliger Rauch«, sagte er, »du bist doch wohl nicht verrückt geworden, Lassitter? Du wirst doch wohl nicht den Mann verraten, der dir gutes Geld zahlt und dies noch lange zahlen kann?«

»Doch«, sagte Lassitter. »Denn ich habe eine Überraschung für dich. Deine Frau ist zu schade für dich. Du brachtest sie nur auf deine Ranch, um einen Sohn zu bekommen. Sonst aber bedeutet sie dir nichts, gar nichts. Sie wäre dabei zugrunde gegangen, hätte ich mich ihrer nicht angenommen und ihr gegeben, was ein Mensch braucht. Hast du mich verstanden, Milebridge? Ich werde deine Witwe heiraten und Boss des Skulls!«

Da stieß Milebridge einen wilden Schrei aus und gab seinem Tier die Sporen, so dass es schmerzvoll aufwieherte und vorwärts stürmte. Milebridge wollte Lassitter wahrhaftig waffenlos ans Leder, völlig außer Sinnen vor Zorn.

Wahrscheinlich rettete mir Milebridges Handeln das Leben.

Denn er geriet Lassitter in die Schusslinie. Lassitter traf ihn mit der ersten Kugel. Aber als er auf mich feuerte, war ich schon zu sehr in Bewegung. Ich warf mich vom Pferd, rollte ein Stück zur Seite, lag dann still und spürte, wie Lassitters Kugel mich streifte.

Doch dann traf ich ihn, während ich nochmals in sein Mündungsfeuer sah. Auch diese Kugel streifte mich nur.

Es war sein Fehler, von einem unruhig sich bewegenden Pferd zu schießen. Es war ein kugelfestes Pferd, also an Revolver- und Gewehrfeuer gewöhnt. Doch das schrille und schmerzvolle Wiehern von Milebridges Tier hatte auch Lassitters Pferd beunruhigt, so dass es tanzte.

Er streifte mich also nur zweimal.

Dann sah ich vom Boden aus, wie er aus dem Sattel kippte.

Und er blieb in den Steigbügeln hängen. Das Tier rannte mit ihm davon.

Ich ging zuerst zu Milebridge hin und kniete zu ihm nieder.

Lassitter hatte den Boss des Skulls mitten ins Herz getroffen.

Dann beruhigte ich mein Pferd und saß auf. Als ich bei Lassitter abstieg und dessen Fuß aus dem Steigbügel befreite, lebte Lassitter noch.

Er sagte stöhnend: »Einmal musste es wohl sein. Ein Mann wie ich, der konnte wohl nicht immer davonkommen. Dabei sollte es heute zum letzten Male passieren. Na schön ...«

Und dann starb er.

Ich erhob mich und stand eine Weile in der hellen Nacht.

Es war wohl nun alles vorbei.

Was jetzt noch kam, konnte ich gewiss alles leichter unter Kontrolle halten und in Ordnung bringen.

Die Schafleute würden jetzt das Gesetz anerkennen müssen, an welchem sogar der Skull zerbrochen war.

Ich dachte an Nancy.

Ja, auch mit Nancy würde alles klar gehen. Ich war sicher.

Als ich in Richtung nach Pecos Bend blickte, gingen dort die Lichter an. Man hatte in der stillen Nacht die Schüsse gehört.

Ein Reiter kam von der Stadt her den langen Hang heraufgeritten.

Es war Miguel. Ich würde ihn brauchen, damit er hier diese beiden Toten in die Stadt schaffen ließ. Denn ich konnte noch nicht zu Nancy. Ich musste erst noch einmal über den Creek in das Camp der Schafzüchter. Ich musste dort mit den Tilburne-

Brüdern und den anderen Männern reden und ihnen klar machen, dass es keinen Krieg gegen den Skull mehr für sie geben konnte – nur einen Krieg gegen das Gesetz, wenn sie Schafe über den Creek bringen sollten.

Aber ich wusste, sie selbst würden auch lieber mit Rindern auf die alte Weide zurück wollen.

Miguel freute sich, als er mich lebendig sah.

Ich berichtete ihm alles, bestellte schöne Grüße für Nancy und ritt wieder los.

Vorhin war ich schon so müde gewesen. Doch jetzt war ich wieder hellwach.

Ich ritt den Weg gerne noch einmal.

Denn es brach eine neue Zeit an.

Für alle.

Ende

Neuer Roman
G.F. UNGER
Der erfolgreichste
Western-Autor
deutscher Sprache
Peacemaker

G. F. Unger ist der erfolgreichste Western-Schriftsteller deutscher Sprache. BASTEI-LÜBBE veröffentlicht alle zwei Monate exklusiv seinen neuesten Roman.

Die Zaubersharps

Tom Harper hat eine Idee im Kopf, und er ruht nicht, bis er einen tüchtigen Büchsenmacher findet, der ihm seine Sharps so umbaut, dass daraus eine richtige Wunderwaffe wird. Natürlich will er das Zauberding dann auch ausprobieren, und so lässt er sich für eine Scharfschützentruppe anwerben, die die Kanonenboote der Nordstaatenarmee daran hindern soll, Vicksburg endgültig in Schutt und Asche zu schießen. Dass er dabei töten muss, entschuldigt er damit, dass er auf diese Weise hilft, die in der belagerten Stadt lebenden Frauen und Kinder zu retten. Aber macht er sich nicht etwas vor? Ist er nicht längst dem Rausch des Tötens verfallen und wird er sein Gewissen jemals von der Schuld befreien können, die er auf sich lud?

ISBN 3–404–45248–8

BASTEI LÜBBE

G. F. Unger ist der erfolgreichste Western-Schriftsteller deutscher Sprache. BASTEI-LÜBBE veröffentlicht in dieser Reihe exklusiv seine großen Taschenbuch-Bestseller.

Einer kommt wieder

Der landgierige Großrancher Nelson Miles wollte meinen Vater nicht nur verjagen, er wollte auch seinen Stolz brechen. Deshalb ließ er meine Brüder und mich so zerschlagen, dass wir Jungen angstschlotternd und bis in unseren Kern gedemütigt aus dem Land flohen.
Aber mein Vater gab nicht auf, denn für ihn stand fest: In der Fremde würden seine Söhne zu Männern werden, und wenigstens einer von ihnen würde wiederkommen, um Miles endgültig in seine Schranken weisen …

ISBN 3-404-43393-9

BASTEI LÜBBE

G. F. Unger ist der erfolgreichste Western-Schriftsteller deutscher Sprache. BASTEI-LÜBBE veröffentlicht in dieser Reihe exklusiv seine großen Taschenbuch-Bestseller.

Sterne über der Weide

Gemeinsam ritten Dick Shayne und Adam Longfish in den Krieg, gemeinsam kehrten sie nach langen Jahren wieder heim. Ihre Freundschaft war in tausend Feuern gebrannt und gehärtet, doch die härteste Probe stand ihnen noch bevor ...

ISBN 3-404-43394-7

BASTEI LÜBBE